Os Fuzileiros de
SHARPE

OBRAS DO AUTOR PUBLICADAS PELA EDITORA RECORD

1356
Azincourt
O condenado
Stonehenge
O forte

Trilogia *As Crônicas de Artur*

O rei do inverno
O inimigo de Deus
Excalibur

Trilogia *A Busca do Graal*

O arqueiro
O andarilho
O herege

Série *As Aventuras de um Soldado nas Guerras Napoleônicas*

O tigre de Sharpe (Índia, 1799)
O triunfo de Sharpe (Índia, setembro de 1803)
A fortaleza de Sharpe (Índia, dezembro de 1803)
Sharpe em Trafalgar (Espanha, 1805)
A presa de Sharpe (Dinamarca, 1807)
Os fuzileiros de Sharpe (Espanha, janeiro de 1809)
A devastação de Sharpe (Portugal, maio de 1809)
A águia de Sharpe (Espanha, julho de 1809)
O ouro de Sharpe (Portugal, agosto de 1810)
A fuga de Sharpe (Portugal, setembro de 1810)
A fúria de Sharpe (Espanha, março de 1811)
A batalha de Sharpe (Espanha, maio de 1811)

Série *Crônicas Saxônicas*
O último reino
O cavaleiro da morte
Os senhores do norte
A canção da espada
Terra em chamas
Morte dos reis
O guerreiro pagão
O trono vazio
Guerreiros da tempestade

Série *As Crônicas de Starbuck*
Rebelde
Traidor

BERNARD CORNWELL

Os Fuzileiros de SHARPE

Tradução de
SYLVIO GONÇALVES

6ª edição

EDITORA RECORD
RIO DE JANEIRO • SÃO PAULO
2016

CIP-Brasil. Catalogação na fonte
Sindicato Nacional dos Editores de Livros, RJ.

C835f   Cornwell, Bernard, 1944-
6ª ed.   Os fuzileiros de Sharpe / Bernard Cornwell; tradução
         Sylvio Gonçalves. – 6ª ed. – Rio de Janeiro: Record, 2016.
            (As aventuras de Sharpe)

            Tradução de: Sharpe's rifles
            Continuação de: Sharpe em Trafalgar
            ISBN 978-85-01-07048-7

            1. Sharpe, Richard (Personagem fictício) – Ficção.
         2. Guerra peninsular, 1807-1814 – Ficção. 3. Guerras
         napoleônicas, 1800-1815 – Ficção. 4. Ficção inglesa. I.
         Gonçalves, Sylvio. II. Título.

                        CDD – 823
06-1192   CDU – 821.111-3

Título original inglês:
SHARPE'S RIFLES

VOLUME V: SHARPE'S RIFLES
Copyright © Bernard Cornwell, 1988

Revisão técnica: José Carlos Lopes
Ilustração de capa: Renato Alarcão
Arte-final de capa: Marcelo Martinez

Texto revisado segundo o novo Acordo Ortográfico da Língua Portuguesa.

Todos os direitos reservados. Proibida a reprodução, no todo ou em parte, através de quaisquer meios.

Direitos exclusivos de publicação em língua portuguesa somente para o Brasil adquiridos pela
EDITORA RECORD LTDA.
Rua Argentina 171 – Rio de Janeiro, RJ – 20921-380 – Tel.: (21) 2585-2000, que se reserva a propriedade literária desta tradução.

Impresso no Brasil

ISBN 978-85-01-07048-7

Seja um leitor preferencial Record.
Cadastre-se no site www.record.com.br e receba informações sobre nossos lançamentos e nossas promoções.

Atendimento e venda direta ao leitor:
mdireto@record.com.br ou (21) 2585-2002

Para Carolyn Ryan

PRÓLOGO

O prêmio era um cofre.
Um major espanhol empenhava todos os seus esforços para salvar o cofre, enquanto um coronel dos *chasseurs* da Guarda Imperial de Napoleão tentava capturá-lo. O francês fora designado para a tarefa e instruído a destruir ou matar quem se interpusesse em seu caminho.

O cofre em si era um baú feito de uma madeira tão velha que era negra e lustrosa como carvão. As tábuas estavam fixadas com duas faixas de ferro que, embora corroídas por ferrugem antiga, ainda eram resistentes. O baú velho media 61 centímetros de comprimento, 45 centímetros de largura e de altura. Era dotado de dois fechos trancados com cadeados de bronze. A junta entre a tampa corcovada e a caixa era lacrada com selos vermelhos, alguns tão antigos que tinham sido reduzidos a resquícios de cera incrustados na grã da madeira antiga. Um pano encerado fora costurado em torno do cofre para protegê-lo do clima, ou melhor, para proteger o destino da Espanha, que jazia em seu interior.

No segundo dia do ano de 1809 o coronel dos *chasseurs* quase capturou o cofre. Recebera um regimento dos dragões franceses, e esses cavaleiros alcançaram os espanhóis nas proximidades da cidade de Leon. Os espanhóis só conseguiram escapar porque subiram as montanhas elevadas, onde foram forçados a abandonar seus cavalos porque nenhum cavalo conseguiria escalar a trilha íngreme e enregelada pela qual o major Blas Vivar buscou refúgio.

Era inverno, o pior inverno do qual se lembrava na Espanha, e o pior momento para permanecer nas montanhas do norte do país, mas os franceses não tinham dado opção ao major Vivar. Em dezembro os Exércitos de Napoleão haviam tomado Madri, e Blas Vivar fugira com o cofre apenas uma hora antes de os cavaleiros inimigos adentrarem a capital. Cavalgara com 110 *cazadores*; os "caçadores" montados que portavam uma espada de lâmina reta e uma carabina de cano curto. Mas os caçadores tinham se tornado os caçados quando — numa jornada de pesadelo através da Espanha — Vivar mudara de rumo para evitar seus perseguidores franceses. Esperara encontrar segurança ao norte, com o Exército do general Romana, mas, apenas dois dias antes do regimento de dragões tê-lo forçado para as colinas, Romana foi derrotado. Vivar agora estava sozinho, encurralado nas montanhas, e restavam-lhe apenas noventa homens. Os outros haviam morrido.

Morrido pelo cofre que os sobreviventes carregaram através de um território enregelado. Neve se acumulava nas trilhas. Quando havia degelo ele se dava apenas em forma de chuva; uma chuva violenta e incessante que cobria as trilhas das montanhas com lama que congelava nas noites longas. Muitos *cazadores* foram vitimados por ulcerações. No limite do frio os sobreviventes foram obrigados a se abrigar em cavernas ou em casebres desertos.

Num desses dias, quando o vento trouxe do oeste uma nevasca furiosa, os soldados de Vivar acotovelaram-se no abrigo miserável de uma vala estreita na encosta de uma montanha. O próprio Blas Vivar deitou na beira da vala e olhou para o vale por uma luneta de cano longo. Ele escrutinou o inimigo.

Capotes marrons escondiam as casacas verde-claras dos dragões franceses. Esses franceses tinham seguido Vivar a cada quilômetro da jornada. Entretanto, enquanto Vivar penava nas terras altas, eles cavalgavam nos vales onde havia estradas, pontes, abrigos. Em certos dias o clima detinha os franceses e Vivar nutria esperanças de tê-los despistado, mas sempre que a neve arrefecia por algumas horas, as odiosas silhuetas reapareciam. Agora, deitado e tremendo devido ao vento cortante, Vivar viu os cavaleiros inimigos apearem de suas montarias numa aldeiazinha que jazia no fundo do vale. Naquela aldeia, os franceses e seus cavalos iriam se aquecer e obter alimento, enquanto os homens de Vivar sofriam com o frio que castigava a encosta da montanha.

— Eles estão lá? — perguntou o subcomandante de Vivar, o tenente Davila, que tinha subido da vala.

— Eles estão aqui.

— Os *chasseurs*?

— Sim. — Vivar estava olhando diretamente para os dois cavaleiros na rua da aldeia. Um era o coronel dos *chasseurs* da Guarda Imperial, majestoso vestido numa peliça escarlate, casaco verde-escuro e um chapéu redondo feito com pele negra e grossa.

O outro cavaleiro não usava uniforme; em vez disso vestia um casaco comprido preto que deixava aparecer apenas as botas brancas. Vivar temia o cavaleiro de casaco preto mais do que temia o *chasseur*; fora ele quem guiara a perseguição dos dragões. O homem de casaco preto sabia para onde Blas Vivar estava indo, sabia onde ele poderia ser detido, e conhecia o poder do objeto que estava escondido na caixa lacrada em ferro.

O tenente Davila agachou-se na neve ao lado de Vivar. Nenhum dos dois parecia mais um soldado. Estavam enfaixados em casacos feitos de estopa vagabunda. Seus rostos, botas e mãos estavam envolvidos em farrapos. Ainda assim, por baixo de seus casacos improvisados, usavam os uniformes escarlates de uma companhia de elite de *cazadores*, e eram tão violentos e eficazes quanto qualquer homem que lutara nas guerras francesas.

Davila pegou emprestada a luneta de Vivar e olhou para o vale. Uma chuva de neve borrava a vista, mas conseguiu vislumbrar a peliça escarlate dependurada do ombro direito do *chasseur*.

— Por que ele não está usando um capote? — resmungou.

— Está exibindo sua valentia — disse Vivar, sucinto.

Davila moveu a luneta para ver mais dragões chegando à aldeia. Alguns dos franceses puxavam cavalos mancos. Todos carregavam espadas e carabinas.

— Pensei que tínhamos despistado eles — disse com tristeza.

— Só vamos conseguir despistá-los depois que tivermos enterrado o último. — Vivar escorregou de volta para a vala. Tinha um rosto endurecido pelo sol e pelo vento; uma fisionomia de briga, mas salva da brutalidade por olhos negros que sabiam cintilar com humor e compreensão. Agora, observando seus homens estremecerem de frio na vala estreita, esses olhos estavam avermelhados.

— Quanta comida nos resta?

— O bastante para dois dias.

— Quase penso que Deus abandonou a Espanha — disse num sussurro quase inaudível no sibilo do vento.

O tenente Davila não disse nada. Um punhado de neve foi colhido de cima do cofre por um pé de vento e rodopiou acima das cabeças dos soldados. Provavelmente os franceses estavam roubando comida, lenha e mulheres no vale, pensou Vivar com amargura. Crianças estariam gritando; os aldeões sendo torturados para revelar se haviam visto um bando de *cazadores* esfarrapados transportando um cofre. Os aldeões estariam negando honestamente terem visto qualquer coisa, mas os franceses iriam matá-los mesmo assim, e o homem de casaco preto e botas brancas assistiria às execuções sem um lampejo de emoção no rosto. Davila fechou os olhos. Antes do começo desta guerra ele não conhecera o ódio, e agora não sabia se um dia conseguiria desenraizar esse sentimento de sua alma.

— Vamos nos separar — disse Vivar de repente.

— *Don* Blas? — perguntou Davila, que perdido em pensamentos, não ouvira direito.

Vivar falou lentamente:

— Levarei o cofre e oitenta homens, e você esperará aqui com mais oitenta. Quando tivermos ido, e quando os franceses tiverem ido, vocês seguirão para o sul. Não irão se mover até terem certeza de que o vale está vazio. O *chasseur* é inteligente; já deve ter presumido o que estou planejando. Portanto, Diego, espere! Espere até ter certeza, e então espere mais um dia. Entendeu?

— Entendi.

Vivar, a despeito do cansaço agonizante e do frio que penetrava até seus ossos, encontrou algum entusiasmo para investir de esperança as suas palavras.

— Diego, vá até Orense e veja se restaram alguns de nossos homens por lá. Diga-lhes que estou precisando deles! Diga-lhes que preciso de cavalos e homens. Leve esses cavalos e homens até Santiago e, se eu não estiver lá, cavalgue para leste até me achar.

Davila assentiu positivamente. Havia uma pergunta óbvia a ser feita, mas ele não encontrou coragem para abrir a boca. Mas assim mesmo Vivar entendeu.

— Se os franceses capturarem o cofre, você saberá — disse Vivar. — Eles vão cantar sua conquista aos quatro ventos, e você saberá por que a guerra será perdida.

Davila estremeceu debaixo de seu capote esfarrapado.

— *Don* Blas, se o senhor seguir para oeste, deverá encontrar os britânicos?

Vivar cuspiu para demonstrar sua opinião sobre o Exército britânico.

— Eles iriam ajudá-lo? — insistiu Davila.

— Você confiaria aos ingleses o que está guardado no cofre?

Davila pensou na resposta, e então deu de ombros.

— Não.

Vivar mais uma vez se arrastou até a beira do penhasco e olhou para a aldeia lá embaixo.

— Talvez esses demônios se encontrem com os britânicos. Então uma matilha de bárbaros poderá matar a outra. — Estremeceu de frio. — Diego, se eu tivesse homens suficientes, encheria o inferno com as almas desses franceses. Mas não tenho. Então vá consegui-los para mim!

— Tentarei, *don* Blas. — Foi a maior promessa que Davila ousou oferecer, porque nenhum espanhol poderia nutrir esperanças naqueles primeiros dias de 1809.

O rei espanhol era um prisioneiro na França, e o irmão do imperador francês fora entronado em Madri. Os Exércitos da Espanha, que tinham sido tão valorosos no ano anterior, foram esmagados por Napoleão, e o Exército britânico, enviado para ajudá-los, estava sendo tocado vergonhosamente em direção ao mar. Tudo que restava da Espanha eram fragmentos de seus Exércitos, o orgulho de seu povo e o conteúdo do cofre.

Na manhã seguinte, os soldados de Vivar carregaram o cofre para oeste. O tenente Davila observou os dragões franceses encilharem seus cavalos e abandonarem uma aldeia que tinha sido saqueada e da qual fumaça se levantava para um céu frio. Os dragões podiam não saber do paradeiro de Blas Vivar, mas o homem de casaco preto e botas brancas sabia precisamente para onde o major estava indo, de modo que os franceses forçaram seus cavalos para oeste. Davila esperou um dia inteiro; depois, em meio a um aguaceiro que transformou a neve em lodo e obstruiu trilhas, rumou para sul.

Mais uma vez caçadores e caçados avançavam por uma terra castigada pelos rigores do inverno, os caçados buscando o milagre que ainda poderia salvar a Espanha e roubar da derrota uma vitória gloriosa.

CAPÍTULO I

Mais de cem homens foram abandonados na aldeia. Não havia nada que pudesse ser feito por eles. Estavam bêbados. Muitas mulheres permaneceram com eles. Também bêbadas.

Não apenas bêbados, mas inconscientes. Os homens haviam arrombado o depósito de uma taberna, encontrado barris enormes da safra do ano anterior, e diluído seu sofrimento na bebida. Agora, numa alvorada sinistra, jaziam espalhados pela aldeia como vítimas da peste.

Os bêbados eram casacas vermelhas. Tinham se alistado no Exército britânico porque eram acusados de crimes ou estavam desesperados, e porque o Exército dava-lhes uma ração de rum por dia. Na noite anterior, encontraram o paraíso numa miserável taberna de uma miserável cidade espanhola, em uma miserável estrada que levava ao mar. Eles ficaram bêbados, e agora deveriam ser deixados à mercê dos franceses.

Um tenente alto, vestido com a casaca verde do 95º Regimento de Fuzileiros, caminhava entre os corpos que jaziam na cocheira da caverna saqueada. Seu interesse não residia nos bêbados entorpecidos, mas em alguns caixotes de madeira que tinham sido jogados de um carro de bois para abrir espaço para homens feridos e com ulcerações graves. Os caixotes (como tantas outras coisas que o Exército agora estava fraco demais para transportar) seriam deixados para os perseguidores franceses, mas o tenente descobrira que continham munição. Portanto iria resgatá-los. Já enchera as mochilas e algibeiras de seu batalhão com o máximo de cartuchos preciosos que os fuzileiros poderiam carregar; agora ele e um fuzileiro enfiaram mais cartuchos no paneiro da última mula do batalhão.

O fuzileiro Cooper terminou o trabalho e olhou para os caixotes que ainda restavam.

— O que faremos com eles, senhor?

— Queime todos.

— Maldição! — Cooper soltou uma risada curta, e então gesticulou para os bêbados na cocheira. — O senhor vai matar todos esses infelizes!

— Se não fizermos isso, os franceses farão. — O tenente tinha um talho cicatrizado no lado esquerdo do rosto que lhe concedia uma aparência severa e violenta. — Você prefere que os franceses comecem a nos matar com nossa própria pólvora?

Cooper não se importava muito com o que os franceses faziam. Nesse momento importava-se apenas com uma garota alcoolizada que estava deitada num canto da cocheira.

— É uma pena matá-la, senhor. É uma belezinha.

— Deixe-a para os franceses.

Cooper inclinou-se para abrir o espartilho da garota e revelar-lhe os seios. A garota estremeceu ao ar frio, mas não acordou. Tinha os cabelos manchados com vômito e o vestido com vinho; mesmo assim era uma jovem bonita. Tinha talvez quinze ou dezesseis anos, casara-se com um soldado e seguira-o para as guerras. Agora estava bêbada e os franceses iriam se servir dela.

— Acorde! — gritou Cooper.

— Deixe-a! — ordenou o tenente, que mesmo assim não resistiu a cruzar a cocheira para olhar para a nudez da moça. — Puta estúpida — disse amargamente.

Um major apareceu na entrada da cocheira.

— Intendente?

O tenente se virou.

— Senhor?

O major tinha um bigode fino e uma expressão malévola.

— Quanto tiver terminado de despir mulheres, intendente, talvez queira se dignar a juntar-se ao resto de nós.

— Apenas ia queimar estes caixotes primeiro, senhor.

— Danem-se os caixotes, intendente. Apenas se apresse!

— Sim, senhor.

— A não ser que prefira ficar aqui. Duvido que o Exército sentiria sua falta.

O tenente não respondeu. Seis meses antes, quando juntara-se a este batalhão, nenhum oficial teria falado assim na frente dos soldados, mas a retirada abalara nervos e deixara aflorar antagonismos ocultos. Homens que normalmente tratavam uns aos outros com respeito cauteloso ou mesmo com cordialidade forçada, agora rosnavam como cães raivosos. E o major Warren Dunnett odiava o intendente. Era um ódio intenso e irracional, e a reação irritante do intendente era ignorá-lo. Isso, associado ao seu ar de competência, deixava o major Dunnett roxo de raiva.

— Quem em nome de Deus ele pensa que é? — desabafou o major Dunnett para o capitão Murray diante da taberna. — Pensa que o Exército inteiro vai esperar por ele?

— O intendente está apenas fazendo seu trabalho, major. — John Murray era um homem calmo e justo.

— Ele não está fazendo o trabalho dele. Está babando para as tetas de uma prostituta. — Dunnett cuspiu no chão. — Eu não queria esse homem neste batalhão, e ainda não o quero! O coronel apenas o aceitou como um favor a Willie Lawford. No que diabos este maldito Exército está se transformando? O homem é um sargento ascendido, Johnny! Ele nem é um oficial de verdade! E no Regimento de Fuzileiros!

Murray suspeitava que Dunnett estava com ciúmes do intendente. Era raríssimo um homem ingressar no Exército britânico como soldado raso e ascender ao oficialato. O intendente fizera precisamente isso. Carregara um mosquete nas fileiras de casacas vermelhas, tornara-se sargento, e então, como recompensa por um ato de bravura suicida no campo de batalha, fora promovido a oficial. O passado do tenente novato incomodava os outros oficiais; eles temiam que sua competência em batalha ressaltasse a inexperiência deles. Eles não precisavam preocupar-se com isso, porque o coronel mantivera o tenente novato longe da linha de batalha, fazendo-o intendente do batalhão; uma indicação baseada no princípio de que qualquer homem que servira nas fileiras e depois como sargento devia conhecer cada truque das atribuições criminosas de um intendente.

Abandonando para os franceses tanto os bêbados quanto a munição restante, o intendente emergiu da taberna. Começou a chover; uma chuva gelada que o leste cuspia nos trezentos fuzileiros aguardando na rua da aldeia. Esses homens eram a retaguarda do Exército; uma retaguarda vestida em farrapos como caricaturas de soldados, ou como um monstruoso exército de mendigos. Homens e oficiais estavam cobertos e embrulhados em qualquer retalho que tivessem obtido por caridade ou roubado durante a marcha, e mantinham as solas das botas no lugar com fios de vela. Seus rostos barbados estavam protegidos do vento por cachecóis fedorentos. Tinham os olhos avermelhados e vagos, as faces chupadas, as sobrancelhas esbranquiçadas pela neve. Alguns homens tinham perdido as barretinas e usavam chapéus de camponeses com abas moles. Pareciam uma unidade derrotada e desmantelada, mas como ainda eram fuzileiros, cada fuzil Baker tinha um fecho oleado e uma pederneira afiada presa no cão da arma.

O major Dunnett, que comandava seu primeiro meio-batalhão, conduziu-os para oeste. Vinham marchando desde a véspera de Natal, e agora já estavam na primeira semana de janeiro. Sempre para oeste, para longe dos franceses vitoriosos cuja esmagadora superioridade numérica estava inundando a Espanha, e cada dia de marcha era uma tortura de frio, fome e dor. Em alguns batalhões toda a disciplina desaparecera e os rastros dessas unidades estavam cheios de cadáveres de homens que haviam abandonado a esperança. Alguns dos mortos eram mulheres; as esposas que tinham recebido permissão de viajar com o Exército para a Espanha. Outros eram crianças. Os sobreviventes estavam agora tão endurecidos pelo horror que podiam pisotear o cadáver de uma criança sem sentir uma gota de remorso.

Entretanto, embora o Exército tivesse sido martirizado por tempestades de neve e por um vento congelante que acutilava como o sabre de um *chasseur*, ainda havia alguns homens que marchavam em boa formação e que, quando ordenados, viravam-se para conter os perseguidores franceses. Esses eram homens bravos, homens bons; a Guarda e a Infantaria Ligeira, a elite do Exército de *sir* John Moore que marchara para o centro da Espanha para cortar as estradas de suprimento de Napoleão. Eles tinham marchado esperando vitória, mas o imperador voltara-se contra eles com uma velocidade selvagem e números muito superiores, de modo que agora este pequeno Exército britânico recuava para os navios que iriam levá-los de volta para casa.

Os trezentos fuzileiros de Dunnett pareciam sozinhos numa vastidão congelada. Em algum lugar à vante estava a massa principal do Exército em retirada, e, em algum lugar à ré, os franceses perseguidores; mas o mundo dos fuzileiros era o grupo de homens à sua frente, a chuva gelada, o cansaço, a dor da fome em suas barrigas.

A uma hora da aldeia eles alcançaram um córrego cruzado por uma ponte de pedra. A cavalaria britânica esperava ali com notícias de que alguns soldados de artilharia estavam tendo dificuldades de avançar três quilômetros à vante. O comandante da cavalaria sugeriu que os fuzileiros de Dunnett aguardassem perto da ponte.

— Dê-nos tempo para ajudar os artilheiros na cumeeira, e depois voltaremos para pegá-los.

— Quanto tempo? — perguntou Dunnett com impaciência.

— Uma hora? Não mais.

Os fuzileiros esperaram. Eles tinham feito isso um sem-número de vezes nas últimas duas semanas, e decerto fariam ainda muitas vezes. Eles eram o ferrão na cauda do Exército. Se tivessem sorte hoje, nenhum francês iria incomodá-los, mas era provável que, em algum momento na próxima hora, a vanguarda inimiga apareceria. Essa vanguarda seria de cavaleiros em montarias exaustas. Os franceses fariam um ataque simbólico, os fuzileiros dispararíam algumas salvas; e então, como nenhum dos dois lados tinha vantagem, os franceses deixariam os casacas verdes seguirem em frente. Assim era o ofício da soldadesca: tedioso, frio e desestimulante, e um ou dois fuzileiros britânicos e um ou dois franceses morreriam por causa dele.

Os fuzileiros formaram-se em companhias para obstruir a estrada a oeste da ponte. Eles tremiam e olhavam para leste. Sargentos caminhavam atrás de suas fileiras. Os oficiais, todos tendo perdido seus cavalos para o frio, puseram-se de pé diante de suas companhias. Nenhum deles estava falando. Talvez alguns dos homens sonhassem com os navios que supostamente os aguardavam no fim desta estrada longa, porém mais provavelmente pensavam apenas em fome e frio.

O tenente designado para o cargo de intendente do batalhão perambulou até a ponte de pedra e olhou para a chuva gelada. Ele agora era o homem mais próximo ao inimigo, vinte passos à testa da linha de casacas verdes e do major Warren Dunnett, que viu uma arrogância silenciosa na posição escolhida pelo tenente.

— Filho da mãe. — Dunnett parou ao lado do capitão Murray.

— Ele é inofensivo — disse Murray com sua calma costumeira.

— Ele é um nada, um sargento ascendido.

Murray sorriu.

— Warren, ele é um intendente realmente bom. Quando foi a última vez que você viu seus homens com tanta munição?

— O trabalho dele é arrumar uma cama para eu dormir esta noite, não ficar matando tempo aqui na esperança de provar o quanto luta bem. Olhe só para ele! — Dunnett, como um homem com uma ferida que não conseguia parar de coçar, fitou o intendente. — Ele pensa que ainda está nas fileiras! Uma vez camponês, sempre camponês. Por que ele carrega um fuzil?

— Realmente não sei responder.

O fuzil era uma excentricidade, um capricho que não era adequado a um intendente. Porque um intendente necessita de listas, tinta, penas e um ábaco, não de uma arma. Precisava ser capaz de encontrar comida ou abrir espaço num alojamento aparentemente superpovoado. Precisava de um nariz para farejar carne podre, balanças para pesar farinha de ração, e teimosia para resistir às depredações dos outros intendentes. Ele não precisava de uma arma. Contudo, o tenente novo sempre carregava um fuzil, bem como o sabre regulamentar. As duas armas pareciam ser uma declaração de propósitos: de que ele queria lutar em vez de ser um intendente, embora para a maioria dos casacas verdes as armas fossem uma pretensão patética de um homem que, qualquer que fosse seu passado, era agora um tenente cuja juventude se esvaía.

Dunnett bateu na estrada os pés gelados.

— Mandarei primeiro as companhias de flanco retornarem, Johnny, você pode cobrir.

— Sim, senhor. Devemos esperar por nossos cavalos?

— Maldita cavalaria. — Dunnett ofereceu o escárnio automático de um oficial de infantaria ao braço montado do Exército. — Esperarei mais cinco minutos. Não pode demorar tanto retirar alguns canhões da estrada. Está vendo alguma coisa, intendente? — A pergunta foi feita em tom escarninho.

— Não senhor.

O tenente tirou sua barretina e correu os dedos por cabelos compridos que estavam escurecidos e oleosos por dias de campanha. Sua casaca verde estava aberta e ele não usava nem cachecol nem luvas. Ou não tinha dinheiro para pagar por esses apetrechos ou se julgava valente demais para tais confortos. Essa arrogância fez Dunnett desejar que o tenente novato, tão ansioso por um combate, fosse acutilado pelos cavaleiros inimigos.

Exceto que não havia cavaleiros inimigos à vista. Talvez a chuva, o vento e o frio tivessem obrigado os franceses a se abrigar na última aldeia. Ou talvez as mulheres bêbadas tivessem se revelado uma atração irresistível. Mas qualquer que fosse o motivo, não havia franceses à vista, apenas chuva gelada e nuvens baixas escurecendo a paisagem.

Nervoso, o major Dunnett praguejou. As quatro companhias pareciam sozinhas numa vastidão de chuva e gelo, quatro companhias de soldados esquecidos numa guerra perdida. Dunnett decidiu que não podia esperar mais.

— Estamos indo.

Apitos soaram. As duas companhias de flanco viraram-se e, como mortos-vivos, capengaram pela estrada. As duas companhias de centro permaneceram na ponte sob o comando do capitão Murray. Em aproximadamente cinco minutos, quando as companhias tinham parado para prover cobertura, foi a vez de Murray recuar.

Os fuzileiros gostavam do capitão John Murray. Diziam que era um cavalheiro de verdade e que o soldado que o desobedecia e enganava era um homem desprezível. Diziam que se você fosse justo com o capitão, o capitão seria justo com você. Murray era um homem de rosto fino e simpático, sorrisos fáceis e sempre com uma piada na ponta da língua. Era por causa de oficiais como ele que esses fuzileiros ainda levavam armas aos ombros e marchavam com um eco da disciplina aprendida no campo de parada em Shorncliffe.

— Senhor! — Era o intendente, que ainda estava parado de pé na ponte. Ele atraiu a atenção de Murray para o leste, onde uma silhueta movia-se na chuva. Depois de um momento, o intendente gritou: — Um dos nossos!

A figura solitária, movendo-se cambaleante, era um casaca vermelha, mas sem mosquete, barretina ou botas. Os pés descalços deixavam manchas de sangue no leito de cascalho da estrada.

— Agora ele aprende — disse o capitão Murray. — Rapazes, estão vendo o que a bebida causa a um homem?

Não era exatamente uma piada, apenas a imitação de um pregador que certa vez falara ao batalhão sobre os malefícios da bebida, mas fez os fuzileiros sorrirem. Seus lábios podiam estar rachados e ensanguentados devido ao frio, mas ainda assim um sorriso era melhor que um esgar de desespero.

O casaca vermelha, um dos bêbados abandonados na última aldeia, pareceu adejar uma das mãos enfraquecida para a retaguarda. Algum instinto o acordara e conduzira para a estrada, e o mesmo impulso mantivera-o seguindo para oeste, rumo à segurança. Passou cambaleando pela carcaça congelada de um cavalo, e então tentou correr.

— Atenção, cavalaria! — alertou o tenente novato.

— Fuzileiros! — convocou o capitão Murray. — Apresentar armas!

Fechos de fuzis foram liberados de seus farrapos. Embora entorpecidas com o frio, as mãos dos homens moveram-se depressa.

Porque, na bruma branca de saraivada e gelo, havia outras formas. Cavaleiros.

As silhuetas eram aparições grotescas na chuva cinza. Formas escuras. Bainhas de espadas, mantos, plumas e carabinas desenhavam arestas nas silhuetas da cavalaria francesa. Um regimento francês de cavalaria. Dragões.

— Firmes, rapazes, firmes! — A voz do capitão Murray estava calma. O tenente novato fora até o flanco esquerdo da companhia onde sua mula estava amarrada.

O casaca vermelha saiu da estrada, pulou uma vala congelada e começou a gritar como um porco num abatedouro. Um dragão alcançara o inglês, e a espada comprida e reta desceu para rasgar seu rosto da testa ao queixo. Sangue salpicou a terra enregelada. Mais um cavaleiro, aproximando-se do outro flanco, brandiu sua espada para cortar o escalpo do fugitivo. O casaca vermelha bêbado caiu de joelhos, gritando, e os dragões o pisotearam com seus cavalos e esporearam em direção às duas companhias que barravam a estrada. Aquele córrego não seria obstáculo para seu ataque.

— *Serrez! Serrez!* — A palavra francesa de comando chegou clara até os fuzileiros. Significava "cerrar!" Os dragões aglomeraram-se, e, antes que o capitão Murray mandasse abrir fogo, o tenente novato teve tempo de ver os estranhos rabos de cavalo que adornavam suas cabeças.

Talvez oitenta dos fuzis tenham disparado. Os outros estavam molhados demais, mas oitenta balas, a menos de noventa metros, perfuraram o único esquadrão num turbilhão de cavalos se debatendo, homens caindo e pânico. O relincho de um cavalo moribundo varou o ar frio do dia.

— Recarregar!

O sargento Williams estava no flanco direito da companhia de Murray. Ele pegou um dos fuzis úmidos que não disparara, colheu a neve suja de sua caçoleta e carregou-a com munição seca de seu polvorinho.

— Escolham seus alvos! Atirem quando prontos!

O tenente novato olhou através da fumaça suja e cinzenta para procurar por um oficial inimigo. Viu um cavaleiro gritando para a cavalaria rompida. Mirou, e quando premiu o gatilho, o recuo do fuzil escoriou seu ombro. Julgou ver o francês cair, mas não tinha como ter certeza. Um cavalo desmontado saiu da estrada a todo galope, sangue escorrendo do tecido de sua sela.

Mais fuzis dispararam, cuspindo chamas de até sessenta centímetros. Os franceses haviam se espalhado, usando a chuva densa como escudo para prejudicar a pontaria dos fuzileiros. Seu primeiro ataque, que apenas ambicionara aferir a qualidade da retaguarda que teriam de enfrentar, fracassara; agora estavam satisfeitos em fustigar os casacas verdes à distância.

As duas companhias que haviam recuado para oeste sob as ordens de Dunnett tinham se formado agora. Um apito trilou, informando a Murray que ele poderia recuar em segurança. Os franceses do outro lado da ponte abriram um fogo irregular e impreciso com suas carabinas de cano curto. Eles disparavam de suas selas, o que reduzia ainda mais as chances de suas balas atingirem algum alvo.

— Recuar! — gritou Murray.

Alguns fuzis cuspiram uma última vez, e então os homens deram meia-volta e subiram a estrada. Esqueceram sua fome e seu cansaço desesperador; o medo conferia velocidade às suas pernas, e assim correram em direção às duas companhias formadas que iriam conter outro ataque francês. Durante os poucos minutos seguintes haveria um jogo de gato e rato entre a cavalaria cansada e os fuzileiros com frio, até que os franceses desistissem ou a cavalaria britânica chegasse para escorraçar o inimigo.

O fuzileiro Cooper cortou a amarra da mula do intendente e puxou a besta recalcitrante pela estrada. Murray usou sua espada pesada para ferir o traseiro da mula, fazendo o animal pular à frente.

— Por que você não deixa a mula para trás? — perguntou.

— Porque posso precisar dela — respondeu o tenente.

O tenente ordenou a Cooper que tirasse a mula da estrada e subisse a colina norte para clarear o campo de virada de fogo para as duas companhias de Dunnett. Os casacas verdes estavam treinados para formar uma linha de escaramuça — na qual os homens mantinham-se abrigados em posições aleatórias para disparar em segurança contra o inimigo mas nesta retirada os homens de verde formaram uma fileira tão cerrada quanto a dos casacas vermelhas e usaram seus fuzis para fogo de salva.

— Formar! Formar! — O sargento Williams estava gritando para a companhia de Murray. Os franceses avançaram cautelosos até a ponte. Havia talvez uma centena deles, uma vanguarda montada em cavalos que pareciam desesperadamente cansados e enfraquecidos. Nenhum cavalo deveria estar em campanha neste clima e nestas estradas de montanha, mas o imperador enviara os franceses para eliminar o Exército britânico, e em nome da vitória os cavalos seriam chicoteados até a morte. Seus cascos estavam embrulhados em farrapos para ter mais aderência nas estradas escorregadias.

— Fuzis! Calar baionetas! — gritou Dunnett.

As longas espadas-baionetas foram sacadas de bainhas e fixadas nas bocas dos fuzis carregados. O comando provavelmente fora desnecessário. Os franceses não pareciam dispostos a tentar outro ataque, mas como espadas fixadas eram a regra para se enfrentar uma cavalaria, Dunnett ordenara que isso fosse feito.

O tenente carregou seu fuzil. O capitão Murray enxugou a umidade da lâmina de sua espada de cavalaria pesada que, como o fuzil do tenente, era uma excentricidade. Oficiais dos fuzileiros deviam usar um sabre leve e curvado, mas Murray preferia a lâmina reta da espada de um soldado de infantaria, que precisava apenas de seu peso para esmagar o crânio de um homem.

Os dragões inimigos desmontaram. Deixaram suas montarias na ponte e formaram uma linha de escaramuça que se espalhou a cada lado da estrada.

— Eles não querem brincar — disse Murray em tom reprovador, e se virou na esperança de ver a cavalaria britânica. Não viu.

— Recuar formando em companhias! — gritou o major Dunnett. — Johnny! Leve as suas duas para trás!

— Cinquenta passos, marche! — As duas companhias de Murray, acompanhadas pelo intendente e sua mula, recuaram cambaleantes os 45 metros e formaram uma nova linha através da estrada. — Primeira fileira, ajoelhar! — gritou Murray.

— Estamos sempre fugindo. — Quem estava falando era o fuzileiro Harper. Ele era um homem imenso, um gigante irlandês num Exército de estatura baixa, e um arruaceiro nato. Possuía um rosto largo e achatado com sobrancelhas cor de areia que agora estavam esbranquiçadas por neve. — Por que não descemos até lá e esganamos aqueles bastardos? Eles devem ter comida nas mochilas. — Ele se contorceu a fim de olhar para oeste. — E onde diabos está a cavalaria?

— Cale a boca! Olhe para a frente! — Foi o intendente quem gritou a ordem.

Harper fixou no tenente um olhar demorado, cheio de insolência e desdém, e então virou-se para observar as companhias do major Dunnett recuarem. Os dragões eram silhuetas difusas à distância. Ocasionalmente, uma carabina disparava e uma nuvem de fumaça cinzenta subia ao ar. Um casaca verde foi atingido na perna e xingou o inimigo.

O tenente novato presumiu que agora seriam duas da tarde. Este combate em retirada estaria terminado antes do fim da tarde. Depois disso teriam de correr para achar alguma estrebaria ou igreja onde os homens pudessem passar a noite. O tenente novato torceu para que um oficial de logística aparecesse com um saco de farinha que, misturada com água e assada sobre uma fogueira de bosta de vaca, teria de bastar como jantar e desjejum. Com sorte um cavalo morto proveria carne. De manhã, os homens acordariam com dor de estômago. Então mais uma vez formariam fileiras, marchariam e virariam para combater aqueles mesmos dragões.

Dragões que agora pareciam felizes em deixar os fuzileiros escapulirem.

— Eles não estão muito animados hoje — resmungou o tenente.

— Estão sonhando com a casa deles — disse Murray, sonhador. — Com galinha cozida com alho, um bom vinho francês e uma garota roliça na cama. Quem quer morrer num lugar miserável como este quando tem tudo isso à sua espera em casa?

— Vamos recuar em colunas de meias-companhias! — Dunnett, convencido de que o inimigo não correria o risco de se aproximar mais, planejava dar as costas para eles e simplesmente marchar em frente. — Capitão Murray? Por gentileza, seus homens primeiro.

Mas antes que Murray pudesse dar uma ordem, a voz do tenente novato emitiu um aviso urgente:

— Atenção, cavalaria na retaguarda!

— Eles são nossos, imbecil! — Dunnett não conseguiu esconder sua antipatia pelo intendente.

— Meu Deus! — Murray virara-se para olhar para a estrada ao longo da qual as quatro companhias deveriam recuar. — Última fileira! Meia-volta, volver! Major Dunnett! Eles são franceses!

Só Deus sabia como, mas um novo inimigo aparecera atrás deles. Não havia tempo para se perguntar de onde tinham vindo, apenas virar-se e enfrentar os três novos esquadrões de dragões. A cavalaria francesa cavalgava com mantos abertos que revelavam seus casacos verdes com adornos cor-de-rosa. Eles carregavam espadas. Eram liderados, curiosamente, por um *chasseur*; um oficial com a casaca vermelha, a peliça escarlate e o chapéu de pele preta da Guarda Imperial de Napoleão. Ao seu lado, montado num grande cavalo ruão, estava uma figura igualmente estranha; um homem vestido num casaco de equitação preto e usando botas brancas reluzentes.

Dunnett olhou boquiaberto o novo inimigo. Os fuzileiros recarregaram freneticamente armas vazias. O intendente se ajoelhou, firmou seu fuzil no ombro esquerdo e atirou no *chasseur*.

Errou. O fuzileiro Harper riu de galhofa.

Um clarim inimigo soou. Havia morte em sua nota arrepiante.

O sabre do *chasseur* foi levantado. Ao seu lado, o homem de casaco civil desembainhou uma espada longa e fina. A cavalaria iniciou um trote e o tenente novato pôde ouvir os cascos pisoteando o chão. O regimento de dragões cavalgava em esquadrões que podiam ser discernidos pelas cores de seus cavalos. O primeiro esquadrão usava cavalos negros, o segundo, baios, o terceiro, castanhos; era um arranjo comum em tempos de paz, mas raro na guerra, que diluía rapidamente o padrão com substituição de cavalos. Os corneteiros cavalgavam os cinza, assim como os três homens que carregavam as cores do regimento em seus cajados compridos. As bandeirinhas destacavam-se com suas cores berrantes contra as nuvens baixas. As espadas compridas dos soldados de cavalaria reluziam como gelo.

O major Dunnett compreendeu que seus fuzileiros corriam risco de aniquilação.

— Formar quadrado! Acelerado!

Os casacas verdes contraíram-se num agrupamento quadrado; uma formação desajeitada na qual soldados se ajuntavam para se proteger contra a cavalaria. Qualquer homem que se encontrasse na fileira da frente ajoelhava e enfiava a coronha de seu fuzil na relva para conseguir manter rígida a lâmina de sua espada-baioneta. Outros recarregaram seus fuzis, descascando a pele dos nós congelados de seus dedos nas lâminas compridas das espadas-baionetas enquanto socavam as cargas. O fuzileiro Cooper e sua mula abrigaram-se no meio do quadrado.

O esquadrão castanho desviou da retaguarda da investida francesa, sacou carabinas e apeou dos cavalos. Os outros dois esquadrões esporearam para um meio galope. Eles ainda se achavam a cem passos de distância e não tocariam seus cavalos para galope até que estivessem muito próximos de seu alvo.

— Fogo! — gritou Dunnett.

Os fuzileiros que haviam recarregado dispararam.

Uma dúzia de selas foi esvaziada. Os fuzileiros acotovelaram-se enquanto se reposicionavam em fileiras, de modo que o agrupamento quadrado era agora um quadrado real do qual cada fuzil poderia disparar. Agora havia três fileiras de fuzileiros, cada uma emplumada com baionetas.

— Fogo! — Mais fuzis dispararam, mais cavaleiros caíram, e então o oficial *chasseur*, em vez de conduzir a investida final, virou seu cavalo e os dois esquadrões desviaram-se para desmascarar a visada para os homens desmontados que agora abriram fogo com suas carabinas. Os primeiros dragões, a companhia que esperara ao lado da ponte, aproximaram-se da face leste do quadrado.

O agrupamento quadrado compunha um alvo perfeito para os dragões franceses desmontados. Se os fuzileiros se pusessem em linha para abrir fogo contra a infantaria improvisada, a cavalaria montada em seguida esporearia seus cavalos e faria picadinho dos casacas verdes. O tenente considerou que o coronel *chasseur* era um bastardo inteligente; um bastardo inteligente francês que hoje iria matar um belo número de bons fuzileiros britânicos.

Esses fuzileiros começaram a cair. O centro do quadrado logo se tornou uma tumba de feridos, sangue, gritos e preces sem esperança. A chuva estava caindo mais forte, molhando as caçoletas dos fuzis, mas havia pólvora negra suficiente para cuspir balas nos inimigos que, acocorados na grama, eram alvos pequenos e esquivos.

Os dois esquadrões montados haviam mudado de rumo para oeste, e agora reagruparam. Eles atacariam ao longo da linha da estrada, e o metal congelado de suas espadas pesadas e retas queimaria como fogo ao acutilar a carne dos inimigos. Exceto que, enquanto os fuzileiros permanecessem juntos, e enquanto suas fileiras íntegras estivessem eriçadas com lâminas pálidas, os cavaleiros não poderiam feri-los. Mas as carabinas inimigas estavam punindo severamente os ingleses. E quando um número suficiente de fuzileiros ingleses tivesse caído, a cavalaria partiria o quadrado enfraquecido com a facilidade de uma espada fatiando uma maçã podre.

Dunnett sabia disso, e procurou por salvação. Encontrou-a na nuvem baixa que encobria a encosta da colina apenas duzentos metros ao norte. Os casacas verdes estariam a salvo se conseguissem escalar até o manto escuro deixado por essas nuvens. Hesitou antes de tomar a decisão. Um sargento caiu morto para dentro do quadrado, cérebro trespassado por uma bala. Um fuzileiro gritou quando uma bala penetrou sua barriga.

Outro, atingido no pé, conteve seu arfar de dor enquanto recarregava metodicamente a arma.

Dunnett olhou para o refúgio na colina oferecido pela nuvem. Cofiou seu bigodinho molhado de chuva e então tomou sua decisão.

— Colina acima! Colina acima! Mantenham posições!

O quadrado subiu vagarosamente colina acima. Os feridos gritavam enquanto eram carregados. Balas francesas ainda acertavam seus alvos e a formação de casacas verdes tornou-se cada vez mais irregular à medida que os homens paravam para responder ao fogo ou ajudar os feridos. Seu avanço era desesperadamente lento; lento demais para os nervos abalados do major Dunnett.

— Sair de formatura e debandar!

— Não! — Foi o novo tenente quem gritou o contracomando, mas foi ignorado.

A ordem de Dunnett fora dada, e agora eles estavam numa corrida. Se conseguissem alcançar a cobertura antes de a cavalaria conseguir alcançá-los, os casacas verdes viveriam, mas se o oficial *chasseur* tivesse calculado corretamente sua distância, então ele venceria.

E o cálculo do *chasseur* de casaca vermelha fora de uma precisão notável.

Os casacas verdes correram, mas sobre o som de suas respirações ofegantes e do martelar de suas botas vinha um crescente trovejar de cascos.

Um homem virou-se e viu os alvos dentes de um cavalo. Ouviu uma espada sibilar mais alto que o som das cornetas. O fuzileiro gritou.

E então, caos e chacina.

Primeiro os cavaleiros separaram os casacas verdes, depois lançaram-se ao abate. As espadas grandes fatiavam e estocavam. Com o canto do olho, o tenente novato viu um homem com um rabo de cavalo pendendo para fora de seu capacete. O tenente se esquivou, sentindo no rosto o vento da espada. Outro cavaleiro francês tocou sua montaria até o tenente, mas ele segurou o fuzil pelo cano e, brandindo-o como um porrete, golpeou a boca do cavalo. O animal relinchou e empinou, permitindo que o tenente continuasse correndo. Aos gritos, o tenente ordenava que os homens se ajuntassem perto dele, mas os casacas verdes estavam espalhados e correndo por suas vidas. A mula do batalhão estourou para leste, e Cooper, tentando teimosamente salvar seus pertences amarrados aos alforjes da besta, foi morto por um golpe de espada.

O major Dunnett foi derrubado na relva. Um tenente de dezessete anos de idade foi pego por dois soldados de cavalaria. O primeiro cegou-o com um talho nos olhos, o segundo esfaqueou-o no peito. Os cavaleiros continuavam vindo. Os cavalos fediam com feridas causadas pelas selas por terem sido cavalgados demais, mas haviam sido treinados para este trabalho. A bochecha de um fuzileiro foi fatiada de seu rosto e sangue e saliva espumaram profusamente de sua boca. Os franceses rosnavam enquanto despedaçavam seus oponentes. Este era o paraíso de um homem da cavalaria: infantaria dissolvida e terreno firme.

O tenente novato ainda gritava enquanto escalava.

— Fuzileiros! A mim! A mim!

O *chasseur* deve ter ouvido o tenente, porque virou seu grande cavalo preto e esporeou em direção ao inglês.

Vendo o *chasseur* aproximar-se, o tenente pendurou no ombro a correia do fuzil vazio e desembainhou o sabre.

— Venha, filho da puta!

O *chasseur* empunhou seu próprio sabre na mão direita e, para facilitar o golpe mortal, dirigiu o cavalo para a esquerda do fuzileiro. O tenente aguardou o momento certo para guinar sua lâmina curva contra a boca do cavalo. O corte deteria o avanço do animal, e faria com que empinasse violentamente. Ele já perdera a conta de quantos cavaleiros derrubara com este golpe. A eficácia do truque residia na escolha do momento para desfechar o golpe, e o tenente torcia para que a evasão do cavalo aterrorizado derrubasse o cavaleiro da sela. Ele queria aquele *chasseur* inteligente morto.

Um toque das esporas do francês pareceu fazer o cavalo arremessar-se para o golpe mortal e o tenente brandiu seu sabre e viu que fora ludibriado. O cavalo parou e mudou de rumo numa manobra que testemunhou horas de treinamento paciente. O sabre sibilou no espaço vazio. O *chasseur* não era destro, mas canhoto, e mudara de mão quando seu cavalo desviara para a direita. Sua lâmina reluziu enquanto descia, apontada para o pescoço do fuzileiro.

O tenente fora enganado. Ele desfechara o golpe cedo demais e não acertara nada; agora estava desequilibrado. O *chasseur*, sabendo que este inglês estava morto, planejou seu abate seguinte antes mesmo de seu sabre acertar o alvo. Ele já perdera a conta de quantos homens matara com este truque simples. Agora somaria um oficial dos fuzileiros a todos aqueles austríacos, prussianos, russos e espanhóis que não tinham sido suficientemente habilidosos.

Mas o sabre do *chasseur* não acertou o alvo. Com uma velocidade surpreendente, o fuzileiro conseguiu recolher sua lâmina para aparar o golpe. Os sabres se encontraram com um choque que abalou os braços dos dois homens. A lâmina de quatro guinéus do tenente se estilhaçou, mas não antes de retirar a força da cutilada mortal do francês.

O impulso do cavalo do *chasseur* o fez passar pelo inglês. O francês se virou, estarrecido com a aparada, e viu o tenente correr colina acima. Por um segundo sentiu-se tentado a segui-los, mas havia outros alvos, mais fáceis, colina abaixo. Ele esporeou o cavalo na direção deles.

O tenente jogou fora seu sabre quebrado e arrastou-se até a nuvem baixa.

— Fuzileiros! Fuzileiros!

Homens ouviram o tenente e se aproximaram dele. Arrastaram-se colina acima juntos, compondo um grupo suficientemente grande para deter o inimigo. Os soldados de cavalaria dedicaram-se aos indivíduos isolados, a quem seria mais fácil assassinar, e fazendo isso, degustaram o prazer de vingar todos os cavaleiros abatidos por balas de fuzis, os franceses derrubados para sangrar até a morte, e toda a galhofa ouvida dos fuzileiros naquelas últimas semanas penosas.

O capitão Murray juntou-se ao tenente novato.

— Por Deus, eles nos pegaram de jeito! — Ele pareceu surpreso.

O pequeno grupo de fuzileiros alcançou a segurança da sombra das nuvens, lá em cima onde as rochas tornavam o solo irregular demais para que os soldados de cavalaria os seguissem. Ali Murray parou seus homens e olhou, embasbacado, para a carnificina abaixo.

Os dragões cavalgavam entre mortos e derrotados. Fuzileiros com rostos cortados engatinhavam entre eles, outros jaziam imóveis até que mãos virassem seus corpos mortos para rasgar bolsas e algibeiras. O intendente viu o major Dunnett ser obrigado a se levantar para que seu uniforme fosse revistado em busca de dinheiro e bens. Dunnett tivera sorte; estava vivo e era um prisioneiro. Um fuzileiro corria colina abaixo, ainda tentando escapar, e o homem de casaco preto e botas brancas cavalgou atrás dele e — com uma perícia arrepiante — desfechou uma única cutilada mortal.

— Bastardos. — Murray, ciente de que não havia como lutar mais, embainhou sua espada de Cavalaria Pesada. — Malditos bastardos comedores de lesmas!

Cinquenta fuzileiros, sobreviventes de todas as quatro companhias, tinham sido poupados da matança. O sargento William estava com eles, assim como o fuzileiro Harper. Alguns dos homens sangravam. Um sargento tentava estancar uma cutilada horrível em seu ombro. Um jovem estava pálido e trêmulo. Murray e o tenente novato eram os únicos oficiais que haviam escapado ao massacre.

— Vamos seguir nosso caminho para leste — disse com muita calma Murray. — Talvez consigamos alcançar o Exército depois do anoitecer.

O irlandês enorme soltou um palavrão irritado e os dois oficiais baixaram os olhos para o vale para ver a cavalaria britânica enfim aparecer na garoa. O *chasseur* avistou-os ao mesmo tempo, e o clarim francês ordenou que os dragões entrassem em forma. Os britânicos, constatando a preparação do inimigo e não encontrando nenhum sinal da infantaria, bateram em retirada.

Os fuzileiros na beira da nuvem vaiaram a cavalaria. Murray virou abruptamente para eles, ordenando:

— Silêncio!

Mas as vaias tinham atraído a atenção dos dragões que estavam desmontados na ladeira abaixo. Julgando que o som zombeteiro era dirigido a eles, os dragões miraram nos ingleses. Alguns deles empunharam carabinas, outros pegaram fuzis caídos no chão, e dispararam uma salva irregular no pequeno grupo de sobreviventes.

As balas chiaram e passaram zunindo pelos casacas verdes. A salva irregular errou o alvo, exceto por uma bala fatal que ricocheteou de uma rocha para a costela do capitão Murray. A força da bala fez com ele girasse nos calcanhares e caísse de rosto no chão da encosta. A mão esquerda do capitão Murray agarrava a relva fina enquanto a direita continha o sangue em sua cintura.

— Prossigam! Deixem-me aqui! — Sua voz era pouco mais que um sussurro.

O fuzileiro Harper desceu a encosta e colheu Murray em seus braços imensos. Ao ser levantado, o capitão exalou um horrível gemido de dor. Abaixo dele os franceses engatinhavam colina acima, ansiosos por completar sua vitória aprisionando esses últimos fuzileiros.

— Sigam-me! — gritou o tenente novato.

O tenente conduziu o pequeno grupo para as nuvens. Os franceses atiraram de novo nos fuzileiros, e as balas não os acertaram por muito pouco, mas agora estavam perdidos na branquidão da neblina. Por enquanto, estavam seguros.

O tenente encontrou uma depressão entre as rochas que oferecia algum abrigo do frio. Os feridos foram deitados ali e sentinelas foram postadas para guardar o perímetro. Murray estava branco como papel de cartucho.

— Dick, não achei que eles pudessem nos derrotar.

— Não entendi de onde vieram. — O rosto cicatrizado do tenente dobrou-se numa expressão preocupada. — Eles não passaram por nós. Não poderiam!

— Eles precisavam ter feito isso. — Murray suspirou e gesticulou para o fuzileiro Harper que, com uma gentileza que parecia estranha para um homem tão grande, desafivelou o cinto da espada do capitão, para então retirar suas roupas de cima do ferimento. Como era evidente que Harper sabia o que estava fazendo, o tenente foi olhar através da neblina da colina, na esperança de vislumbrar o inimigo. Mas não conseguiu ver nem ouvir nada. Os dragões evidentemente pensaram que o grupo de sobreviventes era pequeno demais para ser motivo de preocupação. Os cinquenta fuzileiros eram inofensivos como os destroços de um naufrágio, e se os franceses soubessem que os fugitivos eram liderados por um intendente, iriam considerá-los ainda mais inócuos.

Mas o intendente lutara contra os franceses pela primeira vez há quinze anos, e continuara lutando desde então. Os fuzileiros perdidos podiam chamá-lo de tenente novato, e podiam até enfatizar a palavra "novato" com o escárnio dos soldados velhos, mas isso era porque não conheciam este homem. Tinham-no como um mero sargento ascendido das fileiras, mas estavam enganados. Ele era um soldado, e seu nome era Richard Sharpe.

CAPÍTULO II

À noite o tenente Sharpe conduziu uma patrulha para oeste ao longo da cumeeira alta. Esperara determinar se os franceses guardavam o lugar onde a estrada cruzava a montanha, mas na escuridão congelante e entre o emaranhado de rochas, ele perdeu sua direção e, mal-humorado, retornou para a depressão na rocha na qual os fuzileiros se abrigavam.

A nuvem se dispersou antes da alvorada, permitindo à primeira luz tênue revelar o corpo principal da perseguição francesa no vale que jazia ao sul. A cavalaria inimiga já partira para oeste, e Sharpe olhou do marechal Soult, que marchava em perseguição acirrada ao Exército de *sir* John Moore.

— Estamos isolados. — O sargento Williams ofereceu sua avaliação pessimista a Sharpe que, em vez de responder, foi acocorar-se ao lado dos feridos. O capitão Murray dormia, tremendo debaixo de meia dúzia de casacos. O sargento recebera um corte através do pescoço e dos ombros e morrera durante a noite. Sharpe cobriu o rosto do homem com uma barretina.

— Ele é um sargento ascendido, um bosta! — disse Williams às costas do tenente Sharpe. — Ele não é um oficial, Harps. Não um oficial de verdade.

O fuzileiro Harper estava afiando sua espada-baioneta, fazendo seu trabalho com a concentração obsessiva de um homem que sabe que sua vida depende de suas armas.

— Não é um oficial de verdade — prosseguiu Williams. — Não é um cavalheiro. É um sargento ascendido, não é?

— Só isso — disse Harper olhando para o tenente, vendo as cicatrizes no rosto e as linhas de seu queixo firme.

— Se ele pensa que vai me dar ordens, está enganado. Ele não é melhor do que eu, é?

A resposta de Harper foi um grunhido, e não a anuência que teria dado ao sargento o encorajamento de que ele precisava. Williams esperara o apoio de Harper, mas o irlandês apenas olhou ao longo da linha de sua baioneta, e então cuidadosamente embainhou a lâmina comprida.

Williams cuspiu no chão.

— Ponha uma faixa e uma espada num joão-ninguém e ele pensa que tem Deus na barriga! Ele não é nem um fuzileiro de verdade, Harps. Ele é apenas um intendente!

— E nada mais — concordou Harper.

— Um lojista ascendido, é isso que ele é!

Sharpe virou-se abruptamente e Williams, mesmo sabendo que isso era impossível, temeu que ele o houvesse escutado. Os olhos do tenente espetaram-no como duas adagas.

— Sargento Williams!

— Senhor. — Williams, a despeito de sua asserção de desobediência, deu um passo à frente em sinal de obediência ao tenente Sharpe.

— Abrigo. — Sharpe apontou para o vale norte onde, muito abaixo dele e lentamente sendo revelado pela névoa que se dissolvia, havia um casebre de pedra. — Leve os feridos para lá.

Williams emitiu um assobio desconfiado entre os dedos amarelos.

— Não sei se eles deveriam ser movidos, senhor. O capitão está...

— Mandei levar os feridos para lá, sargento. — Sharpe havia se afastado, mas agora retornou. — Não requisitei um debate sobre a questão. Mexa-se.

Levou quase a manhã inteira, mas eles conseguiram carregar os feridos até o casebre. O prédio, mais seco, era um celeiro de pedra, construído sobre pilares para proteger os víveres dos animais e com um telhado encimado por cruzes, de modo que, visto à distância, parecia uma igrejinha rude. A casa arruinada e o estábulo adjacente forneceram tábuas infestadas de fungos que, partidas e polvilhadas com pólvora de cartuchos, formaram uma fogueira que aqueceu lentamente os homens feridos. O fuzileiro Hagman, um nativo de Cheshire desdentado e de meia-idade, foi caçar comida, enquanto o tenente postava sentinelas avançadas nas trilhas de cabras que conduziam para leste e oeste.

Quando Sharpe retornou do celeiro, o sargento Williams chamou-o a um canto.

— Senhor, o capitão Murray está muito mal. Ele precisa de um cirurgião.

— O que é bem difícil nas presentes circunstâncias, certo?

— A não ser que nós... bem... — O sargento, um homem atarracado e de rosto avermelhado, não conseguiu expressar o que estava em sua mente.

— A não ser que nos rendamos aos franceses? — perguntou Sharpe, ácido.

Williams fitou os olhos do tenente. Eram olhos curiosos, quase reptilianos em sua presente frieza. O sargento encontrou coragem para defender seu argumento.

— Pelo menos aqueles sodomitas têm cirurgiões, senhor.

— Dentro de uma hora inspecionarei o fuzil de cada um dos homens. — O tom de voz de Sharpe implicou que ele nem ouvira as palavras de Williams. — Providencie para que estejam prontos.

Williams fitou com beligerância o oficial, mas não conseguiu reunir a audácia necessária para desobedecê-lo. Meneou a cabeça positivamente e se afastou.

O capitão Murray fora encostado numa pilha de sacos dentro do celeiro. Ele ofereceu um sorriso enfraquecido a Sharpe.

— O que vai fazer?

— O sargento Williams acha que eu deveria levar você até um cirurgião francês.

Murray fez uma careta de dor e corrigiu:

— Ou melhor, o que você *quer* fazer?

Sharpe sentou-se ao lado do capitão.

— Quero nos reunir ao Exército.

Murray fez que sim. Aninhava em seu colo uma caneca de chá, um presente precioso de um fuzileiro que tirara as folhas do fundo de sua algibeira de munição.

— Você pode me deixar aqui.

— Eu não...

— Estou morrendo. — Murray meneou os ombros para demonstrar que não desejava qualquer piedade. Seu ferimento não estava sangrando muito, mas a barriga estava azulada e inchada, atestando hemorragia interna. O capitão apontou com a cabeça para os outros homens muito feridos, todos com grandes cortes de espadas nos rostos ou queixos. — Deixe-os também. Para onde você vai? Para a costa?

Sharpe balançou a cabeça.

— Nunca alcançaremos o Exército agora.

— Provavelmente não. — Murray fechou os olhos.

Sharpe esperou. Recomeçara a chover e uma fenda no teto de pedra gotejava insistentemente na fogueira. Ele estava considerando suas opções. A escolha mais convidativa era tentar seguir o Exército de *sir* John Moore, mas eles estavam recuando muito depressa, e os franceses agora controlavam a estrada que Sharpe devia tomar, e portanto ele sabia que devia resistir a essa tentação porque ela conduziria apenas ao cativeiro. Em vez disso, ele precisava ir para o sul. *Sir* John marchara de Lisboa, e alguns soldados tinham sido deixados para proteger a capital portuguesa. Talvez essa guarnição ainda existisse e Sharpe pudesse encontrá-la.

— A que distância fica Lisboa? — perguntou a Murray.

O comandante abriu os olhos e deu de ombros.

— Só Deus sabe. Sete? Oitocentos quilômetros? — Uma pontada de dor estremeceu seu corpo. — Provavelmente quase mil quilômetros por essas estradas. Acha que ainda temos tropas por lá?

— Pelo menos poderemos encontrar um navio.

— Se os franceses não chegarem lá primeiro. Que tal Vigo?

— É mais provável que os franceses estejam lá do que em Lisboa.

— Verdade. A Divisão Ligeira fora enviada a Vigo numa estrada mais ao sul. Apenas algumas tropas leves, como a destes fuzileiros, fora mantida para proteger a retirada de *sir* John. — Talvez Lisboa seja a melhor opção. — Murray olhou por cima do ombro de Sharpe e viu que os homens estavam escovando e oleando os fechos dos fuzis. Ele suspirou. — Não seja muito duro com eles.

— Não sou — retrucou Sharpe, instantaneamente defensivo.

Um sorriso relampejou no rosto de Murray.

— Você já foi comandado por um oficial que tenha vindo das fileiras?

Sharpe, farejando crítica, ficou ressentido por um instante, mas então compreendeu que Murray estava tentando ajudá-lo.

— Não, senhor. Nunca.

— Os soldados não gostam. O que é uma estupidez. Eles acham que os oficiais nascem, e não que são feitos. — Murray fez uma pausa para respirar que o fez estremecer de dor. Viu Sharpe prestes a impor-lhe silêncio, mas balançou a cabeça. — Não tenho muito tempo. Devo usar o que me resta. Você acha que estou sendo muito rude?

— Não, senhor.

Murray fez uma pausa para bebericar seu chá.

— Eles são bons rapazes.

— São, sim.

— Mas eles têm opiniões estranhas sobre o que é certo e o que é errado. Eles esperam que os oficiais sejam diferentes. Querem que sejam privilegiados. Oficiais são homens que escolhem lutar, e não homens que são forçados a isso pela pobreza. Você entendeu isso?

— Entendi.

— Eles acham que você na verdade é um deles. Um dos malditos. E querem que seus oficiais sejam tocados por alguma coisa a mais do que isso. — Murray balançou a cabeça com tristeza. — Este não é um conselho muito bom, é?

— É muito bom — mentiu Sharpe.

O vento suspirou nos cantos do celeiro de pedra e atiçou as chamas na fogueirinha. Murray esboçou um sorriso triste.

— Deixe-me pensar em um conselho mais útil para você. Alguma coisa que o ajude a chegar a Lisboa. — Franziu a testa por um instante antes de voltar os olhos avermelhados para Sharpe. — Traga Patrick Harper para o seu lado.

Sharpe virou-se para olhar os homens reunidos no canto oposto do celeiro. O irlandês grandão pareceu sentir que seu nome fora mencionado, porque brindou Sharpe com um olhar hostil.

— Ele é um criador de casos, mas os homens lhe dão ouvidos. Certa vez pensei em fazer dele um Escolhido — Murray instintivamente usou o antigo termo dos fuzileiros para o posto de cabo —, mas ele não iria se adaptar. Ele daria um bom sargento. Diabos! Ele daria até um bom oficial, se soubesse ler, mas não se adaptaria. Mas os homens lhe dão ouvidos. Ele tem o sargento Williams na palma da mão.

— Posso lidar com Harper. — Sharpe disse as palavras com falsa convicção. No curto tempo em que estava com este batalhão, frequentemente notara o irlandês e vira com seus próprios olhos a verdade da asserção do capitão Murray de que ele era um líder nato. Os homens reuniam-se em torno da fogueira de Harper, em parte para desfrutar de suas histórias, e em parte porque queriam sua afeição. Aos oficiais de quem gostava o irlandês oferecia uma aliança bem-humorada, enquanto para aqueles de quem não gostava ele oferecia nada além de escárnio. E havia uma coisa muito intimidadora em Harper; não apenas devido ao seu tamanho, mas devido ao seu ar de autoconfiança.

— Não tenho dúvida de que Harper acha que pode lidar com *você*. Ele é um homem firme. — Murray fez uma pausa e então sorriu. — Mas seu coração é abarrotado de sentimentalismo.

— Então ele tem uma fraqueza — disse Sharpe, agressivamente.

— Isso é uma fraqueza? — Murray deu de ombros. — Duvido. Mas agora você vai pensar que sou fraco. Veja bem, quando eu estiver morto...
— Mais uma vez ele balançou a cabeça para impedir que Sharpe o inter-

rompesse. Repetiu: — Quando eu estiver morto, quero que você fique com a minha espada. Direi a Williams que ela é para você.

Sharpe olhou para a espada de Cavalaria Pesada que estava guardada em sua bainha e encostada na parede. Parecia uma arma desajeitada, mas Sharpe não podia fazer qualquer objeção ao presente agora.

— Obrigado — disse sem jeito. Ele não estava acostumado a receber favores pessoais, nem aprendera a recebê-los graciosamente.

— Não é grande coisa como espada, mas vai substituir a que você perdeu. E se os homens virem que você a está carregando... — Ele não foi capaz de terminar a frase.

— Eles pensarão que sou um oficial de verdade? — As palavras traíram seu ressentimento.

— Eles pensarão que eu gostava de você — corrigiu gentilmente Murray. — E isso irá ajudá-lo.

Sharpe, reprovado pelo tom na voz do moribundo, mais uma vez murmurou agradecimentos.

Murray deu de ombros.

— Observei você ontem. Você é bom em combate, não é?

— Para um intendente?

Murray ignorou a autopiedade do tenente.

— Você já viu muitas batalhas?

— Sim.

— Isso não foi muito gentil da sua parte — disse Murray com um sorriso. — Tenentes novatos não devem ser mais experientes que seus superiores. — O capitão olhou para o teto quebrado. — Lugar ridículo para se morrer, não acha?

— Vou mantê-lo vivo.

— Tenente Sharpe, suspeito que você seja capaz de fazer muitas coisas, mas não é um milagreiro.

Depois disso Murray dormiu. Todos os fuzileiros descansaram naquele dia. A chuva estava insistente e, no meio da tarde, tornou-se uma tempestade de neve que, ao cair da noite, cobria de branco as colinas próximas. Hagman caçara dois coelhos, bem magros, mas que dariam sabor aos poucos feijões e nacos de pão que os homens tinham guardado em seus sacos de dormir. Como não dispunham de caldeirões, os homens usaram canecas de latão como panelas.

Sharpe saiu do celeiro na penumbra e seguiu até o abrigo frio da casa de fazenda arruinada para ver a noite cair. Não era bem uma casa, apenas quatro paredes de pedra quebradas que um dia haviam sustentado um telhado de madeira e sapé. Uma porta dava para oeste, outra para leste, e da porta leste Sharpe pôde ver um vale que agora era castigado pela neve. Uma vez, quando a chuva de neve foi levantada pelo vento, Sharpe julgou ver uma mancha cinzenta de fumaça no fundo do vale; evidência, talvez, de uma aldeiazinha onde encontrariam abrigo, e então a neve cobriu novamente a paisagem. Ele tiritava de frio, quase não conseguindo acreditar que esta fosse a Espanha.

Passos fizeram-no virar. O fuzileiro Harper parou e se agachou à porta oeste da casinha. Ao ver Sharpe, apontou algumas vigas caídas do teto e cobertas com pedras e relva.

— Lenha, senhor — disse, justificando por que se encontrava ali. — Para a fogueira.

— Prossiga. — Sharpe observou o irlandês pegar as madeiras apodrecidas e limpá-las. Harper parecia não gostar de ser observado, porque empertigou-se e fitou o tenente.

— E então, senhor, o que estamos fazendo?

Por um segundo Sharpe sentiu-se ofendido pelo tom rude, mas acabou percebendo que Harper apenas perguntara o que cada homem na companhia queria saber.

— Estamos indo para casa.

— A Inglaterra?

— De volta ao Exército. — Sharpe subitamente desejou que estivesse para fazer essa jornada sozinho, sem o fardo de um bando de soldados rancorosos. — Precisamos seguir para o sul. Para Lisboa.

Harper caminhou até a entrada, onde parou para olhar para leste.

— Não achei que o senhor ia responder Donegal, Irlanda.

— É de onde você veio?

— Sim. — Harper observou a neve assentar no vale escurecido. — Esta região lembra um pouco Donegal. Só que esta terra é melhor.

— Melhor? — Sharpe estava surpreso. Também estava secretamente satisfeito com o fato de o homenzarrão ter puxado esta conversa que de súbito o tornara mais amigável. — Melhor? — Sharpe precisou repetir a pergunta.

— A Inglaterra nunca reinou nela. Reinou, senhor? — A insolência estava de volta. Harper, de pé, baixou os olhos para Sharpe, sentado, e agora não havia nada além de escárnio em sua voz. — Esta é uma terra não conspurcada, senhor.

Sharpe percebeu que tinha sido atraído por Harper à pergunta que liberara seu escárnio.

— Pensei que você estivesse colhendo lenha.

— Eu estava.

— Então colha e vá embora.

Mais tarde, depois de visitar as sentinelas, que reclamaram muito do frio, Sharpe retornou ao celeiro e sentou perto da parede, onde escutou as vozes baixas dos homens que se reuniam em torno de Harper. Riam baixo, deixando claro para Sharpe que fora excluído da companhia dos soldados, mesmo daqueles soldados condenados. Estava só.

Murray morreu durante a noite. Fez isso sem qualquer alarido, deixando-se escorregar dignamente para a morte.

— Os rapazes querem enterrá-lo — disse Williams, como se esperasse que Sharpe desaprovasse.

Sharpe estava de pé no pórtico do celeiro.

— É claro.

— Ele mandou dar isto a você. — Williams estendeu a espada grande.

Foi um momento desconcertante. Sharpe estava cônscio do olhar dos homens ao pegar a arma desajeitada.

— Obrigado, sargento.

— Ele sempre disse que, numa batalha, ela era melhor que um sabre, senhor — explicou Williams. — Assusta os franceses, senhor. É uma lâmina digna de um açougueiro.

— Tenho certeza de que é.

O momento de intimidade, forjado pela oferta da espada, pareceu incutir confiança em Williams. — Ontem à noite nós estivemos conversando, senhor.

— Nós?

— Eu e os rapazes.

— E? — Sharpe pulou do pórtico elevado do celeiro para um mundo ofuscado por neve recente. O vale inteiro reluzia a um sol pálido que era ameaçado por nuvens escuras.

Acompanhando Sharpe, o sargento disse:

— Eles não vão, senhor. — Seu tom foi respeitoso, mas firme. — Não vão para o sul.

Sharpe afastou-se do celeiro. Suas botas guinchavam na neve fresca. Elas também deixavam entrar a umidade porque, como as botas dos homens que supostamente comandava, estavam rasgadas, abertas e mantidas em seus pés com o auxílio de farrapos e barbantes; dificilmente o calçado de um oficial privilegiado a quem esses soldados assustados seguiriam pelo vale de sombra e morte.

— E quem tomou essa decisão, sargento?

— Todos nós, senhor.

— Desde quando, sargento, este Exército é uma... — Sharpe fez uma pausa, tentando lembrar a palavra que certa vez ouvira num cassino de oficiais — ...uma democracia?

Williams nunca ouvira essa palavra.

— Uma o quê, senhor?

Como não podia explicar o significado da palavra, Sharpe tentou uma abordagem diferente.

— Desde quando sargentos dão ordens a tenentes?

— Não é assim, senhor. — Williams estava embaraçado.

— Então, o que é?

O sargento hesitou, mas estava sendo observado pelos soldados que se acotovelavam na entrada do celeiro, e sob aquele olhar crítico, ele encontrou coragem e volubilidade.

— É loucura, senhor. É isso que é. Não podemos ir para o sul neste clima! Vamos passar fome! E nem sabemos se ainda há uma guarnição em Lisboa.

— Isso é verdade. Não sabemos.

— Então, vamos para o norte, senhor — disse Williams com confiança, como se estivesse prestando um grande favor a Sharpe com a sugestão. — Tem portos lá, senhor, e encontraremos um barco. Afinal, a Marinha ainda está nas proximidades da costa. Eles vão nos achar.

— Como sabe que a Marinha está lá?

William encolheu os ombros modestamente.

— Não sou eu quem sabe, senhor.

— Harper? — presumiu Sharpe.

— Harps! Deus, senhor, não. Ele é um joão-ninguém, não é? Harps não saberia de nada, senhor. Não, quem sabe é o fuzileiro Tongue, senhor. Ele é um homem inteligente. Sabe ler. A ruína dele foi a bebida, senhor. Só a bebida. Mas é um homem culto, senhor, e nos disse que, como a Marinha está na costa, podemos ir para o norte e encontrar um barco. — Williams, encorajado pelo silêncio de Sharpe, mostrou com um gesto as colinas escarpadas do norte. — A costa não pode estar muito distante, senhor. Talvez três dias? Quatro?

Sharpe deu mais alguns passos para longe do celeiro. A neve estava com aproximadamente dez centímetros, embora tivesse escorrido para terrenos mais baixos onde o solo era esburacado. Não era profundo demais para uma marcha, o que era tudo com que Sharpe estava se importando esta manhã. As nuvens estavam começando a enevoar o sol enquanto Sharpe olhava no rosto do sargento.

— Sargento, já lhe ocorreu que os franceses estão invadindo este país a partir do norte e do leste?

— Eles estão, senhor?

— E que, se formos para o norte, provavelmente marcharemos direto para eles? Ou é isso que você quer? Ontem estava muito disposto a se render.

— Precisamos ser um pouco inteligentes, senhor. Precisamos nos esquivar um pouco. — Williams fez questão de evitar que os franceses parecessem uma brincadeira infantil de pique-esconde.

Sharpe levantou a voz para que cada homem o ouvisse.

— Vamos para o sul, sargento. Vamos descer este vale hoje e encontrar um abrigo para a noite. Depois disso, rumaremos para o sul. Partiremos em uma hora.

— Senhor...

— Uma hora, sargento! Se quiser cavar uma sepultura para o capitão Murray, comece agora. E se quiser me desobedecer, sargento Williams, então abra uma cova maior, para que você também caiba nela. Você me entendeu?

Williams calou-se por um instante, querendo desafiar o tenente, mas amarelou diante do olhar fulminante de Sharpe. Houve um momento de tensão quando a autoridade pesou na balança, e então o sargento aquiesceu.

— Sim, senhor.

— Então vá trabalhar.

Sharpe deu as costas para o sargento. Por dentro, estava tremendo. Soara suficientemente calmo para dar suas ordens de partida a Williams, mas não estava completamente certo de que essas ordens seriam obedecidas. Esses homens não tinham o hábito de obedecer ao tenente Sharpe. Estavam com frio, longe de casa, cercados pelo inimigo, e convencidos de que uma jornada para o norte iria levá-los para a segurança mais rápido que uma jornada para o sul. Sabiam que seu Exército havia sido derrotado e forçado a bater em retirada, e viram os restos dos Exércitos da Espanha, que tinham sido similarmente quebrados e dissolvidos. Os franceses espalhavam-se vitoriosos pela terra, e estes fuzileiros estavam despojados e assustados.

Sharpe também estava assustado. Esses homens podiam questionar a sua autoridade tênue com uma facilidade assustadora. Pior ainda, se os fuzileiros julgassem que ele era uma ameaça à sua sobrevivência, Sharpe podia esperar apenas uma facada nas costas. Seu nome seria registrado como um oficial que morrera na *débâcle* da retirada de *sir* John Moore, ou talvez sua morte não fosse sequer notada por ninguém, porque Sharpe não tinha família. Ele nem tinha certeza se ainda possuía amigos, porque quando um homem era promovido das fileiras para o oficialato, os amigos ficavam para trás.

Sharpe supunha que deveria virar-se para impor sua vontade à companhia improvisada, mas estava trêmulo demais, e sem a menor vontade de enfrentar o ressentimento dos homens. Convenceu a si mesmo de que tinha uma tarefa útil a desempenhar na casa arruinada onde, com uma sensação horrível de estar fugindo ao seu dever real, sacou sua luneta.

O tenente Richard Sharpe não era um homem rico. Seu uniforme não era melhor que o dos homens que liderava, exceto que suas calças puídas de oficial tinham botões de prata. Suas botas também estavam rasgadas, suas rações escassas, suas armas tão desgastadas quanto os equipamentos dos fuzileiros. Ainda assim, Sharpe possuía um objeto de valor e beleza.

Era a luneta; um instrumento magnífico feito por Matthew Burge em Londres e presenteado ao sargento Richard Sharpe pelo general *sir* Arthur Wellesley. Havia uma placa de bronze registrando a data da batalha na Índia onde Sharpe, então um casaca vermelha, salvara a vida do general. Esse ato também lhe concedera uma patente por bravura em batalha. Agora, enquanto olhava pela lente de sua luneta, Sharpe arrependia-se de ter aceitado a patente. Ela fizera dele um homem ilhado, isolado dos seus pares. Houve uma época em que soldados se juntavam em torno da fogueira de Richard Sharpe e cobiçavam sua amizade, mas esse tempo se fora.

Sharpe olhou para o vale onde, durante a tempestade de neve, julgara ver uma mancha cinzenta de fumaça produzida pelas lareiras de uma aldeia. Agora, através das lentes, viu casas de pedra e o campanário de uma igreja. Então havia uma aldeia a poucas horas de marcha. Uma aldeia que, embora pobre, teria comida estocada: cereais enterrados em panelas de barro lacradas com cera e presuntos pendurados em chaminés. Pensar em comida apenas aumentou sua tensão.

    Sharpe moveu a luneta para a direita, perscrutando a neve reluzente. Uma árvore cheia de pingentes de gelo passou pela lente. Um movimento repentino fez Sharpe deter o movimento da luneta, mas fora apenas um corvo batendo as asas contra uma encosta branca de montanha. Atrás do corvo uma linha irregular de pegadas evidenciava por onde homens haviam descido pela colina até o terreno plano.

    Sharpe escrutinou as pegadas. Rastros recentes. Por que as sentinelas não haviam emitido um alarme? Moveu a lente para olhar para a vala rasa na neve que marcava a trilha de bode e viu que as sentinelas não estavam mais em seus postos. Ele xingou silenciosamente. Os homens já se amotinavam. Malditos! Fechou os tubos da luneta e se virou.

    Deparou com Harper de pé no pórtico oeste da casa. Ele devia ter se aproximado em passos de gato, porque Sharpe não ouvira nada.

    — Não vamos para o sul — disse secamente o irlandês. Ele parecia um pouco assustado por Sharpe ter-se movido de forma tão abrupta, mas sua voz foi implacável.

    — Não me importo nem um pouco com o que você pensa. Vá se preparar para a marcha.

    — Não.

    Sharpe pousou a luneta sobre seu farnel, que pusera junto com a espada nova e o fuzil maltratado no peitoril da janela. Agora precisava fazer uma escolha. Podia argumentar e lisonjear, persuadir e implorar; ou podia impor a autoridade de sua patente. Como estava com frio e fome demais para adotar o método mais laborioso, recorreu à patente.

    — Está preso, soldado.

    Harper ignorou as palavras.

    — Não estamos indo, senhor, e ponto final.

    — Sargento Williams! — gritou Sharpe pela porta que dava para o celeiro.

    Os fuzileiros estavam parados ao lado da cova rasa que haviam cavado na neve. Olharam para Sharpe, e com sua imobilidade demonstraram que Harper era seu emissário e porta-voz nesta manhã. Williams não respondeu ao comando.

— Sargento Williams! — insistiu Sharpe.

— Ele não vem — disse Harper. — É muito simples, senhor: não vamos para o sul. Estamos indo para o norte, para a costa. Conversamos sobre o assunto, e decidimos fazer isso. O senhor pode vir conosco ou ficar. Para nós não fará diferença.

Sharpe manteve-se de pé, imóvel, disfarçando o medo que arrepiava sua pele e revirava sua barriga vazia. Se fosse para o norte estaria concordando tacitamente com este motim, aceitando-o, e com essa aceitação perderia cada fiapo de sua autoridade. Mas se insistisse em ir para o sul, estaria atiçando seu próprio assassinato.

— Vamos para o sul.

— O senhor não está entendendo.

— Estou, sim. Entendo perfeitamente. Você decidiu ir para o norte, mas está se cagando de medo de que eu vá para o sul por conta própria e alcance a guarnição lisboeta. Então reportarei sua desobediência e motim. Harper, eles irão colocá-lo diante da sua própria cova e atirar em você.

— O senhor nunca chegará ao sul.

— O que está dizendo, Harper, é que você foi mandado para cá para garantir que eu não sobreviva. Um oficial morto não pode denunciar um motim, correto?

Pela expressão do irlandês, Sharpe viu que suas palavras tinham sido precisas. Harper remexeu-se inquieto. Era um homem imenso, dez centímetros mais alto que Sharpe, que media 1,82m, e com um corpo largo que evidenciava uma força imensa. Indubitavelmente, os outros fuzileiros estavam satisfeitos em permitir que Harper fizesse o trabalho sujo em seu lugar, e talvez apenas ele tivesse a fibra necessária para fazê-lo. Ou o ódio que sua nação nutria pelos ingleses talvez transformasse este assassinato em prazer.

— E então? — insistiu Sharpe. — Tenho razão?

Harper lambeu os lábios e pousou a mão no punho de bronze de sua baioneta.

— Já disse, senhor. Pode vir conosco.

Sharpe deixou o silêncio se arrastar, e então, como se estivesse se rendendo ao inevitável, meneou a cabeça com tristeza.

— Ao que parece não tenho muita escolha, tenho?

— Não, senhor. — A voz de Harper traiu alívio; ele não precisaria matar um oficial.

— Traga aquelas coisas. — Sharpe apontou com a cabeça para seu farnel e armas.

Harper ficou um pouco surpreso em receber a ordem peremptória, mas mesmo assim se curvou para pegar o farnel. Ainda estava curvado quando percebeu que fora enganado. Harper começou a se esquivar, mas, antes que pudesse se proteger, Sharpe chutara-o no estômago. Foi um chute poderoso, que afundou na carne dura. Sharpe deu prosseguimento com um golpe com ambas as mãos, martelando a nuca de Harper.

Sharpe ficou impressionado ao ver que o irlandês ainda conseguia manter-se de pé. Outro homem teria perdido o fôlego e ficado atordoado, mas não ele. Harper balançou a cabeça como um javali encurralado, cambaleou para trás, e então se empertigou para receber os golpes seguintes. O punho direito do oficial esmurrou a barriga do homenzarrão, e em seguida foi a vez do esquerdo.

Era como socar madeira, mas os golpes machucaram Harper. Não o suficiente. O irlandês grunhiu e arremeteu à frente. Sharpe abaixou-se, socou novamente, e então sua cabeça pareceu explodir quando um punho imenso arremeteu-se contra a lateral de seu crânio. Sharpe arrojou-se à frente, golpeando sua cabeça contra o rosto do oponente. E de repente seus braços e peito estavam sendo apertados num abraço poderoso, que ameaçava quebrar suas costelas.

Sharpe levantou o pé direito e arremeteu o salto da bota contra a canela de Harper. Deve ter doído, mas não o bastante para afrouxar o abraço. Sharpe não tinha mais nenhuma arma além dos dentes. Mordeu a bochecha do irlandês, fechando furiosamente os dentes nele, provando seu sangue; agora a dor foi suficiente para forçar Harper a soltá-lo para tentar bater na cabeça do oficial.

Sharpe foi mais rápido. Ele crescera nas ruas, onde aprendera todos os truques da trapaça e da brutalidade. Socou a garganta de Harper e chutou-lhe violentamente a virilha. Qualquer outro homem teria sido dobrado em dois pela dor, mas Harper simplesmente pareceu estremecer, e em seguida socou-o novamente com toda a força.

— Maldito — Sharpe sibilou a palavra, abaixou, fingiu fraquejar, e então jogou-se para trás, de modo a quicar na parede de pedras enegrecidas; usou o impacto do recuo para conduzir seus punhos para a barriga do oponente. A cabeça de Harper projetou-se à frente e Sharpe novamente arremeteu a sua contra a dele; e então, embora sua visão tenha sido cegada por um rodopiar de luzes, Sharpe recuou os punhos para socar o rosto do irlandês.

Mas Harper não cedia. Ele retribuiu os socos, arrancando sangue do nariz e dos lábios de Sharpe. Em seguida, empurrou o oficial para trás; Sharpe escorregou na neve, tropeçou em alguma coisa no chão, caiu. Ele viu a bota imensa descendo e se esquivou. Levantou do chão, gorgolejando sangue num rosnado de raiva, e agarrou a bandoleira de Harper. Agora foi o irlandês quem perdeu o equilíbrio; Sharpe o fez girar uma, duas vezes, e o soltou. Harper cambaleou e caiu contra a parede. Uma pedra arrancou sangue de sua face.

Sharpe estava todo cheio de dor. Suas costelas estavam macias, a cabeça girava, o rosto vertia sangue. Ele viu os outros casacas verdes aproximando-se de onde os dois lutavam. Traziam descrença nos rostos e Sharpe deduziu que nenhum deles interviria para ajudar Harper. Livrar-se de Sharpe fora um trabalho delegado ao irlandês grandão, portanto ele que o terminasse.

Harper cuspiu no chão e fitou Sharpe por trás de uma máscara de sangue. Levantou-se. Encontrou sua baioneta e a sacou.

— Use isso, seu maldito, e irei matá-lo.

Harper não disse nada, e houve alguma coisa muito aterrorizante em seu silêncio.

— Maldito! — repetiu Sharpe. Ele olhou para sua espada nova, mas o irlandês movera-se para obstruir seu caminho até essa salvação.

Harper adiantou-se, aproximando-se devagar, espada-baioneta empunhada como uma faca de luta. Arremeteu-a uma vez, fazendo Sharpe desviar-se para um lado, e então arremeteu-a de novo, com velocidade e violência, na esperança de pegar o oficial desequilibrado.

Sharpe, esperando a segunda investida, evitou-a. Viu um lampejo de estarrecimento no rosto do homenzarrão. Harper era eficiente e mais jovem que Sharpe. Entretanto nunca havia lutado contra um homem com a agilidade do oponente. E também não era tão castigado há muito tempo. Um brilho de surpresa transformou-se em dor quando os punhos de Sharpe atingiram seus olhos. Harper desfechou uma baionetada, agora usando a arma para repelir seu atacante, e Sharpe deixou que a lâmina o alcançasse. Sentiu a baioneta fatiar seu antebraço, ignorou-a, e socou violentamente o rosto do irlandês, quebrando-lhe o nariz. Enfiou os dedos nos olhos de Harper, tentando desenraizá-los de sua cabeça. O irlandês desvencilhou-se e Sharpe mais uma vez empurrou-o para privá-lo de equilíbrio. Seu braço ardia em chamas, chamas de sangue quente arrancado por aço, mas a dor diminuiu enquanto Harper caía.

Sharpe não perdeu um segundo sequer. Chutou uma, duas vezes, esmagando a bota nas costelas do homenzarrão. Agarrou a baioneta, cortando os dedos, e pisou violentamente o pulso de Harper. O irlandês soltou a arma. Sharpe reverteu-a. Estava arfando agora, sua respiração vaporizando no ar frio. Sangue gotejava de sua mão para correr pela lâmina. Havia mais sangue na neve que entrara pela brecha no teto da casa e pelas portas abertas.

O irlandês viu a morte pairar acima dele. Rolou para o lado e em seguida retornou para Sharpe com uma pedra na mão. Investiu a pedra contra a ponta da lâmina em sua trajetória descendente. O choque entorpeceu o braço de Sharpe. Jamais lutara contra ninguém com tanta força e habilidade, jamais. Tentou arremeter novamente a arma contra seu oponente, mas Harper havia se levantado e Sharpe soltou um grito alto quando a pedra acertou sua barriga. Caiu contra a parede às suas costas, mão ainda entorpecida onde ele segurara a baioneta.

Sharpe viu que a expressão de Harper mudara. Até aquele momento o irlandês imenso parecera frio como um açougueiro, mas agora seus olhos reluziam fanatismo. Olhos de um homem embalado pela fúria da batalha, e Sharpe compreendeu que Harper até agora relutara em cumprir uma tarefa necessária, mas que essa tarefa subitamente tornara-se uma paixão. O irlandês falou pela primeira vez desde o começo do combate, mas em gaélico, linguagem que Sharpe jamais compreendera. Mas entendeu que aquelas palavras insultuosas seriam o canto fúnebre de sua morte quando Harper usasse a pedra para esmagar-lhe o crânio.

— Venha, filho da puta! — Sharpe estava tentando massagear vida de volta ao seu braço entorpecido. — Verme irlandês! Venha!

Os lábios ensanguentados de Harper desnudaram dentes igualmente ensanguentados. Gritou um desafio, investiu, e Sharpe usou o truque que aprendera com o *chasseur*. Mudou a espada de sua mão direita para a esquerda e gritou seu próprio desafio. Ele investiu.

Então o mundo explodiu.

Um som como o trovão do apocalipse ribombou no ouvido de Sharpe e uma língua de fogo passou de raspão por seu rosto. Ele estremeceu, e então escutou o estalido de uma bala ricocheteando na parede do casebre.

Sharpe pensou que um dos outros fuzileiros finalmente tomara coragem para ajudar Harper. Desesperado como um animal encurralado, sentindo o cheiro pútrido de fumaça de pólvora, Sharpe girou nos calcanhares. Entretanto, o irlandês estava igualmente aturdido. Ainda segurava a pedra em seu punho, mas agora fitava um recém-chegado parado na porta leste.

— Pensei que estavam aqui para lutar contra os franceses. — A voz parecia divertida, escarninha, superiora. — Ou os britânicos não têm nada melhor a fazer do que brigar como ratos?

Quem falava era um oficial de cavalaria no uniforme escarlate dos *cazadores* espanhóis, ou ao menos nos restos de um desses uniformes, porque estava tão rasgado que serviria a um mendigo. A fita dourada que franjava o colarinho amarelo estava manchada e o copo de sua espada estava enferrujado. As botas pretas, cujos canos quase subiam às suas coxas, estavam rasgadas. Um manto de saco de aniagem pendia de seus ombros. Seus soldados, que tinham deixado os rastros na neve e que agora formavam um cordão de isolamento irregular a leste da casa de fazenda, estavam em condições similares. Contudo Sharpe notou, com um olho militar, que todos esses soldados de cavalaria espanhóis tinham retido suas espadas e carabinas. O oficial empunhava uma pistola de cano curto e fumegante que ele abaixou até seu lado.

— Quem diabos é você? — Ainda empunhando a baioneta, Sharpe estava pronto para investir. Ele era de fato um rato encurralado; ensanguentado, salivante, violento.

— Meu nome é major Blas Vivar. — Vivar era um homem de estatura média e expressão severa. Parecia, assim como seus homens, ter comido o pão que o diabo amassou nos últimos dias. E embora estivesse exausto, a cena que acabara de presenciar carregara sua voz com escárnio. — Quem é você?

Sharpe teve de cuspir sangue antes de poder responder.

— Tenente Richard Sharpe do 95º Regimento. Os Fuzileiros — acrescentou.

— E ele? — Vivar olhou para Harper.

— Ele está preso — disse Sharpe. Ele largou a espada-baioneta e empurrou o peito de Harper. — Para fora! Para fora! — Sharpe empurrou-o para a porta do casebre, diante da qual os outros casacas verdes aguardavam na neve. — Sargento Williams!

— Senhor? — Williams fitou embasbacado os rostos ensanguentados. — Senhor?

— Harper está preso. — Sharpe o empurrou uma última vez, jogando-o na neve, e então virou-se novamente para o olhar escarninho do espanhol.

— Você parece em apuros, tenente. — O escárnio de Vivar só não era mais doloroso que o divertimento em sua voz.

— Não é da sua conta — asseverou Sharpe, tentando disfarçar a vergonha que sentia.

Bernard Cornwell

— "Senhor" — repreendeu o major Vivar.

— Não é da sua conta, senhor.

Vivar deu de ombros.

— Aqui é a Espanha, tenente. O que acontece aqui é mais da minha conta do que da sua.

O fato de o oficial espanhol falar num inglês excelente, e proferido com uma cortesia fria, apenas deixava Sharpe ainda mais irritado.

— Tudo que queremos fazer é sair do seu maldito país — disse Sharpe, babando sangue na manga verde de sua casaca.

Uma centelha de raiva faiscou nos olhos do espanhol.

— Tenente, nada me faria mais feliz do que vê-lo fora daqui. Assim, talvez seja melhor ajudá-lo a sair.

Para o bem ou para o mal, Sharpe encontrara um aliado.

CAPÍTULO III

— A derrota destrói a disciplina — disse Blas Vivar. — Você pode ensinar um exército a marchar, lutar, obedecer ordens. — Cada virtude era enfatizada por uma navalhada no ar e pingos de água com sabão no soalho da cozinha. Ele deu de ombros. — Mas a derrota traz ruína.

Sharpe sabia que o espanhol estava tentando achar desculpas para o estado deprimente da fazenda arruinada. Era gentileza da parte dele, mas sem humor para gentilezas, Sharpe não conseguiu pensar em nada que pudesse dizer em resposta.

— E aquela casa de fazenda é azarada. — Vivar virou-se para o fragmento de vidro que encostara no peitoril da janela. — Sempre foi. No tempo do meu avô houve um assassinato ali. Disputa por mulher, é claro. E no tempo do meu pai houve um suicídio. — Ele fez o sinal-da-cruz com a navalha, e em seguida barbeou cuidadosamente o ângulo de seu queixo.

— É assombrada, tenente. À noite pode-se ver fantasmas lá. É um lugar ruim. Você tem sorte por eu tê-lo encontrado. Quer usar esta navalha?

— Tenho a minha.

Vivar enxugou sua navalha e guardou-a, junto com o espelho, em sua malinha de couro. Pensativo, observou Sharpe servir-se do feijão com orelha de porco que o padre da aldeia provera como jantar.

— Você acha que depois da escaramuça os dragões seguiram o seu Exército? — perguntou Blas Vivar.

— Eu não vi.

— Vamos torcer para que tenham seguido. — Com uma concha, Vivar derramou um pouco da mistura em seu prato. — Talvez tenham pensado que me juntei à retirada britânica.

— Talvez.

Sharpe perguntou-se por que Vivar estava tão interessado no regimento francês de dragões que era liderado por um *chasseur* casaca vermelha e um civil de casaco preto. Vivar questionara Sharpe a respeito de cada detalhe da luta perto da ponte, mas o que mais interessara ao espanhol fora que direção os soldados inimigos haviam tomado depois da luta. A essa pergunta Sharpe pudera apenas oferecer sua suposição de que os dragões franceses tinham perseguido o Exército de *sir* John Moore.

— Se você tem razão, tenente, então essa é a melhor notícia que recebo em semanas — disse Vivar, levantando uma caneca de vinho num brinde irônico.

— Por que eles estão perseguindo você?

— Não estão me perseguindo — disse Vivar. — Estão perseguindo qualquer pessoa de uniforme, qualquer pessoa. Acontece que cismaram comigo há alguns dias. Quero ter certeza de que não estão me esperando no próximo vale. — Vivar explicou a Sharpe que estivera viajando para oeste, mas, forçado a subir para as terras altas, perdera todos os seus cavalos e um bom número de homens. Fora trazido até esta aldeiazinha por sua necessidade desesperada de comida e abrigo.

A comida fora fornecida de bom grado. Quando os soldados haviam adentrado o pequeno povoamento, Sharpe notara a satisfação dos aldeões ao verem o major Blas Vivar. Alguns dos homens tinham até tentado beijar a mão do major, enquanto o padre da cidade, chegando correndo de sua casa, ordenara às mulheres que aquecessem seus fornos e abrissem suas provisões para o inverno. Os soldados, tanto espanhóis quanto britânicos, foram recebidos de braços abertos.

— Meu pai — agora Vivar explicava a Sharpe — foi lorde nestas montanhas.

— Isso significa que você é lorde?

— Sou o caçula. Meu irmão agora é o conde. — Vivar benzeu-se a esta menção de seu irmão, sinal que Sharpe compreendeu denotar respeito. — Sou um *hidalgo*, é claro, de modo que as pessoas me chamam *don* Blas.

— *Hidalgo?* — perguntou Sharpe com um jogo de ombros.

Vivar disfarçou polidamente sua surpresa da ignorância de Sharpe.

— Tenente, um *hidalgo* é um homem que pode traçar sua ascendência até os antigos cristãos da Espanha. Sangue puro, mas com algumas gotas de mouro ou judeu. Sou um *hidalgo*. — Ele disse isso com um orgulho simples que tornava a assertiva mais impressionante. — E o seu pai? Ele também é lorde?

— Não sei quem é, ou quem foi, o meu pai.

— Você não sabe... — A reação inicial de Vivar foi de curiosidade, e então a implicação de bastardia o fez mudar de assunto. Era claro que Sharpe acabara de cair ainda mais na opinião do espanhol. O major olhou pela janela, admirando o pôr do sol. — Então, tenente, o que fará agora?

— Vou para o sul. Lisboa.

— Para embarcar em um navio de volta para casa?

Sharpe ignorou a pitada de escárnio que sugeria que ele estava fugindo da luta.

— Para embarcar em um navio para casa — confirmou.

— Você tem um mapa?

— Não.

Vivar partiu um pedaço de pão para esfregar no molho.

— Você vai descobrir que não existem estradas ao sul dessas montanhas.

— Nenhuma?

— Nenhuma transitável no inverno, e decerto não *neste* inverno. Terá de seguir para leste até Astorga, ou oeste até o mar, antes de encontrar uma estrada aberta ao sul.

— Os franceses estão a leste?

— Os franceses estão em toda parte. — Vivar recostou-se e olhou para Sharpe. — Estou indo para oeste. Quer se juntar a mim?

Sharpe sabia que suas chances de sobreviver nesta terra estranha eram diminutas. Não possuía mapa, não falava espanhol, e tinha apenas uma noção muito difusa da geografia da Espanha. Ainda assim, Sharpe não tinha qualquer desejo de aliar-se a este aristocrata espanhol que testemunhara sua desgraça. Não podia haver nenhum indício pior do fracasso de um oficial do que flagrá-lo lutando com um dos seus próprios homens, e a vergonha o fez hesitar.

— Ou você está tentado a se render? — perguntou Vivar sem papas na língua.

— Nunca! — respondeu Sharpe com a mesma rudeza.

Seu tom, tão inesperadamente firme, fez o espanhol sorrir. Então Vivar olhou novamente pela janela.

— Partiremos em uma hora, tenente. Esta noite atravessaremos a estrada principal, e isso deve ser feito na escuridão. — Ele olhou de volta para o britânico. — Você se coloca sob meu comando?

E Sharpe, que verdadeiramente não tinha escolhas, concordou.

O que mais chocou Sharpe foi o fato de seus fuzileiros terem aceitado imediatamente a liderança de Vivar. Ao anoitecer, formando no pátio coberto de neve diante da igrejinha, os casacas verdes ouviram a explicação do espanhol. Ir para o norte era uma estupidez, disse Vivar, porque o inimigo estava marchando para tomar os portos costeiros. Tentar reunir-se ao Exército britânico em retirada era igualmente estúpido, porque significava seguir os franceses e, para tomá-los como prisioneiros, tudo que o inimigo teria de fazer seria dar meia-volta. O melhor rumo que poderiam tomar era sul, mas primeiro seria necessário marchar para oeste. Sharpe observou os rostos dos fuzileiros e, quando eles assentiram em concordância, os odiou por um instante.

Portanto, esta noite, disse Vivar, eles teriam de atravessar a estrada na qual o principal Exército francês avançava. Ele duvidava de que a estrada estivesse guarnecida, mas os fuzileiros deveriam estar preparados para uma breve luta. Ele sabia que lutariam bem. Afinal, eram ou não eram os famosos casacas verdes britânicos? Ele sentia orgulho de lutar ao lado deles. Sharpe viu os sorrisos dos fuzileiros. Ele também viu como Vivar tinha os modos calmos de um homem de berço e, por um segundo, também odiou o espanhol.

O fuzileiro Harper não estava na fileira. O irlandês estava preso e, sob as ordens de Sharpe, seus pulsos tinham sido atados e em seguida amarrados com um pedaço de corda ao rabo de uma mula que o major requisitara de um dos aldeões. A mula carregava um grande baú quadrado embrulhado em pano oleado e vigiado por quatro dos espanhóis de Vivar que, por consequência, também atuavam como guardas para o prisioneiro.

— Ele é irlandês? — perguntou Vivar a Sharpe.

— É.

— Gosto dos irlandeses. O que fará com ele?

— Não sei. — Sharpe gostaria de executar Harper com um tiro, mas isso transformaria a antipatia que seus subalternos sentiam por ele em ódio puro. Além disso, não submeter Harper ao criterioso processo disciplinar do Exército e simplesmente atirar nele, seria demonstrar um desprezo pela autoridade tão grande quanto o que motivara a punição.

— Não viajaríamos mais depressa se ele estivesse desamarrado? — perguntou Vivar.

— E encorajá-lo a desertar para os franceses?

— Cabe apenas a você a disciplina dos seus homens — disse delicadamente Vivar, dessa forma insinuando que ele achava que Sharpe lidara erroneamente com a situação.

Sharpe fingiu ignorar a desaprovação de Vivar. Sabia que ele o desprezava, porque até agora Vivar não vira nada além de incompetência da parte de Sharpe, e era uma incompetência piorada pela comparação com a facilidade com que o espanhol impunha sua autoridade. Vivar não apenas resgatara os soldados britânicos de seu refúgio precário na fazenda velha, como também de seu oficial, e cada fuzileiro da companhia improvisada sabia disso.

Sharpe ficou parado de pé, sozinho, enquanto os soldados formavam em companhias para a marcha. Os espanhóis iriam na frente, depois a mula com seu fardo em forma de caixa, e os fuzileiros ocupariam a retaguarda. Sharpe sabia que devia dizer alguma coisa aos seus homens, que devia encorajá-los ou inspecionar seu equipamento, fazer qualquer coisa que reafirmasse sua autoridade, mas como não conseguiria encarar seus olhos zombeteiros, permaneceu afastado.

O major Vivar, aparentemente alheio ao sofrimento de Sharpe, caminhou até o padre da aldeia e se ajoelhou na neve para uma bênção. Depois aceitou um pequeno objeto que o padre lhe deu, mas Sharpe não conseguiu descobrir o que era.

Foi uma noite ruim. A precipitação de neve fina parara ao anoitecer e pouco a pouco as nuvens se dissiparam no céu oriental para revelar um manto de estrelas frias. Um vento forte levantava a neve caída e formas fantásticas subiam, coleavam e pairavam acima da trilha na qual os homens marchavam como animais seguindo para o abate. Seus rostos estavam protegidos do frio inclemente por farrapos, e suas mochilas feriam-lhes os ombros, deixando-os em carne viva. Mesmo assim, o major Vivar parecia imbuído com uma energia inexaurível. Ele caminhava para cima e para baixo pela coluna, encorajando os homens em espanhol e inglês, dizendo-lhes que eles eram os melhores soldados do mundo. Seu entusiasmo despertou uma admiração relutante da parte de Richard Sharpe, que viu como os soldados de cavalaria uniformizados em escarlate quase idolatravam seu oficial.

— Eles são galegos. — Vivar gesticulou para seus *cazadores*.

— Homens da localidade? — perguntou Sharpe.

— Os melhores na Espanha. — Seu orgulho era evidente. — Eles fazem troça de nós em Madri, tenente. Dizem que nós galegos somos imbecis do interior, mas eu preferiria liderar na batalha um imbecil do interior do que dez homens da cidade.

— Eu vim de uma cidade — informou Sharpe, rabugento.

Vivar riu, mas não disse nada.

À meia-noite cruzaram a estrada que conduzia ao mar e viram evidências de que os franceses já haviam passado. A superfície enlameada da estrada fora sulcada profundamente pelas carretas de canhão e, em seguida congelada. Em cada borda montículos brancos demonstravam onde cadáveres tinham sido deixados desenterrados. Não se viam inimigos ou luzes de cidades ou aldeias no vale. Os soldados estavam sozinhos na imensidão de frio alvo.

Uma hora depois se depararam com um rio. Pequenos carvalhos desnudos cresciam em suas margens. Vivar seguiu na frente para leste até achar um lugar onde a água congelante corria rasa sobre cascalho entre rochas, oferecendo terreno um tanto firme para os homens cansados. Contudo, antes de permitir a qualquer homem aventurar-se na travessia, ele tirou de sua algibeira uma garrafinha. Tirou a rolha e espargiu um pouco do líquido no rio.

— Agora está seguro.

— Seguro? — Sharpe estava intrigado.

— Água benta, tenente, o padre na aldeia me deu esta garrafa. — Vivar pareceu julgar a explicação suficiente, mas Sharpe exigiu saber mais.

— *Xanes*, é claro — disse o espanhol, e então virou e ordenou que seu sargento fosse na frente.

— *Xanes*? — A palavra estranha fez Sharpe enrolar a língua.

— Espíritos das águas. — Vivar estava absolutamente sério. — Eles vivem em todos os córregos, tenente, e são traiçoeiros. Se não os assustarmos, eles podem fazer com que nos percamos.

— Fantasmas? — Sharpe não podia ocultar seu espanto.

— Não. Um fantasma, tenente, é uma criatura que não pode escapar da Terra. Um fantasma é uma alma em tormento, alguém que viveu e infringiu os Santos Sacramentos. Um *xana* jamais foi humano. Um *xana* é... — Ele deu de ombros. — ...uma criatura? Como uma lontra ou um castor. Apenas uma coisa que vive no córrego. Vocês devem ter criaturas como essas na Inglaterra.

— Não que eu saiba.

Vivar pareceu chocado e então se benzeu.

— Pode ir agora?

Sharpe atravessou o córrego de águas rápidas, em segurança contra duendes maliciosos, e observou seus fuzileiros passarem em seguida. Eles evitaram olhá-lo. O sargento Williams, que carregava a mochila de um ferido, preferiu caminhar por águas mais profundas e não pela margem onde estava o oficial.

A mula foi tocada através da correnteza e Sharpe notou com que cuidado os soldados guardavam o baú oleado. Supôs que ele continha as roupas e os pertences do major Vivar. Harper, ainda amarrado à mula de carga, cuspiu na direção dele, gesto que Sharpe preferiu ignorar.

— Agora escalaremos — disse Vivar com um tom satisfeito, como se as dificuldades vindouras fossem bem-vindas.

Eles escalaram. Subiram por um vale escarpado onde o gelo conferia um aspecto vítreo às rochas e as árvores despejavam neve em suas cabeças. O vento aumentou e o céu escureceu novamente.

A chuva gelada reapareceu. Apesar de estarem com as orelhas protegidas, todos ouviam bem alto o uivo do vento. Homens choramingavam devido à dor e ao esforço, mas de algum modo Vivar mantinha-os em movimento.

— Para cima! Para cima! Onde a cavalaria não pode ir, hein? Avante! Mais alto! Vamos fazer companhia aos anjos! Qual é o seu problema, Marcos? O seu pai teria subido esta ladeira dançando quando tinha o dobro da sua idade! Quer que os ingleses pensem que os espanhóis são fracotes? Que vergonha! Escale!

Ao amanhecer haviam alcançado uma clareira nas montanhas. Vivar liderou os homens exaustos até uma caverna escondida por loureiros cobertos de gelo.

— Eu matei um urso aqui — disse ele a Sharpe com orgulho. — Tinha doze anos e meu pai me mandou para cá sozinho para atirar num urso. — Ele quebrou um galho e jogou-o para os homens que estavam fazendo uma fogueira. — Isso foi há vinte anos — disse com certa admiração por tanto tempo ter se passado.

Sharpe notou que Vivar tinha a sua idade. Contudo, vindo da nobreza ele já era um major, enquanto Sharpe viera da sarjeta e apenas por força de um extraordinário golpe de sorte, chegara a tenente. Ele duvidava que algum dia recebesse outra promoção, e depois de ver o quanto lidara mal com esses casacas verdes, não achava que merecesse uma.

Vivar observou o baú ser retirado das costas da mula e colocado na entrada da caverna. Sentou ao lado dele, com um braço protegendo sua superfície corcovada. Sharpe notou uma atitude quase reverente no tratamento que Vivar dispensava à caixa. Decerto, pensou Sharpe, nenhum homem que tivesse passado pelo inferno que Vivar passara, teria tanto trabalho para proteger um baú caso ele contivesse apenas roupas.

— O que há nesse baú? — perguntou Sharpe.

— Apenas documentos. — Vivar olhou para o começo da alvorada. — A guerra moderna gera documentos, não gera?

Não era uma pergunta que exigisse uma resposta, mas sim um comentário tecido para desencorajar novas perguntas. Sharpe não fez nenhuma.

Vivar tirou seu chapéu tricorne e cuidadosamente removeu do forro um charuto fumado pela metade. Ele meneou escusatoriamente os ombros, indicando que não tinha um charuto para oferecer a Sharpe, e então acendeu seu isqueiro. A fumaça pungente do tabaco irritou as narinas de Sharpe.

— Guardei para quando estivesse perto de casa — explicou Vivar.

— Muito próximo?

Vivar meneou o charuto num gesto que abrangeu tudo que podia ser visto.

— Meu pai foi senhor de toda esta terra.

— Nós vamos até sua casa?

— Espero primeiro ver você a salvo na sua estrada sul.

Sharpe, atiçado pela curiosidade que os pobres nutrem pelos ricos, sentiu-se estranhamente decepcionado.

— É uma casa grande?

— Qual delas? — perguntou secamente Vivar. — São três, e são grandes. Uma é um castelo abandonado, outra fica na cidade de Orense, e uma no campo. Todas pertencem ao meu irmão, mas Tomas nunca amou a Galícia. Ele prefere morar onde há reis e cortesãos. Assim, com o consentimento dele, posso chamar todas as casas de minhas.

— Sorte sua — disse Sharpe, amargo.

— Por viver numa casa grande? — Vivar balançou a cabeça. — A sua casa pode ser mais humilde, tenente, mas pelo menos pode dizer que é sua. A minha fica num país ocupado pelos franceses. — Ele olhou para o fuzileiro Harper que, ainda amarrado ao rabo da mula, caminhava curvado pela neve molhada. — Assim como o país dele foi tomado pelos ingleses.

O rancor na acusação surpreendeu Sharpe que, começando a admirar o espanhol, ficou desconcertado em ouvir uma hostilidade tão repentina. Talvez o próprio Vivar tenha julgado que falara com rudeza, porque ofereceu a Sharpe um meneio de ombros conformista.

— Você precisa entender que a mãe de minha esposa era irlandesa. A família dela veio para cá para escapar da perseguição de vocês, ingleses.

— Foi assim que você aprendeu inglês?

— Sim, e também com bons tutores. — Vivar tragou o charuto. Um naco de neve, desprendido pelo fogo na caverna, escorregou do lábio da rocha. — Meu pai acreditava que devíamos falar a língua do inimigo. — Ele disse isso achando graça. — Parece estranho que agora você e eu estejamos lutando do mesmo lado, não parece? Fui criado para acreditar que os ingleses são bárbaros sem coração, inimigos de Deus e da fé verdadeira, e agora devo convencer a mim mesmo de que são nossos amigos.

— Pelo menos temos os mesmos inimigos — disse Sharpe.

— Talvez essa seja uma descrição mais precisa — concordou Vivar.

Os dois oficiais ficaram sentados em silêncio desconfortável. A fumaça do charuto de Vivar coleava sobre a neve para desaparecer na alvorada enevoada. Sharpe, sentindo o silêncio pender pesadamente entre eles, perguntou se a esposa do major estava esperando em uma das três casas.

Vivar levou algum tempo para responder, e quando o fez sua voz pareceu tão gélida quanto o campo que observavam.

— Minha esposa morreu há sete anos. Eu estava numa guarnição na Flórida, e ela contraiu a febre amarela.

Como a maioria dos homens a quem é feita uma revelação como essa, Sharpe não teve a menor ideia de como reagir.

— Sinto muito — disse, sem jeito.

Vivar não se acanhou em prosseguir:

— Ela morreu, assim como meus dois filhos pequenos. Eu esperava que um dia meu filho viesse aqui matar seu primeiro urso, como eu fiz, mas Deus desejou outra coisa. — Houve mais um momento de silêncio, ainda mais desconfortável que o primeiro. — E você, tenente? É casado?

— Não tenho condições de me casar.

— Então ache uma mulher rica — disse Vivar francamente.

— Nenhuma mulher rica iria me querer — retrucou Sharpe, e então, vendo que o espanhol estava intrigado, explicou: — Não nasci numa família decente, major. Minha mãe era uma prostituta. O que vocês chamam de *puta*.

— Conheço a palavra, tenente. — O tom de Vivar foi normal, mas ele não conseguiu disfarçar sua repugnância. — Não tenho certeza se acredito em você — disse finalmente.

Sharpe ficou zangado com a acusação de desonestidade.

— Por que diabos eu deveria me importar se você acredita ou não?

— Não suponho que deva. — Vivar cuidadosamente embalou e guardou o resto do charuto, e então recostou-se contra o baú. — Tenente, vigie agora enquanto durmo por uma hora. — Ele cobriu os olhos com o chapéu e Sharpe viu o raminho seco de alecrim que estava alfinetado na coroa. Todos os soldados de Vivar usavam o ramo de alecrim, e Sharpe supôs que fosse alguma tradição regimental.

Abaixo deles, o irlandês se contorceu. Sharpe torceu para que o frio estivesse chegando até a medula dos ossos de Harper. Torceu para que o nariz quebrado do irlandês, escondido debaixo do cachecol nevado, estivesse doendo pra diabo. Harper, como se sentindo esses pensamentos malévolos, virou-se para fitá-lo, e seus olhos, debaixo do semblante enregelado, disseram a Sharpe que enquanto Harper vivesse, e enquanto as noites fossem negras, ele deveria acautelar-se.

Duas horas depois do amanhecer, a chuva gelada deu lugar a um aguaceiro. A água abria riachos na neve, gotejava das árvores e transformava o mundo luminoso numa região cinzenta e suja. O cofre foi colocado de volta na mula e as sentinelas foram postadas em seus flancos. Harper, que finalmente recebera permissão de entrar no abrigo da caverna, foi mais uma vez amarrado ao rabo do animal.

O caminho deles jazia colina abaixo. Seguiram uma fissura que descia para o fundo de um vale tão imenso que os cem soldados se viram reduzidos a formiguinhas. À frente havia um vale ainda mais amplo e profundo que jazia ao comprido do primeiro. Era um espaço imenso de vento e neve.

— Vamos cruzar aquele vale, escalar aquelas colinas distantes, e depois descer para o caminho do peregrino — explicou Vivar. — Isso vai levar vocês até a estrada da costa.

Mas primeiro os dois oficiais usaram suas lunetas para escrutinar o vale amplo. Não havia nenhum cavaleiro se movendo lá; na verdade, não havia nenhuma coisa viva quebrando a monotonia cinza de sua paisagem.

— Qual é o caminho do peregrino? — indagou Sharpe.

— O caminho para Santiago de Compostela. Já ouviu falar dele?

— Nunca.

Vivar ficou claramente irritado com a ignorância do inglês.

— Já ouviu falar de São Tiago?

— Acho que sim.

— Ele era um apóstolo, tenente, e foi sepultado em Santiago de Compostela. Ele é o santo padroeiro da Espanha, e nos velhos tempos milhares e milhares de cristãos visitaram seu santuário. Não apenas espanhóis, mas devotos de toda a cristandade.

— Nos velhos tempos? — perguntou Sharpe.

— Alguns ainda visitam, mas o mundo não é mais como costumava ser. O diabo está na Terra, tenente.

Eles atravessaram um córrego e Sharpe notou como desta vez Vivar não tomou nenhuma precaução contra espíritos da água. Ele perguntou o motivo e o espanhol explicou que os *xanes* só faziam suas maldades à noite.

Sharpe zombou da crença do major.

— Já cruzei mil córregos à noite e nunca fui incomodado por nenhum *xana*.

— Como você sabe? Talvez tenha errado seu caminho mil vezes! Você parece um cego descrevendo cores!

Sharpe percebeu a raiva na voz do espanhol, mas decidiu não ser condescendente.

— Talvez você só seja perturbado pelos espíritos se acreditar neles. Eu não acredito.

Vivar cuspiu para a esquerda e para a direita para afastar o mal.

— Sabe como Voltaire chamava os ingleses?

Sharpe nunca tinha ouvido falar de Voltaire, mas um homem elevado das fileiras para o cassino dos oficiais aprende a esconder sua ignorância.

— Tenho certeza de que ele nos admirava.

Vivar bufou em resposta.

— Ele disse que os ingleses são um povo sem Deus. E acho que é verdade. Você acredita em Deus, tenente?

Sharpe percebeu o tom intenso de Vivar, mas não conseguiu responder à pergunta com a mesma paixão.

— Nunca pensei no assunto.

Vivar ficou horrorizado:

— Você não pensa no assunto?

— E por que deveria? — retrucou Sharpe, irritado.

— Porque sem Deus só existe o nada. Nada, nada, nada! — O fervor repentino do espanhol beirava a cólera. — Nada! — Ele gritou a palavra novamente, surpreendendo os homens cansados que se contorceram para ver o que causara a explosão súbita.

Os dois oficiais prosseguiram a caminhada em um silêncio constrangido, deflorando um campo de neve virgem com suas botas. A neve fora perfurada pela chuva e estava amarelada onde derretera-se em poças. Uma aldeia jazia três quilômetros à direita. Mas Vivar agora estava com pressa e sem disposição para desvios. Passaram por um bosquete e Sharpe perguntou-se por que o espanhol não considerara necessário enviar batedores à testa dos homens em marcha; presumiu que Vivar tinha certeza de que nenhum francês chegara tão longe das estradas principais. Não quis mencionar o assunto porque a atmosfera entre os dois já estava muito carregada.

Acabaram de atravessar o vale amplo e recomeçaram a escalar. Vivar estava usando trilhas que ele conhecia desde criança, trilhas que subiam dos campos congelados para uma estrada de montanha muito traiçoeira que subia em zigue-zague pela ladeira íngreme. Passaram por uma capelinha onde Vivar se benzeu. Seus homens seguiram seu exemplo, assim como os irlandeses entre seus casacas verdes. Havia quinze deles; quinze criadores de casos que deviam odiar Sharpe pelo que fizera a Harper.

O sargento Williams devia ter tido os mesmos pensamentos, porque alcançou Sharpe e, com uma expressão humilde, acertou o passo com o tenente.

— Não foi culpa do Harps, senhor.

— O que não foi culpa dele?

— O que aconteceu ontem, senhor.

Sharpe entendeu que o sargento estava tentando fazer as pazes, mas o embaraço que sentia pela perda da dignidade carregou de rispidez sua resposta.

— Está dizendo que todos vocês estavam de acordo?

— Sim, senhor.

— Todos vocês concordaram em assassinar um oficial?

Williams estremeceu ao ouvir a acusação.

— Não foi assim, senhor.

— Não me diga como foi, seu bastardo! Se todos vocês concordaram, sargento, então todos vocês merecem ser açoitados, mesmo que não tenham sido homens o bastante para ajudar Harper.

Williams não gostou da acusação de covardia.

— Harps insistiu em fazer aquilo sozinho, senhor. Disse que seria uma luta justa ou nenhuma luta.

Sharpe estava furioso demais para ser afetado por esta curiosa revelação de honra em motim.

—Você quer que eu chore por ele? — Sharpe sabia que errara, errara feio, na forma como lidara com esses homens, mas não sabia como mais poderia ter se comportado. Talvez o capitão Murray estivesse certo. Talvez os oficiais nascessem prontos; talvez fosse necessário nascer em berço de ouro para conferir ordens com tanta tranquilidade quanto Vivar, e o ressentimento de Sharpe o fez gritar com os casacas verdes que passavam lentamente por ele na estrada úmida. — Parem de fazer cera! Vocês são soldados, não velhinhas de igreja! Mexam esses pés! Acelerem!

Eles aceleraram. Um dos casacas verdes murmurou uma palavra de comando e os outros apertaram o passo, levaram armas aos ombros e começaram a marchar como apenas a infantaria leve conseguia. Estavam mostrando ao tenente que ainda eram os melhores. Estavam mostrando seu desprezo por ele provando sua habilidade, e o bom humor do major Vivar foi restaurado pela exibição arrogante.

—Você falou como um sargento, tenente — disse Vivar.

—Já fui sargento. Fui o melhor sargento nesta merda de Exército.

O espanhol ficou estarrecido.

—Você foi sargento?

—Você acha que permitiriam que o filho de uma prostituta fosse oficial? Fui sargento e, antes disso, recruta.

Vivar olhou para o inglês como se chifres tivessem subitamente brotado em sua testa.

—Eu não sabia que o seu Exército promovia homens das fileiras! — Qualquer raiva que ele sentira por Sharpe evaporara numa curiosidade fascinada.

—É raro. Mas homens como eu não chegam ao oficialato como os outros, major. Chegam como recompensa por terem sido estúpidos. Estupidamente corajosos. E depois eles nos tornam instrutores ou intendentes. Acham que podemos lidar com essas tarefas. Eles não nos dão comandos operativos. — O frio da manhã estava apenas atiçando a amargura de Sharpe, e ele supôs que fazia esta confissão carregada de autopiedade porque explicava seus fracassos a este competente oficial espanhol. — Eles acham que todos nós acabamos nos tornando beberrões, e talvez acabemos mesmo. Afinal de contas, quem quer ser um oficial?

Mas Vivar não estava interessado no sofrimento de Sharpe.

— Então você participou de muitas batalhas?

— Na Índia. E em Portugal, no ano passado.

Vivar estava mudando de opinião sobre Sharpe. Até agora ele vira o inglês como um tenente envelhecido e malsucedido que não conseguira subir de posto nem comprando patente nem sendo promovido. Agora descobria que a promoção de Sharpe tinha sido extraordinária, muito acima dos sonhos de um homem comum.

— Você gosta de batalhas?

Sharpe achou aquela uma pergunta muito estranha, mas tentou respondê-la da melhor forma possível.

— Não tenho nenhuma outra habilidade.

— Então acho que você será um bom oficial, tenente. Haverá muitas batalhas antes de mandarmos Napoleão assar no inferno.

Eles escalaram mais um quilômetro e meio, até que a ladeira aplainou e os soldados estavam contornando rochas imensas que avultavam sobre a estrada. Vivar, mais uma vez amigável, disse a Sharpe que uma batalha fora travada nesta região alta onde as águias faziam ninhos. Os mouros tinham usado esta mesma estrada e os arqueiros cristãos haviam se posicionado nas rochas do outro lado para pegá-los em emboscadas.

— Nós os tocamos para trás e entornamos seu sangue fedorento por toda a estrada. — Vivar olhou para as rochas altíssimas como se nelas ainda ecoassem gritos de pagãos moribundos. — Deve ter sido há uns novecentos anos. — Falava como se tivesse sido ontem e ele mesmo tivesse empunhado uma espada para a batalha. — Todo ano os aldeões rezam uma missa para celebrar o evento.

— Tem uma aldeia aqui?

— Fica a um quilômetro e meio depois do desfiladeiro. Podemos descansar lá.

Sharpe viu que local magnífico para uma emboscada era aquele desfiladeiro. As forças cristãs, ocultas nas rochas altas, desfrutariam de um ponto de vista de águia da estrada e os mouros, escalando a garganta, teriam sido observados a cada passo do caminho até as flechas assassinas.

— E como sabe que os franceses não estão esperando por nós? — Animado pela cordialidade renovada de Vivar, Sharpe formulou a pergunta que não ousara fazer antes. — Não enviamos batedores.

— Porque os franceses não podem ter avançado tanto pela Espanha para chegar aqui — disse Vivar com confiança. — E se tivessem chegado, os aldeões teriam enviado avisos pelas estradas, e mesmo se não tivéssemos recebido os avisos, sentiríamos o cheiro dos cavalos franceses. — Os franceses, sempre descuidados com suas montarias, cavalgavam-nas até que o mau cheiro exalado pelas feridas abertas pelas selas pudesse ser sentido a quase um quilômetro. — Um dia os franceses vão açoitar seu último cavalo até a morte e nossa cavalaria invadirá seu maldito país — gracejou Vivar. Pensar em vitória renovou suas energias e o major virou-se para os homens em marcha. — Não falta muito para vocês poderem descansar!

Súbito, de um ponto acima do desfiladeiro onde os mouros tinham sido emboscados, e à frente de Sharpe, onde a estrada descia para o caminho do peregrino, os franceses abriram fogo.

CAPÍTULO IV

Sharpe viu o major mergulhar para o lado direito da estrada enquanto ele próprio jogava-se para a esquerda. A espada grande, com a qual Sharpe não estava acostumado, bateu com um tinido metálico numa rocha. Um instante depois, o fuzil estava no ombro de Sharpe e ele rasgou o pano que protegera da chuva a pólvora na caçoleta. Uma bala francesa penetrou a neve cinco centímetros à sua direita, outra estalou na parede de rocha acima. Atrás dele, um homem gritou.

Soldados de cavalaria. Dragões! Casacas verdes e adornos cor-de-rosa. Sem cavalos. Dragões desmontados, armados com carabinas de canos curtos. Sharpe, recobrando-se de sua surpresa com a emboscada, tentou extrair sentido do caos de medo e ruído que eclodira do frio hibernal. Viu nuvens de fumaça cinzenta e neve suja subirem à sua frente. Os franceses tinham montado uma barricada de pedras baixa através da estrada a cerca de sessenta passos da boca do desfiladeiro. Era um alcance longo para as carabinas francesas, mas isso não importava. Os soldados de cavalaria desmontados que pontuavam os cumes dos penhascos imensos e escarpados a cada lado da garganta estavam causando danos.

Sharpe rolou no chão. Uma bala estalou na neve onde sua cabeça estivera um segundo antes. Viu dragões de pé na beira do precipício, atirando para baixo na armadilha mortal que se tornara a estrada onde, novecentos anos antes, os mouros tinham sido chacinados.

Os soldados de Vivar haviam se espalhado. Eles se acocoraram na base das rochas e dispararam para cima. Aos gritos, Vivar mandava-os formar uma linha e avançar. Planejava atacar os homens que obstruíam a estrada. Sharpe soube instintivamente que os franceses tinham previsto essa manobra, motivo pelo qual não montara a barricada no desfiladeiro, mas depois dele. Queria atrair os emboscados para o platô, e só podia haver uma razão para isso. Os franceses tinham uma cavalaria esperando, uma cavalaria com espadas longas e retas que aniquilaria a infantaria desprotegida.

No mesmo instante em que compreendeu isso, Sharpe também compreendeu que agia como um fuzileiro, não como um oficial. Ele buscara abrigo, estava procurando por um alvo, e não sabia o que seus homens faziam às suas costas no desfiladeiro. Não tinha qualquer desejo de voltar para aquela armadilha de rocha e balas, mas como esse era seu dever, ele se levantou e correu.

Os espanhóis estavam se reunindo e Sharpe abriu caminho entre eles. Viu que a mula estava caída, sangrando e esperneando, e de repente se deu conta dos zumbidos e estalos que soavam bem perto de suas orelhas. As balas de carabina cuspidas do alto ricocheteavam pelo desfiladeiro, enchendo o ar com um emaranhado de morte. Viu um casaca verde caído de bruços. Sangue escorria da boca do homem para manchar noventa centímetros quadrados de neve. Um fuzil disparou à esquerda de Sharpe, e então outro à sua direita. Cada casaca verde buscara a melhor cobertura possível e tentava matar os franceses acima. Ocorreu a Sharpe que os franceses deviam ter colocado mais homens no cume, já que o volume de seus disparos era pequeno demais para saturar a estrada. A conclusão surpreendeu tanto a Sharpe que ele ficou parado por um instante, olhando boquiaberto para o horizonte alto.

Ele estava certo. Os franceses tinham no cume apenas o número suficiente de soldados para fazer a emboscada, mas não seriam esses homens que realizariam os abates, e sim outros. Essa informação concedeu esperança a Sharpe e lhe disse o que deveria fazer. Começou caminhando a passos largos pelo centro da estrada, gritando por seus subordinados.

— Fuzileiros, a mim! A mim!

Os fuzileiros não se mexeram. Uma bala atingiu a neve ao lado de Sharpe. Os cavalarianos franceses, mais acostumados à espada que à carabina, miravam alto, mas o fato disso ser uma falha comum era de pequeno consolo. Sharpe mais uma vez chamou por seus homens, mas, naturalmente, eles preferiram o pequeno abrigo oferecido na base do penhasco. Sharpe puxou um homem, de uma fissura na rocha.

— Por ali! Corra! Espere por mim no fim do desfiladeiro. — Ele arregimentou outros. — De pé! Movam-se! — Chutou mais homens, obrigando-os a se levantar. — Sargento Williams?

— Senhor? — A resposta veio ainda mais do fundo da fissura, algum lugar oculto pela massa de fumaça de fuzil encurralada pelas paredes rochosas.

— Vamos ser mortos se ficarmos aqui. Fuzileiros! Sigam-me!

Eles seguiram. Sharpe não teve tempo de refletir na ironia de que homens que tão recentemente haviam tentado matá-lo agora obedeciam às suas ordens. Obedeceram porque Sharpe sabia o que precisava ser feito, e a certeza de seu conhecimento era forte nele, e foi essa certeza que fez os casacas verdes abandonarem o abrigo. Também seguiram-no porque o único outro homem em quem confiariam, Harper, não estava com eles, mas ainda amarrado ao rabo da mula ferida.

— Em frente! Em frente! — gritou Sharpe.

Ele evitou um espanhol ferido, contorceu-se quando uma bala passou zunindo perto de seu rosto e então virou-se para a direita. Conduzira seus homens quase até a boca do desfiladeiro, logo atrás do lugar onde Vivar ainda formava em linha os seus cavaleiros desmontados. Uma vez, anos antes, um deslizamento criara uma lombada de pedregulhos e relva e, embora a ladeira fosse perigosamente escarpada (e ainda mais perigosa agora que estava coberta de neve escorregadia), ela oferecia um atalho até a encosta da colina que, por sua vez, conduzia até o cume acima. Sharpe escalou a lombada usando seu fuzil como cajado, e atrás dele, um a um ou dois a dois, os fuzileiros o seguiam.

— Formação de escaramuça! — Sharpe parou no topo da primeira ladeira íngreme para livrar-se da sobrecarga de sua mochila. — Espalhem-se! — gritou para eles. Os fuzileiros deviam assaltar uma ladeira íngreme e escorregadia no topo da qual os franceses estariam protegidos pelos bastiões naturais de rochas soltas. Alguns deles hesitaram e olharam em torno em busca de um abrigo. — Em frente! — A voz de Sharpe estava mais alta que os tiros. — Em frente! Formação de escaramuça! Em frente!

Eles se moveram, não devido a qualquer confiança em Sharpe, mas porque seu hábito de obedecer em combate tinha raízes profundas.

Sharpe sabia que permanecer no desfiladeiro era morrer. Os franceses queriam que eles ficassem ali, imobilizados pelas carabinas acima para serem chacinados pelos dragões que investissem do bloqueio na estrada. A única forma de desmanchar esta arapuca seria atacando uma de suas mandíbulas. Homens morreriam na tentativa, mas não tantos quantos morreriam aprisionados na estrada.

Sharpe ouviu Vivar proferir uma palavra de comando em espanhol, mas ignorou-a. O major devia fazer o que julgava adequado, e Sharpe devia fazer o que achava melhor, e o inglês subitamente sentiu-se tomado pela exaltação da batalha. Aqui, em meio ao fedor da fumaça de pólvora, Sharpe sentiu-se em casa. Esta fora sua vida por 16 anos. Outros homens aprendiam a arar campos ou cortar madeira, mas Sharpe aprendera como usar mosquete ou fuzil, espada ou baioneta, e como virar o flanco de um inimigo ou assaltar uma fortaleza. Sharpe conhecia o medo, que era o companheiro de todo soldado, mas também sabia como fazer o medo de seu inimigo trabalhar a seu favor.

Bem alto acima de Sharpe, silhuetado contra as nuvens cinzentas, um oficial francês reposicionava seus homens para enfrentar a nova ameaça. Os dragões desmontados, que haviam formado em linha na beira do desfiladeiro, agora precisavam se mover para sua direita a fim de enfrentar este ataque inesperado ao seu flanco. Agiram com rapidez, e logo as primeiras balas francesas zuniam pelo ar congelante.

— Abrir fogo! Abrir fogo! — gritava Sharpe enquanto escalava, sendo recompensado com disparos de fuzis Baker.

Os fuzileiros estavam fazendo aquilo para o que tinham sido treinados. Um homem disparava enquanto seu parceiro se movia. Os dragões, ainda procurando por novas posições no alto das rochas, ouviriam as balas passarem rodopiando perto de suas orelhas. Os franceses não usavam fuzis, preferindo mosquetes, que eram mais leves. Mas embora um fuzil Baker fosse de carregamento mais lento, sua precisão era bem superior à de um mosquete.

Uma bala passou chiando por Sharpe. Calculou que fora uma bala de fuzil disparada de trás dele e se perguntou se um de seus homens, por odiá-lo, disparara em suas costas. Não havia tempo agora para esse temor, embora fosse um temor justificado, pois na Índia Sharpe soubera de vários oficiais odiados por seus subalternos que tinham recebido balas nas costas.

— Mais depressa! Mais depressa! Esquerda! Esquerda!

Sharpe estava jogando com seu instinto de que os homens posicionados nos cumes eram apenas suficientes para manter a emboscada, e torcia para estar colocando-os sob pressão. Seguiu mais para a esquerda, obrigando os franceses a se moverem novamente. Viu um rosto nas rochas à frente, um rosto bigodudo emoldurado pelos estranhos rabos de cavalo dos dragões franceses. O rosto desapareceu numa lufada de fumaça e mais uma vez Sharpe ouviu o estalido característico de uma bala de fuzil. Um fuzil! Um Baker! Subitamente compreendeu que esses deviam ser os mesmos homens que haviam dividido as quatro companhias de fuzileiros de Dunnett na ponte; estavam usando fuzis capturados dos britânicos! A lembrança dessa derrota insuflou Sharpe com um ódio renovado que o impeliu adiante.

Sharpe virou repentinamente para o centro da linha inimiga enfraquecida. Em algum lugar na colina às suas costas Sharpe abandonara o fuzil não disparado e sacara sua nova espada. A arma faria dele um alvo para os dragões, um oficial a ser abatido, mas também iria torná-lo mais visível aos seus homens.

As pernas doíam com o esforço da escalada. A ladeira era íngreme e, devido ao gelo, escorregadia; a cada passo que dava, Sharpe escorregava um pouco para trás antes de se firmar. A raiva conferira-lhe energia para subir a colina, mas agora o medo fazia-o sentir-se frágil. Sharpe arfava, incapaz de continuar gritando, consciente apenas da necessidade de reduzir a distância entre ele e os franceses. De repente, Sharpe teve certeza de que iria morrer. Morreria aqui, porque até mesmo um dragão não poderia falhar em matar a uma distância tão pequena. Mas mesmo assim ele escalava. O que importava era abrir a boca da arapuca para que os homens de Vivar pudessem escapar colina acima. Sharpe sentia o coração martelar no peito, os músculos doerem, os ferimentos queimarem, e se perguntou como seria atingido pela bala que iria matá-lo. Será que seria acertado e o impacto iria empurrá-lo para trás, fazendo-o deslizar pela ladeira? Pelo menos seus subordinados saberiam que não fora um covarde. Sharpe mostraria àqueles bastardos como morrem os verdadeiros soldados.

Uma salva de tiros espanhola soou abaixo de Sharpe, mas essa era outra batalha. Mais ao longe tocaram uma corneta, mas isso não tinha nenhuma relação com Sharpe. Seu mundo restringia-se a alguns metros de neve suja com rochas além. Vendo um fragmento branco ser arrancado de uma rocha por uma bala, compreendeu que alguns de seus fuzileiros estavam disparando para lhe dar cobertura. Podia ouvir outros fuzileiros seguindo-o, xingando quando escorregavam na ladeira enregelada. Viu lampejos verde-pálidos nas rochas — dragões — e se esquivou abruptamente de uma lufada de fumaça, e o estrondo de uma carabina retiniu em seus ouvidos. Questionou-se se estaria sonhando, se já não estaria morto, e quando então seu pé esquerdo encontrou um apoio firme num afloramento de pedra, Sharpe empurrou a si mesmo desesperadamente para cima.

Duas carabinas atiraram nele. Sharpe agora estava gritando incoerentemente; um grito de medo puro progredindo para uma fúria assassina. Odiava o mundo inteiro. Quando viu um dragão arrastar-se para trás empunhando uma vareta de carregamento, a espada grande — o presente de Murray — desceu violentamente para penetrar as costelas do homem. Por um momento a carne conteve a lâmina, mas Sharpe contorceu-a para soltar o metal e brandiu-a para a esquerda de modo que gotas de sangue salpicaram a face de um oficial francês que estocava sua própria espada contra a barriga de Sharpe. Ele permitiu à lâmina inimiga aproximar-se, contorceu-se para o lado e arremeteu a guarda de sua espada pesada contra o rosto do francês. Um estalo de osso, mais sangue, e logo o oficial estava no chão com seu rosto sendo esmagado pelo punho em forma de disco da espada de Sharpe. Um casaca verde passou correndo por Sharpe, espada-baioneta já ensanguentada, e outro fuzileiro estava entre as rochas.

Sharpe levantou-se, reverteu a espada e apunhalou para baixo. Na ladeira comprida abaixo dele, viu dois homens que, em suas casacas verdes, jaziam como bonecas de pano descartadas. Uma carabina disparou à sua esquerda e lá em cima, desprotegida do vento, a fumaça dispersou para revelar um dragão amedrontado virando-se para fugir.

O sargento Williams atirou no homem para em seguida estocá-lo com sua baioneta. Gritava como um demônio. Outros fuzileiros alcançaram o cume. Um nó de franceses tentou formar um quadrado na beira do desfiladeiro. Sharpe ordenou que seus homens atacassem. Os casacas verdes correram pelo terreno desigual cuja cobertura de neve fora mosqueada em vermelho. Seus rostos estavam manchados com pólvora e os lábios recuados para trás num esgar enquanto se moviam como uma matilha de lobos em direção aos dragões. Estes não esperaram pelo ataque, preferindo dispersar e fugir.

Sibilos de balas chegaram dos dragões posicionados no lado mais distante do desfiladeiro. Um fuzileiro girou, caiu e cuspiu sangue enquanto fazia um esforço imenso para se pôr de gatinhas.

— Sargento Williams! Mate aqueles bastardos! — Sharpe apontou através do desfiladeiro. — Faça com que abaixem as malditas cabeças!

— Senhor!

O clarim soou novamente e Sharpe virou-se para a ladeira que escalara. Ao sopé Vivar formara seus homens, mas os franceses haviam previsto isso. Sua força principal fora entrincheirada na estrada e agora, ao flanco esquerdo do espanhol, uma companhia de dragões estava alinhada para o ataque.

— Você! — Sharpe agarrou um casaca verde. — Você! — Sharpe agarrou outro. — Matem aqueles sodomitas!

Os fuzileiros dispararam nos cavaleiros.

— Mirem baixo! — gritou Sharpe, a maior parte de sua voz atenuada pelo vento. — Baixo!

Um cavalo caiu; um homem tombou de sua sela. Sharpe encontrou um fuzil entre as rochas e o carregou; disparou para baixo. O sargento Williams tinha uma dúzia de homens atirando sobre o desfiladeiro, mas o resto dos casacas verdes agora despejava fogo contra a cavalaria. Não poderiam impedir o ataque, mas poderiam desestabilizá-lo. Um cavalo desmontado trotava pela neve, enquanto outro arrastava um homem ensanguentado ao longo da face do ataque.

Vivar recuou. Sua linha tênue de homens teria sido reduzida a carniça pelas espadas dos dragões, e assim o major buscou proteção no desfiladeiro. O comandante francês deve ter compreendido que seu próprio ataque estava condenado, porque os cavaleiros foram chamados de volta. Se a cavalaria tivesse se afunilado pela rocha, e feito isso sem a ajuda da cobertura superior, teria sido massacrada por fogo de fuzis.

Impasse. Em algum lugar um homem ferido choramingava numa voz carregada de dor. Um cavalo manco tentou retornar à fileira da cavalaria, mas tombou. Cartuchos fumegavam na neve. Sharpe não sabia se o combate transcorrera em minutos ou horas. Sentiu o frio entranhar nos ossos, frio que fora detido pela emergência repentina. Sorriu para si mesmo, orgulhoso da conquista de seus casacas verdes. O serviço fora realizado com uma velocidade implacável que desequilibrara o inimigo e tomara sua vantagem, e agora eles estavam num impasse.

Os franceses ainda bloqueavam a estrada, mas os fuzileiros de Sharpe poderiam molestar aqueles abrigados atrás da barricada baixa, e assim o fizeram com a alegria funesta dos vingativos. Dois prisioneiros franceses tinham sido tomados nos cumes; dois miseráveis dragões que foram empurrados para um buraco na rocha e guardados por um fuzileiro de expressão selvagem. Sharpe presumiu que nunca houvera mais de três dúzias de dragões a cada lado da fissura, e não via mais de sessenta ou setenta homens atrás da barricada ou nas fileiras do ataque abortado. Isto portanto era apenas um destacamento de dragões, um punhado de homens enviados para as montanhas.

— Tenente! — gritou Vivar abaixo de Sharpe. O espanhol estava escondido pelo vulto das rochas.

— Major?

— Se eu alcançar a barricada, você pode me dar fogo?

— Você jamais conseguirá!

Se Vivar atacasse a barricada, seu flanco ficaria novamente aberto para os cavaleiros. Sharpe vira o que os dragões podiam fazer com a infantaria espalhada, e temeu pelos *cazadores* desmontados de Vivar. A carabina não era a arma real dos dragões; eles saboreavam o poder de suas espadas longas e retas e rezavam por imbecis imprudentes contra quem manejar suas lâminas assassinas.

— Inglês! — tornou a gritar Vivar.

— Major?

— Cuspo na sua opinião! Dê-me fogo!

— Imbecil — murmurou Sharpe e então gritou para seus homens: — Mantenham as cabeças baixas!

Os homens de Vivar deixaram a cobertura em colunas de três. Na primeira vez em que atacara, Vivar compusera uma linha, mas agora apontou seus homens como um aríete humano contra a obstrução da estrada. Os galegos não marcharam para a frente; eles correram. Fumaça subiu da barricada e os homens de Sharpe abriram fogo.

Os dragões montados, cerca de quarenta deles, viram os inimigos de casacas escarlates saírem para campo aberto. Os cavalos empinaram e foram esporeados para um trote. Vivar ignorou-os. Um espanhol caiu, e seus camaradas contornaram seu corpo e reassumiram formatura adiante. Uma corneta soou alta e estridente, e finalmente o major parou seus homens e virou-os para o flanco ameaçado.

Sharpe agora viu o que Vivar tencionava, e viu que era de uma coragem que beirava a estupidez. Ignorando os dragões atrás da barricada, ele despejaria todo o seu fogo nos cavaleiros. Confiava nos fuzileiros para manter os dragões desmontados ocupados, e Sharpe caminhou ao longo de sua linha de atiradores e gritou seus alvos para eles.

— Aquele sodomita ao lado da árvore! Matem! — Ao ver um fuzileiro disparar apressado, Sharpe chutou-lhe a perna. — Mire direito, seu maldito! — Sharpe procurou pelos montículos de pólvora que traíam um homem que carregara seu fuzil apenas até a metade, de modo a poupar seu ombro do coice violento da coronha, mas nenhum dos fuzileiros estava usando esse truque barato.

Dois homens na fila direita de Vivar estavam caídos. Eles eram o preço que Vivar precisava pagar. A cavalaria estava agora a todo galope, cascos levantando nacos de neve e terra.

— Apontar! — Vivar se levantou no flanco direito exposto, o mais próximo à barricada e onde jazia o maior perigo. Levantou sua espada. — Aguardem o momento, aguardem o momento!

A neve sobre o terreno plano ao lado da estrada estava rala. Os cascos dos cavalos arranhavam a relva, e as espadas compridas refletiam a luz pálida. A corneta instigava os cavaleiros espanhóis a avançar, cada vez mais depressa, e eles foram os primeiros a bradar um desafio. Os espanhóis não tinham formado um quadrado mas estavam arriscando tudo numa salva de tiros esmagadora emitida pelos soldados em linha. Apenas soldados disciplinados conseguiriam manter-se em linha contra uma investida de cavalaria.

— Fogo! — A espada de Vivar golpeou para baixo.

As carabinas espanholas flamejaram. Cavalos tropeçaram. Sangue, homens e neve turbilhonavam em caos. Algo gritou, mas Sharpe não discerniu se cavalo ou homem. Acima do grito elevou-se o brado de guerra de Vivar:

— *São Tiago! São Tiago!*

Os galegos regozijaram, e então investiram. Não contra a barricada, mas contra os cavaleiros dissipados.

— Meu Senhor Jesus Cristo! — murmurou um fuzileiro perto de Sharpe, e então baixou a arma. — Eles estão loucos!

Mas era uma loucura magnífica. Os homens de Sharpe observaram e ele gritou para que continuassem atirando no inimigo atrás da barricada. Ele se permitiu observar os soldados galegos descartarem suas armas de fogo e sacarem as espadas compridas. Passaram por cima dos cavalos mortos e desfecharam espadadas nos dragões atordoados. Outros agarraram rédeas ou correram atrás de cavaleiros.

Os franceses atrás da barricada levantaram para fazer sua própria investida. Sharpe gritou um aviso para Vivar, embora soubesse que o espanhol não iria ouvi-lo.

— Sargento Williams! Mantenha seus homens aqui! O resto de vocês! Sigam!

Os fuzileiros desceram a colina num tumulto frenético. Sua investida irregular atingiria os últimos dragões no flanco; os franceses viram-nos aproximar-se e, depois de um instante de hesitação, fugiram. Os soldados de Vivar estavam fazendo prisioneiros ou cercando cavalos apeados, enquanto os franceses sobreviventes dispersaram-se em busca de segurança. A batalha estava terminada. Os emboscados, flagrados em inferioridade numérica, haviam conquistado uma vitória impossível, e a neve cheirava a sangue e fumaça.

Tiros soaram no desfiladeiro às costas de Sharpe.

Vivar virou-se, rosto lívido.

Um fuzil disparou, som amplificado pelo eco de paredes rochosas.

— Tenente! — Vivar gesticulou desesperadamente para o desfiladeiro. — Tenente! — Havia desespero genuíno em sua voz.

Sharpe virou-se e correu para a fissura. O disparo foi repentino e brusco. Viu o sargento Williams atirar para baixo, e soube que deveria haver mais soldados inimigos escondidos na outra extremidade do desfiladeiro; homens que bloqueariam a retirada aterrorizada que os franceses haviam esperado provocar. Em vez disso, esses homens deviam estar subindo o desfiladeiro para pegar Vivar e Sharpe na retaguarda.

Exceto que eles tinham sido detidos por um homem. O fuzileiro Harper encontrara o fuzil de um homem caído e, usando a carcaça da mula como bastião, continha o avanço do punhado de dragões. Ele cortara as amarras dos pulsos, usando uma baioneta que abrira feridas profundas em suas mãos, mas a despeito dos cortes sangrentos, ainda conseguia carregar e disparar seu fuzil como precisão assustadora. Um cavalo francês morto e um dragão ferido eram testemunhos da perícia do irlandês. Ele gritou seu desafio gaélico para os outros, provocando-os a se aproximarem. Virou-se de olhos arregalados quando Sharpe apareceu, e então, com uma expressão escarninha, voltou-se novamente para enfrentar os franceses.

Sharpe alinhou seus fuzileiros através da estrada.

— Apontar! — O *chasseur* de peliça vermelha e chapéu de pele preta estava no desfiladeiro. Ao lado dele cavalgava o homem alto que usava casaco de equitação preto e botas brancas.

— Fogo! — gritou Sharpe.

Uma dúzia de fuzis detonaram. Balas zumbiram em ricochete, e mais dois cavaleiros tombaram. O homem de vermelho e o homem de preto estavam a salvo. Por um instante pareceram fitar diretamente os olhos de Sharpe, e então uma fuzilada vinda de cima fez com que virassem seus cavalos e os esporeassem rumo a um lugar seguro. Os fuzileiros bradaram vivas e Sharpe ordenou-lhes que se calassem.

— E recarreguem! — acrescentou.

Os franceses tinham sumido. Água gotejava dos pingentes de gelo nas rochas. Um cavalo ferido relinchava de dor. A fumaça fedorenta produzida pelos tiros pairava no desfiladeiro. Um fuzileiro vomitou sangue, então suspirou. Outro homem chorou. O cavalo ferido foi silenciado com uma bala de fuzil, e o som golpeou em ecos brutais nas paredes rochosas.

Passos soaram atrás de Sharpe. Era Blas Vivar, que passou por ele, passou pelos casacas verdes e se ajoelhou ao lado da mula. Cuidadosamente desafivelou o cofre dos arreios do animal morto. Então, levantando-se, procurou por Harper.

— Você o salvou, meu amigo.

— Salvei, senhor? — Estava claro que o irlandês não fazia a menor ideia do valor que Vivar depositava no baú.

O espanhol abraçou o homenzarrão e o beijou-lhe as bochechas. Um dos fuzileiros de Sharpe abafou um riso e então, envergonhado, calou-se para a solenidade do momento.

— Você o salvou — repetiu Vivar, e havia lágrimas em seus olhos.

Vivar levantou o cofre e o carregou de volta desfiladeiro acima.

Sharpe seguiu-o. Seus homens, em silêncio e com frio, desceram até a estrada. Não houve exultação na vitória, porque, sem ter sido notada até este momento e muito além da barricada abandonada pelos franceses, uma coluna de fumaça subia para o ar hibernal. Provinha da aldeia, e a fumaça era escura como o agasalho de um mendigo e expirava uma fetidez de morte e fogo.

E dela, como neve negra, cinzas choviam numa terra ensanguentada.

CAPÍTULO V

Os aldeões não poderiam ter enviado um aviso sobre a presença dos franceses porque não havia mais aldeia, nem aldeões.
As chamas deviam ter sido ateadas ao mesmo tempo em que a emboscada fora lançada, porque as casas ainda ardiam. Contudo, os cadáveres estavam congelados. Os franceses tinham matado as pessoas e depois se abrigado em suas casas enquanto esperavam que a pequena coluna de Vivar alcançasse o desfiladeiro alto.

Não fora uma aldeia próspera. Um agrupamento pobre de bodes e ovelhas, e de pessoas que os pastoreavam para o sustento. As casas jaziam numa depressão resguardada por carvalhos anões e castanheiras. Os aldeões haviam cultivado batatas em pequenos campos de plantio franjados com amoreiras e tojos. As casas tinham sido meras cabanas de sapé com pilhas de estrume diante das portas. Habitações compartilhadas por homens e animais, assim como as casas que os próprios fuzileiros de Sharpe haviam conhecido na Inglaterra, e essa semelhança nostálgica contribuiu para aumentar o pesar sentido pelos soldados.

Se alguma coisa podia aumentar um pesar gerado pela visão de crianças e bebês mortos, mulheres estupradas, homens crucificados. O sargento Williams, que já conhecera muito horror neste mundo ruim, vomitou. Um dos soldados de infantaria espanhóis virou-se em silêncio para um prisioneiro francês e, antes que Vivar pudesse exprimir uma palavra, estripou o homem. Apenas então o *cazador* emitiu um uivo de ódio.

Vivar ignorou o assassinato e o uivo. Em vez disso, com uma formalidade estranha, marchou até Sharpe.

— Você poderia... — começou ele, mas sentiu dificuldade em continuar. O fedor dos cadáveres queimando dentro das casas era repugnante. Engoliu em seco. — Poderia posicionar sentinelas avançadas, tenente?

— Sim, senhor.

Ao menos isso afastou os fuzileiros dos cadáveres de crianças chacinadas e de entranhas em chamas. Tudo que restava dos prédios da aldeia eram as paredes da igreja; paredes de pedra que não podiam ser queimadas, embora o teto de madeira ainda ardesse e cuspisse fumaça acima da orla do vale onde, entre as árvores, Sharpe estabeleceu sua linha de sentinelas. Os franceses, se ainda permaneciam nas imediações, estavam invisíveis.

— Por que fizeram aquilo, senhor? — perguntou Dodd, um homem sossegado.

Sharpe não podia oferecer qualquer resposta.

Gataker, um patife sagaz, como era comum no Exército, fitava a paisagem com olhos vazios. Isaiah Tongue, cuja educação fora desperdiçada em aguardente, estremeceu quando um grito terrível soou da aldeia; percebendo que o grito provinha de um francês capturado, cuspiu para demonstrar que isso não o incomodava.

Sharpe continuou andando, posicionando sentinelas. Finalmente alcançou um ponto do qual, entre dois grandes rochedos de granito, podia ver bem longe ao sul. Sentou ali sozinho, olhando o céu imenso que prometia mais tempo ruim. Ainda segurava sua espada e, quase num estupor, tentou guardá-la na bainha metálica. A lâmina, ainda pegajosa com sangue, parou na metade da bainha. E então, para sua surpresa, Sharpe viu que uma bala perfurara a bainha e empurrara lábios metálicos para dentro.

— Senhor?

Sharpe olhou em torno para ver um nervoso sargento Williams.

— Sargento?

— Perdemos quatro homens, senhor.

Sharpe esquecera de perguntar, e se amaldiçoou pela omissão.

— Quem?

Williams citou os mortos, embora os nomes não significassem nada para Sharpe.

— Achei que perderíamos mais — disse, pasmo.

— Sims está ferido, senhor. Cameron também. Temos outros feridos, mas esses são os que estão em piores condições. — O sargento estava apenas fazendo seu serviço, mas estava tremendo de tensão enquanto falava com seu oficial.

Sharpe tentou organizar seus pensamentos, mas a memória das crianças mortas estava entorpecendo seus sentidos. Já vira muitas crianças mortas, quem não vira? Nessas últimas semanas passara por muitas crianças, filhas de soldados, que haviam congelado até a morte durante aquela retirada horripilante, mas nenhuma fora assassinada. Vira crianças espancadas até sangrarem, mas não até a morte. Como os franceses poderiam ter aguardado na aldeia sem ter primeiro escondido sua chacina obscena? Ou melhor, como eles podiam tê-la cometido?

Williams, atormentado pelo silêncio de Sharpe, murmurou alguma coisa sobre encontrar um córrego onde os homens pudessem encher seus cantis. Sharpe fez que sim com a cabeça.

— Certifique-se de que os franceses não envenenaram a água, sargento.

— É claro, senhor.

Sharpe virou-se para olhar o homem musculoso.

— E os homens trabalharam bem. Muito bem.

— Obrigado, senhor. — Williams pareceu aliviado. Estremeceu quando mais um grito chegou da aldeia.

— Eles trabalharam realmente muito bem. — Sharpe disse isso apressado, como se quisesse distrair seus pensamentos do grito. Os prisioneiros franceses estavam sendo interrogados. Depois, seriam mortos. Sharpe olhou para o sul, tentando adivinhar se as nuvens verteriam água ou neve. Lembrou-se do homem de casaco vermelho, o *chasseur* da Guarda Imperial, e o homem de casaco preto a seu lado. Por que novamente esses dois homens? Porque, pensou Sharpe, eles sabiam que Vivar estava vindo. Contudo, o francês não previra que Vivar chegaria com os fuzileiros. Sharpe pensou no momento no cume da colina quando o primeiro casaca verde passara por ele, baioneta calada, e recordou outra de suas falhas. Em nenhum momento ordenara que as baionetas fossem caladas, mas os homens haviam feito isso mesmo assim.

— Os homens trabalharam muito bem — repetiu Sharpe. — Diga isso a eles.

Williams hesitou.

— Senhor? Não seria melhor se o senhor mesmo lhes dissesse?

— Eu? — Sharpe virou-se de supetão para o sargento.

— Eles fizeram isso pelo senhor — Williams estava embaraçado, e ficou mais ainda quando Sharpe não respondeu às suas palavras desajeitadas. — Estavam tentando provar alguma coisa, senhor. Todos estávamos. E esperando que o senhor...

— Esperando o quê? — A pergunta foi formulada com rudeza e Sharpe percebeu isso. — Perdão.

— Estávamos esperando que o senhor soltasse o Harps. Os homens gostam dele, o senhor entende, e o Exército sempre libera soldados da punição se seus camaradas lutam bem.

A amargura que Sharpe sentia pelo irlandês era forte demais para que atendesse imediatamente a esse pedido.

— Direi aos homens que eles trabalharam bem, sargento. — Fez uma pausa. — E pensarei a respeito de Harper.

— Sim, senhor. — O sargento Williams estava claramente grato pelo fato de que, pela primeira vez desde que estava sob as ordens de Sharpe, o tenente tratara-o com alguma civilidade.

Sharpe também percebeu isso, o que o deixou surpreso. Ele estivera nervoso com a perspectiva de liderar esses homens, e assustado com sua insubordinação, mas não compreendera que eles também estavam com medo dele. Sharpe sabia que era um homem duro, mas sempre julgara-se também um homem razoável. Ainda assim, no espelho do nervosismo de William, vira a si próprio como alguma coisa bem pior: um homem ameaçador que usava a pequena autoridade de sua patente para intimidar os soldados. De fato, exatamente o tipo de oficial que Sharpe mais odiara quando estivera sob sua autoridade amarga. Sentiu remorso por todos os erros que cometera com esses homens e se perguntou como poderia retratar-se. Era orgulhoso demais para se desculpar, de modo que em vez disso fez uma confissão acanhada ao sargento:

— Não tinha certeza de que algum dos homens iria me seguir no ataque colina acima.

Williams grunhiu, meio achando graça, meio compreendendo a preocupação de seu superior.

— Aqueles rapazes seguiriam, senhor. O senhor tem sob seu comando a nata do batalhão.

— A nata? — Sharpe não conseguiu ocultar sua surpresa.

— Bem, pelo menos os mais corajosos. — Williams sorriu. — Não eu, senhor. Nunca tive muita fibra. Sempre torci para não ter de fazer por merecer meu pagamento. — Ele riu. — Mas aqueles garotos, senhor, a maioria deles são o tipo certo de bastardos. — As palavras foram proferidas com uma espécie de admiração. — Faz sentido, senhor, se pensar a respeito. Observei os soldados quando aqueles franceses atacaram na ponte. Alguns estavam a um passo de fugir, mas não os nossos rapazes. Eles estavam loucos para enfrentar o inimigo. O senhor tem um grupo de bravos, senhor. Exceto por mim. Eu simplesmente tive sorte. Mas se der a esses garotos uma chance de lutar, eles irão segui-lo.

— Eles também seguiram você — disse Sharpe. — Eu o vi no alto da colina. Você agiu muito bem.

Williams tocou as divisas de sua manga direita.

— Eu teria envergonhado estas listras se não tivesse lutado. Mas os méritos cabem ao senhor. Foi loucura atacar aquela colina. Mas funcionou!

Sharpe reagiu ao elogio com um jogo de ombros e tentou esconder o quanto ficou satisfeito com aquelas palavras. Podia não ter nascido em berço de ouro e sido criado para ser um oficial, mas por Deus, ele tinha sido criado para ser um soldado. Era filho de uma prostituta, esquecido por Deus, mas um grande soldado.

Havia pás e picaretas na aldeia que, levadas de volta até a boca do desfiladeiro, foram usadas para cavar sepulturas para os mortos franceses.

Vivar caminhou com Sharpe até onde as covas rasas estavam sendo abertas na terra dura. O espanhol parou diante de um dos dragões que morrera no ataque da cavalaria e cujo corpo desde então fora despojado de seus pertences e roupas. A pele do falecido era branca como a neve sobre a qual estava deitado, enquanto seu rosto acastanhara devido à exposição ao sol e vento. O rosto ensanguentado era adornado com rabos de cavalo.

— *Cadenettes* — disse abruptamente Vivar. — É assim que eles chamam essas coisas. Como vocês as chamam, tranças?

— Rabos de cavalo.

— É a marca deles. — Falava com amargura. — Sua marca por serem especiais, uma elite.

— Como o alecrim nos chapéus de seus homens?

— Não, é completamente diferente. — A negação abrupta calou as palavras entre os dois homens. Eles permaneceram de pé em silêncio constrangido acima dos inimigos mortos.

Sharpe, sentindo-se desconfortável, rompeu o silêncio.

— Eu não teria acreditado se me dissessem que soldados de cavalaria desmontados conseguiriam quebrar uma formação de cavaleiros.

O major ficou deliciado com o elogio.

— Nem eu teria acreditado se me dissessem que uma infantaria conseguiria tomar aquela colina. Foi estúpido da sua parte, tenente, muito estúpido, e mais corajoso do que eu poderia sonhar. Obrigado.

Sharpe, como sempre sem jeito diante de um elogio, tentou minorá-lo com um meneio de ombros.

— Foram os meus fuzileiros que fizeram o serviço.

— E o fizeram para agradá-lo, creio? — Vivar falou significativamente, numa tentativa de oferecer algum conforto a Sharpe. Quando o inglês não ofereceu qualquer resposta, a voz do espanhol ficou mais intensa. — Os soldados sempre se comportam melhor quando sabem o que é esperado deles. Hoje você lhes mostrou o que eles queriam, e o resultado foi simplesmente uma vitória.

Sharpe murmurou alguma coisa sobre sorte.

Vivar ignorou a evasiva.

— Tenente, você liderou seus homens, e eles souberam o que era esperado deles. Os soldados sempre devem saber o que seus oficiais esperam deles. Eu dou aos meus *cazadores* três regras. Não devem roubar a não ser que o façam para não morrer, devem cuidar de seus cavalos melhor que de si mesmos, e devem lutar como heróis. Apenas três regras, mas elas funcionam. Dê aos seus homens regras firmes, tenente, e eles seguirão você.

Sharpe, parado no platô desolado e frio, compreendeu que estava recebendo um presente do major Vivar. Talvez não houvesse regras para ser um oficial, e talvez os melhores oficiais nascessem com esse dom, mas o espanhol estava oferecendo a Sharpe uma chave para o sucesso e, sentindo o valor do presente, ele sorriu.

— Obrigado.

— Regras! — prosseguiu Vivar como se Sharpe não houvesse falado. — Regras fazem soldados de verdade, não infanticidas como estes bastardos. — Ele chutou o francês morto e então estremeceu. Outros cadáveres franceses estavam sendo arrastados pela neve suja até a cova rasa. — Mandarei um dos meus homens fazer algumas cruzes com madeira queimada.

Mais uma vez Sharpe estava surpreso com este homem. Num momento ele chutou o cadáver nu de um inimigo, no seguinte estava tomando o cuidado de marcar as sepulturas desses inimigos com cruzes. Vivar notou sua surpresa.

— Não é por respeito, tenente.

— Não.

— Temo seus *estadea*, seus espíritos. As cruzes manterão suas almas sujas debaixo do solo. — Vivar cuspiu no cadáver. — Você acha que sou um tolo, mas já os vi, tenente. Os *estadea* são os espíritos perdidos dos mortos amaldiçoados e eles parecem uma miríade de velas na névoa noturna. Seu gemido é ainda mais terrível que aquilo. — Apontou com a cabeça para outro grito moribundo que chegou da aldeia. — Pelo que eles fizeram àquelas crianças, inglês, eles merecem coisa pior.

Sharpe não discutiu a justificativa do major.

— Por que eles fizeram aquilo? — Sharpe não conseguia se imaginar matando uma criança, nem como tal ato poderia ao menos passar pela cabeça de um homem.

Vivar caminhou para longe dos cadáveres franceses, até a orla do pequeno platô através do qual a cavalaria investira.

— Quando os franceses chegaram aqui, tenente, eles eram nossos aliados. Que Deus perdoe nossa estupidez, mas nós os convidamos. Eles vieram atacar nossos inimigos, os portugueses, mas como já estavam aqui, decidiram ficar. Eles pensaram que a Espanha estava fraca, podre, indefesa. — Vivar fez uma pausa, olhando para o grande vácuo do vale. — E talvez estivéssemos podres. Não o povo, tenente. Jamais pense isso, jamais! Mas o governo. — Ele cuspiu. — Assim, os franceses nos desprezaram. Pensaram que éramos uma fruta madura pronta para ser colhida, e talvez fôssemos. Nossos Exércitos? — Vivar deu de ombros. — Homens não podem lutar quando são mal comandados. Mas o povo não está podre. A terra não está podre. — Martelou o calcanhar na relva nevada. — Esta é a Espanha, tenente, amada por Deus, e Deus não nos abandonará. — Por que acha que você e eu vencemos hoje?

Era uma questão que não esperava resposta, e Sharpe não deu nenhuma.

Vivar olhou novamente para as colinas distantes onde a primeira chuva aparecia como manchas escuras no horizonte.

— Os franceses nos desprezaram mas aprenderam a nos odiar — prosseguiu em seu raciocínio anterior. — Eles descobriram que vencer na Espanha era muito difícil. Até provaram o sabor da derrota. Nós forçamos um exército a se render em Bailen, e quando eles sitiaram Saragoza, o povo os humilhou. E por essas coisas os franceses jamais irão nos perdoar. Agora eles nos inundam com exércitos e pensam que conseguirão nos derrotar se matarem a todos nós.

— Mas por que matam crianças? — A lembrança dos cadáveres pequenos e torturados ainda assombrava Sharpe.

Vivar engasgou com a pergunta.

— Você luta contra homens uniformizados, tenente — disse Vivar. — Sabe quem é o seu inimigo porque ele veste uma casaca azul para você e pendura laços dourados na casaca como alvo para seus fuzis. Mas os franceses não sabem quem são os inimigos deles. Qualquer homem com uma faca pode ser seu inimigo, portanto eles nos temem. E para nos deter eles cobrarão um alto preço pela inimizade. Eles espalharão um temor maior pela Espanha, um temor daquilo! — Virou-se e apontou um dedo para a mancha de fumaça que ainda ascendia da aldeia. — Eles sentem medo de nós, mas tentarão fazer com que sintamos ainda mais medo deles. E talvez consigam.

O pessimismo súbito foi surpreendente vindo de um homem indomável como Blas Vivar.

— Você realmente acredita nisso? — perguntou Sharpe.

— Acredito que os homens devem temer a morte de suas crianças. — Vivar, que sepultara seus próprios filhos, falou com a voz carregada de pesar. — Mas não acredito que os franceses vencerão. Eles são vitoriosos agora, e o povo espanhol pranteia suas crianças e se pergunta se ainda lhe resta esperança. Contudo, se o povo receber apenas uma pequena dose de esperança, apenas um leve brilho na escuridão, então ele irá lutar! — As últimas palavras Vivar pronunciou num rosnado e então, numa mudança brutal de humor, sorriu apologético para Sharpe. — Tenho um favor para lhe pedir.

— Claro.

— O irlandês, Patrick Harper. Liberte-o.

— Libertá-lo? — Sharpe ficou boquiaberto, não com o pedido, mas pela mudança repentina nos modos de Vivar. Um momento antes estivera vingativo e furioso, e agora dirigia-se a Sharpe com polidez humilde, como um peticionário.

— Sei que o pecado do irlandês é grave — apressou-se em dizer Vivar. — Ele merece ser açoitado quase até a morte, se não até a morte, mas fez uma coisa muito preciosa por mim.

Sharpe, embaraçado com o tom humilde de Vivar, deu de ombros.

— É claro.

— Falarei com ele, e lhe direi seus deveres de obediência.

— Ele pode ser libertado. — Sharpe já havia quase persuadido a si próprio da necessidade de libertar Harper, ao menos para provar ao sargento Williams que era um homem razoável.

— Já o libertei — admitiu Vivar. — Mas achei que seria melhor pedir sua aprovação. — Ele sorriu, viu que Sharpe não levantaria qualquer protesto, e então se curvou para pegar um capacete francês caído. Ele rasgou a cobertura de lona que tanto protegia o bronze quanto o impedia de refletir o sol para trair a posição do dragão. — Uma bela lembrança — disse. — Uma coisa para pendurar na escadaria quando a guerra houver terminado.

Sharpe não estava interessado num capacete amassado de dragão. Em vez disso estava compreendendo que a "coisa muito preciosa" que Harper fizera por Vivar fora proteger o cofre. Ele lembrou do horror no rosto do espanhol quando achou que o cofre seria perdido. Como uma nesga de luz do sol entre nuvens negras, Sharpe finalmente compreendeu. O *chasseur* estava caçando Vivar, e essa caçada levara os dragões a cruzar com a retaguarda do Exército britânico. Depois de derrotarem quatro companhias de fuzileiros, eles haviam continuado sua caçada. Não estavam atrás dos britânicos em retirada, mas do cofre.

— O que há no cofre, major? — perguntou acusadoramente.

— Já lhe disse, documentos — respondeu Vivar com naturalidade enquanto retirava os últimos pedaços de lona do capacete.

— Os franceses vieram até aqui para capturar o cofre.

— Os prisioneiros me disseram que eles vieram para conseguir comida. Tenho certeza de que estavam falando a verdade, tenente. Homens que têm a morte diante de si geralmente o fazem, e todos me contaram a mesma história. Eles eram um grupo à procura de provisões. — Vivar poliu o bronze do capacete com a manga, e então estendeu o capacete para que Sharpe o inspecionasse. — Muito malfeito. Está vendo como a jugular está mal fixada?

Sharpe mais uma vez ignorou o capacete.

— Eles vieram até aqui atrás daquele cofre, não foi? Estavam seguindo você, e deviam saber que teria de cruzar estas montanhas.

Vivar olhou pensativo para o capacete.

— Não sei se devo ficar com ele. Encontrarei um melhor antes que a guerra acabe.

— São os mesmos homens que atacaram nossa retaguarda. Temos sorte por não terem mandado o regimento inteiro aqui para cima, major!

— Os prisioneiros disseram que apenas homens com cavalos em bom estado seriam capazes de chegar até aqui. — Pareceu uma afirmação parcial das suspeitas de Sharpe, mas Vivar imediatamente negou o resto. — Asseguro que eles vieram aqui à procura apenas de provisões e feno para os cavalos. Eles me disseram que retiraram tudo que conseguiram das aldeias no vale, e por causa disso tiveram de subir tão alto para conseguir comida.

— O que há no baú, major? — insistiu Sharpe.

— Curiosidade! — Vivar virou-se e começou a caminhar para a aldeia. — Curiosidade! — Ele recolheu seu braço e arremessou o capacete francês para onde o platô descia numa ladeira íngreme. O capacete reluziu, virou, e caiu com estrondo na relva. — Curiosidade! Uma doença inglesa, tenente, que conduz à morte. Evite-a!

Todas as chamas morreram na noite, menos as da casa que os homens de Vivar alimentaram com madeira cortada das árvores circundantes e nas quais assaram nacos de carne de cavalo, espetados em suas espadas. Os fuzileiros cozinharam a carne em suas varetas de carregamento. Todos estavam satisfeitos pelos corpos dos aldeões terem sido sepultados. As sentinelas foram convocadas dos arrabaldes da aldeia queimada, onde tinham passado longas horas tremendo de frio. A chuva parara no fim da tarde, e durante a noite brechas abriram-se nas nuvens, permitindo que um luar pálido iluminasse as colinas denteadas das quais a neve derretia parcialmente para brindar a paisagem com uma aparência estranhamente leprosa. Em algum lugar nessas colinas uivava um lobo.

Os homens de Sharpe assumiram a vigilância durante a primeira metade da noite. À meia-noite Sharpe passeou em torno da aldeia e trocou algumas palavras desajeitadas com cada homem. As conversas eram forçadas porque nenhum dos casacas verdes conseguia esquecer a manhã em que haviam conspirado pela morte de Sharpe, mas um galês, Jenkins, mais loquaz que os outros, perguntou-lhe onde o Exército de *sir* John Moore estaria agora.

— Só Deus sabe — disse Sharpe.

— Derrotado, senhor?

— Talvez.

— Mas o Bona partiu, senhor? — A questão foi feita ansiosamente, como se a ausência do imperador concedesse esperança renovada ao fuzileiro fugitivo.

— Foi o que nos disseram. — Napoleão já devia ter deixado a Espanha, mas isso era pouco motivo para otimismo. Ele não tinha motivos para permanecer no país. Por toda parte seus inimigos estavam em retirada, e seus marechais, que haviam conquistado a Europa, possuíam competência suficiente para dar cabo de Espanha e Portugal.

Caminhando, Sharpe passou pelas casas queimadas. A sola de sua bota direita estava soltando, e as calças estavam folgadas em suas coxas. Ele reparara a bainha quebrada da espada, mas o uniforme pendia de seu corpo como os farrapos de um espantalho. Seguiu para o ponto onde a estrada subia para o desfiladeiro e onde, ao lado de um canal na pedra que as mulheres da aldeia tinham usado como gamela para lavar roupas, estava postado um piquete de três homens.

— Viram alguma coisa?

— Nada, senhor. Tudo está quieto como uma taberna seca.

Foi Harper quem respondera e quem agora, imenso e formidável, levantava-se das sombras. Os dois homens entreolharam-se, e então, sem jeito, o irlandês retirou sua barretina numa saudação formal.

— Sinto muito, senhor.

— Não importa.

— O major conversou comigo. Estávamos assustados, o senhor entende, e...

— Eu disse que não importa!

BERNARD CORNWELL

Harper fez que sim. Seu nariz quebrado ainda estava inchado e jamais ficaria reto. O grandalhão irlandês sorriu.

— Se não se incomoda que eu diga, senhor, o seu soco é forte como o coice de um novilho.

O comentário foi oferecido como uma oferta de paz, mas a lembrança de Sharpe da luta na casa de fazenda arruinada estava fresca demais em sua mente e ele estava dolorido demais para perdoar.

— Fuzileiro Harper, eu o livrei de uma sentença de morte, mas isso não lhe dá o direito de dizer o que lhe vier à cabeça. Ponha essa porcaria de chapéu na cabeça e volte para o trabalho!

Sharpe deu as costas para os homens e se afastou, preparado para girar abruptamente nos calcanhares se um único som insolente fosse produzido, mas Harper teve o bom senso de permanecer calado. O vento produzia o único ruído que se ouvia, um suspiro que passava pelas árvores antes de levantar para a noite as fagulhas da fogueira grande e alta. Sharpe aproximou-se da fogueira, permitindo que seu calor aquecesse o uniforme frio e molhado. Ele supôs que havia falhado de novo, que deveria ter aceitado as palavras amistosas como a oferta de paz que elas indubitavelmente eram, mas seu orgulho incitara-o à selvageria.

— O senhor deveria dormir um pouco. — Embrulhado em trapos para se proteger do frio, o sargento Williams aparecera ao lado da fogueira. — Eu vigiarei os rapazes.

— Não posso dormir.

— Não. — A palavra foi dita como uma concordância. — Pensar nas criancinhas mortas não deixa.

— Isso mesmo.

— Bastardos — disse Williams, estendendo as mãos ao fogo. — Havia uma que não devia ser mais velha que a minha Mary.

— Quantos anos tem ela?

— Cinco, senhor. Uma coisinha linda, senhor. Não é como o pai.

Sharpe sorriu.

— Sua esposa veio para a Espanha com você.

— Não, senhor. Ela ajuda na padaria do pai. O velho não gostou muito quando ela se casou com um soldado, mas quem gosta?

— É verdade.

O sargento se espreguiçou.

— Mas terei algumas histórias incríveis para contar quando retornar a Spitalfields. — Ficou calado por um momento, provavelmente pensando em seu lar. — Na verdade, é engraçado.

— O que é engraçado?

— Que aqueles bastardos tenham vindo até aqui para pegar suprimentos. Não foi isso que o major disse?

— Sim. — Os soldados franceses supostamente deviam viver da terra, roubando o que pudessem para permanecer vivos, mas Sharpe, como Williams, não podia acreditar que os cavaleiros inimigos tinham escalado até esta aldeia remota quando outros lugares, mais tentadores, jaziam nos vales. — Eles eram os mesmos homens que nos atacaram na estrada — comentou o tenente.

De certo modo, isso agira a favor de Sharpe, porque os dragões franceses, incapazes de resistir a usar os fuzis capturados, tinham se revelado ineptos com aquelas armas estranhas a eles.

O sargento Williams fez que sim.

— O sodomita de casaco vermelho, certo?

— Sim. E um camarada de preto.

— Acho que eles estavam atrás do cofre que os rapazes espanhóis estão carregando. — Williams baixou a voz como se temesse que algum dos *cazadores* adormecidos o escutasse. — É o tipo de baú no qual se carregam joias, não é? Pode haver o resgate de um rei naquela coisa, senhor.

— O major Vivar disse que leva documentos. Papéis.

— Papéis! — repetiu o sargento com galhofa.

— Bem, não creio que iremos descobrir — disse Sharpe. — E não recomendo que seja inquisitivo demais, sargento. O major não é afeito a gente curiosa.

— Não, senhor. — Williams soou desapontado com a falta de entusiasmo demonstrada pelo tenente.

Mas Sharpe apenas escondera sua curiosidade porque, depois de alguns momentos conversando com o sargento, e após desejar boa noite a Williams, retornou lenta e silenciosamente para a igreja. Usou a tática de despistamento que aprendera quando criança no orfanato de Londres, onde o menino que não roubava passava fome.

Contornou a igreja, então aguardou por um longo tempo nas sombras ao lado da porta. Manteve-se ouvindo atentamente. Escutou o crepitar do fogo e o uivo do vento, porém nada mais. Mesmo assim continuou esperando, forçando a audição para escutar qualquer coisa que viesse do velho edifício de pedras. Não ouviu nada. Sentia o cheiro de madeira caída e queimada dentro do prédio, mas não sentiu qualquer presença humana. Os espanhóis mais próximos estavam a trinta passos de distância, enrolados em seus mantos, dormindo.

A porta da igreja estava entreaberta. Sharpe se esgueirou pela abertura e, uma vez no seu interior, estacou novamente.

O luar iluminava o santuário. As paredes estavam enegrecidas pelo fogo e o altar sumira. Os homens de Vivar já haviam iniciado a limpeza da profanação, forçando para os lados as madeiras queimadas do teto de modo a abrir um corredor que conduzia aos degraus do altar. E no topo desses degraus, negro como as paredes, estava o cofre.

Sharpe esperou. Olhou à volta pelo interior do pequeno prédio, atento para qualquer movimento, mas não houve nenhum. Havia uma pequena janela escura na parede sul da igreja, mas essa era a única abertura. Nada mais mostrava do exterior, exceto negritude, sugerindo que a janelinha abria-se para um armário ou uma gaveta funda.

Sharpe caminhou para adiante entre as vigas caídas, algumas fumegantes. Em uma ocasião sua sola direita solta esmagou um pedaço de madeira calcinada, mas esse foi o único som que produziu.

Parou no sopé dos dois degraus que conduziam ao altar e ali se acocorou. Enrolado sobre a tampa do cofre havia um rosário, seu pequeno crucifixo reluzindo ao luar. Dentro desta caixa, pensou Sharpe, está alguma coisa que atraiu soldados franceses para montanhas congelantes. Vivar dissera que eram documentos, porém nem o mais religioso dos homens guardaria documentos com um crucifixo.

O baú estava embrulhado num pano oleado que fora costurado com firmeza. Durante a luta, duas balas haviam se incrustado na caixa, rasgando o tecido, e Sharpe, tateando por baixo dos buracos e passando pelas balas, sentiu a maciez dura da madeira. Traçou as formas dos ferrolhos e cadeados debaixo do pano oleado. Os cadeados eram antiquados e Sharpe percebeu que seria capaz de abri-los em questão de segundos com um pino de limpeza de fuzil.

Embalou-se para trás sobre seus calcanhares, olhos fixos no baú. Quatro fuzileiros tinham morrido por causa dele e mais outros ainda estavam por morrer, e isso, decidiu, dava a Sharpe o direito de saber o que havia em seu interior. Sabia que não seria capaz de disfarçar o fato de que a caixa fora aberta, mas como não tinha qualquer intenção de roubar seu conteúdo, não teria escrúpulos de deixar o pano oleado rasgado e os cadeados arrombados.

Enfiou a mão no bolso da casaca e pegou o canivete que usava para comer. Abriu sua lâmina e esticou a mão para cortar o pano.

— Toque-o, inglês, e morrerá.

Sharpe virou-se para a direita. O clique do fecho de uma pistola chegou da janelinha escura.

— Major?

— Esta janela servia para que os doentes pudessem assistir à missa, tenente — soou a voz de Vivar da escuridão. — Também é um bom lugar para uma sentinela.

— E o que a sentinela está guardando?

— Apenas documentos. — A voz de Vivar estava fria. — Largue a faca, tenente, e permaneça aí.

Sharpe obedeceu. Depois de um momento o major apareceu no pórtico da igreja.

— Não faça isso novamente, tenente. Terei de matá-lo para proteger o que está nessa caixa.

Sharpe sentiu-se um menininho flagrado por um vigia, mas tentou amenizar a tensão do momento.

— Documentos?

— Documentos — disse Vivar secamente. Olhou para o céu onde nuvens prateadas voavam velozes diante da lua. — Não é uma noite para matar, inglês. Os *estadea* já estão agitados. — Ele caminhou pelo corredor. — Creio que agora você deveria tentar dormir. Temos muito chão para percorrer amanhã.

Humilhado, Sharpe passou por Vivar e seguiu para a porta da igreja. Com uma das mãos no umbral, virou-se para olhar o baú. Vivar, de costas para ele, já estava ajoelhado diante do cofre misterioso.

Sharpe, embaraçado em ver um homem rezando, não conseguiu dizer nada.

— Sim, tenente? — Vivar não se virara.

— Os seus prisioneiros disseram quem era o *chasseur*? O homem de vermelho que os trouxe para cá?

— Não, tenente. — A voz do espanhol estava muito paciente, como se respondesse apenas para satisfazer o capricho de uma criança. — Não pensei em lhes perguntar.

— Ou o homem de preto? O civil?

Vivar hesitou um segundo antes de retrucar:

— E por que o lobo deveria saber os nomes dos cães de caça?

— Quem é ele, major?

As contas do rosário bateram umas nas outras.

— Boa noite, tenente.

Sharpe soube que não conseguiria repostas, apenas mais mistérios para rivalizar com a insubstancialidade dos *estadea*. Fechou a porta queimada até a metade, e seguiu para sua cama fria de terra nua e se deitou. Ali escutou o vento gemer na noite assombrada por espíritos. Em algum lugar um lobo uivou, e um dos cavalos capturados relinchou baixo. Na capela um homem rezava. Depois de algum tempo, Sharpe dormiu.

CAPÍTULO VI

Os *cazadores* e os fuzileiros ainda estavam seguindo para oeste, mas por medo dos dragões franceses, Vivar evitou as trilhas mais óbvias do caminho do peregrino, insistindo que a segurança ainda jazia nas terras altas. A estrada (se podia ser chamada assim) coleava pelas montanhas altas e através de córregos frios criados com água do derretimento da neve e da chuva persistente que deixava as trilhas escorregadias como graxa. Os feridos e aqueles que contraíram uma febre com o frio eram carregados pelos cavalos franceses capturados, mas essas bestas preciosas precisavam ser conduzidas com cautela infinita para sobreviverem nas trilhas traiçoeiras. Um dos cavalos transportava o baú.

Não havia notícias dos franceses. Durante os dois primeiros dias de marcha Sharpe esperou ver no horizonte as silhuetas ameaçadoras dos dragões, mas o *chasseur* e seus homens aparentemente haviam desaparecido. As poucas pessoas que viviam nas aldeias altas asseguraram a Vivar que não tinham visto franceses. Algumas delas sabiam que havia um inimigo estrangeiro na Espanha e, ao ouvir a linguagem estranha dos fuzileiros de Sharpe, olharam-nos com hostilidade.

— Não que o dialeto deles próprios também não seja estranho — disse animadamente Vivar. — E então, tão fluente no dialeto galego quanto na língua mais culta da Espanha, Vivar assegurou aos campônios que os homens em casacas verdes esfarrapadas não deviam ser temidos.

Depois dos primeiros dias, e satisfeito pelos franceses terem perdido seu rastro, Vivar desceu até o caminho do peregrino, que se revelou uma sucessão de trilhas entrelaçadas que serpenteavam por vales profundos. As estradas maiores eram reforçadas com cascalho para que carroças e carruagens pudessem trafegá-las, e embora o inverno tivesse afogado os cascalhos em lama, os homens marcharam com mais rapidez e facilidade nessa superfície mais firme. Uma profusão de olmos e castanheiras orlava a estrada que conduzia através de uma região até agora poupada de exércitos carniceiros. Os homens comeram bem. Nos armazéns de inverno havia milho, centeio, batatas, castanhas e carne salgada. Certa noite eles comeram até mesmo carne de carneiro fresca.

Entretanto, apesar da comida e do solo mais fácil de percorrer, não era uma região pacífica. Certa vez, ao meio-dia, ao lado de uma ponte que passava sobre um córrego escuro e profundo, Sharpe viu três cabeças humanas espetadas em postes. As cabeças estavam ali há meses, e seus olhos, línguas e carnes mais macias tinham sido comidos por corvos, enquanto os retalhos de pele sobre os crânios medonhos haviam ficado negros como piche.

— *Rateros* — esclareceu Vivar a Sharpe. — Bandoleiros. Eles pensam que os peregrinos são presas fáceis.

— Muitos peregrinos viajam até Santiago de Compostela?

— Não tantos quanto nos velhos tempos. Alguns leprosos ainda vão até lá para ser curados, mas até eles foram detidos pela guerra. — Vivar apontou com a cabeça para os crânios. — Então agora esses cavalheiros terão de usar sua perícia assassina contra os franceses. — O pensamento o animou, assim como o percurso mais fácil no caminho do peregrino animara os fuzileiros de Sharpe. Às vezes eles cantavam enquanto marchavam. Eles redescobriram antigos consolos. Vivar comprou blocos grandes de tabaco que precisavam ser fatiados antes de fumados. Alguns dos fuzileiros imitaram os soldados espanhóis e torceram o tabaco em papel em vez de fumá-lo em cachimbos de barro. As aldeias pequenas sempre ofereciam quantidades generosas de uma sidra rude e forte. Vivar estava estarrecido com a capacidade dos fuzileiros em beber, e ainda mais estarrecido quando

Sharpe lhe disse que a maioria dos homens só se alistara no Exército para receber uma ração diária de 150ml de rum.

Não havia rum a ser distribuído entre os fuzileiros mas, talvez devido à fartura de sidra, os homens estavam felizes. Até estavam tratando Sharpe com uma aceitação cautelosa. Os casacas verdes tinham recebido Harper de volta com prazer indisfarçado, e Sharpe novamente vira como o homenzarrão era o verdadeiro líder daqueles homens. Gostavam do sargento Williams, mas instintivamente esperavam que Harper tomasse as decisões por eles, e Sharpe notou amargamente que fora Harper, mais do que ele próprio, quem unira aqueles sobreviventes de quatro companhias separadas num único grupo.

— Harps é um sujeito decente, senhor. — O sargento Williams perseverou em seu papel de pacifista entre os dois homens. — Ele diz agora que estava errado.

Sharpe ficou irritado com este cumprimento em segunda mão.

— Não dou a mínima para o que ele diz.

— Ele disse que ninguém nunca o acertou com tanta força em sua vida.

— Eu sei o que ele diz. — Sharpe perguntou-se se o sargento falaria dessa maneira com outros oficiais, e decidiu que não. Decidiu que era apenas porque Williams sabia que Sharpe era um ex-sargento que sentia-se capaz de tratá-lo com tamanha intimidade. — Você pode dizer ao fuzileiro Harper que se ele sair da linha mais uma vez, será acertado com tanta força que não lembrará de nada — disse Sharpe com rudeza deliberada.

Williams gargalhou.

— O Harps não vai sair da linha de novo, senhor. O major Vivar conversou com ele. Só Deus sabe o que disse, mas deixou o irlandês morrendo de medo. — Ele balançou a cabeça em sinal de admiração pelo espanhol. — O major é um patife duro, senhor. E rico também, ele está carregando uma fortuna naquele cofre!

— Já lhe disse que não é nada além de documentos — comentou displicentemente Sharpe.

— São joias, senhor. — Williams revelou o segredo com prazer evidente. — Exatamente como eu havia presumido. Diamantes e coisas assim. O major contou isso ao Harps, senhor. O Harps disse que as joias pertencem à família do major, e que se nós a levarmos em segurança até esse lugar, Santi-algo, ele dará a cada um de nós uma peça de ouro.

— Bobagem! — disse Sharpe com uma amargura que, sabia, era provocada por um ciúme irracional. Por que Vivar diria ao fuzileiro Harper o que não diria a ele? Talvez porque o irlandês era católico? E se fosse verdade, por que Vivar alojaria reverentemente as joias de sua família numa igreja? E por que simples joias fariam os dragões inimigos atravessarem colinas nevadas para armar uma emboscada?

— São joias antigas. — O sargento Williams ignorou as dúvidas de Sharpe. — Uma delas é um colar feito com os diamantes de uma coroa. Uma coroa de mouro, senhor. Ele foi um rei antigo, senhor. Um pagão. — Estava evidente que os casacas verdes tinham ficado impressionados. Os fuzileiros poderiam marchar debaixo de chuva e através de estradas ruins, mas suas dificuldades agora pareciam estar imbuídas em dignidade, porque eles estavam escoltando as joias pagãs de um reino antigo.

— Não acredito numa única palavra disso — disse Sharpe.

— O major disse que o senhor não acreditaria — disse Williams respeitavelmente.

— Harper viu essas joias?

— Isso traria má sorte, senhor. — Williams tinha a resposta preparada. — Se o baú for aberto sem a permissão de toda a família, os maus espíritos nos pegarão. Entendeu, senhor?

— Oh, completamente — disse Sharpe, mas a crença do sargento nas joias estava além das dúvidas irônicas de Sharpe.

Naquela tarde, num campo alagado por chuva, Sharpe viu duas gaivotas voando do oeste. A visão, ainda que não prometesse o fim da jornada, trouxe esperança. Alcançar o mar seria uma conquista; denotaria o fim da marcha para oeste e o começo da marcha para o sul, e em sua ansiedade Sharpe quase acreditou farejar sal no ar chuvoso.

Naquela tarde, uma hora antes do anoitecer, chegaram a uma cidadezinha construída perto de uma ponte que passava sobre um rio turbulento e profundo. O vulto de uma fortaleza dominava a cidade, mas ela fora abandonada há muito tempo. O *alcalde*, o prefeito, assegurou ao major Vivar que não havia franceses num raio de cinco léguas, e essa garantia persuadiu-o a pernoitar na cidade.

— Partiremos cedo — disse Vivar a Sharpe. — Se o tempo melhorar, estaremos em Santiago de Compostela amanhã a esta hora.

— Onde seguirei para o sul.

— Onde você seguirá para o sul.

O *alcalde* ofereceu sua casa a Vivar e seus estábulos aos *cazadores*, enquanto os fuzileiros seriam alojados num monastério cisterciense que, tendo jurado oferecer hospitalidade a peregrinos, revelou-se igualmente generoso para com os soldados estrangeiros. Ali comeram carne de porco recém-abatido, com feijões, pão e odres de vinho tinto. Havia até garrafas pretas de uma *aguardiente* muito forte, oferecida por um monge musculoso cujas cicatrizes e tatuagens concediam-lhe uma aparência de soldado velho. O monge também trouxe um saco de pão bem assado e lhes disse que era para ser comido na marcha do dia seguinte. A generosidade do monge convenceu Sharpe de que, depois dos horrores e do frio das últimas semanas, ele e seus fuzileiros conseguiriam de fato alcançar a segurança. O perigo imposto pelo inimigo finalmente pareceu longínquo e, aliviado da necessidade de estabelecer sentinelas avançadas à noite, Sharpe adormeceu.

Apenas para ser acordado na calada da noite.

Um monge de hábito branco, segurando uma lanterna, procurava entre as silhuetas escuras dos fuzileiros que dormiam num claustro. Sharpe resmungou e se apoiou sobre um cotovelo. Ouviu ruídos na rua lá fora; um ronco de rodas e um tamborilar de cascos.

— *Señor! Señor!* — O monge acenava com urgência para Sharpe que, praguejando por ter tido seu sono interrompido, pegou botas e armas e seguiu o monge pelo claustro frio até o corredor iluminado por velas do monastério.

Imóvel no corredor, lenço pressionado contra a boca como se temesse contágio, estava uma mulher de tamanho espantoso. Era tão alta quanto Sharpe, tão larga de ombros quanto Harper, e com uma cintura grossa como um tonel de vinho. Usava uma multiplicidade de mantos e capas que tornavam seu corpo ainda mais volumoso, enquanto seu rosto de olhos pequenos e lábios finos era encimado por uma boinazinha de delicadeza ridícula. Ela ignorou os monges importunados que se dirigiam a ela em tons suplicantes. As portas grandes do monastério estavam abertas às suas costas e, à luz das tochas acesas na rua, Sharpe viu uma carruagem. Enquanto ele se aproximava, a mulher enfiou o lenço em sua manga.

— O senhor é um oficial inglês?

Sharpe estava tão estarrecido que nada disse. Não foi a pergunta que o surpreendeu, nem mesmo a voz estentórea na qual foi formulada, mas o fato de a mulher enorme ser claramente inglesa.

— E então? — insistiu a mulher.

— Sim, madame.

— Não posso dizer que estou feliz em encontrar num lugar como este um oficial que jurou aliança a um rei protestante. Agora calce suas botas. Depressa, homem! — A mulher deu de ombros para enfatizar sua indiferença pelos monges que tentavam atrair sua atenção, assim como uma imensa vaca leiteira teria ignorado balidos de carneiros. — Diga-me seu nome — ordenou a Sharpe.

— Sharpe, madame. Tenente Richard Sharpe dos Fuzileiros.

— Encontre para mim o oficial inglês mais graduado. E abotoe sua casaca.

— Sou o oficial mais graduado, madame.

A mulher fitou-o com suspeita malévola.

— Você?

— Sim, madame.

— Então terei de me contentar com você. Tire suas mãos sujas de mim! — Isto foi para o abade que, com toda a polidez do mundo, tentava atrair a atenção da mulher com uma mão hesitante posicionada tremulamente na barra de um dos mantos volumosos. — Encontre alguns homens para mim! — Isto foi para Sharpe.

— Quem é a senhora, madame?

— Sou a Sra. Parker. Já ouviu falar do almirante *sir* Hyde Parker?

— Já, madame.

— Ele era parente de sangue do meu marido, antes de Deus escolher traduzi-lo para a glória. — Tendo estabelecido que sua patente era superior à de Sharpe, pelo menos por casamento, a Sra. Parker retomou seu tom mais duro. — Depressa, homem!

Sharpe, calçando as botas rasgadas, tentou extrair sentido de uma mulher inglesa aparecendo na calada da noite num monastério espanhol.

— A senhora quer homens, madame?

A Sra. Parker fitou-o como se estivesse prestes a torcer-lhe o pescoço.

— É surdo, homem? Ou retardado? Ou apenas burro? Tire suas mãos papistas de cima de mim! — A última admoestação foi novamente endereçada ao abade cisterciense que, como se tivesse sido picado, pulou para trás. — Esperarei na carruagem, tenente. Depressa! — A Sra. Parker, para evidente alívio dos monges, retornou para sua carruagem.

Sharpe afivelou sua espada, pendurou o fuzil no ombro e, sem dar-se ao trabalho de convocar homens, saiu para a rua que estava apinhada com carroças, coches e cavaleiros. Havia um sentimento de pânico na multidão, engendrado por pessoas que deviam estar fugindo, mas que não sabiam onde residiria a segurança. Sharpe, pressentindo desastre, seguiu até a carruagem da Sra. Parker. Seu interior estava iluminado por uma lanterna coberta por uma cúpula de vidro que revelou um homem alto e dolorosamente magro tentando ajudar a mulher a sentar-se.

— Aí está você! — A Sra. Parker, finalmente conseguindo contorcer seu corpanzil para o banco de couro, fitou Sharpe com uma expressão preocupada. — Você está com homens?

— Por que a senhora os quer, madame?

— Por que os quero? Ouviu isso, George? Um dos oficiais de sua majestade descobre uma inglesa indefesa, perdida num país papista e ameaçada pelos franceses, e faz perguntas! — A Sra. Parker inclinou-se à frente para encher a porta aberta da carruagem. — Vá buscá-los!

— Por quê? — perguntou Sharpe com agressividade, o que estarreceu a Sra. Parker, que claramente não estava acostumada com oposições.

— Para os novos testamentos. — Quem respondeu foi o homem. Ele estendeu a cabeça para espiar por trás da Sra. Parker e ofereceu a Sharpe um sorriso inseguro. — Meu nome é Parker, George Parker. Tenho a honra de ser primo do saudoso almirante *sir* Hyde Parker. — Ele disse isso num tom enfadado que revelava que qualquer glória que o Sr. George Parker conquistara nesta vida devia-se apenas ao lustro refletido de seu primo. — Minha esposa e eu necessitamos da sua assistência.

— Tenente, nós temos traduções espanholas do Novo Testamento escondidas nesta cidade — disse a Sra. Parker, cortando o marido. — Os espanhóis confiscariam essas escrituras se não as escondêssemos. Precisamos de seus homens para resgatá-las. — Essa explicação claramente constituiu um discurso conciliatório, que o marido recompensou com um meneio de cabeça ansioso.

— Vocês querem meus fuzileiros para resgatar novos testamentos dos espanhóis? — perguntou Sharpe, absolutamente confuso.

— Dos franceses, seu idiota! — A Sra. Parker berrou da carruagem.

— Os franceses estão aqui?

— Eles entraram em Santiago de Compostela ontem — disse com tristeza a Sra. Parker.

— Meu Deus!

A blasfêmia surtiu o efeito feliz de silenciar a Sra. Parker. Seu marido, vendo o choque de Sharpe, inclinou-se à frente.

— Não soube dos eventos em La Coruña?

Sharpe quase não quis ouvir.

— Não soube de nada, senhor.

— Houve uma batalha, tenente. Aparentemente o Exército britânico conseguiu escapar para o mar, mas à custa de muitas vidas. Dizem que *sir* John Moore está morto. Ao que tudo indica, os franceses são agora os donos desta parte da Espanha.

— Deus do Céu!

— Contaram-nos sobre sua presença quando chegamos aqui, e agora rogamos sua proteção — explicou George Parker.

— Mas é claro. — Sharpe olhou para a rua, compreendendo o pânico. Os franceses haviam tomado os portos do Atlântico no canto noroeste da Espanha. Os britânicos tinham partido, os Exércitos espanhóis estavam dispersados, e em breve as tropas de Napoleão seguiriam para o sul para completar sua vitória. — A que distância La Coruña fica daqui?

— Umas onze léguas? Doze? — O rosto de George Parker, pálido à luz de vela, estava tenso e abatido. E não era de admirar, pensou Sharpe. Os franceses estavam a menos de um dia de marcha dali.

— Pode se apressar? — A Sra. Parker, recuperada do choque da blasfêmia de Sharpe, inclinou-se vingativa para a frente.

— Espere, madame. — Sharpe correu de volta para o monastério. — Sargento Williams! Sargento Williams!

Levou dez minutos para acordar e formar os fuzileiros que cambalearam sonolentos para a rua onde, à luz de tochas, Sharpe ordenou que se enfileirassem. Sharpe notou que a respiração dos fuzileiros se vaporizava no ar frio e sentiu as primeiras gotas de chuva. Os monges estavam generosamente levando saquinhos de pão para os soldados que pareciam divertir-se com o caos na ruela.

— Tenente! Pode se apressar? — Era a Sra. Parker, fazendo ranger as molas da carruagem ao inclinar-se à frente. Foi nesse momento que Harper emitiu um assobio agudo, os outros homens soltaram gritos de excitação. Sharpe girou nos calcanhares para fazer uma descoberta muitíssimo desagradável.

Havia uma terceira pessoa na carruagem; uma pessoa que, até agora, estivera oculta pelo corpanzil da Sra. Parker. Aparentemente a Sra. Parker tinha uma criada, ou talvez uma dama de companhia, ou até uma filha, e a garota, se realmente era filha da Sra. Parker, não puxara à mãe. Nem um pouco. Sharpe viu o rosto decorado com olhos brilhantes, emoldurado com cachos escuros e iluminado por um sorriso malicioso que, entre soldados, só podia representar problemas.

— Mas que merda — murmurou Sharpe.

Sharpe havia acordado e formado seus homens e não sabia o que fazer com eles agora. Enquanto esperava que Blas Vivar aparecesse da casa do *alcalde* onde um conselho de anciãos da cidade fora convocado às pressas, deixou que seus homens resgatassem os novos testamentos em espanhol do estábulo de um livreiro que escondera os volumes para George Parker.

— A Igreja de Roma não aprova, compreende? — George Parker, longe de sua esposa, revelou-se um sujeito cortês e um tanto triste. — Eles querem manter seu povo na escuridão da ignorância; o arcebispo de Sevilha confiscou mil exemplares do Novo Testamento e os queimou. Consegue acreditar num comportamento desses? Foi por causa disso que viemos para o norte. Acredito que Salamanca pode ser um terreno fértil para nossas empreitadas, mas o arcebispo de lá ameaçou um confisco similar. Assim, seguimos para Santiago, e no caminho abrigamos nossos livros preciosos com este bom homem. — Parker mostrou com um gesto a casa do livreiro. — Acredito que ele vendeu alguns, mas não posso culpá--lo por isso. Realmente não posso. E se ele espalhar o evangelho, tenente, inalterado pelos padres de Roma, isso servirá à glória de Deus, concorda?

Sharpe estava estupefato demais com os estranhos acontecimentos da noite para concordar. Ele observou enquanto outro pacote de livros de capa preta era trazido para a rua e colocado no bagageiro da carruagem.

— Vocês estão na Espanha para distribuir bíblias?

— Apenas desde que o tratado de paz entre nossos dois países foi assinado — disse Parker como se isso explicasse tudo, e então, vendo que a expressão de Sharpe permanecia confusa, ofereceu informações adicionais. — Compreenda, minha esposa e eu somos seguidores do falecido John Wesley.

— O metodista?

— Exata e precisamente — disse Parker, assentindo com vigor. — E quando meu falecido primo, o almirante, teve a bondade de lembrar de mim em seu testamento, minha querida esposa julgou que o dinheiro seria gasto mais apropriadamente com a iluminação da escuridão papista que paira no sul da Europa. Vimos a declaração de paz entre Inglaterra e Espanha como um aviso de Deus para virmos para cá.

— Muito sucesso? — Sharpe não pôde conter a pergunta, embora a resposta estivesse claramente visível no rosto lúgubre de Parker.

— Ai de mim, tenente. O povo espanhol é obstinado em sua heresia romana. Mas se apenas uma alma for levada ao conhecimento da salvação de Deus e da graça protestante, esta empreitada será justificada. — Parker fez uma pausa. — E você, tenente? Posso perguntar se tem um conhecimento pessoal do seu Senhor e Salvador?

— Sou fuzileiro, senhor — disse Sharpe com firmeza, ansioso para evitar um ataque protestante à sua alma já sitiada pelo catolicismo. — Nossa religião é matar franceses e outros bastardos pagãos que não gostam do rei George.

A beligerância da resposta de Sharpe silenciou Parker por um momento. O homem de meia-idade olhou sorumbático para os refugiados na rua, e então suspirou.

— Você é um soldado, claro. Mas talvez possa me perdoar, tenente?

— Perdoá-lo, senhor?

— Meu primo, o falecido almirante, era muito dado a imprecações. Não quero ofendê-lo, tenente, mas minha esposa e sobrinha não estão acostumadas à linguagem forte do homem militar e... — Sua voz morreu na garganta.

— Peço-lhe desculpas, senhor. Tentarei me lembrar. — Sharpe gesticulou para a casa do livreiro onde a Sra. Parker e a garota tinham sido abrigadas temporariamente. — Ela é sua sobrinha, senhor? Parece um pouco jovem demais para estar viajando por uma região tão atormentada.

Se Parker suspeitou que Sharpe estava pescando informações sobre sua sobrinha, não demonstrou qualquer ressentimento.

— Louisa tem 19 anos, tenente, mas infelizmente é órfã. Minha querida esposa ofereceu-lhe emprego como dama de companhia. Obviamente, não previmos que a guerra tomaria um curso tão desvantajoso.

Acreditamos que, com um Exército britânico em campanha na Espanha, seríamos bem recebidos e protegidos.

— Talvez Deus seja francês hoje em dia? — gracejou Sharpe.

Parker ignorou a leviandade. Em vez disso, observou o fluxo de refugiados que vagavam pela noite com seus fardos de roupas. Crianças choravam. Uma mulher puxava dois bodes numa corda. Um aleijado cambaleava em suas muletas. Parker balançou a cabeça.

— Teme-se muito os franceses aqui.

— Eles são uns bastardos, senhor. Perdoe-me. — Sharpe enrubesceu. — Vocês estavam em Santiago de Compostela quando eles chegaram?

— A cavalaria francesa alcançou a orla norte da cidade ontem à noite, o que nos concedeu tempo para fugir. O Senhor foi providencial, creio.

— Realmente, senhor.

O sargento Williams, sorrindo de orelha a orelha, assumiu posição de sentido diante de Sharpe.

— Todos os livros sagrados já foram embarcados, senhor. Quer que eu traga as damas?

Sharpe olhou para Parker.

— Vai viajar esta noite, senhor?

A pergunta visivelmente confundiu Parker.

— Faremos o que o senhor julgar melhor, tenente.

— A decisão cabe ao senhor.

— A mim?

Era evidente que George Parker era tão indeciso quanto seu primo, *sir* Hyde, cuja prevaricação quase custara-lhe a batalha de Copenhague. Sharpe tentou mostrar o leque de opções da família.

— Esta estrada, senhor, segue apenas para leste ou oeste, e os franceses jazem em ambas as direções. Presumo que agora que seus livros estão seguros, o senhor terá de escolher uma ou outra direção. Dizem que os franceses tratam muito bem os viajantes ingleses inocentes. O senhor decerto será interrogado, e haverá alguma inconveniência, mas eles provavelmente irão lhes conceder permissão de viajar para o sul. Posso sugerir

Lisboa, senhor? Ouvi dizer que ainda há uma pequena guarnição britânica lá, mas mesmo se essa guarnição tiver partido, o senhor será capaz de encontrar um navio mercante britânico.

Parker fitou Sharpe preocupado.

— E o senhor, tenente? Qual é a sua intenção?

— Dificilmente posso depender da tolerância dos franceses, senhor. — Ele sorriu. — Não, estamos indo para sul, senhor. Esperávamos tomar a estrada de Santiago de Compostela, mas como os bas... como os franceses estão lá, senhor, teremos de cortar caminho através das colinas. Sharpe deu um tapa numa das rodas enlameadas da carruagem grande. — Nenhuma chance desta coisa ir conosco, senhor. Lamento dizer, mas acho que terá de pedir permissão aos franceses para cruzar seu território.

Há alguns segundos Parker estava balançando a cabeça. Finalmente disse:

— Eu lhe asseguro tenente, que minha esposa e eu não temos qualquer intenção de baixar a cabeça para o inimigo enquanto houver uma saída viável ao nosso dispor. Viajaremos para o sul com vocês. E posso lhe assegurar que existe uma estrada perfeitamente boa que segue desta cidade para o sul. Ali! — Ele apontou a ponte. — Logo do outro lado do rio.

Pasmado, Sharpe perdeu a voz por alguns segundos.

— Existe uma estrada que segue daqui para o sul? — finalmente conseguiu dizer.

— Precisa e exatamente. Se não, eu não teria conseguido chegar aqui com meus exemplares do Novo Testamento.

— Mas disseram-me... — Sharpe compreendeu abruptamente que não havia motivo para recontar a afirmativa de Vivar de que não existia uma estrada para o sul. — O senhor tem certeza?

— Viajei por ela há um mês. — Parker viu a hesitação de Sharpe. — Tenho um mapa, tenente. Quer vê-lo?

Sharpe seguiu Parker até a casa do livreiro. A Sra. Parker, seu corpanzil sentado perto da lareira, ofereceu um olhar desconfiado ao casaca verde.

— Todos os novos testamentos estão seguros, minha querida — disse Parker, muito dócil. — E pensei que poderíamos dar uma olhada no mapa?

— Louisa, o mapa — ordenou a Sra. Parker à sobrinha.

A jovem obedientemente caminhou até uma valise de couro e procurou entre os documentos. Sharpe deliberadamente manteve os olhos afastados dela. Com os poucos olhares que depositara na jovem, Sharpe já constatara que Louisa Parker era perturbadoramente bonita. Era dotada de um corpo graciosamente alto e esguio, rosto inquisitivo e inteligente, pele clara não maculada por mazelas ou vida dura. Uma moça, pensou Sharpe, para fazer um soldado contorcer-se em seus sonhos, mesmo sendo uma maldita metodista.

Louisa trouxe o mapa para a mesa. George Parker tentou uma apresentação.

— Louisa, minha querida, você ainda não foi apresentada ao tenente...

— Louisa! — A Sra. Parker, visivelmente cônscia dos perigos que os soldados representavam para as jovens, interrompeu-o. — Venha até aqui e fique sentada!

Em meio ao silêncio que se seguiu, Sharpe desdobrou o mapa.

— Não é um mapa muito acurado — disse Parker com humildade, como se fosse pessoalmente responsável pelos erros. — Mas posso assegurar que a estrada existe. — Ele traçou uma linha preta e fina que significou muito pouco para Sharpe, que ainda estava tentando descobrir onde estava na folha mal impressa. — A estrada encontra a rota costeira aqui, bem ao sul de Villagarcia — prosseguiu Parker. — Eu estava torcendo para encontrarmos um navio aqui, em Pontevedra. Acredito que haja patrulhas da Marinha Real nesta costa e, com a graça de Deus, talvez um pescador amistoso possa ser persuadido a nos levar até um de seus navios.

Sharpe não estava realmente ouvindo. Fitava o mapa, tentando descobrir a rota tortuosa que seguira com Vivar. Ele não conseguiu encontrar o curso exato da jornada, mas uma coisa estava bastante clara: nos últimos dias, ele e os fuzileiros tinham passado por pelo menos duas estradas para o sul. Vivar dissera a Sharpe repetidas vezes que não havia nenhuma estrada para o sul, que os fuzileiros deviam ir até Santiago de Compostela antes de virarem para Lisboa. O espanhol mentira.

George Parker interpretou erroneamente a expressão de Sharpe como pessimismo.

— Eu lhe asseguro que a estrada existe.

Sharpe subitamente estava muito cônscio de que a garota o olhava, e todos os seus instintos protetores de soldado foram aquecidos pelo exame.

— O senhor disse que viajou por essa estrada há um mês, senhor?

— Sim.

— E uma carruagem consegue percorrê-la no inverno?

— Com certeza.

— O senhor pretende desperdiçar esta noite inteira? — A Sra. Parker levantou-se, ameaçadora. — Ou os soldados britânicos não mais se importam com o destino das mulheres britânicas?

Sharpe dobrou o mapa e, sem permissão, enfiou-o em sua algibeira.

— Poderemos partir em breve, madame, mas primeiro tenho negócios a tratar na cidade.

— Negócios! — A Sra. Parker estava claramente atiçando as chamas de sua ira fenomenal. — Que negócios um tenente pode ter a tratar que tome precedência sobre nossa segurança?

Sharpe abriu a porta.

— Demorará no máximo um quarto de hora, madame. Por favor, faça-me a gentileza de estar pronta em dez minutos. Tenho dois homens feridos que precisarão viajar dentro da carruagem. — Ele viu outro protesto ferver dentro da mulher. — E as mochilas de meus homens viajarão no teto. Ou, se preferir, madame, poderá encontrar seu caminho para o sul sem mim. — Ele ofereceu uma leve mesura. — Seu criado, madame.

Sharpe virou-se antes que a Sra. Parker pudesse argumentar, e jurou ter ouvido a garota soltar uma risadinha. Maldição! Maldição! Maldição! Ele tinha muito com que se preocupar sem esse problema perene de um soldado. Foi procurar Vivar.

— Boas notícias! — Vivar saudou Sharpe no momento em que ele apareceu na casa do *alcalde*. — Meus reforços estão a apenas meio dia de viagem daqui! O tenente Davila encontrou cavalos e homens descansados! Eu lhe contei sobre Davila?

— Você não me contou sobre a estrada para o sul.

— Estrada?

— Você me disse que tínhamos de seguir para oeste antes de podermos ir para o sul! — Sharpe não tencionara falar com tanta raiva, mas não conseguia esconder sua amargura. Ele e seus homens haviam percorrido uma região fria, escalado colinas úmidas e atravessado riachos gélidos, e tudo a troco de nada. Eles podiam ter rumado para o sul há vários dias. A esta altura poderiam estar cruzando a fronteira com Portugal. Em vez disso, estavam afastados do inimigo apenas por algumas horas de marcha — A estrada! — Golpeou o mapa de George Parker na mesa. — Existe uma estrada, Vivar! Uma maldita estrada! E você nos fez marchar por duas outras malditas estradas! E os malditos franceses estão a apenas um dia de marcha daqui. Você mentiu para mim!

— Menti para você? — A raiva de Vivar inflamou tão violentamente quanto a de Sharpe. — Eu salvei suas vidas miseráveis! Acha que seus homens teriam sobrevivido uma semana na Espanha sem mim? Quando vocês não estão lutando entre si, estão se embebedando! Trouxe um punhado de bêbados inúteis comigo pela Espanha e não ouvi nenhum agradecimento. Eu cuspo no seu mapa! — Vivar tomou o precioso mapa e, em vez de cuspir nele, rasgou-o em pedacinhos que jogou na lareira.

O *alcalde*, junto com um padre e meia dúzia de outros homens idosos e sérios, observava o confronto em silêncio tenso.

— Seu maldito! — Sharpe avançara para pegar de volta o mapa um segundo tarde demais.

— Eu, maldito? — gritou Vivar. — Estou lutando pela Espanha, tenente. Não estou fugindo como um garotinho assustado. Mas esse é o método britânico, não é? Um revés e vocês correm de volta para suas mãezinhas. Muito bem! Fuja! Mas não vai encontrar uma guarnição em Lisboa, tenente. Eles também fugiram!

Sharpe ignorou os insultos para fazer a pergunta que fervia dentro dele.

— Por que nos trouxe até aqui, seu bastardo?

Vivar inclinou-se sobre a mesa.

— Porque uma vez na vida, tenente, achei que um inglês faria alguma coisa pela Espanha. Alguma coisa por Deus! Alguma coisa útil. Vocês são uma nação de piratas, de bárbaros, de pagãos! Só Deus sabe por que Ele colocou os ingleses neste mundo, mas achei que, apenas uma vez, vocês poderiam fazer alguma coisa de útil para o Senhor!

— O quê? Proteger o seu precioso cofre? — Sharpe gesticulou para o baú misterioso que estava encostado contra uma parede. — Você teria perdido aquela porcaria sem a nossa ajuda, não teria? E por quê, major? Porque seus preciosos Exércitos espanhóis são inúteis, por causa disso!

— E o seu Exército está quebrado e derrotado. Ele nem está mais aqui. É menos do que útil. Agora vá embora! Fuja!

— Torço para que os franceses peguem essa sua maldita caixa. — Sharpe virou nos calcanhares, e então ouviu o roçar de uma espada sendo desembainhada. Girou de volta, sacando sua própria espada da bainha remendada enquanto Vivar, lâmina reluzindo à luz das velas, aproximava-se dele.

— *Basta!* — Foi o padre quem se jogou entre os dois homens furiosos. Ele implorou a Vivar, que olhava com desprezo para Sharpe. Não entendendo nada da conversa, ele não se moveu, espada ainda levantada.

Vivar, relutantemente persuadido pelo padre, baixou sua espada.

— Você não durará um dia sem mim, tenente, mas vá embora!

Sharpe cuspiu no chão para demonstrar seu desprezo. Com a espada ainda desembainhada, saiu para a noite. Os franceses tinham ganhado o norte, e ele precisava fugir.

CAPÍTULO VII

O progresso durante o primeiro dia da jornada para o sul revelou-se melhor do que Sharpe ousara esperar. A carruagem dos Parker era desajeitada, mas tinha rodas largas projetadas para percorrer estradas enlameadas e esburacadas, assim como um cocheiro paciente que conduzia com habilidade seus seis cavalos. Apenas duas vezes naquele primeiro dia os fuzileiros tiveram de livrar a carruagem de dificuldades. Uma vez numa ladeira e a segunda quando uma roda atolou num lamaçal de beira de estrada. De Louisa Parker Sharpe nada viu, porque a tia da garota providenciava para que ela permanecesse dentro da carruagem e escondida por cortinas de couro.

Sharpe ficou impressionado com o tamanho e o custo da carruagem. A missão auto-outorgada dos Parker de iluminar os pagãos papistas da Espanha claramente não carecia de fundos, e George Parker, que parecia preferir caminhar com Sharpe a ficar em companhia da esposa, explicou que fora a herança do almirante que possibilitara tais confortos.

— O almirante era um homem religioso, senhor? — indagou Sharpe.

— Não, longe disso. Mas era um homem rico, tenente. — Parker estava claramente magoado com as perguntas de Sharpe sobre o custo da carruagem. — Mas não vejo por que a obra do Senhor deva ser realizada com escassez de recursos.

— Também não — concordou animadamente Sharpe. — Mas por que a Espanha, senhor? Eu achava que havia pagãos suficientes na Inglaterra para que vocês não precisassem se importar com os da Espanha.

— Porque os espanhóis laboram sob o manto escuro de Roma, tenente. Tem alguma ideia do que isso significa? O horror disso? Posso lhe contar histórias sobre o comportamento de padres que deixariam o senhor de cabelos em pé! Sabe quantas superstições esse povo acalenta?

— Tenho uma ideia, senhor. — Sharpe virou-se para conferir o progresso da carruagem. Seus dois homens feridos estavam viajando no teto, banidos para lá por insistência da Sra. Parker. — Mas os espanhóis não parecem preparados para o metodismo, senhor, se me permite dizer.

— É um terreno árido — concordou Parker, sorumbático.

— Sabe, conheci um oficial na Índia que convertia os pagãos ao cristianismo — disse Sharpe, prestativo. — E ele era bem-sucedido.

— Verdade? — O Sr. Parker ficou feliz em ouvir sobre essa evidência da graça do Senhor. — Um homem de Deus?

— Louco de pedra, senhor. Um dos nobres irlandeses, e todos eles são malucos.

— Mas você disse que ele era bem-sucedido?

— Ele ameaçava explodir as cabeças deles com um mosquete se não se permitissem batizar, senhor. A fila do batismo contornava duas vezes o arsenal e se estendia até a guarita.

O Sr. Parker se calou, mergulhando numa melancolia que se igualava apenas à dos fuzileiros. Também Sharpe estava triste, e o bom humor que exibia era forçado. Não estava disposto a admitir que o pequeno progresso feito até agora em ganhar a confiança dos fuzileiros fora estilhaçado por sua decisão de fazer o grupo seguir sozinho para o sul. Sharpe tentava se convencer de que o desânimo dos homens se devia à falta de sono, embora soubesse que era porque tinham sido forçados a abandonar o major Vivar. Eles confiavam em Vivar, enquanto a autoridade de Sharpe ainda estava em teste, e esse conhecimento era um golpe duro na já fragilizada dignidade de Sharpe.

A confirmação da insatisfação dos fuzileiros veio do sargento Williams, que emparelhou com Sharpe enquanto a pequena coluna marchava entre amplos pomares de macieiras.

— O rapazes queriam ter ficado com o major, senhor.

— Pode me dizer por que cargas d'água?

— Por causa das joias, senhor! Ele ia nos dar ouro quando chegássemos a Santi-algo.

— Você é um idiota, sargento. Ele jamais daria ouro a vocês. Pode até haver joias naquela caixa, mas o único motivo pelo qual ele queria nossa companhia era para que o protegêssemos. — Sharpe tinha certeza de que estava certo. O encontro de Vivar com os fuzileiros quase duplicara a pequena força do major, e o dever de Sharpe não era para com algum maldito cofre, mas para com o Exército britânico. — Além disso, jamais teríamos chegado a Santiago. O lugar está infestado de franceses.

— Sim, senhor — concordou Williams, mas a contragosto.

Naquela noite pararam numa cidadezinha onde o domínio que George Parker tinha do espanhol garantiu espaço numa estalagem. Os Parker hospedaram-se num dos quartos perto da câmara grande da taverna, enquanto os fuzileiros receberam permissão para ficar no estábulo.

As sobras dos pães ofertados pelos monges era a única comida que os soldados carregavam, e Sharpe sabia que eles precisavam de mais. O estalajadeiro tinha carne e vinho, mas não cederia nem uma coisa nem outra se Sharpe não pagasse. Como não tinha dinheiro, Sharpe pediu a George Parker, que confessou, tristemente, que sua esposa controlava a bolsa da família.

A Sra. Parker, agora sem mantos ou cachecóis, pareceu inchar de indignação ao ouvir o pedido.

— Dinheiro, Sr. Sharpe?

— Os homens precisam de carne, madame.

— Por acaso é nossa obrigação sustentar o Exército?

— Será ressarcida por isso, madame. — Sharpe sentiu os olhos de Louisa fixos nele; contudo, no interesse dos apetites de seus homens, resistiu a olhar para a sobrinha por temor de ofender a tia.

A Sra. Parker balançou sua bolsa de couro.

— Isto é dinheiro de Cristo, tenente.

— Apenas pegaremos emprestado, madame. E meus homens não poderão lhe oferecer proteção se estiverem famintos.

O argumento, posto tão humildemente, pareceu convencer a Sra. Parker. Ela exigiu a presença do estalajadeiro com quem negociou a compra de uma panela de ossos de bode que, ela disse a Sharpe, poderiam ser fervidos para a obtenção de um caldo nutritivo.

Depois que a negociação terminou, Sharpe hesitou antes de assinar o recibo que a Sra. Parker exigiu.

— E algum dinheiro para vinho, madame?

George Parker levantou os olhos para o teto. Louisa ocupou-se em acender velas, e a Sra. Parker virou-se para fitar Sharpe, horrorizada.

— Vinho?

— Sim, madame.

— Seus homens são adeptos de bebidas fortes?

— Eles têm permissão de beber vinho, madame.

— Permissão? — A inflexão aguda pressagiou problemas.

— Segundo o regulamento do Exército britânico, madame. Eles podem tomar 150ml de rum por dia, ou 500ml de vinho.

— Cada um deles?

— É claro, madame.

— Não enquanto estiverem escoltando cristãos para a segurança, tenente Sharpe. — A Sra. Parker guardou a bolsa. — O dinheiro de nosso Senhor e Salvador não será desperdiçado com bebidas alcoólicas, tenente. Os seus homens devem beber água. Meu marido e eu não bebemos nada além de água.

— Ou um pouco de cerveja — George apressou-se em corrigi-la.

A Sra. Parker ignorou-o.

— O recibo, tenente.

Sharpe obedientemente assinou o pedaço de papel, e então seguiu o estalajadeiro até a sala grande, onde, por falta de qualquer outra moeda corrente, ele cortou fora quatro dos botões de prata costurados nas bainhas externas das calças de seu uniforme. Os botões compraram odres de vinho suficientes para que cada homem bebesse um copo inteiro. A bebida, como a panela de caldo de ossos, foi recebida em silêncio melancólico que só foi quebrado por um murmúrio amotinado quando Sharpe anunciou um toque de alvorada para as quatro da manhã. Irritado com mais esta evidência da falta de cooperação de seus homens, Sharpe frisou que se algum deles preferia ser prisioneiro dos franceses, então que se retirasse agora. Ele apontou para a porta do estábulo, além da qual já caía neve.

Ninguém falou ou se moveu. Sharpe viu os olhos de Harper reluzindo no fundo do estábulo, e mais uma vez notou que os fuzileiros haviam instintivamente se agrupado em torno do irlandês grandalhão. Mas não havia sentido em tentar obter ajuda de Harper. Ele, mais que qualquer outro, parecia irritado por ter deixado o major Vivar, embora Sharpe não conseguisse conceber que vantagem eles imaginavam obter permanecendo ao lado do major espanhol.

— Quatro da manhã! — repetiu Sharpe. — E estaremos marchando às cinco.

A notícia não agradou mais à Sra. Parker do que aos fuzileiros.

— Levantar às quatro? Você acha que o corpo pode sobreviver sem sono, tenente?

— Madame, acredito que é melhor viajarmos antes dos franceses. — Sharpe hesitou, não querendo fazer outro pedido àquela mulher não cooperativa, mas sabendo que não poderia confiar em si mesmo para julgar as horas na escuridão da noite. — Madame, eu estava pensando, a senhora por acaso não teria algum tipo de relógio?

— Um relógio, tenente? — A Sra. Parker fez a pergunta a fim de ganhar tempo de reunir suas forças para a rejeição.

— Por favor, madame.

Louisa sorriu para Sharpe de sua cadeira no fundo da alcova. Sua tia, vendo o sorriso, puxou a cortina que fechava a alcova.

— Tenente, o senhor dormirá do outro lado desta porta, correto?

Sharpe, pensando em relógios, foi pego de surpresa pela exigência peremptória.

Os Fuzileiros de Sharpe
131

— Perdão, madame?

— Há mulheres indefesas neste quarto, tenente. Mulheres britânicas!

— Tenho certeza de que estarão em segurança, madame. — Sharpe apontou para a trava pesada dentro da porta.

— Não tem noção de suas responsabilidades, tenente? — A ira da Sra. Parker crescia. — Não é de admirar que nunca tenha conseguido ser promovido de sua baixa patente.

— Madame, eu...

— Não me interrompa! Não admitirei seus modos de caserna aqui, tenente. Já viu as criaturas papistas que estão bebendo como animais nesta taverna? Sabe que horrores a bebida forte provoca? E deixe-me lembrá-lo de que o Sr. Parker paga seus impostos na Inglaterra, o que nos dá direito à sua proteção.

George Parker, tentando ler suas escrituras à luz de uma vela, olhou suplicante para Sharpe.

— Tenente, por favor.

— Dormirei do lado de fora, madame, mas preciso de um relógio.

Satisfeita com sua pequena vitória, a Sra. Parker sorriu.

— Se vai nos guardar, tenente, então deverá manter-se alerta. Virar uma ampulheta irá impedi-lo de dormir. George?

George Parker vasculhou sua valise até encontrar uma ampulheta que ele entregou, com um sorriso escusatório, a Sharpe. A Sra. Parker assentiu, satisfeita.

— Faltam vinte e cinco minutos para as dez da noite, tenente, e a areia da ampulheta demora uma hora para descer. — Ela meneou uma das mãos num gesto imperioso, dispensando Sharpe.

Sharpe encostou-se na parede diante do quarto dos Parker. Colocou a ampulheta no peitoril de uma janela e observou os primeiros grãos caírem. Maldita mulher. Não era de espantar que o Exército desencorajasse a disseminação da Igreja Metodista em suas fileiras. Mesmo assim, de certa forma Sharpe estava satisfeito por ser um guarda-costas, mesmo de uma mulher tão antipática quanto a Sra. Parker, porque lhe dava uma desculpa para não retornar ao estábulo onde seus fuzileiros novamente explicitariam seu desprazer e desdém. Houve uma época em que a companhia de soldados teria sido sua vida e prazer, mas agora, como era um oficial, esse tipo de camaradagem a Sharpe era negado. Sentia uma solidão imensa, e desejava com todas as forças de seu ser que esta jornada chegasse ao fim.

Cortou mais um botão de suas calças, que já se abriam para exibir uma cicatriz na coxa, e comprou para si mesmo um odre de vinho. Bebeu rapidamente e então arrastou um banco comprido até perto da porta da família. Os clientes da taverna, desconfiados do soldado estrangeiro de rosto severo e vestes esfarrapadas, mantiveram distância dele. O banco ficava perto de uma janela aberta que concedia a Sharpe uma visão dos estábulos. Ele temia que os fuzileiros tentassem outro motim, talvez escapando na escuridão para reunir-se ao seu amado major Vivar, mas exceto por alguns homens que apareceram diante do estábulo para urinar, tudo parecia calmo. Calmo, mas não silencioso. Sharpe ouvia os risos dos fuzileiros e isso apenas tornava sua solidão mais dolorosa. Pouco a pouco, os risos deram lugar ao silêncio.

Sharpe não conseguia dormir. A taverna esvaziou, exceto por dois tropeiros que roncavam alegremente diante das últimas chamas da lareira e do garçom que fez sua cama debaixo da bancada de servir. Sharpe sentiu o prenúncio de uma dor de cabeça. Subitamente sentiu falta de Vivar. A alegria e a segurança do espanhol tinham tornado a longa marcha suportável, e agora ele se sentia à deriva no caos. E se a guarnição britânica tivesse partido de Lisboa? Ou se não houvesse navios na costa? Estaria Sharpe condenado a vagar pela Espanha até que, finalmente, os franceses resolvessem seus problemas tomando-o como prisioneiro? E se fizessem isso? A guerra em breve deveria terminar com uma vitória francesa, e os franceses enviariam seus prisioneiros para casa. Sharpe voltaria para a Inglaterra como mais outro oficial fracassado que se aposentaria com apenas meio-soldo. Ele virou a ampulheta e fez mais uma marca na parede pintada a cal.

Havia um odre de vinho cheio pela metade ao lado dos tropeiros adormecidos e Sharpe roubou-o. Espremeu o líquido de gosto horrível para sua garganta, na esperança de que o álcool atenuasse a dor de cabeça. Mas Sharpe sabia que o líquido não faria isso. Sabia que de manhã ele estaria mal-humorado e dolorido. E seus subalternos também. Lembrar da melancolia dos fuzileiros apenas o deprimiu mais. Mas eles que se danassem. Que se danasse Williams. Que se danasse Harper. Que se danasse Vivar. Que se danasse *sir* John Moore por bater em retirada com o melhor Exército que já saíra da Inglaterra. E que se danasse a Espanha, que se danassem os malditos Parker, e que se danasse o maldito frio que alastrava-se pela taverna à medida que as chamas das lareiras morriam.

Sharpe ouviu a trava ser levantada na porta às suas costas. Estava sendo aberta sub-repticiamente e com uma cautela excruciante. E então, depois do que pareceu um longo tempo, a porta pesada foi aberta. Um par de olhos nervosos encararam Sharpe.

— Tenente?

— Senhorita?

— Trouxe isto para o senhor. — Louisa fechou a porta muito, muito cuidadosamente, e caminhou até o banco. Ela estendeu para Sharpe um grosso relógio de prata. — É um relógio de corda — disse baixo. — Eu já o ajustei para tocar às quatro da manhã.

Sharpe aceitou o relógio pesado.

— Obrigado.

— Preciso me desculpar — apressou-se em dizer Louisa.

— Não...

— De fato, preciso. Já passei muitas horas pedindo desculpas pelo comportamento de minha tia. Talvez amanhã possa me fazer a gentileza de devolver o relógio sem que ela note?

— É claro.

— Também pensei que o senhor poderia querer isto. — Sorriu maliciosa enquanto retirava de seu manto uma garrafa preta. Para o espanto de Sharpe, continha conhaque espanhol. — É do meu tio, embora ele não devesse beber — explicou. — Ele vai pensar que minha tia encontrou a garrafa e a jogou fora.

— Obrigado. — Sharpe engoliu um pouco do líquido forte. E então, com cortesia desajeitada, limpou a boca da garrafa em sua manga suja e a ofereceu a Louisa.

— Não, obrigada. — O gesto desajeitado a fez sorrir, mas, reconhecendo-o como um convite amistoso, sentou-se em aceitação decorosa na ponta do banco comprido. Ainda estava vestida em saias, manto e boina.

— Seu tio bebe? — perguntou Sharpe, surpreso.

— O senhor não beberia? Se fosse casado com ela? — A expressão de Sharpe provocou mais um sorriso em Louisa. — Acredite em mim, tenente, eu apenas vim com a minha tia pela oportunidade de conhecer a Espanha. Não foi porque desejasse passar meses em sua companhia.

— Entendo — disse Sharpe, embora realmente não entendesse nada daquilo, principalmente por que esta jovem procurara sua companhia no meio da noite. Não achava que Louisa estivesse correndo o risco de enfrentar a ira daquela mulher apenas para emprestar-lhe um relógio, mas parecia ansiosa por conversar e, embora sua presença deixasse Sharpe acanhado e quase mudo, ele queria que ela ficasse. O fogo moribundo deitava no rosto de Louisa apenas luz suficiente para conceder-lhe um brilho avermelhado. Sharpe achou-a muito bonita.

— Minha tia é incrivelmente rude — disse Louisa como desculpa adicional. — Ela não tinha direito de comentar sobre sua patente da forma como fez.

Sharpe deu de ombros.

— Ela tem razão. Sou velho para ser tenente, mas há cinco anos eu era sargento.

Louisa fitou-o com interesse renovado.

— Verdade?

— Verdade.

Ela sorriu, gerando fagulhas de desejo na alma de Sharpe.

— Acho que o senhor deve ser um homem extremamente notável, tenente, embora deva lhe dizer que minha tia considera-o extremamente grosseiro. Ela não se cansa de expressar perplexidade pelo fato de o senhor deter uma patente de sua majestade, e declara que *sir* Hyde jamais teria permitido a um rufião como o senhor tornar-se oficial de um de seus navios.

Por um instante, a maltratada autoestima de Sharpe o fez irritar-se com a crítica, mas então viu que a expressão de Louisa não era séria, mas sim travessa. Também viu cordialidade nessa garota. Uma cordialidade que Sharpe não recebia de ninguém em meses e, embora isso o agradasse, a estranheza da situação deixava-o sem jeito. Um homem que nasceu para ser oficial saberia como responder ao humor seco desta garota, mas tudo que conseguiu foi formular uma pergunta tola:

— *Sir* Hyde era seu pai?

— Era primo do meu pai, um primo bem distante. Disseram-me que não foi um bom almirante. Ele acreditava que Nelson era um mero aventureiro. — Ela estremeceu, alertada por um ruído repentino, mas fora apenas a queda de um cepo na lareira moribunda — Mas ele se tornou um almirante muito rico — prosseguiu Louisa —, e a família se beneficiou do dinheiro de seus espólios.

— Então a senhorita é rica? — Sharpe não resistiu a perguntar.

— Não. Mas minha tia recebeu dinheiro suficiente para criar problemas no mundo. — Louisa falava muito seriamente. — Sr. Sharpe, tem alguma ideia do quanto é constrangedor pregar o protestantismo na Espanha?

Sharpe deu de ombros.

— Mas a senhorita foi voluntária.

— Verdade. E o constrangimento está no preço que pago para conhecer Granada e Sevilha. — Seus olhos se iluminaram, ou talvez tenha sido apenas o reflexo do fogo. — Eu gostaria de conhecer tantos outros lugares!

— Mas a senhorita vai retornar para a Inglaterra?

— Minha tia acha que isso é sensato. — A voz de Louisa foi cuidadosamente zombeteira. — Os espanhóis não estão reagindo bem às tentativas dela de libertá-los das algemas de Roma.

— Mas a senhorita gostaria de ficar?

— É praticamente impossível, não é? Mulheres jovens, Sr. Sharpe, não têm liberdade neste mundo. Devo retornar para Godalming onde um Sr. Bufford me aguarda.

Sharpe sorriu ao ouvir o tom com que ela se referiu ao homem.

— Sr. Bufford?

— Ele é inteiramente respeitável — disse Louisa, como se Sharpe tivesse pensado o contrário. — E, é claro, é um metodista. Seu dinheiro vem da fabricação de tinta, um negócio de tamanha lucratividade que a futura Sra. Bufford pode sonhar com uma casa grande e uma vida confortável, ainda que tediosa. Decerto será uma vida colorida, graças à tinta que é fabricada na longínqua Deptford.

Sharpe jamais conversara antes com uma garota tão evidentemente instruída quanto Louisa, nem ouvira a classe endinheirada ser mencionada com tamanho desprezo. Sempre acreditara que qualquer pessoa nascida em grande conforto, ainda que tedioso, seria eternamente grata pela dádiva.

— A senhorita é a futura Sra. Bufford?

— Essa é a intenção, sim.

— Mas não quer se casar?

— Desejo isso, acho. — Louisa pareceu intrigada. — O senhor é casado?

— Não sou rico o bastante para isso.

— Isso não é empecilho para a maioria das pessoas, creio. Não, Sr. Sharpe, eu simplesmente não desejo casar-me com o Sr. Bufford, embora minha relutância indubitavelmente seja muito egoísmo de minha parte. — Louisa deu de ombros, como se pedisse para que ele não se importasse com suas confissões. — Mas eu não esperava encontrá-lo acordado apenas para importuná-lo com minha pequena infelicidade. Tenente, eu queria lhe perguntar se nossa presença aumentará as chances de que o senhor e seus homens sejam capturados pelos franceses.

A resposta era claramente sim, mas Sharpe não podia dizer isso.

— Não, senhorita. Se mantivermos um ritmo acelerado, conseguiremos nos manter adiante dos bas... franceses.

— Mas se acontecer o pior, espero que não nos abandonem para os bas... franceses. — Louisa brindou-o com seu sorriso travesso.

— Eu jamais abandonaria a senhorita — disse desajeitadamente Sharpe, feliz pela escuridão esconder o rubor de seu rosto.

— Minha tia sabe suscitar uma grande lealdade.

— Exatamente — disse Sharpe com um sorriso, e o sorriso virou uma gargalhada que Louisa silenciou com um dedo nos lábios.

— Obrigada, tenente. — Ela se levantou. — Espero que não se incomode por estarmos sendo um grande fardo para vocês.

— Não agora, senhorita.

Louisa caminhou na ponta dos pés até a porta.

— Durma bem, tenente.

— E a senhorita também.

Sharpe observou Louisa passar pela porta e esqueceu de respirar enquanto ouvia o travessão ser colocado em seus suportes do outro lado. Agora o sono seria turbulento, porque todos os seus pensamentos, desejos e sonhos seriam ocupados por um sorriso gentil e zombeteiro. Richard Sharpe estava longe de casa, ameaçado por um inimigo conquistador e, para piorar tudo, acabara de se apaixonar.

Às quatro da manhã Sharpe foi acordado pelo alarme do relógio de prata de Louisa. Bateu na porta dos Parker até que um gemido assegurou-lhe que a família estava acordada. Em seguida, desceu para o estábulo e constatou que seus homens não o haviam abandonado à noite. Estavam todos presentes, e quase todos bêbados.

Não estavam tão bêbados quanto os homens que tinham sido abandonados para os franceses durante a retirada, mas quase. Todos, menos alguns deles, estavam insensíveis, entorpecidos, inconscientes. Os odres de vinho que Sharpe comprara jaziam vazios no chão, mas entre a palha sobre a qual tinham dormido jaziam também garrafas vazias de *aguardiente*. Sharpe presumiu que os monges cistercienses tinham presenteado os homens com algo mais do que pão. Sharpe soltou um palavrão.

O sargento Williams estava grogue, mas conseguiu se levantar.

— Foram os rapazes, senhor — justificou. — Estavam aborrecidos, senhor.

— Por que não me contou sobre a bebida?

— Contar ao senhor? — Williams estava estarrecido pelo tenente ter esperado tal coisa.

— Malditos. — Sharpe estava morrendo de dor de cabeça, mas sua ressaca não era nada comparada ao estado em que se encontravam os casacas verdes. — Faça esses bastardos se levantarem!

Williams soluçou. A lanterna revelou o quanto seria difícil a tarefa de acordar os fuzileiros. Contudo, assustado com o mau humor de Sharpe, Williams fez algumas tentativas fúteis de despertar o homem mais próximo.

Sharpe empurrou Williams para o lado. Ele gritou para os homens. Chutou-os para que acordassem, arrastou-os no chão para tirá-los do estupor, e socou barrigas moles para que os homens vomitassem no chão do estábulo.

— De pé! De pé! De pé!

Os homens cambalearam, confusos. Isto era sempre um perigo neste Exército. Os homens alistavam-se para beber. Eles só podiam ser mantidos nas fileiras mediante a provisão diária de rum. Aproveitavam cada oportunidade para se afogar em bebida. O próprio Sharpe já fizera isso quando fora um casaca vermelha, mas agora era um oficial e sua autoridade novamente fora desafiada. Ele escorvou seu fuzil carregado com pólvora seca e engatilhou a pederneira. O sargento Williams encolheu-se todo à espera do ruído. Sharpe premiu o gatilho e a explosão ecoou pelo estábulo.

— De pé, seus bastardos! De pé!

Sharpe chutou mais homens, a raiva aumentada por sua própria incompetência por não ter descoberto a respeito da bebida. Também temia a vergonha que este comportamento iria fazê-lo passar diante da Srta. Louisa Parker.

Às cinco e quinze, numa garoa que prometia persistir por todo o dia, Sharpe formou os fuzileiros na estrada. A carruagem dos Parker foi manobrada para fora do quintal da taverna enquanto Sharpe, à luz da lanterna do sargento Williams, inspecionava armas e equipamentos. Ele cheirou cada cantil e derramou na estrada o que sobrara do conhaque.

— Sargento Williams?

— Senhor?

— Marcharemos em acelerado! — A marcha acelerada dos fuzileiros era extremamente rápida, e antecipando a dor que os aguardava, os homens resmungaram. — Silêncio! — berrou Sharpe. — Ombro, armas! Direita, volver! — Os rostos não barbeados dos homens estampavam exaustão; os olhos estavam vermelhos, os movimentos claudicantes. — Em acelerado marchem!

Os fuzileiros marcharam para um alvorecer cinzento e desencorajador. Sharpe forçou tanto seu passo que alguns homens tiveram de se curvar para vomitar nas poças. Sharpe chutou esses homens de volta para a formação. Neste momento pensou que provavelmente odiava esses homens, e quase desejou que desafiassem sua autoridade para que pudesse açoitar os bastardos indisciplinados. Sharpe forçou tanto a marcha que a carruagem dos Parker ficou para trás.

Sharpe ignorou o progresso lento da carruagem. Em vez disso, apertou ainda mais o passo dos fuzileiros até que o sargento Williams, temendo que os homens se amotinassem, emparelhou com Sharpe. Neste ponto a estrada descia coleando por uma ladeira longa em direção a um córrego largo cruzado por uma estrada de pedra.

— Eles não vão conseguir, senhor.

— Eles conseguem se embebedar, não conseguem? Que sofram agora.

Era evidente que o próprio sargento Williams sofria. Estava pálido e ofegante, arrastando os pés, na iminência de um enjoo. Outros homens se encontravam num estado muito pior.

— Sinto muito, senhor — disse com fraqueza.

— Devia ter abandonado vocês para os franceses. Todos vocês.

A raiva de Sharpe estava misturada com remorso. Sabia que aquilo era culpa sua. Devia ter tido a coragem de inspecionar os estábulos durante a noite, mas em vez disso permanecera na estalagem para esconder-se da antipatia de seus comandados. Lembrou dos bêbados que tinham sido abandonados durante a retirada de *sir* John Moore; homens deixados ao julgamento inclemente dos franceses e, embora tivesse acabado de ameaçá-los com o mesmo destino, Sharpe sabia que não abandonaria esses homens. Agora era uma questão de orgulho. Ele tiraria esses homens do desastre. Não iriam agradecer-lhe por isso, não iriam gostar dele por isso, mas Sharpe iria liderá-los através do inferno para conduzi-los à segurança. Vivar dissera que fazer isso seria impossível, mas Sharpe iria conseguir.

— Sinto muito, senhor. — Williams ainda tentava abrandar a ira do tenente.

Sharpe não respondeu. Estava pensando como este tormento seria mais suportável se ele contasse com um sargento que mantivesse os homens disciplinados. Williams preocupava-se demais em ser bem aceito pelos homens, mas não havia mais ninguém na companhia que Sharpe pudesse ver portando as listras. Gataker era nervoso demais para obter o respeito de seus colegas fuzileiros. Tongue era educado, mas o pior bêbado na companhia. Parry Jenkins, o galês, poderia ser um sargento, mas Sharpe suspeitava que ele carecia da rudeza necessária ao posto. Hagman era preguiçoso; Dodd, o quieto, era lerdo e tímido. Restava Harper, e ele, Sharpe sabia, não faria nada para ajudar o intendente a quem tanto desprezava. Sharpe estava preso a Williams, assim como Williams e a companhia estavam presos ao tenente Sharpe que, ao alcançar a ponte de pedra, ordenou que os homens fizessem alto.

Eles pararam. Havia alívios em seus rostos. A carruagem ficara tão para trás que não mais podia ser vista; ainda contornava as rochas do outro lado do pico da colina.

— Companhia! — A voz alta de Sharpe fez alguns homens estremecerem. — Descansar armas!

Houve mais alívio enquanto os soldados baixavam ao chão suas armas pesadas, e mais ainda enquanto desafivelavam suas baionetas e algibeiras. Sharpe separou o punhado de homens que ainda estavam sóbrios naquela manhã e ordenou que os outros retirassem suas mochilas, sobretudos e botas.

Os homens pensaram que Sharpe estava louco, mas como todos os soldados são acostumados a atender aos caprichos de oficiais excêntricos, removeram as botas sob o olhar azedo do tenente. A carruagem apareceu no topo da colina e Sharpe rugiu para os homens olharem à frente e não ficarem observando a carruagem com cara de bobos. O gemido dos freios da carruagem soava como um prego arranhando uma lousa.

— Vocês não tinham minha permissão para se embebedar. — Agora a voz de Sharpe estava impessoal, destituída de raiva. — Espero que, como resultado, estejam se sentindo péssimos.

Ficou evidente que a raiva dos homens passara. Alguns estavam até sorrindo para demonstrar que, de fato, sentiam-se péssimos.

Sharpe sorriu.

— Que bom. Agora pulem no riacho. Todos vocês.

Eles o fitaram. O ronco e o gemido das rodas da carruagem estavam ainda mais altos.

Sharpe carregou seu fuzil com os movimentos ágeis de um homem treinado para o Exército. Os homens fitaram-no descrentes enquanto ele levantava a coronha de bronze ao ombro e apontava a arma para a testa de sua própria fileira.

— Eu disse: pulem no riacho! Agora!

Ele engatilhou o fuzil.

Os homens pularam.

A queda do parapeito da ponte era talvez de dois metros e meio, e o riacho, cheio devido ao derretimento da neve e às chuvas de inverno, estava com cerca de um metro e vinte de profundidade. A água estava terrivelmente fria, mas Sharpe subiu para o parapeito e, de pé ali, ordenou que cada homem se encharcasse nela. Ele usou o fuzil para estimulá-los.

— Você! Molhe essa merda de cabeça! Harper! Mergulhe, homem, mergulhe! — Os únicos poupados do castigo foram os sóbrios, os feridos e, em respeito à sua tênue autoridade, o sargento Williams. — Sargento! Formação em três na margem. Acelerado!

Tremendo de frio, os homens saíram do riacho e formaram três filas na grama. A carruagem parou e George Parker, rosto nervoso, foi ejetado da porta.

BERNARD CORNWELL

— Tenente? Minha querida esposa está preocupada com a possibilidade de que vocês nos abandonem com seu passo veloz. — Então Parker viu a formação encharcada e ficou de queixo caído.

— Eles estão bêbados — disse Sharpe alto o bastante para que seus homens escutassem. — Encheram a cara. Assim, esses bastardos não servem para merda nenhuma! Estou fazendo com que expulsem o álcool de seus organismos.

Parker meneou uma das mãos em protesto contra os palavrões, mas Sharpe o ignorou. Em vez disso, gritou para seus homens:

— Tirem as roupas!

Os homens fitaram Sharpe, incrédulos.

— Tirem as roupas!

Os fuzileiros se despiram. Quarenta homens trêmulos, pálidos e deploráveis, ficaram parados debaixo da garoa, nus em pelo.

De sua posição no alto da ponte, Sharpe olhou para eles.

— Eu não me importo se todos vocês morrerem, seus malditos. — Isso chamou a atenção deles. — Vocês não entendem, seus bastardos, que os franceses podem estar vindo por essa estrada neste exato momento? — Ele apontou com o dedão colina acima. — Fico tentado a abandonar vocês aqui para eles. Vocês não servem para nada! Pensei que eram soldados! Pensei que eram os melhores! Já vi batalhões de milícia muito mais decentes! Já vi soldados de cavalaria com muito mais fibra! — Esse era um insulto difícil de engolir, mas Sharpe não deixou de proferi-lo por causa disso. — Já vi metodistas com muito mais colhão do que vocês!

A Sra. Parker puxou a cortina de couro para exigir a interrupção dos xingamentos, viu os homens nus e gritou. A cortina se fechou.

Sharpe fitou com selvageria os homens. Ele não os culpava por estarem assustados, porque qualquer soldado sentiria terror ao ver a derrota e o caos devastarem seu Exército. Esses homens estavam desgarrados, longe de casa, e sem receber roupas e alimentos, mas ainda eram soldados, sob disciplina, e essa palavra fez Sharpe lembrar dos mandamentos simples do major Vivar. Com uma única alteração, aquelas três regras iriam servir-lhe muito bem. Tentando abrandar seu tom de voz, Sharpe disse-lhes:

— De agora em diante teremos três regras. Apenas três regras. Quebrem uma só delas e quebrarei vocês. Nenhum de vocês roubará nada sem minha permissão. Nenhum de vocês ficará bêbado sem minha permissão. E todos lutarão como demônios quando o inimigo aparecer. Compreenderam?

Silêncio.

— Eu perguntei: compreenderam? Mais alto! Mais alto! Mais alto!

Os homens nus gritaram seu assentimento; gritaram freneticamente, gritaram para se livrar daquele maluco. Agora pareciam muito mais sóbrios.

— Sargento Williams!

— Senhor!

— Faça com que vistam seus sobretudos! Vocês têm duas horas. Acendam fogueiras, sequem as roupas, e então formem em três fileiras novamente. Ficarei de guarda.

— Sim, senhor.

A carruagem permaneceu imóvel, o cocheiro espanhol inexpressivo em seu banco alto. Apenas depois que os fuzileiros tinham vestido seus sobretudos, a porta se abriu de supetão e uma furiosa Sra. Parker apareceu.

— Tenente!

Sharpe sabia o que aquela voz pressagiava. Girou nos calcanhares.

— Madame! A senhora permanecerá em silêncio!

— Eu vou...

— Silêncio, sua maldita! — Sharpe caminhou a passos largos até a carruagem e a Sra. Parker, temendo violência, bateu a porta.

Mas, em vez disso, Sharpe seguiu até o bagageiro, do qual retirou um punhado de bíblias em espanhol.

— Sargento Williams? Combustível para as fogueiras! Ele jogou os livros para a campina enquanto George Parker, que achava que o mundo havia enlouquecido, mantinha um silêncio político.

Duas horas depois, em meio a um silêncio disciplinado, os fuzileiros marcharam para o sul.

Ao meio-dia parou de chover. A estrada juntava-se a uma estrada maior, mais larga e lamacenta, que reduziu ainda mais o progresso da carruagem. Ainda assim, como se numa promessa de coisas melhores por vir, Sharpe avistou uma extensão de água à sua direita. Era largo demais para ser um rio, e portanto era ou um lago ou um braço do oceano que, como o grande lago escocês, penetrava fundo para dentro do litoral. George Parker opinou que aquilo na verdade era uma *ría*, um vale inundado pelo oceano, que poderia conduzi-los aos navios de patrulha da Marinha Real.

Esse pensamento trouxe otimismo, assim como a região que agora percorriam. A estrada passava através de um pasto intercalado com bosquetes, paredões rochosos e córregos. As ladeiras eram suaves e as poucas fazendas pareciam prósperas. Sharpe, tentando lembrar o mapa que Vivar destruíra, sabia que eles deviam estar muito ao sul de Santiago de Compostela. Seu desespero da noite anterior estava sendo erodido pelas esperanças trazidas por esta estrada para o sul, e pelas expressões humildes de seus subordinados. A visão do mar também ajudara. Talvez, já mesmo na próxima cidade, houvesse um pescador que conduzisse estes refugiados até o local patrulhado pelos navios britânicos. George Parker, caminhando com Sharpe, concordou.

— E se não, tenente, então decerto não precisaremos ir até Lisboa.

— Não, senhor?

— Haverá navios ingleses embarcando vinho no Porto. E não podemos estar a mais do que uma semana do Porto.

Uma semana até a segurança! Sharpe se rejubilou com o pensamento. Uma semana de marcha dura em suas botas rasgadas. Uma semana para provar que ele poderia sobreviver sem Blas Vivar. Uma semana punindo esses fuzileiros para torná-los uma unidade disciplinada. Uma semana com Louisa Parker, e depois pelo menos mais duas semanas enquanto seu navio seguisse para o norte, embalado pelos ventos da Baía de Biscaia.

Duas horas depois do meio-dia, Sharpe ordenou que os homens fizessem alto. O mar ainda era invisível, mas seu odor salgado misturava-se ao das árvores coníferas abaixo das quais os cavalos da carruagem estavam sendo alimentados com feno. Os soldados, depois de dividir o último dos pãezinhos ofertados pelos monges, jaziam exaustos. Eles tinham acabado de cruzar uma ravina inundada onde a estrada provara-se um lamaçal do qual os homens tiveram de libertar a grande carruagem. Agora a estrada ascendia levemente entre paredes rochosas cobertas de limo até uma casa de fazenda que jazia, talvez, um quilômetro e meio ao sul, no cimo da elevação seguinte.

Os Parker sentaram-se em tapetes ao lado de sua carruagem. A Sra. Parker não olhava para Sharpe desde sua explosão ao lado do córrego, mas Louisa dirigiu-lhe um sorriso feliz e conspirador que provocou constrangimento instantâneo em Sharpe, porque ele temia que seus homens vissem e chegassem à conclusão correta e inescapável de que o tenente estava apaixonado. Para evitar trair seus sentimentos, Sharpe caminhou da sombra dos pinheiros até o local onde uma única sentinela estava acocorada ao lado da estrada.

— Alguma coisa? — perguntou.

— Nada, senhor. — Era Hagman, o fuzileiro mais velho, e um dos poucos que não tinham se embebedado até cair durante a noite. Ele mascava tabaco e seus olhos jamais se distanciavam do horizonte norte. — Vai chover de novo.

— Você acha?

— Eu sei.

Sharpe se acocorou. As nuvens pareciam infinitas, negras e cinzentas, chegando do mar invisível.

— Por que se juntou ao Exército? — perguntou-lhe Sharpe.

Hagman, cuja boca desdentada concedia ao seu rosto já feio um perfil de quebra-nozes, sorriu.

— Pegaram-me caçando ilegalmente, senhor. Com armadilhas. O magistrado me deu uma escolha: a cadeia ou o Exército.

— Casado?

— Foi por isso que escolhi o Exército, senhor. — Hagman riu e então cuspiu um catarro amarelo. — Uma bruxa de boca suja, senhor, era isso que ela era.

Sharpe riu, e então ficou absolutamente imóvel.

— Senhor? — disse Hagman baixinho.

— Estou vendo — disse Sharpe.

No instante seguinte o tenente estava de pé, virando-se e gritando, porque no horizonte sul, silhuetada contra nuvens negras, estava uma cavalaria.

Os franceses os haviam alcançado.

CAPÍTULO VIII

Era um lugar ruim para serem alcançados; um longo trecho de campo aberto onde uma cavalaria poderia manobrar praticamente à vontade. Era verdade que havia pequenos pântanos nas orlas dos campos que, como a estrada, estavam ladeados com muretas de pedra, mas Sharpe sabia que seria difícil livrar seus homens do inimigo.

— Tem certeza de que são os franceses? — indagou Parker.

Sharpe não se deu ao trabalho de responder. Um soldado que não podia reconhecer silhuetas do inimigo não merecia viver, assim como também não merecia um soldado que hesitava.

— Siga! Siga! — Isto foi para o cocheiro que, abalado com a raiva repentina de Sharpe, estalou seu chicote comprido na parelha de cavalos frontal. A tensão fez arreios guincharem e lascas de madeiras pularem enquanto a carruagem arremetia à frente.

Os fuzileiros desnudaram os fechos das armas dos farrapos que os protegiam. Sharpe proferiu uma prece silenciosa a qualquer divindade que cuidasse dos soldados, agradecendo-lhe por esses homens terem recebido tanta munição no dia em que se separaram do Exército. Precisariam dela, porque estavam em grande desvantagem numérica, e sua única esperança jazia na habilidade do fuzil em retardar a perseguição do inimigo.

Sharpe estimou que os cavaleiros franceses levariam dez minutos para alcançar o bosquete de pinheiros que no momento envolvia os fuzileiros. Não havia escapatória para leste ou oeste, onde jaziam apenas campos vazios. Sharpe precisava alcançar o cume sul onde ficava a fazenda e torcer para que, do outro lado do cume e por algum milagre, ele encontrasse um obstáculo intransponível a soldados de cavalaria. Se não houvesse saída, então a casa de fazenda devia ser barricada como uma pequena fortaleza. Mas como dez minutos não eram tempo suficiente para alcançar a fazenda, Sharpe reteve uma dúzia de homens nos pinheiros. Os outros, sob o comando de Williams, seguiram com a carruagem.

Sharpe manteve Hagman (o velho caçador ilegal tinha uma habilidade extraordinária com seu fuzil) e Harper como seus comparsas mais próximos, porque suspeitava que eles eram seus melhores combatentes.

— Não podemos detê-los por muito tempo — disse Sharpe aos poucos homens. — Podemos ganhar tempo, mas quando tivermos que nos mover, deveremos correr como se o diabo estivesse em nossos calcanhares.

Harper se benzeu e disse:

— Deus salve a Irlanda.

Agora havia pelo menos duzentos dragões enchendo a estrada lamacenta na qual, uma hora atrás, a carruagem ficara atolada.

Os fuzileiros deitaram-se na orla das árvores. Para os franceses, ainda a cerca de oitocentos metros de distância, eles estariam invisíveis.

— Fiquem absolutamente parados — alertou Sharpe a seus homens. — Mirem nos cavalos. Vai ser uma distância de tiro muito longa.

Sharpe preferiria esperar até o inimigo estar a apenas duzentos metros antes de abrir fogo, mas isso permitiria que os cavaleiros se aproximassem demais. Em vez disso, seria forçado a atirar no limite do alcance de tiro dos fuzis na esperança de que as balas gerassem surpresa e pânico suficientes para deter o avanço francês durante alguns momentos preciosos.

Sharpe, oculto pelas sombras das coníferas, estava de pé alguns passos atrás de seus homens. Sacou a luneta e escorou o cano comprido contra um tronco de pinheiro.

Viu casacas verde-claras, adornos cor-de-rosa e rabos de cavalo. A luneta aproximou a coluna francesa de modo que a lente pareceu encher-se de homens subindo e descendo em suas selas. Bainhas, carabinas e algibeiras se sacudiam. A esta distância os rostos franceses, escuros debaixo de seus casquetes, eram inexpressivos e ameaçadores. Havia fardos curiosos afivelados atrás das selas que, Sharpe deduziu, eram redes cheias de feno para os cavalos. Os franceses fizeram alto.

Sharpe xingou baixinho.

Ele correu a luneta para a esquerda e para a direita. Os dragões tinham transposto a pior parte do pântano e se espalhado numa linha que agora estava absolutamente imóvel. Cavalos baixaram as cabeças para pastar na relva úmida.

— Senhor? — perguntou Hagman. — Na estrada, senhor? Está vendo os sodomitas?

Sharpe correu a luneta de volta para o centro da linha inimiga. Um grupo de oficiais aparecera ali, dragonas reluzindo à luz hibernal, e no meio deles estavam o *chasseur* de peliça vermelha e o civil de casaco preto e botas brancas. Sharpe perguntou-se com que habilidade sobrenatural aqueles dois homens tinham seguido seu cheiro através da terra gelada.

O *chasseur* desdobrou sua luneta e Sharpe teve a impressão de que o francês olhou para o brilho denunciador de sua lente. Sharpe manteve a luneta imóvel até a outra ser fechada. Em seguida, viu o *chasseur* emitir uma ordem a um oficial dragão, aparentemente um auxiliar, que galopou para oeste.

O resultado da ordem foi que um pequeno destacamento de dragões levantou os capacetes pesados que pendiam da parte mais alta de suas selas. Os seis homens puseram os capacetes, um sinal positivo de que tinham recebido ordens de avançar. Ciente do fato de que os pinheiros podiam ocultar uma emboscada, o *chasseur* enviava batedores à frente. Sharpe perdera o fator surpresa, porque embora não soubesse o que o aguardava, o inimigo estava preparado para problemas. Ele fechou a luneta e amaldiçoou a cautela do comandante francês, que agora impunha-lhe uma escolha delicada.

Sharpe podia matar os seis homens, mas isso deteria os outros dragões? Ou eles, após julgar pela parcimônia dos disparos que os oponentes estavam em menor número, esporeariam suas montarias instantaneamente para um galope que traria a massa de cavaleiros para as árvores muito antes de os fuzileiros conseguirem alcançar o cume sul? Em vez de dez minutos, ele teria cinco.

Sharpe hesitou. Mas se ele havia aprendido uma coisa em sua vida de soldado fora que qualquer decisão — até uma decisão ruim — era melhor do que nenhuma.

— Vamos recuar. Depressa! Fiquem escondidos!

Os fuzileiros arrastaram-se para trás, levantaram quando as árvores proporcionaram uma cobertura contra os franceses, e então seguiram Sharpe pela estrada. Então puseram-se a correr.

— Merda!

A imprecação veio de Harper e foi causada pela visão da carruagem dos Parker que, apenas duzentos metros à frente, estava atolada. O cocheiro, em sua pressa, arremetera uma roda contra uma mureta de pedra numa curva da estrada. Williams e seus homens tentavam, em vão, libertar o veículo.

— Deixem o veículo! — berrou Sharpe. — Deixem o veículo!

A cabeça da Sra. Parker apareceu na janela da carruagem para impugnar as ordens do tenente.

— Empurrem! Empurrem!

— Saia! — gritou Sharpe, patinhando na lama da estrada. — Saia!

Para que a carruagem fosse recuperada, os cavalos teriam de ser obrigados a andar para trás, voltear, e então arremeter à frente, e isso demandaria um tempo que eles não tinham. Assim, o veículo precisava ser abandonado.

Mas a Sra. Parker não estava disposta a abdicar do conforto da carruagem. Ela ignorou Sharpe, preferindo inclinar-se perigosamente da janela aberta para ameaçar seu cocheiro com um guarda-chuva fechado.

— Açoite-os com mais força, seu imbecil! Mais força!

Sharpe segurou a maçaneta da porta e puxou.

— Saia! Saia!

A Sra. Parker brandiu o guarda-chuva, acertando a cabeça de Sharpe de um modo que baixou a barretina mofada para seus olhos. Sharpe segurou o pulso da mulher, puxou e, mesmo de olhos tapados, ouviu-a gritar enquanto caía na lama.

— Sargento Williams?

— Senhor?

— Dois homens para tirarem aquelas mochilas do teto!

As mochilas continham toda a munição sobressalente de Sharpe. Gataker e Dodd treparam na carruagem, cortaram as cordas com suas espadas-baionetas e jogaram as mochilas pesadas para os seus colegas. George Parker tentou apelar a Sharpe, mas o oficial não tinha tempo para seu nervosismo.

— Vocês terão de correr, senhor. Para a fazenda! — Sharpe obrigou o homem alto a se virar e apontou-o para a casa de pedra e o celeiro que eram os únicos refúgios que restavam neste campo desolado.

Havia uma empolgação nervosa nos olhos de Louisa. A garota foi empurrada para o lado pela Sra. Parker que, enlameada devido à queda e enfurecida ao ponto da incoerência devido à perda da carruagem e da bagagem, tentou alcançar Sharpe. Contudo, o tenente ordenou que a família começasse a correr.

— Quer morrer, mulher? — gritou Sharpe. — Mova-se! Sargento Williams! Escolte as damas! Entrem na casa da fazenda! — A Sra. Parker gritou por sua valise que o Sr. Parker, tremendo como uma folha, resgatou de dentro da carruagem. E então, cercado pelos fuzileiros, a família e seu cocheiro fugiram colina acima.

— Senhor? — disse Harper. — Bloquear a estrada? — Gesticulou para a carruagem.

Sharpe não tinha tempo de ficar estarrecido com a disposição repentina do irlandês. Contudo, reconheceu o valor da sugestão. Se o caminho estivesse bloqueado, os franceses seriam obrigados a passar por trás das muretas de pedra que orlavam ambos os lados da estrada. Não ganhariam muito tempo com isso, mas até um minuto ajudaria nesta fuga desesperada. Sharpe fez que sim com a cabeça.

— Se for possível — disse Sharpe.

— Nenhum problema, senhor. — Harper desenganchou as barras que prendiam os cavalos enquanto outros homens cortavam os arreios e as rédeas. O irlandês bateu nas ancas dos cavalos para tocar os animais soltos colina acima. — Muito bem, rapazes, vamos virar esta joça!

Os fuzileiros reuniram-se no lado direito da carruagem. Sharpe olhava para as árvores, esperando pelos batedores inimigos, mas não resistiu a virar-se para olhar enquanto o irlandês comandava os homens a içá-la.

Por um momento a carruagem recusou-se a ceder, e então Harper pareceu tomar todo o peso da carruagem para seu próprio corpanzil e empurrá-lo para cima. As rodas escorregaram na lama e o eixo arranhou na pedra na qual ficara preso.

— Icem! — Harper emitiu a palavra num grito longo enquanto a carruagem subia ainda mais. Por um segundo ameaçou cair de volta, esmagando os casacas verdes, e Sharpe correu e pôs seu peso contra o veículo imenso. A carruagem balançou por um segundo, e então, com um baque surdo, caiu de lado na estrada. Bagagens e almofadas chocalharam dentro do veículo, e traduções espanholas do Novo Testamento derramaram-se na lama da estrada.

— Cavalaria, senhor! — gritou Hagman.

Sharpe virou-se para o norte e viu os seis inimigos cavalgando ao largo da orla das árvores. Sharpe mirou rápido, rápido demais, e errou. Hagman, disparando um segundo depois, fez um dos cavalos empinar de dor. Os outros dragões puxaram violentamente as rédeas. Mais dois tiros soaram antes de as sentinelas inimigas estarem a salvo entre os pinheiros.

— Corram! — berrou Sharpe.

Os fuzileiros correram. Suas bainhas e mochilas sacolejavam dolorosamente contra suas coxas e costas enquanto subiam a estrada. Uma bala de carabina, disparada de longa distância, passou zunindo acima da cabeça de Sharpe. Ele viu dois casacas verdes tentarem, sem muito sucesso, arrastar a Sra. Parker, e a visão deu-lhe vontade de rir. Era ridículo demais. Ele estava encurralado por soldados de cavalaria e ainda assim sentia vontade de cair de tanto rir.

Sharpe alcançou o grupo do sargento Williams. A Sra. Parker, furiosa, estava cansada demais para gritar com ele, mas era excessivamente gorda para mover-se depressa. Sharpe procurou por Harper.

— Arraste-a! — ordenou Sharpe a Harper.

— Não pode estar falando sério, senhor!

— Se precisar, carregue-a no colo!

O irlandês empurrou as nádegas da Sra. Parker. Louisa riu, mas Sharpe gritou para que a garota corresse. Ele próprio, com o restante do esquadrão, enfileirou-se ao lado da estrada onde, abrigados por um muro de pedra, ficaram atentos para a chegada dos inimigos.

Sharpe ouviu as cornetas de cavalaria falando umas com as outras. As sentinelas avançadas tinham entoado o chamado de que o inimigo estava à vista e correndo, e agora os outros dragões iriam esporear à frente, trocando os casquetes por capacetes forrados de lona. Espadas seriam sacadas de bainhas, carabinas seriam desafiveladas.

— Eles terão de vir através das árvores. Assim, vamos despejar uma salva neles e sair correndo! Mirem onde a estrada passa através das árvores, rapazes!

Sharpe esperava retardar os dragões em pelo menos um minuto, talvez mais. Quando a testa da coluna inimiga aparecesse abaixo das árvores, ele iria martelá-la com uma salva bem apontada, e os cavalarianos que não fossem atingidos perderiam tempo contornando os cavalos feridos.

Hagman estava recarregando cuidadosamente o fuzil com sua melhor pólvora e bala. Evitava os cartuchos pré-fabricados que eram feitos com pólvora de pior qualidade, preferindo municiar seu fuzil com a melhor pólvora que cada soldado carregava num chifre. Embrulhou a bala no couro engraxado que, quando a arma era disparada, aderiria às sete raias espirais que faziam a bala girar. Ele socou a bala embrulhada em couro para baixo, passando pela resistência da alma raiada, e escorvou o fecho com um punhado de pólvora de boa qualidade. Levava muito tempo para carregar um fuzil assim, mas o disparo subsequente podia ser extremamente preciso. Quando terminou, Hagman nivelou a arma sobre o topo da mureta de pedra e soltou uma cusparada escurecida por tabaco.

— Apontem um metro à esquerda do alvo para compensar o efeito do vento! — gritou Sharpe.

Uma gota de chuva caiu na mureta ao lado de Sharpe. Ele torceu para que a chuva demorasse o suficiente para permitir que seus fuzis disparassem. Sharpe pôs-se a caminhar de um lado para o outro atrás dos homens.

— Façam com que as balas causem estrago! Uma salva, e então, sebo nas canelas!

— Senhor? — Um fuzileiro no fim da linha apontou para as árvores a leste da estrada e Sharpe deduziu que ele teria visto movimento entre os pinheiros. O tenente desabotoou o bolso no qual guardava a luneta, mas antes mesmo de conseguir retirar o aparelho de seu estojo protetor, o inimigo eclodiu das árvores numa grande linha.

Sharpe esperara que o inimigo formasse em coluna pela brecha onde a estrada cortava os pinheiros, mas em vez disso os dragões tinham se espalhado para a esquerda e para a direita no bosquete; agora, usando seus capacetes e brandindo espadas, todo o efetivo do inimigo desabrochou para a luz.

— Fogo!

Foi uma salva pífia. Se os fuzileiros tivessem sido capazes de concentrar suas balas na testa de uma coluna de cavalaria reunida, teriam transformado a estrada num abatedouro de cavalos e homens. Mas contra um grande número de soldados de cavalaria, aproximando-se numa única linha de frente, as balas eram pouco mais incômodas do que moscas. Apenas um cavalo, atingido pela bala cuidadosa de Hagman, cambaleou e caiu.

— Corram! — gritou Sharpe.

Os fuzileiros correram como se o diabo os perseguisse. Os franceses haviam previsto aquela salva, protegeram-se contra ela, e agora estavam em campo aberto e avançando com a determinação de perdigueiros farejando sangue. À frente de Sharpe, os outros fuzileiros estavam angulando em direção à fazenda. Ele viu que Cameron fora ferido e Louisa carregava a mochila do homem e o puxava pela mão.

— Inimigos à direita! — Hagman avisou sobre a ameaça e Sharpe virou-se para ver que os cavaleiros a leste estavam em solo mais firme e assim eram os que tinham mais chances de alcançar seu pequeno grupo.

Os dragões cavalgaram como se estivessem em uma corrida de obstáculos. Um sentimento de vitória iminente estampado em seus rostos. Uma brecha na parede pedregosa concedeu-lhe mais velocidade e os fez agruparem-se ainda mais. Concedendo-lhes velocidade. Sharpe viu cascos levantarem respingos d'água enquanto a cavalaria investia através da relva úmida. Sharpe duvidou de seus olhos ao ver sangue vermelho jorrar de dois cavalos e um homem contorcer-se na sela, cair, e ser arrastado por um cavalo aterrorizado. Só então Sharpe escutou estampidos de fuzis à frente.

Harper abandonara a Sra. Parker e formara uma linha de fuzileiros diante do muro externo da fazenda. Sua salva espalhara a cavalaria mais a leste para conceder ao grupo de Sharpe uma centelha de esperança.

— Corram! Corram!

Os homens colocaram os fuzis em bandoleiras e correram. Sharpe podia ouvir o ruído dos cascos, o rangido das selas e os gritos dos oficiais e sargentos. Mais balas de fuzis sibilaram no ar, disparadas da fazenda para dar-lhe cobertura. Louisa assistia a tudo de olhos arregalados.

— Esquerda, senhor! — gritou um homem. — Esquerda!

Soldados de cavalaria avançavam do oeste; homens que tinham contornado a cavalo o bloqueio da estrada e que agora faziam seus animais saltarem a mureta de pedra que margeava a estrada. Um homem, cavalo em meio ao salto, foi atingido por uma bala e caiu de lado; os outros passaram ilesos e Sharpe soube que seu esquadrão ficaria encurralado. Ele desembainhou a espada grande, plantou os pés firmemente no chão, e deixou que o primeiro francês cavalgasse até ele.

— Continuem correndo! — gritou para seus homens. — Continuem correndo!

O primeiro francês era um oficial dragão que se curvou na sela e empunhou a espada como uma lança para penetrar a barriga de Sharpe. O fuzileiro, empunhando sua espada com ambas as mãos, moveu-a da esquerda para a direita num golpe que visava a boca do cavalo. O golpe acertou o alvo, quebrando ossos e dentes. O cavalo se desviou para o lado, e Sharpe arremessou a si mesmo contra o corpo do animal de modo a escapar da espada do francês. Sharpe tentou esticar o braço para cima para puxar o cavaleiro da sela, não conseguiu, e sua barretina saiu voando quando a rede recheada com forragem colidiu com ele, jogando-o para a estrada. A pata traseira do cavalo acertou o quadril de Sharpe e, no instante seguinte, o dragão tinha se afastado e Sharpe levantou-se cambaleante.

— Abaixe-se! — Era a voz de Harper e ele instintivamente jogou-se ao chão enquanto mais uma salva de tiros passava sobre sua cabeça. Um cavalo relinchou, e então escorregou e caiu na lama da estrada. Um dos cascos do cavalo não acertou o crânio de Sharpe por um triz.

— Corra! — berrou Harper.

Sharpe teve um vislumbre da carnificina na estrada. A salva de Harper, mirada na aglomeração causada pela constrição das muretas de pedra, matara os cavaleiros. Sharpe passou correndo pelo portão da fazenda. Havia um pasto aberto para cruzar antes que estivesse a salvo. Já havia fuzileiros entrando na casa da fazenda e Sharpe viu a primeira cortina ser empurrada para o lado com um cano de fuzil.

— Atrás de você!

Mais uma vez cascos, agora aproximando-se pela esquerda. Sharpe rosnou enquanto se virava. Brandiu a espada em direção ao cavalo que se desviou e forçou seu cavaleiro a tentar desferir o dificílimo golpe de cima para baixo ao longo do próprio corpo. Sharpe arremeteu à frente e sentiu sua espada perfurar a coxa esquerda do dragão. O ímpeto do cavalo puxou o cavaleiro, desalojando a espada de sua coxa. Mais fuzis foram disparados, e uma bala passou tão perto de Sharpe que ele sentiu uma lufada de ar na cabeça.

— Corra! — gritou novamente Harper.

Sharpe correu. Alcançou a casa de fazenda no mesmo instante em que o último fuzileiro arrastava-se pela soleira da sua porta. Harper estava preparado para fechar a porta e trancá-la com um travessão.

— Obrigado — arfou Sharpe enquanto arremetia através da porta. Harper ignorou-o.

Sharpe descobriu-se num corredor que atravessava a casa da fazenda de norte a sul. Portas barravam as entradas externas do corredor, enquanto duas outras portas conduziam para a casa propriamente dita. Ele escolheu a porta à esquerda que abria para uma cozinha espaçosa onde, tremendo de frio, um homem e uma mulher estavam acocorados ao lado da lareira na qual, suspenso de um gancho, um caldeirão fervente fedia a desinfetante. O cocheiro dos Parker ofereceu ao casal uma breve explicação, e em seguida começou a carregar uma enorme pistola de cavalaria. Louisa tentava retirar uma pistolinha com cabo de marfim de seu estojo apertado.

— Onde está sua tia? — perguntou Sharpe.

— Ali. — Ela apontou uma porta no fundo da cozinha.

— Vá para lá.

— Mas...

— Eu disse, vá para lá! — Sharpe fechou o estojo da pistola e, a despeito da indignação de Louisa, empurrou-a para a copa, onde seus tios estavam agachados entre jarros de pedra altos.

Mancando, seguiu até a janela mais próxima e viu os dragões correrem de um lado para o outro atrás do celeiro pequeno. Seus homens estavam atirando neles. Um cavalo empinou, um francês subiu uma das mãos ao seu braço ferido, uma corneta uivou.

Os dragões se espalharam. Eles não foram muito longe; apenas buscaram abrigo atrás do celeiro de pedra ou dos muros. Sharpe previu que seria apenas uma questão de segundos para que apeassem dos cavalos e começassem a polvilhar a casa da fazenda com disparos de carabina.

— Quantas janelas temos aqui, sargento?

— Não sei, senhor. — Williams arfava devido ao esforço de ter subido a ladeira correndo.

Vindo de fora, uma bala atravessou a cozinha e acertou uma viga alta acima de Sharpe.

— Mantenham as drogas das cabeças baixas! E respondam ao fogo!

Havia três quartos no andar térreo; a cozinha grande, que tinha uma janela que dava para o norte e outra para o sul. A pequena copa onde os Parker estavam acocorados não tinha janelas. Para além do corredor havia um cômodo bem maior, sem janelas, um chiqueiro. Seus únicos ocupantes eram dois porcos e uma dúzia de galinhas assustadas.

Uma escada subia da cozinha para o andar superior, onde havia apenas um quarto de dormir. A prosperidade relativa da fazenda era testemunhada por uma cama grande e uma cômoda. O quarto dispunha de duas janelas, também voltadas para norte e sul. Sharpe postou fuzileiros em ambas as janelas e ordenou ao sargento Williams que se encarregasse do quarto superior e abrisse seteiras nas paredes leste e oeste. — E abra um buraco no teto.

— No teto? — Williams olhou boquiaberto para as vigas grossas e as tábuas que ocultavam as telhas.

— Para manter vigilância do leste e oeste — instruiu Sharpe. Sem poder ver seus flancos ele seria vulnerável a um ataque de surpresa dos franceses.

Novamente no andar térreo, Sharpe ordenou a abertura de uma seteira ao lado da chaminé da lareira. O fazendeiro espanhol, compreendendo o que precisava ser feito, providenciou uma picareta e começou a golpear a parede. Um crucifixo, pendurado na pedra pintada a cal, estremeceu com a força dos golpes do homem.

— Bastardos à direita! — gritou Harper da janela. Fuzis dispararam. Os casacas verdes que haviam disparado se agacharam e recuaram, deixando que outros ocupassem seus lugares. Alguns dragões desmontados haviam tentado invadir a fazenda, mas três deles agora jaziam numa poça de sangue; dois se levantaram e mancaram o mais rápido que puderam para um lugar seguro, o terceiro estava imóvel. Sharpe viu gotas de chuva caírem na água manchada de sangue.

E então, durante alguns momentos, houve uma paz relativa.

Nenhum soldado de Sharpe estava ferido. Estavam exaustos e molhados, mas seguros. Permaneceram acocorados para se protegerem dos tiros que atingiam as janelas, mas as balas não feriam nada além da casa. Sharpe, espiando para fora, viu que o inimigo se escondia em valas ou atrás do monte de estrume. A esposa do fazendeiro servia nervosamente a salsicha fatiada aos casacas verdes.

George Parker chegou engatinhando da copa. Esperou muito tenso pela atenção de Sharpe e, ao obtê-la, usou-a para perguntar que curso de ação o tenente planejava seguir.

O tenente Sharpe informou ao Sr. Parker que tencionava esperar que escurecesse.

Parker engoliu em seco.

— Pode levar horas!

— No máximo cinco, senhor. — Sharpe estava recarregando seu fuzil. — A não ser que Deus pare o sol.

Parker ignorou a blasfêmia de Sharpe.

— E depois?

— Vamos nos dispersar, senhor. Mas só quando a noite estiver bem densa. Vamos atacar os bastardos quando não estiverem esperando. Matar alguns deles e torcer para confundir os outros. — Sharpe endireitou o fuzil e escorvou a caçoleta. — Eles não podem nos causar muito dano enquanto nos mantivermos bem escondidos.

— Mas... — Parker estremeceu quando uma bala atingiu a parede acima de sua cabeça. — Tenente, a minha querida esposa quer a sua garantia de que nossa carruagem será recuperada.

— Temo não ser possível, senhor. — Sharpe ajoelhou-se, vislumbrou uma silhueta do outro lado do monte de estrume e disparou. Fumaça subiu da arma, e um chumaço de papel queimado fumegou no chão. — Não teremos tempo, senhor. — Ele se agachou, meteu a mão na algibeira e retirou um cartucho, do qual arrancou uma bala com os dentes.

— Mas as minhas bíblias!

Sharpe não teve coragem de revelar que as bíblias, da última vez em que as vira, tinham se derramado na lama espanhola. Ele cuspiu a bala para a boca do fuzil.

— Senhor, os seus Novos Testamentos estão agora nas mãos do Exército de Napoleão. — Com a vareta de carregamento, socou bala, chumaço e pólvora pelo cano do fuzil. O salitre da pólvora deixou sua boca seca e com um gosto amargo.

— Mas... — Novamente Parker foi silenciado por uma bala de carabina. Esta retiniu numa panela que pendia de uma viga e caiu aos pés de Sharpe. Este pegou a bala, passando-a de uma mão para outra devido ao calor, e então cheirou-a. Parker fitou-o, perplexo.

— Há um rumor de que os franceses envenenam suas balas, senhor — Sharpe disse isso alto o bastante para que seus homens, alguns dos quais acreditavam na história, ouvissem. — Não é verdade.

— Não é?

— Não, senhor. — Sharpe colocou a bala na boca, sorriu, e então engoliu-a. Seus homens riram da expressão no rosto de George Parker. Sharpe virou-se para ver que progresso o fazendeiro fizera com a seteira. As paredes da fazenda eram muito grossas e, embora a picareta do homem tivesse perfurado trinta centímetros no cascalho central, ainda não fizera a luz do dia entrar pelo buraco.

Uma salva de tiros de carabina açoitou a janela dos fundos. Os fuzileiros, ilesos, riram em desafio, mas um desafio que o grisalho Parker não conseguiria compartilhar.

— Você está condenado, tenente!

— Senhor, se não tem nada melhor a...

— Tenente! Nós somos civis! Não vejo motivo para ficarmos aqui e morrermos com você! — Sob fogo cerrado, George Parker encontrara sua coragem, a coragem de dar voz à sua alma medrosa e exigir a rendição.

Sharpe escorvou seu fuzil.

— Quer sair daqui andando, senhor?

— Uma bandeira de paz, homem! — Parker estremeceu quando mais uma bala de carabina ricocheteou acima de sua cabeça.

— Se é isso que deseja, senhor... — Mas antes que Sharpe pudesse terminar a frase, o sargento Williams, que estava no andar de cima, soltou um grito de pânico. Em seguida uma grande massa de tiros inimigos martelou a frente da casa; um fuzileiro foi empurrado para trás da janela com sangue esguichando da cabeça. Dois fuzis foram disparados, mais no andar de cima, e então a janela norte escureceu quando dragões franceses, que haviam contornado o ponto cego a oeste da casa, ocuparam a moldura. Sharpe e vários outros homens dispararam; mas os dragões estavam puxando as cadeiras que bloqueavam a janela. Só foram repelidos quando a esposa do fazendeiro, gritando de desespero e usando uma força que pareceu notável em mulher tão franzina, tirou o caldeirão do gancho e arremessou-o contra o inimigo. O desinfetante fervente empurrou os franceses para trás como se uma bala de canhão tivesse sido disparada neles.

— Senhor! — Harper agora estava à porta da cozinha. Um estrondo soou no corredor quando os franceses arrombaram a porta sul que o irlandês não bloqueara tão bem quanto a norte. Um grupo de dragões aproveitara o ataque maior para avançar contra o outro lado da casa e agora estava dentro do corredor central. Harper disparou o fuzil através da porta da cozinha, que instantaneamente estilhaçou em dois locais enquanto os franceses respondiam ao fogo. Ambas as balas atingiram a mesa.

A cozinha encheu-se com fumaça de pólvora. Homens estavam se revezando para disparar através das janelas, e depois recarregando com pressa frenética. O cocheiro esvaziou sua pistola imensa através da porta e foi recompensado com um grito de dor.

— Abra! — ordenou Sharpe.

Harper obedeceu. Um francês estarrecido, nivelando sua carabina, flagrou-se olhando para a espada de Sharpe que foi desfechada para a frente com tanta selvageria que a ponta da lâmina ficou na parede oposta do corredor depois de ter fatiado o corpo do dragão. Harper, emitindo seus estranhos gritos de batalha, seguiu Sharpe com um machado que pegara na parede da cozinha. Ele desferiu um golpe de machado no outro homem, deixando o corredor escorregadio com sangue.

Sharpe puxou com força para soltar sua espada. A lâmina de um francês arranhou seu antebraço, esguichando sangue quente. Sharpe arrojou-se contra o homem, forçando-o contra a parede do corredor, e martelou o cabo da espada em seu rosto. Um fuzil explodiu ao lado de sua cabeça para empurrar outro dragão para fora da porta. Os porcos guincharam de terror, enquanto Sharpe tropeçou num francês de gatinhas que sangrava pela barriga. Outro fuzil disparou no corredor, e então Harper avisou que o inimigo fora embora.

Uma bala de carabina adentrou o corredor, ricocheteou nas paredes e se enterrou na porta do lado oposto. Sharpe entrou no cômodo onde os animais eram mantidos e viu uma gamela de madeira que poderia servir como um tipo de barricada no corredor. Ele arrastou a gamela, e os porcos aproveitaram a oportunidade para escapar antes que ele pudesse fechar com um estrondo a porta externa e empurrar a gamela contra ela, para barrá-la.

— Malditos franceses sortudos — disse Harper. — Vão jantar carne de porco.

A ação parou novamente. Ganidos horríveis anunciaram a morte dos porcos, ganidos que momentaneamente pararam os disparos de carabina que açoitavam a casa da fazenda. Mais nenhum francês apareceu como alvo. Um fuzileiro estava morto na cozinha, outro ferido. Sharpe caminhou até a escada.

— Sargento Williams? — chamou.

Nenhuma resposta.

— Sargento Williams! Como estão essas seteiras?

Quem respondeu foi Dodd:

— Ele está morto, senhor. Levou uma no olho, senhor.

— Meu Deus!

— Ele estava olhando para fora do telhado, senhor.

— Faça com que alguém continue olhando!

Williams estava morto. Sharpe sentou-se no sopé da escada e olhou para Patrick Harper. Ele era o substituto óbvio, a única escolha, mas Sharpe suspeitava que o irlandês grandão iria rejeitar a oferta. Porém a patente poderia não ser oferecida, mas simplesmente imposta.

— Harper?

— Senhor.

— Você é um sargento.

— Não, não sou, não!

— Você é um sargento!

— Não, senhor! Não neste maldito Exército. Não.

— Inferno! — Sharpe cuspiu a blasfêmia contra o homenzarrão, mas Harper meramente virou-se para olhar pela janela para o local onde baforadas de fumaça traíam a posição de alguns dragões numa vala.

— Sr. Sharpe? — Uma mão hesitante tocou o braço ferido de Sharpe. Era George Parker novamente. — Minha querida esposa e eu discutimos o assunto, tenente, e apreciaríamos muito se o senhor pudesse comunicar-se com o comandante francês. — Parker subitamente viu o sangue de Sharpe em seus próprios dedos. Branco como cera, Parker disse, gaguejando: — Por favor, não pense que desejamos abandoná-lo numa hora como esta, mas...

— Eu sei, você acha que estamos condenados — cortou-o Sharpe. Ele falou com selvageria, não porque desaprovasse o desejo de Parker de ficar em segurança, mas porque, se os Parker partissem, ele perderia Louisa. Ele podia ter deixado os Parker na estrada, seguros em sua carruagem, mas obrigara-os a fugir porque não queria perder a companhia da garota. Mas agora Sharpe compreendeu que não tinha escolha, porque não era justo que as duas mulheres sofressem o ataque francês, nem os riscos de serem acertadas por uma bala em ricochete. Louisa precisava partir.

Na mesa, onde o fuzileiro morto jazia entre louças de barro estilhaçadas, com o sangue ainda gotejando dos cabelos ensopados, havia um pedaço de gaze de algodão que, embora cinzento e sujo, poderia passar por uma bandeira de trégua. Sharpe enfiou o material frágil na ponta de sua espada, e então caminhou até a janela. Os fuzileiros abriram caminho para ele.

Sharpe estendeu o braço através da moldura da janela para que a espada pudesse ser vista claramente. Brandiu-a para a direita e para a esquerda, sendo recompensado com um grito lá de fora. Houve uma pausa durante a qual Sharpe cautelosamente se empertigou. Uma voz gritou:

— O que você quer, inglês?

— Conversar.

— Saia então. Apenas um de vocês!

Sharpe tirou a gaze de sua espada, embainhou a lâmina e caminhou até o corredor. Passou por cima de um dragão morto, enfiou a cabeça para fora da porta norte, e então, sentindo-se estranhamente nu e exposto, saiu para a chuva.

Para conversar com o homem de peliça vermelha.

CAPÍTULO IX

Uma dúzia de franceses feridos jaziam no celeiro, enchendo seu espaço cavernoso com um fedor de sangue, pus e vinagre canforado. As baixas deitavam-se em camas de feno rudes numa das extremidades do prédio, enquanto na outra os oficiais tinham feito de um barril de água emborcado a mesa de um posto de comando improvisado. Entre os oficiais reunidos em torno do barril estava o *chasseur* de peliça vermelha, que saudou Sharpe calorosamente e em inglês fluente.

— Meu nome é coronel Pierre de l'Eclin, e tenho a honra de ser um *chasseur* da Guarda Imperial de Sua Majestade.

Sharpe retribuiu a leve mesura.

— Tenente Richard Sharpe, dos Fuzileiros.

— Dos Fuzileiros, hein? Você fala como se tivesse motivo para se gabar disso. — De l'Eclin era um homem bonito; tão alto quanto Sharpe, de corpo bem-feito e com um rosto de queixo quadrado e cabelos dourados. Com um gesto, mostrou uma garrafa de vinho pousada na mesa improvisada.

— Um fuzileiro tomaria um pouco de vinho?

Sharpe não tinha certeza se o homem estava escarnecendo dele ou elogiando.

— Obrigado, senhor.

O *chasseur* gesticulou para que um tenente se afastasse, enchendo pessoalmente os dois copinhos de prata. Ele estendeu um para Sharpe, mas, antes que este pudesse aceitar o copo, de l'Eclin trouxe-o levemente de volta para si, como se estivesse se dando a chance de estudar seu rosto cicatrizado.

— Já nos conhecemos, tenente?

— Perto de uma ponte, senhor. O senhor quebrou meu sabre.

De l'Eclin pareceu deliciado. Ele deu o copo a Sharpe e estalou os dedos quando recordou.

— Você aparou o meu golpe! Uma aparada notável! Ou foi sorte?

— Provavelmente sorte, senhor.

— Soldados devem ser sortudos, e considere o quanto você é sortudo por eu não tê-lo pego em campo aberto hoje. Ainda assim, tenente, saúdo a defesa excepcional dos seus fuzileiros. É uma pena que deva terminar assim.

Sharpe bebeu o vinho para expulsar da boca o gosto amargo da pólvora.

— Não terminou, senhor.

— Não? — De l'Eclin soergueu polidamente a sobrancelha.

— Estou aqui, senhor, apenas como representante de alguns civis ingleses, que se encontram aprisionados na fazenda e desejam partir. Eles estão dispostos a se confiar à sua gentileza, senhor.

— Minha gentileza? — De l'Eclin soltou uma gargalhada alegre. — Eu lhe disse que sou um *chasseur* da Guarda Imperial, tenente. Um homem não obtém essa marca de honra, quanto mais um coronelato, sendo gentil. Mesmo assim, estou grato porque você indubitavelmente disse isso como um cumprimento. Quem são esses civis?

— Viajantes ingleses, senhor.

— E esses livros são deles? — De l'Eclin mostrou com um gesto as duas bíblias espanholas que jaziam sobre o barril emborcado.

Os livros espalhados certamente despertaram a curiosidade dos franceses, uma curiosidade que Sharpe tentou satisfazer.

— Eles são missionários metodistas, senhor. Estão tentando livrar a Espanha do papado.

De l'Eclin inspecionou Sharpe em busca de traços de blasfêmia, não encontrou nenhum e soltou uma gargalhada.

— Tenente, eles teriam as mesmas chances se tentassem transformar tigres em vacas! Quanta gente estranha um soldado tem o privilégio de conhecer! Tenho sua palavra de que esses metodistas não carregam armas?

Sharpe convenientemente esqueceu a pistolinha de Louisa.

— Tem minha palavra, senhor.

— Vocês podem mandar que saiam. Só Deus sabe o que faremos com eles, mas não vamos fuzilá-los.

— Obrigado, senhor. — Sharpe virou-se para ir.

— Mas não vá ainda, tenente. Gostaria de conversar com você. — De l'Eclin viu o lampejo de preocupação no rosto de Sharpe e balançou a cabeça. — Não vou mantê-lo aqui contra sua vontade, tenente. Respeito bandeiras de trégua.

Sharpe caminhou até a porta do celeiro e gritou para a casa da fazenda que a família Parker podia sair. Ele também sugeriu que os três espanhóis na fazenda aproveitassem esta chance para escapar, mas pareceu que nenhum deles quis correr o risco da hospitalidade francesa, porque apenas a família Parker emergiu da casa sitiada. A Sra. Parker foi a primeira a sair para a chuva, pisando pesadamente na lama enquanto empunhava seu guarda-chuva como arma.

— Bom Deus! — exclamou De l'Eclin atrás de Sharpe. — Por que você não a recrutou?

Em seguida, George Parker saiu, hesitante. Quando Louisa emergiu, De l'Eclin exalou um suspiro de apreciação.

— Parece que temos de agradecer a você.

— Não irá, senhor, depois que conhecer a tia.

— Não pretendo ir para a cama com a tia. — De l'Eclin ordenou a um capitão que tomasse conta dos civis, e então levou Sharpe de volta para o celeiro. — E então, meu tenente fuzileiro, o que planeja fazer agora?

Sharpe ignorou o tom condescendente e fingiu não entender.

— Senhor?

— Conte-me sobre seus planos — O francês alto, cuja peliça pendia com elegância do ombro direito, caminhava de um lado para outro pelo celeiro. — Você conseguiu abrir seteiras nas paredes do fundo do cômodo superior da casa, o que significa que não posso surpreendê-lo até que escureça. Posso obter sucesso com um ataque noturno, mas isso seria muito arriscado, especialmente porque você certamente tem dentro da casa um estoque de combustíveis com o qual planeja iluminar o exterior. — Ele fitou Sharpe para tentar captar alguma reação, mas o rosto dele não traiu nenhuma. De l'Eclin parou um pouco para encher novamente o copo de Sharpe. — Suponho que você ache que poderá sobreviver a pelo menos mais um ataque e que também calcule que, depois que esse ataque fracassar, esperarei pelo nascer do dia. Portanto, aproximadamente às duas ou três da manhã, quando meus homens estiverem mais cansados, você tentará um ataque repentino. Imagino que seguirá para oeste, porque a cem passos há uma garganta coberta por arbustos. Uma vez lá gozará de segurança relativa, e haverá trilhas que subirão as colinas. — De l'Eclin recomeçara a caminhar, mas agora girou nos calcanhares para fitar Sharpe. — Estou certo?

O *chasseur* tinha sido absolutamente preciso. Sharpe não soubera a respeito da garganta, embora teria acabado por vê-la pelo buraco do teto e indubitavelmente escolhido ir nessa direção.

— E então? — insistiu de l'Eclin.

— Eu estava planejando algo diferente — disse Sharpe.

— Mesmo? — retrucou, muito educado, o *chasseur*.

— Estava planejando capturar seus homens e fazer com eles o que fizeram com os aldeões espanhóis nas terras altas.

— Estuprá-los? — sugeriu de l'Eclin, e então riu. — Alguns deles talvez até gostassem disso, mas posso lhe assegurar que a maioria resistiria aos seus desejos animalescos, embora indubitavelmente ingleses.

Sharpe, sentindo-se extremamente estúpido diante da pose do francês, não disse nada. Ele também sentia-se insuportavelmente furioso. Perdera o chapéu, a jaqueta estava esfarrapada e manchada de sangue, as calças estavam folgadas devido à falta dos botões de prata, e as botas, rasgadas. De l'Eclin, em contraste, estava impecavelmente uniformizado. O *chasseur* usava um dólmã vermelho e apertado com laços e botões de ouro. Sobre o dólmã pendia a peliça escarlate; uma roupa de inutilidade absoluta, mas muito elegante para soldados de cavalaria. Uma peliça era meramente uma jaqueta que se pendurava de um ombro, como um manto. Decorada com fitas douradas, a peliça de l'Eclin era amarrada em torno de seu pescoço com uma corrente de ouro, e franjada com lã de ovelha negra. Suas mangas vazias pendiam para as cadeias pintadas de ouro da alça de seu sabre. Seu sobretudo verde-escuro fora reforçado com um forro de couro preto para resistir à fricção de uma sela, enquanto as bainhas externas eram faixas vermelhas abrilhantadas com botões de ouro. Suas botas de cano alto eram de couro preto macio. Sharpe perguntou-se quanto custava um uniforme como aquele; sabia que provavelmente mais do que um ano de seu soldo de tenente.

De l'Eclin abriu a bainha de seu sabre e retirou dela dois charutos. Ofereceu um ao fuzileiro, que não viu motivo para recusá-lo. Como irmãos de armas, os dois homens compartilharam a chama do isqueiro, e então o francês, soprando uma baforada de fumaça sobre a cabeça de Sharpe, suspirou.

— Tenente, acho que você e seus fuzileiros deveriam se render.

Teimoso, Sharpe manteve silêncio.

— Serei honesto com você, tenente... Sharpe, foi o que disse?

— Sim, senhor.

— Serei honesto com você, tenente Sharpe. Não quero que meus homens passem a noite aqui. Temos a honra de ser a vanguarda de nosso Exército, e portanto estamos expostos. Os aldeões espanhóis às vezes ficam tentados a nos incomodar. Se eu passar a noite aqui, poderei perder alguns homens para punhaladas noturnas. Esses homens morrerão de forma horrível, e não acho que a melhor cavalaria no mundo deva sofrer uma morte tão ignóbil e dolorosa. Portanto, espero que se renda bem antes do cair da noite. De fato, se não o fizer agora, não aceitarei uma rendição mais tarde. Fui claro?

Sharpe escondeu que estava surpreso com a ameaça.

— Perfeitamente, senhor.

De l'Eclin, a despeito do consentimento de Sharpe, não resistiu a fortalecer sua ameaça.

— Tenente, vocês todos morrerão. Não lentamente, como matamos os aldeões espanhóis, mas morrerão. Amanhã o Exército irá me alcançar e deverei posicionar artilharia para reduzir seus soldados a carne moída. Isso será uma lição para que outros inimigos da França não desperdicem o tempo do imperador.

— Sim, senhor.

De l'Eclin sorriu agradavelmente.

— Essa afirmativa significa que você se rende?

— Não, senhor. Entenda, senhor, não acredito em seus canhões Vocês estão carregando redes de forragem. — Sharpe gesticulou através da porta aberta do celeiro para os cavalos dos oficiais que, amarrados em segurança fora da visão dos fuzileiros, portavam todos, dependuradas das selas, pesadas redes abarrotadas com feno. — Se o seu Exército fosse alcançá-lo, o senhor deixaria que as carroças carregassem a ração das montarias. Estão em patrulha, apenas isso, e se eu resistir por tempo suficiente, vocês partirão.

O coronel francês olhou pensativamente para Sharpe durante alguns segundos. Estava claro que assim como de l'Eclin presumira corretamente as táticas de Sharpe há apenas alguns momentos, Sharpe agora presumira as do francês. De l'Eclin deu de ombros.

— Admiro sua coragem, tenente. Mas ela de nada adiantará a vocês. Realmente não têm escolha. O seu Exército está derrotado e fugiu para casa, os Exércitos espanhóis estão dilacerados e espalhados. Ninguém irá ajudá-los. Vocês podem se render agora ou podem teimar, o que significa que serão retalhados pelas minhas espadas. — A voz do *chasseur* perdera o tom leve e bem-humorado e agora estava muito séria. — De uma forma ou de outra, tenente, verei todos vocês mortos.

Sharpe sabia que não tinha chances de vencer este sítio, mas era obstinado demais para ceder.

— Quero tempo para pensar no assunto, senhor.

— Ou tempo para postergar? — Desdenhoso, o *chasseur* balançou os ombros. — Não adiantará de nada, tenente. Realmente acha que viemos até tão longe apenas para deixar que o major Vivar escape? — Sharpe fitou-o com olhos vazios. De l'Eclin interpretou erroneamente a expressão de Sharpe, tomando sua incompreensão por surpresa carregada de culpa. — Sabemos que ele está com vocês, tenente. Ele e seu precioso cofre!

— Ele... — Sharpe não sabia o que dizer.

— Entenda, tenente, não pretendo abandonar a caçada agora. Fui incumbido pelo imperador em pessoa de levar aquele cofre até Paris, e não pretendo falhar. — De l'Eclin sorriu condescendente. — É claro, se me entregar o major, junto com o cofre, deixarei que você e seus homens sigam para o sul. Duvido que seus fuzileiros maltrapilhos possam colocar em risco o futuro do império.

— Ele não está comigo! — protestou Sharpe.

— Tenente! — ralhou de l'Eclin.

— Pergunte aos metodistas! Não vejo o major Vivar há dois dias!

— Ele está mentindo! — A voz veio de trás da cerca das ovelhas, de onde chegou um civil alto de casaco preto e botas pretas. — Você está mentindo, tenente.

— Vá à merda, seu bastardo — vituperou Sharpe, a honra insultada.

O coronel de l'Eclin prontamente se colocou entre os dois homens zangados. Ele se dirigiu em inglês ao homem de casaco preto, embora ainda fitasse Sharpe.

— É possível, meu caro conde, que o seu irmão tenha conseguido espalhar um falso rumor? Ele não está, afinal de contas, viajando para o sul para encontrar montarias substitutas?

— Vivar é irmão dele? — A confusão de Sharpe era absoluta. Vivar, cujo ódio pelos franceses era tão devastador, tinha um irmão que cavalgava com o inimigo? Um irmão que devia ter testemunhado os dragões estuprarem e matarem mulheres e crianças espanholas? Sua descrença deve ter transparecido, porque de l'Eclin, claramente surpreso por Sharpe não saber do relacionamento, procedeu a uma apresentação formal.

— Permita-me apresentá-lo ao conde de Mouromorto, tenente. E, sim, ele é irmão de Vivar. Você deve compreender que, ao contrário das mentiras contadas nos jornais ingleses, muitos espanhóis aceitam de braços abertos a presença francesa. Eles acreditam que é hora de descartar as velhas superstições e práticas que aleijaram por tanto tempo a Espanha. O conde é um desses homens. — Ao fim da descrição, de l'Eclin fez uma mesura para o espanhol, mas o conde meramente fitou furioso o inglês.

Sharpe retribuiu o olhar hostil.

— Vai deixar esses bastardos matarem seu povo?

Por um segundo, pareceu que o conde iria se jogar sobre Sharpe. Ele era mais alto que Blas Vivar, mas, agora que estava próximo, Sharpe percebeu as semelhanças. Tinha a mesma queixada pugnaz e os mesmos olhos ferventes, que agora fitavam Sharpe com hostilidade.

— O que você conhece da Espanha, tenente? — perguntou o conde. — Ou das necessidades prementes da Espanha? Ou dos sacrifícios que o povo deve fazer para conquistar a liberdade?

— E o que sabe a respeito da liberdade? Você não passa de um bastardo assassino.

— Basta! — De l'Eclin ergueu a mão direita para refrear a ira de Sharpe. — Alega que o major Vivar não está com você?

— Ele não está comigo. Nem ele nem seu maldito cofre. Não é da sua conta, mas me separei do major Vivar após uma discussão violenta e não me importo se não o vir nunca mais! Mas ele tramou para que você empreendesse uma caçada fútil, e você caiu como um pato, não foi?

De l'Eclin pareceu achar a raiva de Sharpe divertida.

— Talvez, mas o verdadeiro pato é você, tenente, porque é quem vai ser depenado. Você e seus fuzileiros. — O coronel estava fascinado com a palavra. Conhecia *hussars, chasseurs*, lanceiros, *cuirassiers*, dragões e artilheiros, mas nunca ouvira um homem ser descrito como "fuzileiro". Prosseguiu: — Por outro lado, se o major Vivar estiver com você, é compreensível que tente negar sua presença e defendê-lo, o que explicaria sua persistência nesta luta inútil.

— Ele não está aqui — repetiu Sharpe num tom cansado. — Pergunte aos metodistas.

— Bem, certamente hei de perguntar à garota — disse de l'Eclin.

— Faça isso! — Sharpe cuspiu as palavras. Blas Vivar, pensou ele, fora maravilhosamente astuto, usando um rumor para persuadir os franceses de que ele fugira para o sul com os fuzileiros, desta forma sacrificando-os. Mas Sharpe não podia sentir raiva do espanhol, apenas admiração relutante. Ele jogou seu charuto no chão. — Vou voltar.

De l'Eclin fez que sim com a cabeça.

— Vou lhe dar dez minutos para que decida sobre a rendição. *Au revoir,* tenente.

— E vá revoar você também!

Sharpe voltou para a casa de fazenda. O pato estava encurralado, e agora seria abatido e depenado. Isso, de certa forma, era a vingança de Vivar por Sharpe tê-lo abandonado, e Sharpe riu disso, porque não havia mais nada a fazer. Exceto lutar.

— O que o sodomita queria, senhor? — perguntou Harper.

— Ele quer que nos rendamos.

— Claro que ele quer — disse Harper e cuspiu na fogueira.

— Se não nos rendermos agora, não irão deixar que nos rendamos mais tarde.

— Então ele está com o vento pelas costas? Está com medo da noite?

— Está, sim.

— Então, o que faremos, senhor?

— Vamos mandá-lo pro inferno. E fazer de você sargento.

Harper fez uma careta e disse:

— Não, senhor.

— Ora, diabos, por que não?

O homenzarrão balançou a cabeça.

— Não me importo de dizer aos rapazes o que devem fazer numa batalha, senhor. O capitão Murray sempre me deixou fazer isso, e farei mesmo que você queira ou não. Mas não farei nada mais que isso. Não aplicarei punições para você nem aceitarei uma divisa.

— Mas por quê?

— Por que diabos eu deveria?

— Por que diabos você salvou a minha vida lá fora? — Sharpe gesticulou para além da casa da fazenda até onde, na corrida desesperada para fugir dos dragões, ele fora resgatado pelas descargas de Harper.

O irlandês grandalhão pareceu embaraçado.

— Isso foi por culpa do major Vivar, senhor.

— O que diabos quer dizer com isso?

— Bem, senhor, ele me disse que, com uma exceção, você era o melhor homem que ele já vira numa luta. E que enquanto os ingleses pagãos estivessem lutando por uma Espanha católica livre, eu deveria mantê-lo vivo.

— O melhor?

— Com uma exceção.

— Quem?

— Eu, senhor.

— O major é um bastardo mentiroso — disse Sharpe. Ele supôs que deveria aceitar o que lhe era oferecido, que era o apoio de Harper no campo de batalha. Até isso seria melhor do que nenhum apoio. — Então, se você é um combatente fantástico, diga-me, como vamos sair desta arapuca?

— Verdade seja dita, senhor, provavelmente não vamos. Mas vamos dar àqueles sodomitas um combate infernal, e eles não ficarão tão cheios de si da próxima vez que encontrarem fuzileiros.

Uma bala de carabina atravessou a janela da cozinha. Os dez minutos que de l'Eclin cedera haviam acabado, e o combate recomeçara.

De um dos buracos no teto, Sharpe viu a garganta arborizada da qual falara de l'Eclin. Logo ao norte dela, num cercado, a maioria dos cavalos dos dragões pastava.

— Hagman!

O velho caçador ilegal escalou a escada.

— Senhor?

— Ponha-se numa posição de tiro e comece a matar cavalos. Isso vai manter aqueles sodomitas ocupados.

No térreo, a dona da casa estava atarefada providenciando comida. Ela trouxe um barril de cavalas e pescadinhas salgadas, evidência do quanto o mar estava próximo, e distribuiu os peixes entre os soldados. Seu esposo, tendo terminado de abrir a seteira, carregara uma espingarda de caça com pólvora e bala que ele descarregou para leste com um ruído ensurdecedor.

Os franceses moveram seus cavalos mais para norte. Do celeiro chegou o cheiro provocante de carne de porco sendo assada. A chuva apertou, depois parou. Os disparos não pararam em momento nenhum, mas também não causaram muitos danos. Um fuzileiro recebeu um ferimento superficial no braço e, ao chorar, mereceu troças dos colegas.

No final da tarde alguns dragões fizeram uma investida desapaixonada através do pomar que jazia ao norte, mas foram facilmente desencorajados. Sharpe, indo de janela em janela, perguntou-se qual seria a estratégia de de l'Eclin. Ele também tentou adivinhar o que Blas Vivar estava fazendo com o tempo que ganhara enviando de l'Eclin nesta caçada fútil. Ao que tudo indicava, o cofre era de importância ainda maior do que Sharpe suspeitara; tão importante que o imperador em pessoa enviara o *chasseur* para capturá-lo. Sharpe supunha que jamais descobriria qual era o seu conteúdo. Ele seria capturado ou morto aqui. Ou então, quando os franceses cansassem de sua vigília, eles partiriam e Sharpe prosseguiria para o sul. Ele iria encontrar um navio para casa, reunir-se ao Exército e, supunha, com um aperto súbito no peito, voltar a ser um intendente. Sharpe não compreendera até este segundo o quanto odiava aquele maldito trabalho.

— Senhor! — A voz estava assustada. — Senhor!

Sharpe correu para a janela de frente da cozinha.

— Fogo!

Os franceses tinham armado barricadas com os cercados das ovelhas. Feitos com ramos de vidoeiro amarrados, os cercados eram grandes, podendo esconder meia dúzia de homens, e resistentes o bastante para deter balas de fuzil. Os escudos desajeitados estavam sendo movidos através do quintal, aproximando-se cada vez mais, e Sharpe sabia que, uma vez que tivesse alcançado a casa, os franceses usariam machados e aríetes para arrombar as portas. Sharpe disparou seu fuzil, sabendo que a bala seria desperdiçada contra a madeira flexível. Os tiros de carabina voltaram a se intensificar.

Sharpe contornou a mesa e correu até a janela norte. Fumaça de pólvora subia do pomar, mostrando que os dragões tinham bloqueado essa saída; ainda assim, ela era a única esperança. Ele gritou pela escada para os homens que estavam em cima:

— Desçam!

Ele se virou para Harper.

— Vamos levar os espanhóis conosco. Vamos fugir para o sul.

— Eles vão nos alcançar.

— Melhor que morrermos como ratos num poço. Calar baionetas! — Ele olhou escada acima. — Depressa!

— Senhor! — Dodd gritou de volta; o quieto Dodd que estivera de vigia olhando pelo buraco no teto, e que agora falava com uma empolgação que não lhe era natural. — Senhor!

Porque um novo clarim desafiava o céu.

Com um pequeno esforço, o major Blas Vivar soltou a espada de sua bainha amassada. Levantou-a alto e então, quando o clarim alcançou sua nota mais alta, desceu-a violentamente.

Os cavalos foram esporeados. Havia uma centena deles; todos que o tenente Davila trouxera de Orense. Eles emergiram da garganta, encontraram terreno firme no pasto e investiram.

O galego de uniforme escarlate que brandia a flâmula pela lança que a ostentava, abaixou a ponta. A bandeira estalou ao vento. Dragões franceses desmontados viraram-se, chocados.

— São Tiago! São Tiago! — Vivar pronunciou a última sílaba de seu grito de guerra enquanto seus *cazadores* reuniam-se às suas costas. Os remanescentes de sua companhia de elite em vestes escarlates estavam reforçados por seus camaradas de casaca azul que tinham vindo do norte com o tenente Davila. Os cascos dos cavalos levantavam nacos de terra ao ar. — São Tiago! — Havia uma vala à frente, alinhada com dragões que estiveram atirando na casa de fazenda. Agora os dragões se levantaram, viraram e dispararam na cavalaria espanhola. Uma bala passou sibilando perto do rosto de Vivar. — São Tiago! — Ele alcançou a vala, saltou-a, e desfechou sua espada para baixo num golpe que fatiou a face de um francês.

A lança acertou um dragão, enterrando a flâmula em seu peito. Gritando seu próprio desafio, o porta-bandeira continuou cavalgando para soltar o cabo, mas foi atingido no pescoço por uma bala de carabina. Um cavaleiro vindo de trás pegou a lança no chão e tornou a levantar a bandeira encharcada em sangue.

— São Tiago!

Dragões desmontados corriam pelo quintal da fazenda. A cavalaria espanhola colidiu com eles. Espadas foram desfechadas. Cavalos assustados caíram, arreganhando dentes amarelos e agitando cascos. Espadas colidiram, retinindo como martelos de ferreiro. Um espanhol caiu da sela, um francês gritou enquanto uma espada espetava-o contra o celeiro. Os cercados de ovelhas, que tinham sido usados como barreiras, foram abandonados na lama.

O ataque varrera os franceses do terreno da fazenda e fizera uma carnificina na vala. O corneteiro estava soando o chamado para reassumir formação enquanto Vivar refreava e virava seu cavalo, para então voltar a atacar. Um dragão francês, ainda atordoado pelo primeiro ataque, fez uma investida débil contra o major e foi recompensado com um talho na garganta.

— Fuzileiros! Fuzileiros! — gritou Vivar.

Alguns oficiais franceses emergiram do celeiro e Vivar tocou seu cavalo até eles, seguido por seus homens. Os franceses deram meia-volta e fugiram. Os *cazadores* cavalgaram direto até o celeiro, baixando as cabeças para passar sob a padieira, e gritos soaram lá de dentro. Dragões montados apareceram e Vivar gritou para seus homens formarem uma linha, para atacar e lutar por São Tiago.

Foi nesse instante que os fuzileiros afloraram da casa, estilhaçando a porta esburacada por balas e correndo para o quintal com espadas-baionetas caladas. Eles ovacionaram o espanhol.

— Leste! — gritou Vivar acima de suas ovações, apontando com sua espada. — Leste!

Os fuzileiros correram para leste, para longe do mar, para a garganta arborizada que lhes concederia abrigo temporário contra os dragões franceses. Esses dragões, recuperando-se do ataque-surpresa de Vivar e compreendendo que estavam em superioridade numérica em relação aos cavaleiros espanhóis, realinhavam suas fileiras na estrada abaixo da casa da fazenda. O clarim francês tocou avançar.

Vivar permitiu que o contra-ataque viesse. Estava cedendo terreno, satisfeito pelos franceses recuperarem os prédios da fazenda enquanto ele recuava para a garganta. Seus homens disparavam das selas. Quando recarregaram, socaram as balas pelos canos das carabinas com varetas presas aos canos por braçadeiras para que não caíssem. O fazendeiro, sua esposa e o cocheiro dos Parker fugiram com os casacas verdes.

O último dos *cazadores* espanhóis desceu pela garganta. Os fuzileiros de Sharpe alinharam-se na beira da passagem, disparando nos franceses cuja perseguição, ainda que entusiástica, estava condenada. As árvores e arbustos da garganta obrigariam os dragões a afunilarem-se em trilhas mais estreitas que estariam cobertas pelos fuzileiros; compreendendo o perigo, de l'Eclin convocou seus homens de volta. Alguns franceses, coléricos, esporearam à frente e Sharpe assistiu seu ataque desmazelado ser destruído pelas balas dos fuzis.

— Cessar fogo!

— Sigam-nos! — gritou Vivar do outro lado da garganta.

— Senhor! — Harper gritou o aviso, fazendo Sharpe virar-se.

Correndo pelo pasto, saia segura na mão direita e boina na esquerda, vinha Louisa Parker. Um grito de raiva elevou-se da fazenda — evidentemente o protesto desesperado de sua tia, mas a garota ignorou-a. Ela contornou um cavalo caído e ensanguentado. Um francês começou a correr em perseguição, mas Hagman abateu-o com um único tiro.

— Tenente! Tenente! — gritou Louisa.

— Deus Todo-Poderoso! — Harper riu enquanto a garota, arfante e de olhos arregalados pela empolgação, jogou-se nos braços de Sharpe como se ele pudesse protegê-la contra todo o mal do mundo.

Sharpe, surpreso com a chegada de Louisa, abriu seus braços para recebê-la. Por um segundo ela o abraçou, risonha e ofegante, e então recuou. Os homens de Sharpe ovacionaram a coragem da garota.

— Tenente! — Vivar esporeara de volta para apressar a retirada dos fuzileiros, e agora olhou impressionado para a garota ao lado de Sharpe. — Tenente?

Mas não havia tempo para explanações; não havia tempo para nada além de uma fuga para leste, para longe da segurança do mar, e de volta para os mistérios guardados no cofre de Blas Vivar. O pato selvagem estava salvo.

CAPÍTULO X

Viajaram durante a noite inteira, subindo cada vez mais alto e sempre contra um vento que trazia o frio da neve que jazia nos cumes das colinas. Depois da meia-noite Sharpe avistou o brilho distante do oceano ocidental. Bem mais perto, e abaixo dele no emaranhado escuro das terras baixas, luzes de fogueiras denunciavam acampamentos de soldados.

— Os franceses — disse Vivar em voz baixa.

— Que acreditavam que eu estava escoltando você para o sul — disse Sharpe, acusador.

— Depois! Depois! — retrucou Vivar, assim como fizera com todos os outros convites de Sharpe a uma explicação para o comportamento do espanhol.

Atrás de Vivar, os fuzileiros, curvados sob suas mochilas pesadas, marchavam penosamente pela trilha da colina. Os *cazadores* puxavam seus cavalos para conservar a força dos animais para a jornada longa que os esperava. Apenas os feridos tinham permissão para cavalgar. Até Louisa Parker recebera ordem de caminhar. Vivar, vendo a garota passar, fechou uma carranca para Sharpe.

— Deixo você sozinho por dois dias e arruma uma garota inglesa?

Sharpe ouviu a hostilidade na voz do espanhol e escolheu responder com cautela.

— Ela fugiu da tia e do tio.

Vivar cuspiu na direção das luzes distantes.

— Ouvi falar deles! Os Parker, certo? Eles se autodenominam missionários, mas para mim são espiões ingleses. Disseram-me que o bispo ia expulsá-los de Santiago de Compostela, mas vejo que os franceses já nos fizeram esse favor. Por que ela fugiu?

— Acho que gosta de emoções fortes.

— Podemos prover isso — disse Vivar, amargo. — Mas nunca considerei que soldados fossem companhia adequada para uma jovem, mesmo uma protestante.

— Quer que eu a execute? — sugeriu Sharpe, ácido.

Vivar virou-se de volta para a trilha.

— Tenente, eu mesmo atirarei na moça se ela causar dificuldades. Temos nossa missão, e é uma missão que não devemos colocar em risco.

— Que missão?

— Depois! Depois!

Subiram mais alto, deixando o abrigo das árvores para emergir numa ladeira de grama rala e rochas traiçoeiras açoitada pelo vento. A noite estava escura, mas os soldados de cavalaria conheciam a trilha. Cruzaram um vale alto, chapinharam através de um córrego, e então escalaram de novo.

— Estou indo para um lugar remoto — disse Vivar. — Algum lugar onde os franceses não nos perturbem. — Ele caminhou em silêncio por alguns passos. — E então, você conheceu o Tomás?

Sharpe sentiu que tinha sido necessário um grande esforço da parte de Vivar para fazer a pergunta soar casual. Ele tentou responder no mesmo tom.

— Esse é o nome do seu irmão?

— Se ele for meu irmão. Não posso considerar um traidor como irmão. — A vergonha e a amargura de Vivar agora estavam evidentes. Ele vinha evitando falar sobre o conde de Mouromorto, mas agora não tinha mais como fugir ao assunto. Sharpe conhecera o conde, e uma explicação devia ser oferecida. Vivar obviamente decidira que este momento, em meio à escuridão fria, era o certo. — Como ele lhe pareceu?

— Zangado — disse Sharpe, inadequadamente.

— Zangado? Ele devia estar envergonhado. Ele acredita que a única esperança da Espanha reside numa aliança com a França. Estavam contornando uma ribanceira alta, e Vivar precisava gritar acima do uivo do vento. — Chamamos homens como ele de afrancesados. Eles acreditam nas ideias francesas, mas na verdade são traidores pagãos. Tomás sempre foi seduzido por noções do norte, mas essas coisas não trazem felicidade, tenente, apenas um grande descontentamento. Se pudesse, ele cortaria fora o coração da Espanha e colocaria em seu lugar uma enciclopédia francesa. Ele esqueceria Deus e entronizaria razão, virtude, igualdade, liberdade e todos os outros absurdos que fazem os homens esquecerem que o pão duplicou de preço e a única coisa abundante são as lágrimas.

— Você não acredita na razão? — Sharpe permitiu que a conversa se desviasse do tema doloroso da lealdade do conde de Mouromorto.

— Razão é a matemática do pensamento, nada mais que isso. Você não pode viver sob disciplinas tão estéreis. A matemática não pode explicar Deus, e a razão também não, e acredito em Deus! Sem Ele nós não somos nada mais que perversão. Mas me esqueci: você não acredita.

— Não — disse Sharpe.

— Mas essa descrença é melhor que o orgulho de Tomás. Ele pensa que é maior que Deus, mas antes que este ano chegue ao fim, tenente, irei enviá-lo para a justiça divina.

— Os franceses não podem querer o contrário?

— Não dou a mínima para o que os franceses pensam. Só me importo com a vitória. Foi por isso que resgatei você. E é por isso que estamos viajando na escuridão.

Vivar não explicaria mais nada, porque precisava de todas as suas energias para estimular os homens exaustos a subir mais e mais. Louisa Parker, extenuada, foi colocada sobre o lombo de um cavalo. E a trilha continuava subindo.

Ao amanhecer, debaixo de um céu claro no qual a estrela matutina era um pontilho desvanecendo sobre a terra gelada, Sharpe viu que eles haviam viajado até uma fortaleza construída num cume de montanha.

Não era um forte moderno, construído rebaixado atrás de muros de terra inclinados que ricocheteariam as balas de canhão sobre fossos e revelins, mas uma fortaleza alta de ameaça antiga e soturna. Não era um lugar gracioso. Esta não era a casa de um lorde majestoso, mas uma fortaleza erguida para defender uma terra até o fim dos tempos.

O forte estivera vazio durante uma centena de anos. Era distante e alto demais para ser abastecido com facilidade, e a Espanha não precisara de lugares assim. Mas agora, num alvorecer gélido, Blas Vivar conduziu *cazadores* cansados sob o arco grosso e coberto com ervas para um pátio calçado com paralelepípedos. Alguns de seus homens, comandados por um sargento, tinham guarnecido a velha fortaleza enquanto o major estava afastado, e o cheiro de comida em suas fogueiras foi uma boa notícia depois dos tormentos daquela noite. Não havia muitas outras boas notícias: as muralhas estavam cobertas com mato, a torre era um lar para corvos e morcegos, o porão estava inundado. Contudo, o deleite de Vivar, enquanto conduzia Sharpe ao largo da muralha, era contagiante.

— O primeiro Vivar construiu este lugar quase mil anos atrás! Era nosso lar, tenente. Nossa bandeira adejava daquela torre e os mouros jamais a tomaram.

Vivar conduziu Sharpe até o bastião norte que, como o ninho de alguma imensa ave de rapina, projetava-se sobre o espaço imensurável. O vale, que jazia bem longe a seus pés, era um borrão de rios e estradas congeladas. Dali, durante séculos, homens com capacetes de metal haviam mantido vigília em busca de reflexos do sol em longínquos escudos pagãos. Vivar apontou para uma fenda profunda nas montanhas nevadas do norte.

— Está vendo aquela passagem? Um conde de Mouromorto certa vez guardou aquela estrada durante três dias contra uma horda muçulmana. Ele encheu o inferno com suas almas miseráveis. Dizem que ainda é possível encontrar pontas de flechas enferrujadas e pedaços de suas malhas nas rachaduras desse lugar.

Sharpe virou-se para olhar para a torre alta.

— O castelo agora pertence ao seu irmão?

A pergunta foi uma aguilhoada no orgulho de Vivar.

— Ele desgraçou o nome da família. E meu dever é limpar o nome Vivar. E com a ajuda de Deus, vou conseguir.

As palavras foram um vislumbre para uma alma orgulhosa, um indício da ambição que movia o espanhol, mas Sharpe pretendera provocar uma outra reação; uma que ele agora procurou diretamente.

— Seu irmão não vai saber que você está aqui?

— Ah, claro. Mas os franceses precisariam de dez mil homens para cercar esta colina, e outros cinco mil para assaltar a fortaleza. Eles não virão. Estão apenas começando a descobrir que problemas a vitória lhes trará.

— Problemas? — perguntou Sharpe.

Vivar sorriu.

— Tenente, os franceses estão aprendendo que na Espanha grandes exércitos passam fome, e pequenos exércitos são derrotados. A única forma de vencer aqui é fazendo o povo alimentar você, e o povo está aprendendo a odiar os franceses. — Ele conduziu Sharpe muralha abaixo. — Pense na posição francesa! O marechal Soult perseguiu o seu Exército para noroeste, para onde? Para lugar nenhum! Está preso nas montanhas, e em torno dele não existe nada além de neve, estradas ruins e plebeus vingativos. Ele próprio precisa achar sua comida, e no inverno, na Galícia, é impossível achar alguma coisa quando as pessoas querem esconder essa coisa. Não, ele está desesperado. Seus mensageiros já estão sendo mortos, suas patrulhas emboscadas, e até agora apenas um punhado de pessoas está resistindo a ele! Quando todo o interior se levantar contra ele, sua vida será um tormento de sangue.

Era uma profecia assustadora e pronunciada com tanta verve que Sharpe foi convencido. Lembrou de como de l'Eclin expressara com franqueza seu medo da noite; seus medos de facas de camponeses na escuridão.

Vivar virou-se novamente para olhar para a fissura nas montanhas onde seu ancestral destroçara um Exército muçulmano.

— Algumas pessoas já estão lutando. Outras estão assustadas. Elas veem os franceses vitoriosos, e se sentem abandonadas por Deus. Essas pessoas precisam de um sinal. Elas precisam, se você preferir, de um milagre. Essas pessoas são camponesas. Elas não conhecem a razão, mas conhecem sua Igreja e sua terra.

Sharpe sentiu um arrepio na pele; não um arrepio de frio ou de medo, mas de apreensão quanto a alguma coisa que estava além de sua imaginação.

— Um milagre?

— Depois, meu amigo, depois! — Vivar riu do mistério que ele provocara propositalmente, e então desceu a escadaria até o pátio. Sua voz estava subitamente alegre e travessa. — Você ainda não me agradeceu por tê-lo resgatado!

— Me resgatado! Bom Deus! Eu estava prestes a destruir aqueles bastardos, mas então você se intrometeu! — Sharpe seguiu-o escada abaixo. — Você não se desculpou por ter mentido para mim.

— Nem pretendo. Por outro lado, eu o perdoo por ter perdido sua paciência comigo da última vez que nos encontramos. Eu lhe disse que você não duraria um dia sem mim!

— Se você não tivesse mandado aqueles malditos franceses atrás de mim, a esta altura eu estaria a meio caminho do Porto!

— Mas tive um motivo para mandá-los atrás de você! — Vivar alcançara o sopé dos degraus da muralha, onde esperou por Sharpe. — Eu queria tirar os franceses de Santiago de Compostela. Achei que se eles perseguissem você eu poderia entrar na cidade depois que tivessem partido. Assim, espalhei o rumor, e ele foi tomado como verdade, mas de qualquer maneira a cidade já estava guarnecida. Assim! — Ele deu de ombros.

— Em outras palavras, você não pode ganhar uma guerra sem mim.

— Pense no quanto você ficaria entediado se tivesse ido para Lisboa! Sem franceses para matar, sem Blas Vivar para admirar! — Vivar entrelaçou o braço de Sharpe no seu ao modo íntimo dos espanhóis. — Com toda seriedade, tenente, eu lhe peço perdão por meu comportamento. Posso justificar minhas mentiras, mas não os meus insultos. Por eles, peço desculpas.

Sharpe ficou instantaneamente embaraçado.

— Também me comportei mal. Sinto muito. — Então Sharpe lembrou de outro dever. — E obrigado por nos ter resgatado. Teríamos morrido sem vocês.

Vivar recobrou seu entusiasmo.

— Agora preciso providenciar outro milagre. Precisamos trabalhar, tenente! Trabalho! Trabalho! Trabalho!

— Um milagre?

Vivar afrouxou o braço para poder fitar Sharpe.

— Meu amigo, eu lhe contarei tudo, se puder. Até lhe contarei esta noite depois do jantar, se puder, mas alguns homens estão vindo para cá, e preciso da permissão deles para revelar o que há no cofre. Você confiará em mim até que eu tenha falado com esses homens?

Sharpe não tinha escolha.

— Mas é claro.

— Então devemos trabalhar. — Vivar bateu palmas para chamar a atenção de seus soldados. — Trabalho! Trabalho! Trabalho!

Tudo de que os homens de Vivar necessitavam tinha de ser carregado montanha acima. Os cavalos dos soldados foram carregados com lenha, combustível e forragem. Os alimentos vieram de vilarejos nas montanhas, muitas vezes transportados quilômetros a fio nas costas de mulas ou homens. O major enviara por toda a terra que fora domínio de seu pai a notícia de que necessitava de suprimentos, e Sharpe presenciou estupefato a resposta ao seu apelo.

— Meu irmão ordenou a esta gente que não fizesse nada que pudesse prejudicar os franceses — disse Vivar com satisfação amarga. — Rá!

Durante o dia inteiro suprimentos chegaram ao castelo. Havia jarras de grãos e leguminosas, caixas de queijo, redes de pão, odres de vinho. Havia feno para os cavalos. Pela trilha íngreme foram trazidos pacotes de lã, assim como feixes de gravetos para fogueiras. Para limpar o local, foram improvisadas vassouras feitas de mato e gravetos. Cobertores de selas foram transformados em cortinas e tapetes, enquanto fogueiras entranhavam calor nas pedras frias das paredes.

Os homens pelos quais Vivar esperava chegaram ao meio-dia. Um toque de clarim anunciou a aproximação dos visitantes, e esse som atiçou uma grande celebração. Alguns dos *cazadores* desceram a trilha íngreme para escoltar os dois homens para a fortaleza. Os recém-chegados eram padres.

Sharpe assistiu sua chegada da janela do quarto de Louisa Parker. Ele fora até lá para descobrir por que ela fugira de sua família. Louisa dormira a manhã inteira e agora parecia completamente recuperada do esforço da noite anterior. Ela olhou por sobre o ombro de Sharpe para os padres apeando das montarias e estremeceu exageradamente, fingindo horror.

— Jamais conseguirei me livrar do sentimento de que há alguma coisa muito sinistra nos sacerdotes romanos. Minha tia está convencida de que eles têm chifres e rabos. — Ela observou os padres avançarem através de uma guarda de honra até onde Blas Vivar aguardava para saudá-los. — Acho que eles têm mesmo chifres, rabos e cascos fendidos. Você não concorda?

Sharpe deu as costas para a janela. Sentia-se embaraçado.

— Você não devia estar aqui.

— Você está tão amargo! — disse Louisa, olhos arregalados.

— Sinto muito. — Sharpe falara com mais brusquidão do que planejara. — É só que... — Sua voz morreu na garganta.

— Você acha que minha presença pode perturbar os seus soldados?

Sharpe não queria dizer que Blas Vivar já estava perturbado com o ato impulsivo de Louisa.

— Não é um lugar adequado para você — preferiu dizer. — Você não está acostumada a este tipo de coisa. — Mostrou com um gesto o quarto ao seu redor, como se para demonstrar suas deficiências, embora na verdade os *cazadores* de Vivar tivessem feito tudo ao seu alcance para oferecer conforto à garota estrangeira. Seu quarto, ainda que pequeno, dispunha de uma lareira na qual cepos ardiam. Havia uma cama improvisada com cobertores de sela escarlates. Louisa não tinha outros pertences, nem mesmo uma muda de roupas.

Ela pareceu desalentada pelo tom rígido de Sharpe.

— Sinto muito, tenente.

— Não — Sharpe tentou recusar o pedido de desculpas, embora ele o houvesse provocado.

— Minha presença o constrange?

Sharpe virou-se novamente para a janela e observou os *cazadores* reunirem-se em torno dos dois padres. Alguns dos seus fuzileiros olharam--no com curiosidade.

— Gostaria que eu voltasse para os franceses? — perguntou Louisa, ácida.

— É claro que não.

— Achei que gostaria.

— Não seja estúpida, diabos! — Sharpe virou-se violentamente para ela e sentiu-se instantaneamente envergonhado. Não queria que Louisa soubesse o quanto estava feliz por ela ter fugido dos tios e, em seu esforço para disfarçar a alegria, permitiu-se um tom excessivamente rude. — Desculpe-me, senhorita.

Louisa estava igualmente contrita.

— Não, eu é que peço desculpas.

— Eu não devia ter praguejado.

— Não consigo imaginá-lo deixando de praguejar, nem mesmo por mim. — Louisa transpareceu um pouco de seu antigo jeito traquinas num leve sorriso, o que deixou Sharpe feliz e aliviado.

— Só que seus tios vão ficar muito preocupados com você. E provavelmente vamos lutar de novo, e um combate não é lugar para uma mulher.

Por um momento Louisa não disse nada, e então deu de ombros.

— Sabe o francês, o de l'Eclin? Ele me ofendeu. Acho que ele me via como um butim, um espólio de guerra.

— Ele foi ofensivo?

— Creio que ele achou que estava sendo muito galante. — Louisa, vestida com a saia azul e o casaco que usara na carruagem, começou a caminhar de um lado para outro no quartinho. — Eu ofenderia você se lhe dissesse que prefiro sua proteção à dele?

— Isso apenas me lisonjeia, senhorita. — Sharpe sentiu-se atraído para sua conspiração. Ele viera aqui para alertar Louisa que Blas Vivar desaprovava sua presença e dizer a ela para evitar o espanhol tanto quanto possível. Em vez disso, ele sentia a atração de sua vivacidade.

— Eu me senti tentada a permanecer com os franceses — confessou Louisa —, não devido aos encantos intrínsecos do coronel, mas porque o povo de Godalming enlouqueceria ao ouvir minhas aventuras com o Exército do ogro corso, não acha? Talvez fôssemos levados para Paris e obrigados a desfilar diante do povo, como os romanos fizeram com os antigos bretões.

— Duvido — disse Sharpe.

— Eu também. Em vez disso, profetizei um período muito tedioso no qual seria forçada a ouvir as queixas intermináveis de minha tia sobre a guerra, as bíblias perdidas, seus desconfortos, a culinária francesa, os problemas dela, a timidez do marido, o clima, os pés inchados dela... Você quer que eu continue?

Sharpe sorriu.

— Não.

Louisa enrolou com os dedos seus cachos pretos, e então deu de ombros.

— Tenente, vim por causa de um capricho. Porque se eu estiver presa numa guerra, então prefiro estar presa com o meu próprio lado do que com o inimigo.

— Creio que os temores do major Vivar serão um estorvo para nós, senhorita.

— Oh — exprimiu Louisa, fingindo preocupação, e então caminhou até a janela e olhou para o espanhol que ainda estava conversando com os dois padres. — O major Vivar não gosta de mulheres?

— Acho que gosta.

— Ele apenas acha que elas atrapalham?

— Com seu perdão, senhorita, numa batalha, mulheres realmente atrapalham.

Louisa escarneceu de Sharpe com um sorriso depreciativo.

— Prometo que não irei atrapalhá-lo enquanto estiver lutando, tenente. E sinto muito se lhe causei uma inconveniência. Agora pode me dizer por que estamos aqui e o que planeja fazer. Se não souber exatamente o que está acontecendo, como vou evitar atrapalhar vocês?

— Não sei o que está acontecendo, senhorita.

Louisa fez uma careta.

— Isso significa que não confia em mim?

— Isso significa que não sei. — Sharpe contou-lhe sobre o cofre, a dissimulação de Vivar, e a longa jornada durante a qual tinham sido perseguidos pelos dragões franceses. — Tudo que sei é que o major quer levar o cofre para Santiago, mas não sei por que nem o que há nele.

Louisa ficou deliciada com o mistério.

— Mas vai descobrir?

— Espero que sim.

— Eu deveria perguntar diretamente ao major Vivar!

— Não, senhorita, não creio que deva.

— Claro que não. O espanhol papista não vai querer que eu interfira em sua aventura.

— Senhorita, não é uma aventura; é uma guerra.

— Sr. Sharpe, guerra é o momento em que nos soltamos das amarras da convenção, não acha? Eu acho. E elas são amarras muito apertadas, especialmente em Godalming. E insisto em saber o que o major Vivar esconde em seu cofre! Acha que são joias?

— Não, senhorita.

— A coroa da Espanha! O cetro e o orbe! É claro que é, Sr. Sharpe. Napoleão quer colocar a coroa em sua cabeça, e seu amigo está lhe negando isso! Não percebe? Estamos transportando os emblemas de poder de uma dinastia para um lugar seguro! — Bateu palmas com deleite. — Devo insistir em ver esses tesouros. O major Vivar vai revelar tudo a você, não vai?

— Ele disse que deve me contar depois do jantar. Acho que isso depende daqueles padres.

— Nesse caso acho que jamais saberemos. Mas posso jantar com vocês?

O pedido embaraçou Sharpe, porque duvidava que Vivar quisesse a presença de Louisa, mas não conseguia imaginar uma forma delicada de dizer à garota que ela estava sendo insistente demais.

— Não sei — disse hesitante.

— É claro que posso jantar com você! Não quer que eu morra de fome, quer? Esta noite, Sr. Sharpe, veremos as joias de um império! — Louisa estava encantada com a ideia. — Se ao menos o Sr. Bufford pudesse me ver agora!

Sharpe recordou que o Sr. Bufford era o metodista fabricante de tinta que esperava casar-se com Louisa.

— Ele provavelmente rezaria por você.

— Com muita devoção! — Ela riu. — Mas é cruel escarnecer dele, Sr. Sharpe, especialmente enquanto postergo o momento em que aceitarei sua mão. — O confronto com a realidade fez o entusiasmo evaporar de seu rosto. — Presumo que depois de desvendar o mistério, você irá para Lisboa?

— Se houver uma guarnição lá, sim.

— E terei de ir com você. — Ela suspirou, como uma criança faria ao pensar no fim de uma brincadeira que ainda nem começara. Então seu rosto se iluminou, revertendo para uma expressão de prazer traquinas. — Mas pedirá permissão ao major Vivar para que eu jante com os cavalheiros? Prometo me comportar!

Para a surpresa de Sharpe, Blas Vivar não ficou nem um pouco desconcertado com o pedido de Louisa.

— Claro que ela jantará conosco.

— Ela está muito curiosa com o cofre — alertou Sharpe.

— Naturalmente. Você não está?

Portanto Louisa estava presente naquela noite quando Sharpe finalmente descobriu por que Blas Vivar mentira para ele, por que os *cazadores* tinham cavalgado para resgatá-lo e por que o major espanhol viajara tão obsessivamente para oeste através do caos de inverno e derrota.

Naquela noite Sharpe também sentiu-se atraído ainda mais profundamente para um mundo de mistério e estranheza; um mundo onde *estadea* flutuava como chamas na noite e espíritos habitavam córregos — o mundo de Blas Vivar.

Sharpe, Louisa, Vivar e o tenente Davila jantaram num quarto pontuado por pilares grossos que sustentavam um teto cupulado. Com eles estavam os dois padres. Uma fogueira foi acesa, cobertores espalhados no chão, e pratos de milho, feijão, peixe e carneiro foram servidos. Um dos padres, padre Borellas, era um homem baixo e gorducho que falava num inglês passável e parecia gostar de praticá-lo com Sharpe e Louisa. Borellas contou a eles que tinha uma paróquia em Santiago de Compostela: uma paróquia pequena e muito pobre. Servindo vinho a Sharpe e sempre preocupado em não permitir que o inglês ficasse de prato vazio, Borellas parecia exagerado em sua humildade. O outro padre, ele explicou, era um homem em ascensão, um verdadeiro *hidalgo*, e um futuro príncipe da Igreja.

O outro padre era o sacristão da catedral de Santiago, um cônego e um homem que, desde o começo, deixou claro que não gostava do tenente Richard Sharpe, nem confiava nele. Se padre Alzaga falava inglês, não traiu essa habilidade a Sharpe. Alzaga mal reconheceu a presença do inglês, atendo-se a conversar com Blas Vivar que ele talvez visse como seu equivalente social. Sua hostilidade era patente, e tão abundante que Borellas sentiu-se na obrigação de explicá-la.

— Ele não morre de amores pelos ingleses.

— Esse é o caso da maioria dos espanhóis — comentou secamente Louisa, que devido à atmosfera hostil na sala, estava anormalmente contida.

— Vocês são hereges, e seu Exército fugiu — disse o padre à guisa de desculpas. — Política, política. Não entendo nada de política, tenente. Sou apenas um padre humilde.

Mas Borellas era um padre humilde cujo conhecimento dos becos e pátios de Santiago de Compostela salvara o sacristão dos franceses. Ele contou a Sharpe como haviam se escondido no quintal de um caiador enquanto os soldados de cavalaria revistavam as casas.

— Eles atiraram em muita gente. — Ele se benzeu. — Se um homem tivesse uma espingarda de caça, eles diziam que era um inimigo. Bum! Se alguém protestava contra a matança, bum! — Borellas amassou um pedaço de pão duro. — Não pensei que viveria para ver um exército inimigo em solo espanhol. Estamos no século XIX, não no XII!

Sharpe olhou para o carrancudo Alzaga, que claramente não esperava ver soldados ingleses protestantes em solo espanhol, e não estava gostando nem um pouco disso.

— O que é um sacristão?

— Ele é o tesoureiro da catedral. Não um mero escriturário, mas um tesoureiro. — Borellas não queria que Sharpe subestimasse o padre alto. — Ele é o homem responsável pelos tesouros da catedral. Não é por isso que está aqui, mas porque é um clérigo muito importante. *Don* Blas teria preferido que o bispo viesse, mas o bispo não fala comigo e o homem mais importante que pude encontrar foi o padre Alzaga. Ele odeia os franceses, sabe? — Ele estremeceu quando a voz do sacristão se levantou em raiva e, como se para acobertar seu constrangimento, ofereceu a Sharpe mais peixe seco e iniciou uma longa explanação dos tipos de peixe capturados na costa da Galícia.

Mas nenhuma discussão sobre peixes poderia ocultar o fato de que Vivar e Alzaga estavam envolvidos numa altercação amarga; cada homem profundamente entrincheirado em visões opostas que, de forma igualmente clara, envolviam o próprio Sharpe. Vivar, tentando provar um ponto de vista, gesticulou na direção do fuzileiro. Alzaga, refutando o argumento, pareceu rosnar na direção dele. O tenente Davila concentrou-se em sua comida, evidentemente não querendo fazer parte da discussão feroz enquanto o padre Borellas, abandonando suas tentativas de distrair a atenção de Sharpe, relutantemente concordou em explicar o que estava sendo dito.

— O padre Alzaga quer que *don* Blas use os soldados espanhóis.
— Ele falou baixo para que o outro não o ouvisse.
— Soldados espanhóis para fazer o quê?
— Essa explicação cabe a *don* Blas. — O padre Borellas escutou por mais um momento. — *Don* Blas está dizendo que encontrar a infantaria espanhola significará persuadir um capitão-mor, e todos os capitães-mores estão escondidos. Além disso, um capitão-mor, irá hesitar, ou dizer que precisa da permissão da Junta Galega, e a Junta fugiu de La Coruña. Então, em vez dela, o capitão-mor terá de consultar a Junta Central em Sevilha. Talvez num prazo de um a dois meses o capitão-mor diga que há disponibilidade de soldados, mas então insistirá que um de seus oficiais prediletos seja colocado no comando da expedição. *Don* Blas acrescentou que a essa altura provavelmente já será tarde demais. — O padre Borellas encolheu os ombros. — Acho que *don* Blas tem razão.
— Tarde demais para o quê?
— Essa explicação cabe a *don* Blas.
Vivar estava falando duramente, golpeando a mão com gestos ferozes que pareceram emudecer a oposição do padre. Quando ele terminou, Alzaga pareceu ceder relutantemente em alguma parte da discussão, e a concessão fez Blas Vivar virar-se para Sharpe.
— Você se importaria em descrever sua carreira no Exército, tenente?
— Minha carreira?
— Bem devagar. Um de nós traduzirá.
Sharpe, embaraçado com o pedido, deu de ombros.
— Eu nasci...
— Não essa parte, acho — apressou-se em dizer Vivar. — Sua história de combatente. Onde foi sua primeira batalha, tenente?
— Em Flandres.
— Comece por aí.
Durante dez minutos desconfortáveis Sharpe descreveu sua carreira em termos das batalhas que travara. Ele falou primeiro de Flandres, onde

fora um dos dez mil desafortunados do duque de York. Em seguida, com mais confiança, falou sobre a Índia. A sala com seus pilares, iluminada pelas chamas de pinho na lareira, parecia um lugar estranho para falar de Seringapatam, Assaye, Argaum e Gawilghur. Ainda assim, os outros ouviram ávidos, e até Alzaga pareceu intrigado com as histórias traduzidas de batalhas em lugares distantes em planícies áridas. Louisa, olhos reluzindo, acompanhou a história com atenção.

Quando Sharpe terminou sua descrição do ataque selvagem às muralhas de Gawilghur, ninguém falou durante alguns segundos. O fogo crepitava. Alzaga, em sua voz rouca, quebrou o silêncio e Vivar traduziu.

— Segundo o padre Alzaga, há boatos de que o sultão Tipu fez um tigre mecânico desferir patadas num soldado inglês até a morte.

Sharpe fitou os olhos do padre.

— Era um modelo em tamanho natural.

Vivar traduziu novamente.

— Ele gostaria muito de ter visto esse modelo.

— Creio que está em Londres agora — disse Sharpe.

O padre deve ter reconhecido o desafio nessas palavras, porque disse alguma coisa que Vivar não interpretou.

— O que ele disse? — perguntou Sharpe.

— Nada de mais — disse Vivar, um tanto constrangido. — Depois da Índia, onde você lutou, tenente?

— O padre Alzaga disse que esta noite rezará pela alma do sultão Tipu, porque o sultão Tipu matou muitos ingleses — traduziu Louisa, estarrecendo os presentes com uma voz firme e com um conhecimento de espanhol que ela ocultara até este momento.

Até agora Sharpe estivera embaraçado ao descrever sua carreira, mas o escárnio do padre feriu seu orgulho de soldado.

— E eu matei o sultão Tipu.

— Você matou? — A voz do padre Borellas estava aguda com descrença.

— No túnel da comporta em Seringapatam.

— Ele não tinha um guarda-costas? — perguntou Vivar.

— Seis homens — disse Sharpe. — Ele escolhia guerreiros como guarda-costas. — Sharpe olhou de rosto para rosto, sabendo que não precisava falar mais nada. Alzaga exigiu uma tradução e grunhiu ao ouvi-la.

Vivar, que estava apreciando imensamente o desempenho de Sharpe, sorriu para ele.

— E onde lutou depois da Índia, tenente? Esteve em Portugal no ano passado?

Sharpe descreveu os campos de batalha portugueses de Roliça e Vimeiro, onde, antes de ser convocado de volta para a Inglaterra, *sir* Arthur Wellesley trucidara os franceses.

— Eu era apenas um intendente, mas vi alguma luta — disse Sharpe.

Mais uma vez houve silêncio, e Sharpe, observando o padre hostil, sentiu que passara em algum tipo de teste. Alzaga falou com rancor, e as palavras fizeram Vivar sorrir de novo.

— Tenente, deve entender que necessito da bênção da Igreja para o que tenho a fazer. Se você quiser me ajudar, a Igreja terá de aprová-lo. A Igreja preferiria que eu usasse soldados espanhóis, mas isso não é possível. Portanto, com alguma relutância, o padre Alzaga aceita que sua experiência de batalha será de alguma ajuda.

— Mas o que...

— Depois. — Vivar levantou uma das mãos. — Primeiro, me diga o que sabe de Santiago de Compostela.

— Apenas o que você me contou.

E então Vivar descreveu como, mil anos antes, pastores viram uma miríade de estrelas brilhando numa névoa acima da colina na qual agora se erguia a cidade. Os pastores reportaram sua visão a Teodomiro, bispo de Iria Flavia, que reconheceu-a como um sinal do céu. Teodomiro ordenou que a colina fosse escavada e, em suas entranhas, foi achada a tumba há muito perdida de São Tiago, que entre os ingleses é conhecido como São James. Desde então a cidade tem sido chamada de Santiago de Compostela — ou seja, "São James do Campo de Estrelas".

Havia na voz de Vivar alguma coisa que provocou um arrepio em Sharpe. As chamas da lareira projetavam sombras coleantes nos pilares. Em algum lugar na muralha uma sentinela caminhava, as pisadas de suas botas ecoando na noite. Até Louisa pareceu respeitar o tom na voz do espanhol.

Um santuário fora erguido sobre a tumba há muito perdida e, embora os Exércitos muçulmanos tivessem capturado a cidade e destruído a primeira catedral, a tumba propriamente dita fora poupada. Uma nova catedral havia sido construída onde os pagãos foram repelidos, e a cidade do campo de estrelas tornou-se um destino para peregrinos, suplantado apenas por Roma. Vivar olhou para Sharpe e perguntou:

— Tenente, você sabe quem é São Tiago?

— Você me disse que ele foi um apóstolo.

— Ele é muito mais que isso. — Vivar falou num tom macio, reverente, que eriçou os pelos do braço de Sharpe. — Ele é São Tiago, irmão de São João Evangelista. São Tiago, o santo padroeiro da Espanha. São Tiago, Filho do Trovão. São Tiago, o Grande. Santiago. — Sua voz estivera aumentando em volume, e agora crescera para encher o teto arqueado com o último, e mais ressonante, de todos os títulos do santo: — Santiago Matamoros!

— Matamoros? — gaguejou Sharpe.

— O matador de mouros. O exterminador dos inimigos da Espanha. — De Vivar, isso soou como um desafio.

Sharpe esperou. Não havia qualquer som no cômodo exceto o crepitar do fogo e os passos na muralha. Davila e Borellas baixaram os olhos para seus pratos vazios, como se qualquer movimento ou fala pudessem macular o momento.

Foi Alzaga quem quebrou o silêncio. O sacristão esboçou algum protesto que Vivar interrompeu com rapidez e rudeza. Os dois homens discutiram durante um momento, mas logo ficou claro que Vivar fora o vitorioso da noite. Como se sinalizando seu triunfo, Vivar levantou-se e caminhou até um arco escuro.

— Venha, tenente.

Do outro lado do arco ficava a velha capela da fortaleza. Em seu altar de pedra havia uma cruz de madeira simples de pé entre duas velas.

Louisa caminhou até o arco para ver a revelação do mistério, mas Vivar disse que só permitiria que ela entrasse na capela depois de cobrir a cabeça. Louisa prontamente cobriu seus cachos negros com um xale.

Sharpe passou por Louisa e olhou para o objeto que jazia diante do altar, o objeto que já sabia que estaria aqui: o coração do mistério, a isca que atraíra os dragões franceses através de uma terra congelada e o tesouro para cuja proteção o próprio Sharpe fora arregimentado e trazido a esta fortaleza nas nuvens.

O cofre.

CAPÍTULO XI

Vivar manteve-se de pé a um lado para que Sharpe pudesse aproximar-se dos degraus do altar. O espanhol apontou com a cabeça para o cofre.

— Abra — disse num tom seco e natural que fazia parecer que jamais fizera mistério sobre o conteúdo do cofre.

Sharpe hesitou. Não por medo, mas por uma sensação de que deveria prestar alguma cerimônia neste momento. Ouviu os padres entrarem na capela às suas costas enquanto Louisa parava ao lado de Vivar. O rosto da garota estampava uma expressão solene.

— Prossiga — urgiu Vivar.

O pano oleado já fora cortado e retirado do cofre, e os cadeados removidos dos dois ferrolhos. Sharpe curvou-se para levantar os ferrolhos, sentiu a resistência das dobradiças antigas, e olhou para Vivar como se para receber suas bênçãos.

— Continue, tenente — disse Vivar. O padre Alzaga emitiu um último protesto, mas Vivar calou-o com um gesto e assegurou a Sharpe: — É justo que saiba o que quero de você. Não duvido que você considerará minha missão um absurdo, mas há coisas que vocês na Inglaterra consideram sagradas que eu tomaria como estúpidas.

A bainha de metal de Sharpe arranhou no soalho de pedra da capela enquanto ele se ajoelhava. Sharpe não assumiu essa posição em reverência, mas porque ajoelhado exploraria com mais facilidade o interior do cofre. Ele empurrou a tampa pesada e estremeceu quando as dobradiças grandes rangeram.

Dentro havia outra caixa. Esta era feita de um couro que parecia tão velho quanto a madeira que a envolvia. O couro fora vermelho, mas agora estava tão desbotado e puído que tinha cor de sangue ressecado. A caixa era bem menor que o cofre: apenas 45 centímetros de comprimento, 30 centímetros de profundidade e 30 centímetros de largura. Gravada em sua tampa havia um emblema que um dia fora folheado a ouro, mas agora restavam apenas alguns fiapos dourados. O emblema era uma moldura intrincada cercando uma espada de lâmina grossa e curvada.

— São Tiago foi morto pela espada, e ela ainda é seu símbolo — disse Vivar em voz baixa.

Sharpe retirou a caixa de couro do cofre, levantou, e colocou-a no altar.

— São Tiago foi morto aqui?

A explicação foi proferida num tom levemente relutante:

— Ele trouxe o cristianismo para a Espanha, mas então retornou para a Terra Santa onde foi martirizado. Depois seu corpo foi posto num navio sem remos ou velas, nem mesmo tripulação, mas que o conduziu em segurança de volta até a costa da Galícia, onde desejava ser sepultado. — Vivar calou-se por um instante. — Eu disse que você acharia isto um absurdo, tenente.

— Não. — Sharpe, emocionado pelo momento, correu os dedos pela argola dourada na tampa da caixa de couro.

— Abra com delicadeza, mas não toque no que encontrar dentro — instruiu Vivar.

Sharpe levantou a argola dourada. A tampa estava dura, tanto que ele achou que iria quebrar a lombada de couro que servia de dobradiça, mas forçou-a para trás até a caixa estar aberta diante dele.

Os dois padres e os dois oficiais espanhóis se benzeram, e Sharpe ouviu a voz grave do padre Alzaga dizer baixinho uma prece. A luz da vela era fraca. Poeira flutuava acima da caixa recém-aberta. Louisa prendeu a respiração e se colocou na ponta dos pés para ver o que havia dentro da caixa de couro.

A caixa de couro era forrada com um finíssimo tecido de seda que Sharpe supôs ter sido púrpura real, mas que estava agora tão desbotado que parecia lilás. Embrulhada no linho estava uma bolsa de tapeçaria bordada com aproximadamente o tamanho do cantil de um fuzileiro. A bolsa era rechonchuda, e sua boca amarrada fortemente por um cordão de ouro. O emblema na tapeçaria era um padrão de espadas e cruzes.

Vivar ofereceu a Sharpe um esboço de sorriso.

— Como pode ver, realmente não são documentos.

— Não. — Também não eram joias de família, nem a coroa da Espanha. Tudo que havia dentro da caixa era uma bolsa de tapeçaria.

Vivar subiu os degraus do altar.

— Há quase trezentos anos, os tesouros do santuário de São Tiago foram escondidos. Sabe por que foram escondidos?

— Não.

— Por causa dos ingleses. O seu Francis Drake fez uma investida nas cercanias de Santiago de Compostela, e temeu-se que ele alcançasse a catedral.

Sharpe não disse nada. A menção de Vivar a Drake fora num tom tão amargo que o melhor que ele podia fazer seria ficar de boca fechada.

Vivar baixou os olhos para o estranho tesouro.

— Tenente, na Inglaterra vocês ainda têm o Tambor de Drake. Você já o viu?

— Não.

A luz da vela fazia o rosto do espanhol parecer esculpido numa pedra muito dura.

— Mas você conhece a lenda do Tambor de Drake.

Sharpe, perfeitamente ciente de que cada pessoa na capela o observava, fez que não com a cabeça.

Louisa interrompeu com uma voz macia:

— A lenda proclama que se a Inglaterra estiver em perigo, deve-se bater no tambor para que Drake se levante de seu túmulo submerso para escorraçar os espanhóis do oceano.

— Só que os espanhóis não são mais o inimigo, não é mesmo? — Ainda havia amargura na voz de Vivar. — O tambor pode ser tocado para proteger a Inglaterra de qualquer inimigo?

Louisa assentiu positivamente.

— Foi o que ouvi dizer — disse ela.

— E também há outra história em seu país. Uma história de que quando a Grã-Bretanha estiver à beira da derrota, o rei Arthur voltará de Avalon para conduzir seus cavaleiros a uma nova batalha.

— Sim — confirmou Louisa. — Assim como no Estado de Hesse se acredita que Carlos Magno e seus cavaleiros estão dormindo em Oldenburg, preparados para despertar quando o Anticristo ameaçar a cristandade.

As palavras de Louisa agradaram Vivar.

— Você está olhando para a mesma coisa, tenente. Está olhando para o gonfalão de São Tiago, o estandarte do seu São James. — Ele deu um passo rápido à frente e se inclinou para a bolsa. Alzaga ensaiou um protesto, que foi solenemente ignorado por Vivar. O *cazador* apertou o cordão de ouro com seus dedos fortes e ásperos; em vez de desatar o nó, simplesmente arrebentou-o. Abriu a bolsa de tapeçaria para que Sharpe visse, dobrado em seu interior, um pedaço de tecido branco poeirento. Sharpe julgou que fosse seda, mas não podia ter muita certeza, já que o material dobrado era tão velho que o simples toque de um dedo poderia reduzi-lo a pó. — Há anos o gonfalão é um tesouro nacional, e a minha família sempre foi sua guardiã. Foi por isso que resgatei o gonfalão antes que os franceses pudessem se apoderar dele. Este estandarte é responsabilidade minha, tenente.

Sharpe sentiu uma pontada de decepção pelo tesouro não ser alguma coroa antiga, nem joias empilhadas para refletir a luz da vela. Contudo, ele não podia negar o fascínio com que aquele farrapo de seda dobrado encheu a capela. Sharpe fitou o tecido, tentando sentir que magia residia abaixo de suas pregas empoeiradas.

Vivar recuou um passo da caixa.

— Tenente, há mil anos pareceu que os muçulmanos iriam tomar toda a Espanha. Da Espanha seus Exércitos teriam rumado para o norte, através dos Pireneus, para atacar todo o mundo cristão. Se isso tivesse acontecido, a heresia muçulmana reinaria na Europa até hoje. Em lugar da cruz haveria uma lua crescente.

Um vento frio, chegando pela janela gradeada mas não envidraçada, tremeluziu as velas. Sharpe se levantou, mas continuou mesmerizado pelo gonfalão enquanto a voz de Vivar narrava a antiga história.

— Tenente, você precisa compreender que embora os mouros tenham conquistado quase toda a Espanha, eles foram detidos naquelas montanhas ao norte. Os mouros estavam determinados a quebrar a nossa resistência aqui e assim vieram aos milhares, enquanto nosso número limitava-se a algumas centenas. Não poderíamos vencer, mas também não poderíamos nos render. Assim, nossos cavaleiros travaram batalhas desiguais uma após a outra. — Vivar estava falando muito baixo agora, mas sua voz prendia a atenção de cada pessoa no aposento. — E perdemos uma batalha depois de outra. Nossas crianças foram feitas escravas, nossas mulheres levadas para os prazeres dos islamitas, e nossos homens, conduzidos a campos de cultivo e galés. Estávamos perdendo, tenente! A luz do cristianismo não passava de uma chama moribunda que precisava enfrentar a luz de um sol poderoso, mas maligno. E então houve uma última batalha.

Blas Vivar fez uma pausa. Numa voz orgulhosa como a própria Espanha, ele narrou como um pequeno grupo de cavaleiros cristãos cavalgou contra um Exército muçulmano. Ele contou tão bem a história que Sharpe quase conseguiu ver os cavaleiros espanhóis baixando suas lanças e tocando suas montarias para um galope debaixo de bandeiras reluzentes como o sol. Espadas colidiram com cimitarras. Homens golpearam e estocaram. Flechas sibilaram de seus arcos e pavilhões caíram na poeira ensanguentada. Guerreiros, entranhas arrancadas de suas barrigas, eram pisoteados por cavalos, e os gritos dos moribundos eram abafados pela trovejada de novos ataques e pelos gritos vitoriosos dos infiéis.

— Os pagãos estavam vencendo, tenente. — Vivar falava como se ele próprio houvesse provado a poeira daquele campo de batalha. — Mas nos estertores finais, no último bruxuleio da chama, um cavaleiro rezou para São Tiago. Foi São Tiago que trouxe a palavra de Cristo para a Espanha; será que agora ele levaria a palavra da Espanha a Cristo? Assim o cavaleiro orou, e o milagre aconteceu!

Sharpe sentiu um arrepio. Fitava há tanto tempo a bolsa de tapeçaria que as sombras na capela pareciam contorcer-se como se ele estivesse cercado por animais selvagens.

— São Tiago apareceu! — A voz de Vivar estava agora alta, triunfante. — Chegou num cavalo branco, empunhando uma espada do aço mais afiado. Com essa espada, tenente, São Tiago abriu caminho através do inimigo como um anjo vingador. Os pagãos morreram aos milhares! Naquele dia enchemos o inferno com suas almas miseráveis. E os detivemos, tenente! Nós os massacramos! Levaria séculos para limpar a Espanha de sua imundície, séculos de batalhas e sítio, mas tudo isso começou naquele dia, quando São Tiago ganhou seu nome Matamoros. — Vivar deu um passo até a caixa e rapidamente tocou a seda dobrada dentro da bolsa aberta. — E este é o estandarte que ele carregava, tenente. Esta é a bandeira de São Tiago, seu gonfalão, que tem estado sob a guarda de minha família desde o dia em que o primeiro conde de Mouromorto rezou para São Tiago descer do céu nos trazendo uma vitória.

Olhando para sua esquerda, Sharpe viu que Louisa parecia em transe. Os padres observavam-no, avaliando que efeito a história surtiria no soldado estrangeiro.

Vivar fechou a caixa de couro e colocou-a cuidadosamente de volta no cofre.

— Existem duas lendas a respeito do gonfalão, tenente. A primeira lenda reza que se ele for tomado pelos inimigos da Espanha, então a própria Espanha será destruída. É por isso que o padre Alzaga não quer sua ajuda. Ele acredita que os ingleses sempre serão nossos inimigos e que a presente aliança é apenas uma conveniência que não durará muito. O padre Alzaga teme que você roube a bandeira do seu São James.

Desconcertado, Sharpe virou-se para o padre alto. Ele não sabia se Alzaga falava inglês, mas tentou assegurar-lhe que não tinha qualquer intento de fazer uma coisa dessas. Sharpe sentiu-se um idiota dizendo isso, e o silêncio carregado de desprezo de Alzaga apenas aumentou seu constrangimento.

Vivar, como o padre, ignorou a declaração de Sharpe.

— A segunda lenda é mais importante, tenente. Ela diz que se a Espanha estiver em perigo, se mais uma vez nosso país estiver sendo invadido por bárbaros, a bandeira deve ser desfraldada diante do altar do santuário de Santiago. Então Matamoros irá se levantar e lutar. Ele trará a vitória. É esse milagre que quero provocar, para que o povo espanhol, a despeito de quantas vidas perca, saiba que São Tiago luta por ele.

As dobradiças rangeram enquanto Vivar fechava a tampa do cofre. O vento subitamente pareceu mais frio e mais ameaçador, entrando pela janela estreita para tremeluzir as chamas das velas.

— O seu irmão quer levar o gonfalão para a França? — perguntou Sharpe, tropeçando nas palavras.

— Sim — respondeu Vivar. — Tomas não acredita na lenda, mas compreende seu poder. O imperador Napoleão pensa da mesma forma. O povo espanhol entrará em desespero se descobrir que o estandarte de São Tiago é mais um troféu em Paris. Tomas compreende isso, assim como compreende que se o estandarte for desfraldado em Santiago, o povo espanhol, o bom povo espanhol, acreditará na vitória. Tenente, não fará diferença se um milhão de franceses cavalgarem por nossas estradas porque, se São Tiago estiver conosco, nenhum imperador francês poderá nos derrotar.

Sharpe se afastou do altar.

— Então o estandarte deve chegar a Santiago de Compostela.

— Sim.

— Que é dominada pelos franceses.

— Exato.

Sharpe hesitou um instante antes de questionar:

— Então você quer minha ajuda para fazer uma incursão na cidade? — Embora aquilo parecesse uma loucura, a atmosfera na capela desnudou a voz de Sharpe de qualquer ceticismo. Ele fitou o cofre enquanto prosseguia. — Nós devemos atravessar as defesas francesas, penetrar na catedral, e resistir por tempo suficiente para que você realize a sua cerimônia? É isso?

— Não. Precisamos de uma vitória, tenente. É preciso que se acredite que São Tiago teve uma vitória! Não poderá ser uma missão feita com pressa e em segredo. Não será apenas uma incursão. Vamos capturar a cidade, e vamos mantê-la por tempo suficiente para que as pessoas saibam que este novo inimigo pode ser humilhado. Vamos conquistar uma grande vitória, pela Espanha!

Sharpe fitou-o, chocado.

— Bom Deus!

— Com a ajuda Dele, é claro — disse Vivar com um sorriso. — E talvez, porque não posso contar com nenhuma infantaria espanhola, que tal a ajuda dos seus fuzileiros?

Até este momento Sharpe não esperara pelo direito de escolha. Presumira que o preço a pagar pelo segredo seria entrar na conspiração. Agora, de pé na capela fria, compreendeu que poderia recusar. O que Vivar pretendia era loucura. Um punhado de homens alquebrados, britânicos e espanhóis, devia tomar uma cidade de um inimigo conquistador. E não apenas tomá-la, mas defendê-la contra a maior parte do Exército francês, que estaria a apenas um dia de marcha.

— E então? — Vivar estava impaciente.

— É claro que ele vai ajudar! — disse Louisa com um fervor que faiscou em seus olhos.

Os homens ignoraram-na, e Sharpe continuou calado.

— Não posso obrigá-lo a me ajudar, tenente — disse o major em voz baixa. — Se recusar, fornecerei suprimentos e um guia para conduzi-lo em segurança até o sul. Talvez os britânicos ainda estejam em Lisboa. Se não estiverem, encontrará um navio em algum lugar ao longo da costa. O seu treinamento militar exige que esqueça esta bobagem supersticiosa e marche para o sul, não é verdade?

— É — respondeu Sharpe, melancólico.

— Mas nem sempre é com o bom senso que se conquista uma vitória, tenente. Lógica e razão podem ser derrubadas por fé e orgulho.

Eu tenho fé de que um milagre antigo irá funcionar e sou movido pelo orgulho. Preciso vingar a traição de meu irmão para que o nome Vivar não seja uma mancha nas páginas da história da Espanha. — Vivar proferiu essas palavras com naturalidade, como se vingar uma traição fraterna fosse uma coisa banal. Agora ele fitou os olhos de Sharpe e falou num tom diferente: — Assim, imploro por sua ajuda. Você é um soldado, e acredito que me foi oferecido por Deus como um instrumento de Sua vontade.

Sharpe sabia o quanto fora difícil para Vivar fazer esse apelo, porque ele era um homem orgulhoso e não estava acostumado a suplicar. Padre Alzaga protestou com uma carranca enquanto Sharpe ainda hesitava. Quase meio minuto se passou antes que o inglês finalmente falasse.

— Cobrarei um pagamento pela minha ajuda, major.

Vivar fitou-o, surpreso.

— Um pagamento? — perguntou, a voz carregada de indignação.

Sharpe disse-lhe seu preço e, fazendo isso, aceitou a loucura. Sharpe lideraria seus soldados para despertar um santo de seu sono eterno. Marcharia até a cidade do campo de estrelas para tomá-la do inimigo. Mas isso teria um preço.

No dia seguinte, depois da parada matinal, Sharpe deixou a fortaleza e caminhou até um local de onde podia enxergar quilômetros sobre a paisagem hibernal. As colinas distantes estavam brancas e nítidas, afiadas como aço contra um céu branco. O vento era cortante; um vento frio que sugava a força de homens e cavalos. Se Vivar não se movesse imediatamente, os cavalos do espanhol seriam incapazes de marchar.

Sharpe ficou sentado sozinho na beira da trilha onde a encosta da colina descia escarpada. Colheu do chão um punhado de pedregulhos, cada um aproximadamente do tamanho de uma bala de mosquete, e pôs-se a arremessá-los numa rocha branca a cerca de vinte passos colina abaixo. Sharpe disse a si mesmo que se acertasse cinco vezes seguidas seria seguro marchar até a cidade-catedral. Os quatro primeiros pedregulhos acertaram em cheio a rocha, ricocheteando para se perder no matagal. Quase ficou tentado a jogar o quinto de lado, mas atirou-a da forma normal e a pedra ricocheteou do centro da rocha. Maldição, ele era louco! Na noite passada, envolvido pela solenidade da ocasião, permitira se emocionar pela narrativa de uma lenda antiga, narrativa que Vivar devia ter treinado em inúmeras recitações. O estandarte de um santo morto havia dois mil anos! Sharpe lançou outro pedregulho e viu-o passar por cima da rocha para cair numa planta que, na Espanha, era chamada erva-de-são-tiago.

Olhou para o horizonte ao longe e viu que havia neve nas colinas que o sol ainda não tocara. Um vento forte açoitou a torre alta e as muralhas grossas da fortaleza às suas costas. O vento parecia incomensuravelmente limpo e frio, como uma dose de razão depois da escuridão alumiada por velas que entorpecera seu raciocínio na noite anterior. Era loucura, loucura pura e simples! E Sharpe permitira-se ser contaminado por ela. Sabia que também fora influenciado pelo entusiasmo de Louisa por toda aquela idiotice religiosa. Colheu mais um punhado de pedregulhos e arremessou todos ao mesmo tempo. A rocha pareceu ser atingida por uma granada, as pedrinhas espalhando-se aos quatro ventos como estilhaços.

Às suas costas, Sharpe ouviu passos que pararam a uma pequena distância. Após uma pausa, uma voz mal-humorada perguntou:

— Queria me ver, senhor?

Sharpe se levantou. Empertigou sua espada e se virou para fitar os olhos ressentidos de Harper.

Harper hesitou, e então retirou o chapéu na saudação formal.

— Senhor.

— Harper.

Outra pausa. Harper desviou os olhos do oficial, e então tornou a fitá-lo.

— Não é justo, senhor. Nem um pouco justo.

— Não seja patético. Quem lhe disse que a vida de soldado é justa?

Harper forçou-se a não estremecer diante do tom severo de Sharpe.

— O sargento Williams era um homem justo — argumentou Harper. — O capitão Murray também.

— E agora são homens mortos. Não nos mantivemos vivos sendo agradáveis, Harper. Ficamos vivos sendo mais rápidos e sujos que os nossos inimigos. Pegou os galões?

Harper hesitou de novo. Relutantemente fez que sim com a cabeça. Abriu sua algibeira de munição e pescou dela um conjunto de divisas de sargento que haviam acabado de ser recortadas em seda branca. Mostrou-as a Sharpe e balançou a cabeça.

— Continuo dizendo que não é justo, senhor.

Este fora o pagamento cobrado por Sharpe: que Vivar convencesse o irlandês a cumprir seu dever. Se Harper aceitasse a patente de sargento, Sharpe marcharia a Santiago de Compostela. O major achara graça ao ouvir qual era, afinal, o preço cobrado por Sharpe, mas concordara em pagar.

— Não estou aceitando as divisas para agradá-lo, senhor. — Harper estava sendo deliberadamente insolente, como se numa tentativa de fazer Sharpe mudar de ideia. — Só estou fazendo isto pelo major. Ele me contou sobre a bandeira dele, senhor, e irei levá-la até a catedral por ele, e depois vou arrancar estas divisas e jogá-las de volta para o senhor.

— Você é um sargento sob minhas ordens, Harper. Enquanto eu precisar e quiser você. Esse é o meu preço, e cabe a você aceitar.

Houve silêncio. O vento adejou as listras de seda na mão de Harper. Sharpe se perguntou onde um material tão refinado fora encontrado nesta fortaleza remota, e então esqueceu a especulação ao compreender que mais uma vez tomara a atitude errada. Ele deixara sua hostilidade transparecer quando deveria ter demonstrado sua necessidade da cooperação desse homenzarrão. Assim como Blas Vivar havia demonstrado humildade ao pedir sua ajuda, Sharpe agora deveria demonstrar alguma humildade para atrair esse homem para seu lado.

— Eu também não quis as divisas quando elas me foram oferecidas — disse Sharpe, sem jeito.

Harper deu de ombros para demonstrar que a confissão de Sharpe não lhe interessava.

— Não queria me tornar o cão de guarda de um oficial — disse Sharpe. — Meus amigos estavam nas fileiras, meus inimigos eram sargentos e oficiais.

Isso deve ter provocado alguma simpatia em Harper, porque o irlandês sorriu, ainda que a contragosto.

Sharpe curvou-se e pegou alguns pedregulhos no chão. Arremessou um na rocha branca e observou-o ricochetear colina abaixo.

— Quando nos reunirmos ao batalhão, eles provavelmente irão me colocar de volta nos armazéns e você poderá retornar para as fileiras. — Embora tenha dito isso como uma meia-promessa de que Harper não seria forçado a manter as listras brancas, Sharpe não teve como esconder o ressentimento em sua voz. — Isso o satisfaz?

— Sim, senhor. — A anuência de Harper não soou nem sincera nem amarga, apenas o reconhecimento de um pacto.

— Você não precisa gostar de mim, mas deve se lembrar de que eu já era veterano de batalhas quando este batalhão ainda estava sendo formado. Enquanto você ainda era um molecote, eu já carregava um mosquete. E ainda estou vivo. E não me mantive vivo sendo justo, mas sendo competente. E se vamos sobreviver a esta enrascada, Harper, todos teremos de ser soldados excelentes.

— O próprio major Vivar disse que somos bons soldados — retrucou Harper, defensivo.

— Sim, somos bons, mas teremos de ser os melhores — disse Sharpe com uma intensidade súbita. — Vamos ser os galos do terreno mais sujo da Europa. Vamos fazer os franceses tremerem ao pensar em nós. Vamos ser os maiorais!

Os olhos de Harper estavam ilegíveis; frios e duros como as pedras da encosta da colina, mas agora sua voz transpirava um leve indício de interesse.

— E você precisa de mim para fazer isso?

— Sim, preciso. Não para ser meu cãozinho de estimação. O seu trabalho é lutar pelos homens. Não como Williams, que queria que todos vocês gostassem dele, mas fazendo com que alcancem a excelência. Dessa forma, todos teremos uma chance de voltar para casa depois que esta guerra acabar. Você quer voltar a ver a Irlanda, não quer?

— Sim, quero.

— Bem, você não vai vê-la novamente se lutar contra o seu próprio lado com a mesma ferocidade com que luta com os franceses.

Harper exalou um longo suspiro, quase desesperado. Estava claro que ele aceitara as divisas, ainda que relutantemente, porque Vivar o urgira a isso. Agora, com a mesma relutância, ele estava sendo persuadido por Sharpe.

— Muitos de nós jamais voltaremos a ver nossos lares — disse Harper com cautela. — Não se seguirmos o major até essa catedral.

— Você acha que não devemos ir? — perguntou Sharpe com curiosidade genuína.

Harper ponderou. Não estava pesando que resposta dar, porque já tomara sua decisão, mas sim que tom usar. Poderia ser grosseiro, desta forma assegurando que Sharpe soubesse de sua hostilidade contínua, ou retribuir o tom conciliatório de Sharpe. Não escolheu uma coisa nem outra, preferindo falar num tom seco e profissional.

— Acho que devemos seguir o major, senhor.

— Para ver um santo num cavalo branco?

Mais uma vez o irlandês hesitou entre suas escolhas. Ele fitou o horizonte nítido, e então deu de ombros enquanto escolhia seu novo curso de ação.

— Não se deve questionar um milagre, senhor. Apenas aceitá-lo.

Sharpe ouviu a aquiescência e compreendeu que sua oferta de paz fora aceita. Harper iria cooperar, mas Sharpe queria que ele cooperasse de bom grado. Queria que esta trégua frágil se tornasse algo mais do que um acordo de conveniência.

— Você é um bom católico? — disse, perguntando-se que tipo de homem este novo sargento era.

— Não sou devoto como o major, senhor. Poucos são. — Harper fez uma pausa. Ele e Sharpe estavam fazendo as pazes, mas não havia nenhuma declaração formal de fim das hostilidades, nem qualquer lamento sobre atitudes passadas. Contudo, um novo início teria origem nesta encosta fria. Sendo ambos homens orgulhosos demais, não haveria pedidos de desculpas. — Religião é coisa para mulheres, senhor. Porém, me ajoelho numa igreja quando preciso, e torço para que Deus não esteja olhando quando não quero que ele veja o que estou fazendo. Mas acredito em Deus.

— E você vê alguma utilidade em levar uma velha bandeira até uma catedral?

— Sim, vejo — disse Harper secamente e franziu a testa enquanto tentava pensar numa explicação para sua pouca fé. — O senhor lembra daquela igrejinha em Salamanca, onde a estátua de Nossa Senhora movia os olhos? O padre dizia que aquilo era um milagre, mas qualquer idiota podia ver o barbante que ele usava para mover os olhos da estátua! — Mais relaxado agora, Harper riu ao lembrar disso. — Mas por que o padre se deu ao trabalho de preparar essa estátua?, eu me perguntei. Ora, porque o povo quer um milagre, por causa disso. E só porque alguns padres inventam milagres não quer dizer que milagres de verdade não existam. Talvez aquele estandarte seja legítimo. Talvez seja nosso destino ver São James, em toda sua glória, cavalgar no céu. — Harper franziu as sobrancelhas por um segundo. — Mas não vamos saber se não tentarmos, vamos?

— Não — concordou Sharpe, mas sem muita convicção, porque não punha qualquer crédito na superstição de Vivar. Ainda assim, quisera ouvir a opinião de Harper porque não aguentava mais sustentar sozinho o peso de sua decisão da noite anterior. Que direito tinha um mero tenente de ordenar homens à batalha? Seu dever era levar esses fuzileiros de volta à segurança, e não fazê-los marchar para uma cidade dominada por franceses. Entretanto, Sharpe jamais resistia ao chamado da aventura, e a aventura estava em Santiago. Assim, quisera saber se Harper sentia o mesmo impulso de seguir para a cidade-catedral. Aparentemente sim, e os outros casacas verdes seguiriam a opinião de Harper. — Você acha que os homens lutarão? — indagou abertamente.

— Alguns não vão gostar. — Harper não pareceu preocupado com isso. — Aposto que Gataker vai reclamar, mas sei lidar com ele. O problema, senhor, é que vão querer saber pelo que estão lutando. — Ele fez uma pausa. — Por que cargas d'água chamam esse troço de gonfalão? É uma porcaria de bandeira, só isso.

Sharpe, que fizera a mesma pergunta a Vivar, sorriu.

— Um gonfalão é diferente. É um estandarte longo e fino que se pendura de uma cruz na ponta de um mastro. É um tipo de coisa antiquada.

Seguiu-se um silêncio constrangedor. Como cães estranhos que se encontram, os dois homens haviam rosnado um para o outro, feito as pazes a contragosto e agora mantinham uma distância cautelosa. Sharpe rompeu o silêncio ao apontar com a cabeça para o vale abaixo deles. Havia homens se aproximando pela trilha: aldeões, galegos rudes do domínio de Mouromorto, pastores, mineradores, pescadores.

— Será que conseguiremos transformar essa gente numa infantaria em uma semana?

— Precisamos fazer isso, senhor?

— O major fornecerá intérpretes, e iremos treiná-los como infantaria.

— Em uma semana? — Harper estava estarrecido.

— Não é você quem acredita em milagres? — disse Sharpe, brincalhão.

Harper respondeu no mesmo humor. Olhou para as divisas em sua mão e sorriu.

— Sim, acredito em milagres, senhor.

— Então vamos pôr mãos à obra, sargento.

— Mas que bosta! — exclamou Harper que, pela primeira vez, ouvira ser chamado de sargento. Ele pareceu desconcertado, mas então esboçou um sorriso melancólico.

E Sharpe, que passara pela mesma coisa anos antes, compreendeu que o irlandês estava escondendo seu contentamento. Harper podia ter relutado em aceitar as divisas de sargento, mas elas eram um reconhecimento de seu valor, e ele indubitavelmente acreditava que nenhum outro homem na companhia as merecia. Portanto agora Harper tinha divisas, e Sharpe tinha um sargento.

E ambos tinham um milagre a realizar.

CAPÍTULO XII

À noite os homens se reuniam no pátio para cantar em torno da fogueira. Não entoavam as canções de marcha empolgantes que faziam quilômetros derreterem debaixo das solas duras de suas botas, mas as melodias suaves e melancólicas que falavam de suas terras natais. Cantaram sobre mulheres deixadas para trás, mães, filhos, lar.

Toda noite viam-se luzes de fogueiras no vale profundo onde os voluntários de Vivar haviam acampado. Os voluntários vinham de todos os cantos das terras de Mouromorto. Levantaram barracos de madeira e sapé abaixo de nogueiras num declive da colina. Eram campônios atendendo ao antigo chamado às armas, assim como seus ancestrais haviam empunhado cimitarras e marchado para enfrentar os mouros. Esses homens não deixariam suas famílias para trás, e à noite silhuetas envoltas em saias bruxuleavam entre as fogueiras e crianças choravam nos barracos. Sharpe ouviu Harper alertar os fuzileiros contra a tentação das mulheres.

— Racho a cabeça de quem tocar num fio de cabelo de uma delas!

Mas não ocorreu nenhum problema. Sharpe estava espantado com a facilidade com que Harper assumira sua autoridade indesejada.

Durante o dia, o treinamento era árduo. Trabalho duro e urgente, para transformar uma derrota previsível em vitória. Os padres desenharam um mapa bem detalhado da cidade, onde Vivar assinalou as defesas francesas. Diariamente chegavam novidades sobre os preparativos do inimigo.

Os que conseguiram escapar do invasor espalhavam pelas colinas notícias sobre prisões e assassinatos.

A cidade ainda era delimitada pelas muralhas decadentes de suas defesas medievais. Essas muralhas haviam desabado em alguns trechos e, em outros, casas foram construídas para compor subúrbios. Apesar disso, os franceses tinham estabelecido sua defesa na antiga linha das muralhas. Onde as pedras haviam caído eles ergueram barricadas. A defesa de Santiago de Compostela não era poderosa; não sendo uma cidade fronteiriça, dispensava torres e bastiões. Mas, ainda assim, suas muralhas imporiam um obstáculo terrível a um ataque de infantaria.

— Atacaremos um pouco antes do amanhecer — anunciou Vivar no começo da semana.

— E se eles tiverem sentinelas avançadas fora das muralhas? — questionou Sharpe.

— Eles terão. E vamos ignorá-las.

Sharpe identificou nisso a primeira aresta no plano, o primeiro fator de risco nesta investida desesperada em busca de uma vitória impossível. Vivar contava com a escuridão e com o cansaço para ludibriar os franceses. Mas bastaria que um soldado tropeçasse na noite para que seu mosquete fagulhasse e disparasse; e então o ataque inteiro seria denunciado. Vivar propôs atacar com os mosquetes descarregados. Depois do ataque inicial haveria tempo de sobra para que os homens carregassem suas armas, argumentou. Sharpe — um soldado de infantaria que confiava muito mais em sua arma do que fazia um soldado de cavalaria como Vivar — detestou a ideia. Vivar insistiu, mas o máximo que Sharpe concedeu foi prometer que pensaria no assunto.

À medida que os planos cresciam em detalhes, também cresciam os temores de Sharpe, como nuvens negras avultando no horizonte. O papel aceitava qualquer vitória. No papel, cães não latiam, homens não tropeçavam em pedras, chuva não empapava pólvora, e o inimigo agia com toda a sonolência que Vivar desejava. No papel.

— Eles sabem que vamos atacar? — perguntou-lhe Sharpe.

— Eles suspeitam que planejamos atacar — admitiu Vivar. Era impossível que os franceses não tivessem ouvido sobre a aglomeração nas colinas, embora fosse provável que considerassem essa ameaça desprezível. Afinal, se haviam dizimado os Exércitos de Espanha e Inglaterra, por que haveriam de temer uns poucos camponeses? Mas o conde de Mouromorto e o coronel de l'Eclin sabiam que ambição movia Blas Vivar, e ambos estavam em Santiago. Os refugiados confirmaram isso. A cavalaria do marechal Ney tomara a cidade e depois recuara para La Coruña a fim de juntar-se ao marechal Soult, deixando dois mil soldados de cavalaria franceses dentro do circuito de muralhas quebradas.

Eles não tinham sido deixados ali para impedir que um estandarte antigo alcançasse um santuário, mas para colher forragem nos vales costeiros da Galícia. Tendo expulsado os britânicos da Espanha, o marechal Soult agora planejava marchar para o sul. Seus oficiais, vangloriando-se nas tavernas de La Coruña, falavam abertamente de seus planos, e essas palavras eram recontadas sílaba por sílaba a Vivar. Depois que tivessem fortalecido seus soldados feridos em combate e ulcerados pelo frio, os franceses seguiram para o sul até Portugal. Eles conquistariam esse país e expulsariam os britânicos de Lisboa. Assim a costa da Europa estaria selada contra o comércio britânico e o domínio do imperador seria completo.

Como a rota de Soult passaria através de Santiago de Compostela, o marechal ordenara que a cidade fosse transformada em sua base de suprimentos avançada. Seu Exército coletaria esses suprimentos para abastecer seu ataque ao sul. A cavalaria francesa patrulhava agressivamente o campo em busca de alimentos para homens e animais que, de acordo com os relatos dos refugiados a Vivar, estavam sendo estocados em casas em torno da praça da catedral.

— Como pode ver, tenente, você tem aqui uma justificativa perfeita para participar do ataque — disse Vivar a Sharpe no fim da semana, durante sua reunião noturna habitual para observar a cidade e burilar seu plano de ataque.

— Uma justificativa?

— Você pode alegar que não está apenas atendendo aos caprichos de um espanhol maluco. Você está destruindo suprimentos franceses com o intuito de proteger sua guarnição lisboeta. Não é verdade?

Mas Sharpe não seria tranquilizado com tanta facilidade. Ele observou o plano da cidade, imaginando as sentinelas francesas espreitando a noite.

— Eles sabem que vamos atacar. — Sharpe não conseguia livrar-se do medo de enfrentar um inimigo preparado.

— Mas não onde vamos atacar, nem quando.

— Queria que de l'Eclin não estivesse lá.

Vivar escarneceu dos temores de Sharpe, dizendo:

— Você acha que os Guardas Imperiais não dormem?

Sharpe ignorou a pergunta.

— Ele não está lá para colher forragem. Seu trabalho é tomar o gonfalão, e ele sabe que vamos levá-lo até ele. Qualquer que seja nosso plano, major, ele certamente já pensou nisso. De l'Eclin está esperando por nós! Está preparado para nós!

— Você está com medo dele. — Vivar encostou-se na parede do quarto na torre onde era mantido o mapa. Luzes de fogueira tremeluziam no pátio abaixo onde um espanhol entoava uma canção lenta e triste.

— Estou com medo dele — confirmou Sharpe. — Estou com medo porque ele é competente. Competente demais.

— De l'Eclin só é competente no ataque. Ele não sabe se defender! Quando você atacou a emboscada dele, e eu o ataquei na fazenda, ele não foi muito inteligente, foi?

— Não — concordou Sharpe.

— E agora está tentando defender uma cidade! Ele é um *chasseur*, assim como eu sou um *cazador*. E como caçador, ele não é muito bom na defesa. — Vivar não estava disposto a ceder ao derrotismo. — É claro que vamos vencer! Graças às suas ideias, Sharpe, nós vamos vencer.

O elogio foi calculado para entusiasmar Sharpe, que sugerira uma estratégia de dentro para fora. O ataque não tentaria tomar a cidade casa por casa, ou rua por rua. Em vez disso, atacariam com velocidade e violência o centro da cidade. Depois, divididos em dez grupos, um para cada uma das estradas que rompia o circuito das defesas antigas, os atacantes tocariam os franceses para campo aberto.

— Vamos deixar que eles fujam! — argumentara Sharpe. — O importante é que você tome a cidade.

Se eles tomassem a cidade, o que Sharpe duvidava, poderiam esperar dominá-la por não mais do que 36 horas. A infantaria de Soult, marchando de La Coruña e reforçada pela soberba artilharia francesa, não demoraria a fazer picadinho dos soldados do major.

— Preciso de apenas um dia. — Vivar hesitou. — Vamos capturar a cidade ao amanhecer, encontrar os traidores ao meio-dia e destruir os suprimentos à tarde. À noite vamos desfraldar o gonfalão. No dia seguinte partiremos em glória.

Sharpe caminhou até a janela estreita. Morcegos, despertados de seu sono de inverno pela chegada dos soldados à fortaleza, tremeluziam à luz vermelha. As colinas estavam escuras. Em algum lugar delas o sargento Harper liderava uma patrulha de fuzileiros numa marcha longa e serpenteante. O propósito da patrulha não era apenas procurar por uma tropa de cavalaria francesa acampada, mas manter os homens em forma e acostumá-los aos dissabores da marcha noturna. Toda a pequena força de Vivar, incluindo os voluntários parcialmente treinados, teria de fazer uma jornada como aquela e, tendo visto o caos que uma marcha noturna podia infligir aos soldados, Sharpe tremeu por dentro. Também pensou no quanto as chances estavam contra eles. Havia 2.000 soldados de cavalaria em Santiago de Compostela. Nem todos estariam lá quando Vivar atacasse; alguns estariam acampados nos terrenos das fazendas que haviam saqueado, mas mesmo assim haveria uma poderosa preponderância do inimigo.

Contra quem marchariam cinquenta fuzileiros, 150 *cazadores* dos quais apenas uma centena tinha cavalos, e cerca de trezentos voluntários parcialmente treinados.

Loucura. Sharpe virou-se para o espanhol.

— Por que você não espera até os franceses terem marchado para o sul?

— Porque esperar não faria uma história que mereça ser contada em todas as tavernas da Espanha. Porque tenho um irmão que deve morrer. Porque, se eu esperar, serei considerado tão covarde quanto os outros oficiais que fugiram para o sul. Porque jurei fazer isso. Porque não acredito em derrota. Não. Partiremos em breve, muito em breve. — Vivar estava praticamente falando para si mesmo, olhos baixos para as marcas de carvão que mostravam as defesas francesas. — Assim que nossos voluntários estiverem preparados, vamos partir.

Sharpe não disse nada. Na verdade, agora acreditava que o ataque era loucura, mas uma loucura que ele ajudara a planejar e jurara apoiar.

Assim como o piar inocente de uma coruja num sótão pode ser transformado pelo medo de uma criança nos passos noturnos de um monstro assustador, Sharpe permitiu que seus temores crescessem com o passar dos dias.

Sharpe não podia contar a ninguém de sua certeza de que o assalto terminaria em desastre. Não queria provocar o desprezo de Vivar ao admitir esse tipo de coisa, e não havia mais ninguém em quem pudesse confiar. Harper, como o major espanhol, parecia imbuído de uma confiança de que o ataque funcionaria.

— Sabe, senhor, o major terá de esperar mais uma semana.

A ideia de uma postergação instilou esperança em Sharpe.

— Ele terá de esperar?

— Aqueles voluntários, senhor. Eles não estão preparados, nem um pouco preparados. — Harper, que tomara para si o trabalho de treinar os voluntários na arte do fogo de pelotão, parecia genuinamente preocupado.

— Você contou ao major?

— Ele virá inspecioná-los amanhã de manhã, senhor.

— Estarei lá.

E de manhã, numa chuva que escurecia as rochas e gotejava das árvores, Sharpe desceu até o vale onde o tenente Davila e o sargento Harper demonstravam a Blas Vivar os resultados de uma semana de treinamento. Foi um desastre. Vivar pedira apenas que os trezentos homens aprendessem os rudimentos das manobras com mosquetes; que, como um meio-batalhão, pudessem formar três filas e disparar salvas de artilharia capazes de estripar uma força atacante.

Mas os voluntários não conseguiam manter as fileiras rígidas e alinhadas que concentravam o fogo de mosquete em canais mortais. O problema começou quando os homens da fileira de ré instintivamente recuaram para obter espaço adequado para manejar suas compridas varetas de carregamento, enquanto a fileira central também dava um passo para trás para se distanciar dos homens de vante, e portanto a formação inteira ficou irregular. Sob fogo, o instinto desses homens seria de continuar recuando e, com apenas algumas salvas, os franceses iriam pô-los para correr. Eles nem mesmo estavam treinando com munição, porque não havia pólvora e balas suficientes para isso. Eles apenas estavam realizando os movimentos com os mosquetes. Sharpe nem quis pensar como a fileira de vante reagiria à deflagração dos mosquetes das fileiras de ré em seus ouvidos.

Os "mosquetes" eram qualquer arma que um campônio conseguisse arrumar. Eram espingardas de caça antiquíssimas, bacamartes, pistolas de cavalaria, e até um arcabuz de mecha. Alguns dos mineradores nem tinham armas, e em vez delas carregavam suas picaretas. Indubitavelmente, esses homens iriam se revelar lutadores ferozes se conseguissem se aproximar do inimigo, mas os franceses jamais permitiriam isso. Eles fariam picadinho desses homens.

Embora os voluntários não carecessem de bravura — sua simples presença neste vale distante atestava sua disposição em lutar —, eles não poderiam ser transformados em soldados. Levava meses para se formar um soldado de infantaria. Era preciso incutir num homem uma disciplina férrea para que ele conseguisse ficar parado numa linha de batalha e confrontar o rufar dos tambores e o luzir das baionetas de uma infantaria francesa. Bravura natural ou teimosia máscula não eram substitutos para treinamento; um fato que o imperador provara repetidas vezes quando seus veteranos destruíram os Exércitos mal treinados da Europa.

O ataque de infantaria francês era uma coisa admirável de se ver. Os soldados franceses não atacavam em linha, mas em vastas colunas. Fileira atrás de fileira de homens, muito bem compactados, com baionetas reluzindo acima das cabeças, marchando ao ritmo ditado pelas batidas dos meninos tamborileiros que ficavam escondidos em seu miolo. Homens caíam na linha de frente e nos flancos quando escaramuçadores fustigavam a coluna, e ocasionalmente uma bala de canhão varava as fileiras apertadas, mas sempre os franceses cerravam coluna e marchavam avante. A visão era majestosa, a sensação de poder, aterrorizante; diante de um ataque da infantaria francesa, até os homens mais corajosos saíam da formação e debandavam se não tivessem passado por meses de treinamento.

— Mas nós não vamos enfrentar uma infantaria. — Vivar tentou encontrar um fio de esperança. — Apenas cavalaria.

— Sem infantaria? — perguntou Sharpe, incrédulo.

— Haverá um punhado de soldados para proteger o quartel-general francês — disse Vivar, fazendo pouco caso.

— Mas se eles se dispersarem desse jeito — Sharpe gesticulou para os voluntários destreinados — jamais resistirão contra a cavalaria, quanto mais contra a infantaria.

— A cavalaria francesa está cansada. — Vivar agora estava claramente irritado com o pessimismo insistente de Sharpe. — Eles gastaram seus cavalos até os ossos.

— Deveríamos esperar — disse Sharpe. — Esperar até eles terem marchado para o sul.

— Você acha que eles não irão guarnecer a Galícia? — Vivar era irredutível em sua recusa a esperar. Com um gesto, chamou por Davila e Harper. — Quanto tempo até esses voluntários ficarem em forma?

Davila, que não era soldado de infantaria, olhou para Harper. O irlandês deu de ombros.

— É desesperador, senhor. Terrivelmente desesperador.

A resposta de Harper foi tão diferente de sua animação costumeira que deprimiu até Vivar. O espanhol precisava apenas que esses voluntários alcançassem um mínimo de eficiência antes de lançar seu ataque, mas o pessimismo do irlandês pareceu pressagiar postergações infinitas, se não um cancelamento do projeto.

Harper pigarreou.

— Mas o que não compreendo, senhor, é por que está tentando transformar esses homens em soldados.

— Para vencer uma batalha? — sugeriu Sharpe, ácido.

— Se a situação levar a um combate direto entre esses rapazes e os dragões franceses, nós não vamos vencer. — Harper fez uma pausa. — Perdão, senhor. — Nenhum dos oficiais falou. Sua voz assumiu um tom de autoridade, como um homem experiente demonstrando uma coisa simples a imbecis. — De que vale treiná-los a lutar num campo de batalha aberto quando não é isso que o senhor está esperando que aconteça? Por que eles precisam aprender fogo de pelotão? Esses rapazes precisam lutar nas ruas, senhor. Isso é apenas briga de rua, apenas isso, e eu apostaria que eles são tão bons nisso quanto qualquer francês. Leve-os para dentro da cidade e então solte-os. Eu não gostaria de enfrentar esses bastardos.

— Dez homens treinados podem enfrentar uma turba — disse Sharpe com aspereza ao ouvir suas esperanças de uma postergação serem esmagadas pelas palavras de Harper.

— Sim, mas temos duas centenas de homens treinados — argumentou Harper. — Tudo que temos a fazer é empurrá-los para onde houver encrenca de verdade.

— Meu Deus! — Vivar estava subitamente eufórico. — Sargento, você tem razão!

— Não é nada, senhor. — Harper estava obviamente deliciado com o elogio.

— Você tem razão! — Vivar deu um tapa no ombro do irlandês. — Eu devia ter visto isso. Se será o povo, e não o Exército, que libertará a Espanha, por que eu deveria transformar o povo num exército? E nós esquecemos, cavalheiros, quais forças estarão ao nosso lado na cidade. Os próprios cidadãos! Eles vão se levantar e lutar por nós, e nós jamais pensaríamos em recusar sua ajuda só porque não são treinados! — O otimismo de Vivar, liberado pelas palavras de Harper, estava maior que nunca. — Portanto, podemos partir em breve. Cavalheiros, estamos prontos!

Então agora até o treinamento seria abandonado, pensou Sharpe. Uma turba em inferioridade numérica marcharia para atacar uma cidade. Vivar falava de um jeito que fazia tudo aquilo parecer muito fácil, como encher um poço com ratos e depois jogar *terriers* para cima deles. Mas o poço era uma cidade, e os ratos estavam à espera.

Os voluntários de Vivar podiam não ser soldados treinados, mas o major insistiu em fazê-los jurar obediência à coroa espanhola. Os padres conduziram a cerimônia, e o nome de cada homem foi registrado solenemente no papel como um soldado devidamente jurado de Sua Mui Cristã Majestade, Fernando VII. Agora os franceses não teriam desculpa para tratar os voluntários de Vivar como criminosos civis.

Ainda assim, soldados precisavam de uniformes, e não havia tecido tingido suficiente para fazer casacas vistosas, assim como nenhum dos outros acessórios de um soldado, como barretinas, cintos, algibeiras ou perneiras. Mas havia tecido caseiro marrom em abundância, e desse material humilde Vivar ordenou que fossem costuradas túnicas simples. Havia também um pouco de linho branco, resgatado de um convento a 32 quilômetros dali, do qual seriam feitas cintas. Era um uniforme rude, ornado com laços pendurados de botões de osso, mas, se alguma lei da guerra fosse aplicada à expedição de Vivar, as túnicas marrons passariam por casacas de soldados.

As esposas dos voluntários cortaram e costuraram as túnicas marrons enquanto Louisa Parker, no alto da fortaleza, ajudava os fuzileiros a cerzir suas casacas verdes. As jaquetas estavam rasgadas, puídas e queimadas, mas a jovem revelou uma habilidade extraordinária com a agulha. Ela pegou a jaqueta verde de Sharpe e, em menos de um dia, deixou-a parecendo quase nova.

— Eu até arranquei a ferro quente os insetos incrustados — disse alegremente, e dobrou uma costura na gola para provar que os piolhos tinham sido realmente exterminados pela ponta de um sabre quebrado que ela usara como ferro de engomar.

— Obrigado. — Sharpe aceitou o casaco e viu como ela havia virado o colarinho, cerzido as mangas, e remendado os adornos pretos. Suas calças não poderiam ser restauradas ao seu cinza original, mas ela costurara farrapos de tecido marrom sobre os piores buracos. — Você parece um arlequim, tenente.

— Um palhaço?

Era a noite do dia em que Harper convencera Vivar da inutilidade de treinar os voluntários. Sharpe, como nas noites anteriores, caminhou pelas muralhas com Louisa. Ele adorava esses momentos. À medida que o medo da derrota crescia em seu peito, Sharpe sentia-se esperançoso por suas conversas com Louisa. Ele gostava de ver a luz das fogueiras refletirem na face da jovem, gostava da delicadeza que ocasionalmente suavizava sua vivacidade. E neste momento, encostada contra o parapeito, Louisa estava absolutamente encantadora.

— Você acha que meu tio e minha tia estão em Santiago?

— Talvez.

Louisa estava envolvida num manto escarlate de *cazador* e vestia uma boina apertada.

— Talvez minha tia não me aceite de volta. Talvez ela fique tão escandalizada com meu comportamento terrível que me expulse da capela e de casa.

— Há chances disso?

— Não sei. — Louisa estava pensativa. — Às vezes, suspeito que é isso que eu quero.

Sharpe ficou surpreso.

— Você quer isso?

— Ser lançada em meio à maior aventura do mundo? Por que não? — Louisa riu. — Tenente, quando eu era criança, disseram-me que era perigoso atravessar a praça da aldeia porque os ciganos poderiam me sequestrar. E se soldados aparecessem na aldeia... — Ela balançou a cabeça para demonstrar a enormidade do perigo de uma ocasião como essa. — Agora estou no meio de uma guerra e acompanhada apenas por soldados. — Lembrar de sua situação a fez sorrir, e então ela dirigiu a Sharpe um olhar que imiscuiu curiosidade e candura. — *Don* Blas diz que você é o melhor soldado que ele já conheceu.

Sharpe pensou no quanto era estranho que ela tivesse usado o nome cristão de Vivar, e então supôs que era o costume educado de um *hidalgo*.

— Ele exagera.

— Nas palavras dele, se você tivesse mais confiança em si mesmo, seria o melhor — disse Louisa mais devagar, de uma forma que sugeriu a Sharpe que ela estava passando-lhe uma mensagem. — Será que eu não deveria ter lhe dito isso?

Sharpe estava se perguntando se a crítica procedia, e Louisa, tomando seu silêncio como mágoa, pediu desculpas.

— Tenho certeza de que ele está certo — apressou-se em dizer Sharpe.

— Você gosta de ser um soldado?

— Sempre sonhei em ter uma fazenda. Sabe lá Deus por quê. Afinal, não entendo nada do negócio. Eu provavelmente plantaria os nabos de cabeça para baixo. — Sharpe olhou para as fogueiras no vale profundo; fagulhinhas de calor e luz numa imensidão de escuridão fria. — Imagino que teria alguns cavalos num estábulo, um laguinho para pescar. — Ele fez uma pausa, deu de ombros, e acrescentou: — E filhos.

Louisa sorriu.

— Eu costumava sonhar em viver num grande castelo. Haveria passagens secretas, masmorras e cavaleiros misteriosos trazendo mensagens à noite. Acho que eu teria preferido viver nos dias da rainha Elizabeth. Padres católicos nas masmorras e espanhóis no fosso? Exceto que esses antigos inimigos agora são nossos amigos, certo?

— Até os padres?

— Eles não são os bichos-papões que pensei que fossem. — Ela ficou calada por um segundo. — Mas quando você é criada com muito rigor numa crença, acaba sentindo curiosidade a respeito do inimigo. E nós ingleses sempre fomos ensinados a odiar católicos.

— Eu não.

— Mas você sabe o que quero dizer. Não está curioso sobre os franceses?

— Na verdade, não.

Mais uma vez, Louisa pareceu pensativa.

— Sempre fui muito curiosa sobre os católicos. Agora até me flagro com um afeto muito antiprotestante por eles. Tenho certeza de que o Sr. Bufford ficaria escandalizado.

— Será que algum dia ele saberá? — perguntou Sharpe.

Louisa encolheu os ombros.

— Terei de descrever minhas aventuras para ele, não terei? E terei de confessar que a Inquisição não me torturou nem tentou me queimar na fogueira. — Ela fitou a noite. — Será que um dia tudo isto parecerá um sonho?

— Será?

— Não para você — disse melancólica. — Mas um dia acharei muito difícil acreditar que tudo isto aconteceu. Serei a Sra. Bufford de Godalming, uma senhora muito tediosa e respeitável.

— Você poderia ficar aqui — disse Sharpe e sentiu-se imensamente corajoso por dizer isso.

— Eu poderia? — Louisa virou-se para ele. Um brilho à esquerda indicava onde um fuzileiro fumava seu cachimbo, mas ambos o ignoraram. Louisa se virou e traçou algum padrão indefinido no parapeito. — Está dizendo que o Exército britânico permanecerá em Portugal?

A pergunta surpreendeu Sharpe, que julgava ter alcançado um patamar mais íntimo na conversa.

— Não sei.

— Acho que a guarnição lisboeta já deve ter partido — disse Louisa secamente. — E, se não, de que adiantará uma pequena guarnição quando os franceses marcharem para o sul? Não, tenente, o imperador nos ensinou uma lição, e creio que não ousaremos arriscar novamente o nosso Exército.

Sharpe perguntou-se onde Louisa formara opiniões tão firmes sobre estratégia.

— Quando falei que você poderia ficar aqui, eu quis dizer... — começou desajeitadamente.

— Perdoe-me, eu sei. — Louisa interrompeu-o e houve um silêncio muito constrangedor entre eles até ela voltar a falar. — Sei o que você quis dizer, estou muito sensibilizada pela honra que deseja me prestar, mas não quero que peça nada de mim. — As palavras formais foram proferidas numa voz muito baixa.

Sharpe quis dizer que ofereceria a ela tudo que estivesse ao seu alcance. Não seria muito. Em termos de dinheiro não era nada, mas em termos de adoração escravizada, era tudo. Sharpe não dissera isso, mas Louisa decifrara sua incoerência e compreendera tudo, e agora ele se sentia constrangido e rejeitado.

Louisa deve ter percebido esse constrangimento e lamentou tê-lo causado.

— Não quero que peça nada de mim ainda, tenente. Pode esperar até que a cidade seja capturada?

— É claro. — Novamente o coração de Sharpe se encheu de esperança, sentimento que se misturou à vergonha deixada por seu pedido de casamento desajeitado. Ele supôs que tocara no assunto cedo demais, impetuosamente demais. Contudo, suas palavras tinham sido provocadas pelo desejo evidente de Louisa em permanecer na Espanha e evitar a sina do matrimônio com o Sr. Bufford.

A sentinela se afastou mais deles, o aroma de seu tabaco dispersando-se lentamente. A fogueira no pátio ficou mais forte quando um homem jogou um cepo nela. Louisa virou-se para ver as fagulhas colearem para cima, em direção às ameias da torre. De algum lugar nas profundezas da fortaleza chegou o uivo de uma gaita de foles galega que inevitavelmente provocava gritos de horror fingido nos homens de Sharpe. Louisa sorriu ao escutar os protestos, e então, fitando Sharpe com muita seriedade, perguntou:

— Você não acredita que *don* Blas conseguirá tomar a cidade, acredita?

— É claro que eu...

— Não — interrompeu-o Louisa. — Eu ouvi você. Acha que há franceses demais em Santiago. E quando não há ninguém por perto, você diz que tudo isto é loucura de *don* Blas.

Sharpe ficou um pouco desconcertado com a acusação. Ele não admitira seus temores reais a Louisa, mas ela os identificara perfeitamente.

— É loucura — disse ele defensivamente. — Até o major Vivar disse isso.

— Ele diz que é loucura de Deus, o que é diferente — reprochou delicadamente Louisa. — Mas você não acha que funcionaria melhor se houvesse um número menor de franceses na cidade?

— Funcionaria melhor se eu tivesse quatro batalhões de bons casacas vermelhas, duas baterias de canhões de nove libras, e mais duzentos fuzileiros.

— Vamos supor... — começou Louisa, e então se calou.

— Continue.

— Vamos supor que os franceses pensassem que vocês marcharam para um esconderijo perto da cidade. Um lugar onde planejassem esperar durante o dia para poderem atacar logo depois do escurecer. — Sharpe abriu a boca e ela se apressou para impedir que ele a interrompesse. — E vamos supor que os franceses soubessem onde vocês estão escondidos.

Sharpe deu de ombros.

— Eles mandariam homens para nos massacrar, é claro.

— E se vocês estivessem em outro lugar? — Agora Louisa falava com o mesmo entusiasmo com que tratara o mistério do cofre. — Vocês poderiam atacar enquanto eles estivessem fora da cidade!

— É tudo muito complicado — disse Sharpe, em tom de crítica.

— Mas vamos supor que eu dissesse isso a eles?

Sharpe, estarrecido, não disse nada. Então, balançou abruptamente a cabeça.

— Não seja ridícula!

— Não, verdade! — Louisa contrapôs o protesto levantando a voz.

— Se eu fosse a Santiago e contasse aos franceses o que vocês vão fazer, eles acreditariam em mim! Diria que vocês não permitiram que eu os acompanhasse, que insistiram que eu fosse para Portugal por conta própria, mas que preferi encontrar minha tia e meu tio. Eles acreditariam em mim!

— Jamais! — Sharpe queria interromper esta explosão de tolices.

— O major Vivar já aplicou esse truque. Ele espalhou rumores de que estava viajando comigo, o que fez os franceses se desviarem para o sul. Eles não vão morder a mesma isca duas vezes. — Sharpe lamentava extinguir tanto entusiasmo, mas a ideia de Louisa era absurda. — Mesmo se você contar aos franceses que estamos escondidos em algum lugar, eles só vão enviar a cavalaria para nos encontrar depois do amanhecer. E a essa altura já será tarde demais para o ataque. Se houvesse uma maneira de fazer a guarnição francesa se retirar à noite... — Ele deu de ombros, sugerindo que isso seria impossível.

— Foi apenas uma ideia. — Persuadida, Louisa olhou para os morcegos que revoavam diante da muralha.

— Foi gentileza da sua parte querer ajudar.

— Eu quero ajudar.

— Simplesmente estando aqui você já está ajudando. — Sharpe tentou soar galante. A sentinela deu meia-volta no fundo da muralha e marchou de volta lentamente em direção a eles. Sharpe sentiu que a garota iria se retirar para seu quarto a qualquer momento e, embora corresse o risco de provocar ainda mais constrangimento, ele não podia permitir que o momento passasse sem reforçar suas esperanças tênues. — Ainda há pouco... eu ofendi você? — perguntou, desajeitado.

— Nem pense nisso. Fiquei lisonjeada. — Louisa fitou as luzes no vale profundo.

— Não acredito que nosso Exército fugirá da Espanha. — Se essa era a objeção de Louisa para aceitá-lo, Sharpe iria derrubá-la, não porque tivesse certeza de que a guarnição lisboeta permaneceria em sua posição, mas porque não podia aceitar que a intervenção britânica tivesse sido derrotada. — Nós vamos ficar. A guarnição lisboeta será reforçada, e nós vamos atacar novamente! — Sharpe fez uma pausa, e então decidiu ir direto ao assunto. — E há esposas de oficiais com o Exército. Algumas vivem em Lisboa, algumas ficam um ou dois dias atrás do Exército. Isso não é incomum.

— Sr. Sharpe. — Louisa pousou a mão enluvada na manga de Sharpe. — Dê-me tempo. Sei que me dirá para aproveitar o momento, mas não sei se esse momento é agora.

— Desculpe.

— Não precisa pedir desculpas. — Louisa se cobriu com seu manto. — Permita que me retire. Passei muito tempo costurando e estou um pouco cansada.

— Boa noite, senhorita.

Nenhum homem se sente tão estúpido quanto um homem rejeitado, pensou Sharpe. Ainda assim tentou convencer-se de que não fora rejeitado, porque Louisa prometera uma resposta para depois que Santiago de Compostela fosse tomada. Fora sua impaciência que exigira uma resposta precoce. Impaciência essa que iria obcecá-lo e impulsioná-lo para uma cidade da qual retornaria — vitorioso ou fracassado — para receber a resposta pela qual ansiava.

O dia seguinte foi domingo. A missa foi celebrada no pátio do forte, e depois um grupo de cavaleiros chegou do norte. Eram homens de aparência rude, armados até os dentes, que trataram Vivar com uma cortesia cautelosa. Depois Vivar contou a Sharpe que os homens eram *rateros*, bandoleiros que por enquanto voltariam sua violência contra o inimigo comum.

Os *rateros* trouxeram notícias de um mensageiro francês, capturado com sua escolta quatro dias antes, que carregara um despacho codificado. O despacho fora perdido, mas a essência da mensagem fora extraída do oficial francês antes que ele morresse. O imperador estava impaciente.

Soult esperara tempo demais. Portugal precisava cair, e os britânicos, se ainda permaneciam em Lisboa, deviam ser expulsos antes que fevereiro terminasse. O marechal Ney ficaria no norte e varreria todas as forças hostis das montanhas. Portanto, mesmo se Vivar esperasse até que Soult partisse, ainda haveria soldados franceses em Santiago de Compostela.

Mas se Vivar atacasse agora, enquanto Soult ainda se encontrava vinte léguas ao norte, e enquanto a forragem preciosa ainda estivesse armazenada na cidade, então um golpe duplo seria desferido: os suprimentos poderiam ser destruídos, e o gonfalão desfraldado.

Vivar agradeceu aos cavaleiros, e então seguiu para a capela da fortaleza onde, por uma hora, rezou sozinho.

Quando emergiu da capela, Vivar encontrou Sharpe.

— Marcharemos amanhã — anunciou o *cazador*.

— Não hoje? — Se eles estavam com tanta pressa, por que esperar mais vinte e quatro horas?

Mas Vivar foi inflexível.

— Amanhã. Marcharemos amanhã de manhã.

Na alvorada seguinte, antes de ter se barbeado, e antes mesmo de ter engolido uma caneca do chá quente e amargo do qual os fuzileiros gostavam tanto, Sharpe descobriu por que Vivar esperara mais um dia. O espanhol estava tentando enganar os franceses com mais uma pista falsa. Para esse fim, na noite anterior enviara uma emissária a Santiago de Compostela. Um quarto vazio e uma cama fria denunciavam que Louisa havia partido.

CAPÍTULO XIII

— Por quê? — A pergunta de Sharpe foi a um só tempo desafio e protesto. Ela queria ajudar — disse Vivar, seco. — Estava ansiosa por ajudar, e não vi motivo para que não fizesse isso. Ademais, a Srta. Parker comeu minha comida e bebeu meu vinho durante dias. Assim, por que não haveria de pagar por essa hospitalidade?

— Eu disse a ela que essa ideia era absurda! Os franceses vão desmascará-la num piscar de olhos!

— Realmente pensa assim? — Vivar sentava-se diante de uma gamela perto do portão interno do forte, onde estava untando lenços de pés com a gordura de porco que o Exército fornecia como lenitivo contra bolhas. Ele interrompeu a tarefa desagradável para fitar Sharpe de forma indignada. — Por que os franceses achariam estranho que uma jovem quisesse se reunir à família? Não acho isso nem um pouco estranho. Assim como não achei necessário ter nem sua aprovação nem sua opinião, tenente.

Sharpe ignorou a censura.

— Você simplesmente mandou que ela partisse à noite?

— Não seja ridículo. Dois homens meus estão escoltando a Srta. Parker até o mais longe possível. Depois ela terá de percorrer o resto do caminho para a cidade a pé. — Vivar envolveu um dos panos besuntados no pé direito, e então virou-se fingindo assombro, como se tivesse acabado de compreender o verdadeiro motivo para o descontentamento de Sharpe.

— Está apaixonado por ela!

— Não! — protestou Sharpe.

— Então não posso compreender por que está tão perturbado. Na verdade, você deveria estar deliciado. A Srta. Parker informará relutantemente aos franceses que nós desistimos de atacar. — Vivar calçou a bota direita.

Sharpe ficou de queixo caído.

— Você disse a ela que o ataque foi cancelado?

Vivar começou a envolver o pé esquerdo.

— Também disse a ela que iremos capturar a cidade de Padron amanhã ao amanhecer. A cidade fica a mais ou menos 24 quilômetros de Santiago de Compostela.

— Eles jamais acreditarão nisso!

— Pelo contrário, tenente. Eles acharão que é uma história crível, muito mais crível do que um ataque de meia-tigela a Santiago de Compostela! Eles até acharão graça de eu ter contemplado um ataque como esse, mas meu irmão entenderá completamente por que escolhi a cidade menos conhecida de Padron. Foi nela que o barco funerário de São Tiago aportou na costa da Espanha, e portanto esse também é considerado um lugar sagrado. Não tão santificado quanto o túmulo em Santiago, concordo, mas as outras indiscrições de Louisa explicarão por que Padron servirá.

— Quais outras indiscrições?

— Louisa dirá a eles que o gonfalão está tão apodrecido pelo tempo e pelo uso que não poderá ser desfraldado. Assim, meu novo plano é esmagar seus farrapos numa poeira que espalharei no mar. Dessa forma, embora não possa executar o milagre que desejava, ao menos impedirei que o gonfalão passe para as mãos dos inimigos da Espanha. Em suma, tenente, a Srta. Parker dirá ao coronel de l'Eclin que vou abandonar o ataque porque temo o poder de suas defesas. Você deve admitir que esse argumento é forte. Afinal, é você quem vive me lembrando do quanto o nosso inimigo é temível. — Vivar calçou a bota esquerda e se levantou. — Minha esperança é de que o coronel de l'Eclin deixe a cidade esta noite para nos emboscar enquanto marchamos para Padron.

Ao menos a pista falsa de Vivar tinha uma plausibilidade da qual as ideias entusiasmadas de Louisa haveriam carecido. Mesmo assim Sharpe estava chocado em ver a tranquilidade com que o espanhol punha em risco a vida da garota. Ele quebrou a lâmina de gelo na superfície da água e retirou sua navalha, a qual pousou na beira da gamela.

— Os franceses são suficientemente sensatos para não saírem da cidade à noite — argumentou Sharpe.

— Mesmo se acharem que têm uma chance de emboscar nossa marcha e capturar o gonfalão? Acho que eles sairão, sim. Louisa também vai informar a eles que você e eu brigamos, e que você levou os fuzileiros para o sul até Lisboa. Ela dirá que foram suas atitudes nada cavalheirescas que a fizeram buscar a proteção da família. Assim, de l'Eclin não temerá seus fuzileiros, e assim ficará tentado a sair da toca. E se eles não marcharem? O que teremos perdido?

— Podemos perder Louisa! Ela pode ser morta! — Disse Sharpe, com veemência.

— É verdade, mas com tantas mulheres morrendo pela Espanha, por que a Srta. Parker não pode morrer pela Grã-Bretanha? — Vivar tirou a camisa e pegou sua navalha e seu caco de espelho. — Acho que você gosta dela — disse, acusador.

— Não particularmente — mentiu Sharpe. — Mas me sinto responsável por ela.

— É muito perigoso sentir responsabilidade por uma mulher jovem. Responsabilidade pode conduzir ao afeto, e afeto pode conduzir ao... — A voz de Vivar morreu em sua garganta. Sharpe tirara pelo pescoço a camisa rasgada e manchada, e o espanhol fitou com horror suas costas nuas. — Tenente?

— Fui açoitado. — Sharpe, tão acostumado às cicatrizes horrendas, sempre surpreendia-se quando outras pessoas as consideravam dignas de nota. — Foi na Índia.

— O que você fez?

— Nada. Um sargento não gostava de mim, apenas isso. O bastardo mentiu. — Sharpe mergulhou a cabeça na água fria e retirou-a, arfante. Desdobrou sua navalha e começou a raspar o restolho escuro de seu queixo. — Foi há muito tempo.

Vivar estremeceu e então, sentindo que Sharpe não falaria mais sobre o assunto, mergulhou sua lâmina na água.

— Se quer minha opinião, os franceses não matarão Louisa.

Sharpe resmungou, como se para insinuar que ele não se importava se eles iriam matá-la ou não.

— Os franceses não odeiam os ingleses tanto quanto odeiam os espanhóis — presumiu Vivar. — Ademais, Louisa é uma garota de grande beleza, e garotas assim provocam nos homens sentimentos de responsabilidade. — Vivar apontou com a navalha para Sharpe, indicando-o como prova. — Ela também tem um ar inocente que, creio, tanto irá protegê-la quanto fazer de l'Eclin acreditar nela. — Ele fez uma pausa para raspar o ângulo de seu queixo. — Eu a instruí a chorar. Homens acreditam em mulheres lacrimosas.

— Ou metem uma bala na cabeça delas — disse Sharpe.

— Lamentaria se eles fizessem isso — disse Vivar devagar. — Lamentaria profundamente.

— Lamentaria? — Sharpe pela primeira vez ouvira um indício de emoção genuína na voz do espanhol. Ele fitou Vivar e repetiu acusadoramente a pergunta. — Lamentaria?

— Por que não? É claro que mal a conheço, mas ela parece ser uma jovem admirável. — Vivar calou-se por um instante, evidentemente contemplando as virtudes de Louisa, e então deu de ombros. — É uma pena que seja herege, mas é melhor ser metodista do que descrente, como você. Pelo menos ela está a meio caminho do céu.

Sharpe sentiu uma pontada de ciúmes. Era evidente que Blas Vivar estava mais interessado em Louisa do que ele percebera ou considerara possível.

— Não que isso importe — disse casualmente Vivar. — Espero que ela viva. Mas e se ela morrer? Então rezarei por sua alma.

Sharpe estremeceu no frio, perguntando-se por quantas almas seria preciso rezar depois que os próximos dois dias tivessem passado.

A expedição de Vivar avançava sob uma garoa fria que apertava à medida que o dia se aproximava do fim.

Os soldados seguiram pelas montanhas em trilhas serpeantes que atravessavam terras inférteis e contornavam depressões. Certa vez passaram por uma aldeia que fora saqueada pelos franceses. Não restava um único prédio intacto, e não se via nenhuma pessoa ou animal. Todos os homens de Vivar mantiveram um silêncio respeitoso enquanto passavam pelas vigas queimadas das quais a chuva gotejava lentamente.

Haviam iniciado a marcha muito antes do meio-dia, porque ainda havia muitos quilômetros a percorrer antes da alvorada. Os *cazadores* de Vivar seguiam na frente. Um esquadrão de cavalaria estava montado para patrulhar a terra adiante da marcha. Atrás desses batedores vinham os *cazadores* desmontados, puxando seus cavalos. Atrás deles vinham os voluntários. Os dois padres cavalgavam logo adiante dos fuzileiros de Sharpe que formavam a retaguarda. O cofre viajava com os dois padres. A carga preciosa fora amarrada a um burro que tivera as cordas vocais cortadas para que seus zurros não alertassem o inimigo.

O sargento Patrick Harper sentia-se feliz por estar marchando para a batalha. As divisas de seda branca reluziam em sua manga rasgada.

— Os rapazes estão bem, senhor. Meus meninos estão loucos por uma boa luta.

— Todos eles são seus meninos — disse Sharpe, querendo dizer que a responsabilidade especial de Harper estendia-se para além desse pequeno grupo de soldados irlandeses.

Harper assentiu positivamente.

— E são, senhor. Todos eles são meus meninos. — Harper relanceou os olhos para os casacas verdes em marcha e ficou claramente satisfeito em ver que eles não precisavam de ordens para apertar o passo. — Todos estão loucos para descer a lenha naqueles bastardos, senhor.

— Alguns deles devem estar preocupados — disse Sharpe, esperando incitar Harper a comentar sobre um incidente no começo da semana, sobre o qual ouvira apenas rumores. Contudo, o sargento fez ouvido de mercador à insinuação.

— Não é possível lutar contra os malditos franceses sem ficar preocupado, senhor. Mas pense no quanto os franceses ficariam preocupados se soubessem que os fuzileiros estão chegando. E fuzileiros irlandeses, também!

Sharpe decidiu perguntar-lhe diretamente.

— O que aconteceu entre você e Gataker?

Harper dirigiu-lhe um olhar de inocência absoluta.

— Nada, senhor.

Sharpe preferiu não insistir. Ele ouvira dizer que Gataker, um homem sagaz e temperamental, opusera-se a seu envolvimento no plano de Vivar. Os casacas verdes não tinham nada que se envolver em batalhas particulares, alegara Gataker, especialmente aquelas com grandes chances de deixar a maioria deles mortos ou aleijados. Como o pessimismo poderia ter se disseminado rápido, Harper pusera um fim violento nele, e o olho roxo de Gataker fora explicado como um tropeço na escadaria da entrada fortificada.

— Aquela escadaria é um perigo; escura demais — fora tudo que Harper comentara sobre o assunto.

Era exatamente para esse tipo de resolução ágil de problemas que Sharpe quisera promover o irlandês, e o sucesso fora instantâneo. Harper não tinha qualquer problema em impor autoridade, e se essa autoridade derivava mais de sua força e personalidade do que das divisas de seda costuradas em sua manga direita, melhor ainda. As últimas palavras do capitão Murray haviam se provado verdadeiras; com Harper ao seu lado, os problemas de Sharpe tinham sido reduzidos à metade.

Os fuzileiros marcharam para a noite. Estava escuro como breu e, embora ocasionalmente avultasse sobre eles uma rocha de granito ainda mais negra que a noite, Sharpe tinha a impressão de que caminhavam às cegas por uma paisagem lisa.

Mas esta era a região natal dos voluntários de Blas Vivar. Havia entre eles vaqueiros que conheciam estas colinas tão bem quanto Sharpe conhecera na infância os becos nas cercanias de St. Giles, em Londres. Esses homens agora estavam espalhados pela coluna como guias, seus serviços encorajados pelos charutos que Vivar distribuíra entre sua pequena força. Ele tinha certeza de que neste fim de mundo não haveria francês próximo o bastante para farejar o tabaco, e as brasas atuavam como faróis diminutos para manter cerrada a coluna de homens em marcha.

Ainda assim, apesar dos guias e dos charutos, seu ritmo ficou mais lento durante a noite e reduziu ainda mais à medida que a chuva deixava as trilhas escorregadias. Os córregos frequentes estavam cheios, e Vivar insistia que cada um fosse espargido com água benta antes que a vanguarda os atravessasse. Os homens estavam exaustos e esfaimados, e na escuridão seus temores tornavam-se traiçoeiros; temores de homens que marchavam para uma batalha desigual e em quem a apreensão cresce até chegar às raias do terror.

A chuva parou duas horas antes do amanhecer. Não ventava. A grama estava quebradiça devido à geada. Os charutos haviam acabado, mas eles não eram mais necessários, porque agora uma névoa pairava sobre os últimos vales antes da cidade.

Quando a chuva parou, Vivar ordenou que os homens fizessem alto.

Eles pararam porque havia o perigo de que os franceses tivessem postado batedores nas aldeias que jaziam nas colinas em torno da cidade. Os refugiados de Santiago de Compostela nada sabiam sobre essas precauções, mas Vivar precaveu-se contra elas ordenando que qualquer peça de equipamento que pudesse chocalhar fosse amarrada. Mosquetes e bandoleiras de fuzis, cantis e canecas foram abafados. Mas enquanto eles se moviam, Sharpe continuou com a impressão de que os soldados faziam barulho suficiente para despertar os mortos; ferraduras tilintavam em pedras, calcanhares de botas martelavam terra congelada, mas nenhum batedor francês abalou a escuridão com uma salva de tiros de mosquete para alertar a cidade longínqua.

Os fuzileiros agora lideravam a marcha. Vivar seguia com sua cavalaria, mas os casacas verdes lideravam o grupo porque eles eram a infantaria experiente que iniciaria o ataque. Uma cavalaria não podia assaltar uma cidade barricada; apenas uma infantaria poderia fazer tal coisa, e desta vez isso precisava ser feito sem armas de fogo carregadas. Sharpe concordara relutantemente que seus fuzileiros fariam o assalto armados apenas com suas baionetas.

Uma fecharia de pederneira era uma coisa precária. Mesmo desengatilhada a arma poderia disparar caso o cão da pederneira batesse num galho, fosse empurrado para trás, e então liberado. Um tiro como esse, ainda que acidental, alertaria sentinelas francesas.

Uma coisa era instruir homens a não atirar; dizer a eles que suas vidas dependiam de uma aproximação silenciosa, mas na escuridão enevoada que precedia o alvorecer, quando o sangue de um homem estava gelado e seus temores ardentes, um miado de gato podia assustar um fuzileiro e fazê-lo atirar às cegas na noite. Bastaria um tiro como esse para atrair os franceses de suas guaritas.

E assim — embora essa concessão tivesse aumentado ainda mais seu temor — Sharpe vira a sensatez no apelo de Vivar e concordara em avançar com armas descarregadas. Agora nenhum tiro poderia perturbar a noite.

Mesmo assim ainda havia chances de que os franceses fossem alertados. Esses temores eram os companheiros tumultuosos de Sharpe na marcha longa e cada vez mais claudicante. Será que os franceses tinham espiões nas montanhas, que, assim como os refugiados que haviam passado informações para Vivar, traíram Vivar para a cidade? Ou talvez de l'Eclin, um homem cuja crueldade era absoluta, tivesse extraído a verdade de Louisa a chicotadas? E se ele tivesse convocado artilharia de La Coruña e carregado os canhões com granadas para receber os atacantes? Atacantes que ainda por cima estariam cansados, com frio e sem armas carregadas. Já o começo do combate, desta forma, seria uma chacina.

Os temores de Sharpe aumentavam mais e mais. Afastado do otimismo indomável de Vivar, Sharpe deixava que as dúvidas o corroessem. Ele não podia expressar essas dúvidas, porque isso destruiria qualquer confiança que seus homens poderiam ter em sua liderança. Ele podia apenas esperar transmitir tanta certeza quanto Patrick Harper, que marchara animadamente os últimos quilômetros íngremes. Enquanto atravessavam um matagal úmido à sombra densa de alguns pinheiros, Harper comentou com entusiasmo como seria fantástico reencontrar a Srta. Louisa.

— Ela é uma garota corajosa, senhor.

— Corajosa e estúpida — retrucou Sharpe, amargo, ainda zangado pela vida de Louisa estar sendo posta em risco.

E, contudo, Louisa era o reverso do medo de Sharpe: o consolo que, como um farolete numa escuridão imensa, mantinha-o em movimento. Ela era sua esperança, mas contra essa esperança contrapunham-se os demônios do medo. Esses demônios ficavam mais sinistros a cada parada forçada. O guia de Sharpe, um ferreiro da cidade, estava liderando uma rota tortuosa para evitar os aldeões e o homem parava frequentemente para cheirar o ar como se pudesse encontrar seu caminho apenas pelo cheiro.

Enfim satisfeito, o ferreiro apertou o passo. Os fuzileiros escorregaram pela ladeira escarpada de uma colina, alcançando um córrego que enchera uma campina e transformara o fundo do vale num pântano de água congelada e rasa. O guia de Sharpe parou na margem do pântano.

— *Agua, señor.*

— O que ele quer? — sussurrou Sharpe, que não entendia uma palavra de espanhol.

— Disse alguma coisa sobre água, senhor — respondeu Harper.

— Eu sei que isso aí é água, seu idiota. — Sharpe começou a caminhar em frente, mas o guia ousou puxar-lhe a manga.

— *Agua bendita! Señor!*

— Ah! — Foi Harper quem entendeu. — Ele quer a água benta, senhor. É isso.

Sharpe praguejou, furioso com o pedido ridículo. Os fuzileiros estavam atrasados e este imbecil exigia que ele borrifasse um pântano com água benta?

— Em frente! — ordenou Sharpe.

— Tem certeza... — começou Harper.

— Em frente! — Os medos que se agitavam dentro de Sharpe carregaram sua voz com uma rudeza ainda maior que a habitual. Esta expedição era um erro, uma loucura! Ainda assim, o orgulho não iria deixá-lo recuar, assim como não permitiria que prestasse uma reverência a espíritos da água. — Não tenho bosta nenhuma de água benta! Além do mais, isso é apenas bobagem supersticiosa, sargento, e você sabe disso.

Os Fuzileiros de Sharpe

— Não sei não, senhor.

— Em frente! — Sharpe liderou o caminho através do córrego e praguejou porque suas botas rasgadas deixaram entrar água fria. Os fuzileiros, alheios à causa do pequeno atraso na beira da água, seguiram-no.

Esta névoa parecia mais densa no fundo do vale, e o guia, que chapinhara pelo córrego junto com Sharpe, hesitou na outra margem.

— Depressa! — gritou Sharpe, embora fosse uma ordem inútil, visto que o ferreiro não falava inglês. — Depressa! Depressa!

O guia, claramente aturdido, indicou uma trilha de ovelhas estreita, que angulava para cima pela ladeira no outro lado do córrego. Enquanto escalava, Sharpe compreendeu que eles deviam ter se aproximado demais da cidade, que foi traída pelo fedor pestilento de suas ruas, parecendo pressagiar o horror que aguardava os homens.

De repente Sharpe percebeu que os baques e tinidos que caracterizavam o movimento da cavalaria tinham ficado para trás, e deduziu que Vivar devia ter enviado os *cazadores* ao desvio para norte programado para afastá-los dos ouvidos das sentinelas francesas. A esta altura a infantaria de voluntários mal treinados devia estar 200 ou 250 metros à ré de Sharpe. Os fuzileiros estavam isolados, à vante do ataque, e agora muito próximos da cidade sagrada de São James.

E eles estavam atrasados, porque a névoa estava sendo dissipada pelo primeiro luzir da alvorada falsa. Sharpe podia ver Harper ao seu lado, podia até mesmo ver as gotas de orvalho na barretina de Harper. Ele perdera sua barretina na batalha na fazenda, e agora usava em seu lugar um casquete dos *cazadores*. A cobertura era de um cinza pálido, e Sharpe foi tomado pelo conhecimento súbito e irracional de que o tecido de cor clara faria de sua cabeça um alvo para algum atirador francês na colina acima. Tirou o chapéu e jogou-o nuns arbustos. Podia ouvir as batidas do próprio coração. Seu estômago ardia, sua boca estava seca.

O ferreiro, avançando agora muito cautelosamente, conduziu os fuzileiros através de um pasto até um bosquete de olmos no cume da colina. Os galhos nus gotejavam, e a névoa ondulava na escuridão. Sharpe sentia o cheiro de uma fogueira, embora não conseguisse vê-la. Tentou adivinhar se ela pertenceria a um dos postos de guarda franceses, e pensar em sentinelas fez com que se sentisse horrivelmente sozinho e vulnerável. A aurora estava chegando. Este era o momento em que ele deveria estar atacando, mas a névoa mascarava os pontos de referência que Vivar instruíra-o a visualizar. À sua direita devia haver uma igreja, à esquerda o vulto da cidade, e ele não devia estar no cume de uma colina, mas numa ravina profunda que ocultaria a aproximação dos fuzileiros.

Sharpe, carecendo desses pontos de referência, supôs que ainda deveria avançar mais, que ainda precisavam descer para a ravina, mas o ferreiro olhou através das árvores e, com uma cara de bobo, indicou que a cidade jazia à sua esquerda. Sharpe não respondeu, e o guia mais uma vez puxou a manga verde do fuzileiro e apontou para a esquerda.

— Santiago! Santiago!

— Mas que merda! — exclamou Sharpe, abaixando-se para se apoiar sobre um joelho.

— Senhor? — Harper se ajoelhou ao lado dele.

— Estamos no lugar errado!

— Deus salve a Irlanda — disse o sargento em não mais que um sussurro. O guia, incapaz de obter uma resposta compreensível dos casacas verdes, desapareceu na escuridão.

Sharpe praguejou de novo. Ele estava no lugar errado. Esse erro preocupou-o e irritou-o, mas o que mais o enfureceu foi saber que Vivar atribuiria esse desvio aos espíritos do córrego, os *xanes*. Mas o que importava era que Sharpe havia errado o caminho, estava atrasado, e não fazia a menor ideia de onde se encontravam os outros soldados. Os temores se apoderaram dele. Não era assim que um ataque deveria começar! Deveria haver clarins e bandeiras na névoa! Em vez disso ele estava só, perdido, muito adiante dos *cazadores* e voluntários. Sharpe disse a si mesmo que havia previsto isto! Vira isso acontecer antes, na Índia, onde bons soldados, forçados a um ataque noturno, tinham ficado perdidos, assustados e abatidos.

— O que faremos, senhor? — perguntou Harper.

Sharpe não respondeu, porque não sabia. Estava tentado a dizer que recuaria, desistindo do ataque inteiro, quando uma forma moveu-se à sua esquerda, botas farfalhando a grama congelada, e o ferreiro reemergiu na névoa com Blas Vivar a seu lado.

— Você se adiantou muito — sussurrou Vivar.

— Merda, eu sei disso!

O ferreiro estava evidentemente tentando explicar como os fuzileiros tinham atiçado os *xanes*, mas Vivar demonstrou não ter tempo para ouvir lamentações. Fez um sinal para dispensar o homem e se ajoelhou ao lado de Sharpe.

— Fica a duzentos passos da igreja. Naquela direção. — Vivar apontou para a esquerda. A igreja deveria estar à direita deles.

A força de Vivar contornara a cidade durante a noite e agora aproximava-se do norte. A muralha norte da cidade fora destruída há muito tempo, suas pedras retiradas para erigir as casas mais novas que se espalhavam depois da linha de fortificações medievais ao longo da estrada que conduzia a La Coruña. O *cazador* escolhera a estrada para sua aproximação, não apenas porque carecia da barreira de uma muralha medieval, mas também porque os guardas poderiam pensar que qualquer tropa em aproximação fosse de franceses chegando do Exército de Soult.

A igreja, que atendia ao subúrbio mais novo, fora convertida num posto de guarda francês. Jazia a 300 metros da linha de defesa externa que era composta de barricadas. Cada estrada para a cidade tinha um posto de guarda cujo propósito era emitir alarmes para as defesas principais da cidade.

— Acho que Deus está conosco — sussurrou Vivar a Sharpe. — Ele nos mandou a névoa.

— Eles nos mandou para a merda do lugar errado — retrucou Sharpe.

Os fuzileiros deveriam estar a 400 metros ao sul, na ravina pantanosa, e deveriam ter chegado lá há uma hora. A ravina serpeava atrás da igreja e subia até as casas logo adiante das defesas principais. Eles tinham perdido a chance de fazer essa aproximação secreta. Agora, tão próximos do inimigo e na iminência de serem iluminados pela alvorada, eles não tinham tempo de rastejar de volta através da névoa.

— Deixe o posto de guarda comigo — disse Vivar.
— Você quer que meu ataque passe direto por ela?
— Quero.

O que era um pedido fácil para Vivar fazer, mas significava uma mudança de plano que colocaria todo o ataque em risco. Como tinham chegado tarde e no local errado, os fuzileiros perderiam o elemento surpresa. Vivar propôs que o ataque de Sharpe ignorasse o posto de guarda. Era possível ignorar as sentinelas francesas, mas elas não iriam ignorá-los. Sua reação demoraria algum tempo. Homens atônitos perderiam segundos preciosos, e ainda mais segundos poderiam ser perdidos se os mosquetes inimigos, umedecidos pela névoa, falhassem. A escuridão poderia até engolir os fuzileiros antes que os franceses atirassem, mas eles iriam atirar, alertando seus conterrâneos muito antes que os casacas verdes cobrissem os 300 metros da igreja até as defesas da cidade. Os guardas nas barricadas seriam alertados. Estariam à espera dos fuzileiros e, na melhor das hipóteses, a força de Vivar iria se descobrir próxima a algumas casas no lado norte da cidade; à medida que o dia clareasse e a névoa se dissipasse, a cavalaria impediria seu recuo. Ao meio-dia todos seriam prisioneiros dos franceses, Sharpe tinha certeza disso.

— Bem? — Pelo silêncio e pela imobilidade de Sharpe, Vivar deduziu que ele já tinha a batalha como perdida.

— Onde está sua cavalaria? — perguntou Sharpe, não por interesse, mas para postergar a decisão terrível.

— Davila os está liderando. Estarão posicionados. Os voluntários estão no pasto atrás. — Não obtendo qualquer resposta, Vivar tocou o braço de Sharpe. — Tenente, farei com ou sem você. Não me importaria se o imperador em pessoa e todas as forças do inferno estivessem guardando a cidade. Eu faria do mesmo jeito. Não há outra maneira de expurgar a vergonha de minha família. Tenho um irmão que é um traidor, e essa traição deve ser lavada com sangue do inimigo. E Deus olhará com misericórdia para um desejo como esse, tenente. Você diz que não acredita, mas acho que na iminência da batalha todo homem pode sentir o hálito de Deus.

Foi um belo discurso, mas não comoveu Sharpe.

— Deus silenciará o posto de guarda?

— Se for a vontade Dele, sim. — A névoa estava clareando. Sharpe agora podia ver os galhos pálidos e nus do olmo acima dele. Cada segundo de atraso estava colocando o assalto em risco, e Vivar sabia disso. — E então? — tornou a perguntar. Sharpe continuou sem dizer nada, e o espanhol, com um gesto de desgosto, levantou-se. — Nós espanhóis faremos sozinhos, tenente!

— O diabo que farão! Fuzileiros! — Sharpe se levantou. Ele pensou em Louisa; ela dissera alguma coisa sobre aproveitar o momento e, a despeito de seus demônios, Sharpe pensou que ele iria perdê-lo se não agissem agora. — Dispam casacos e mochilas! — Os fuzileiros, para lutar desimpedidos, obedeceram. — E carregar armas!

Vivar sibilou uma cautela contra carregar os fuzis, mas Sharpe não desfecharia um ataque sem surpresa com armas descarregadas. Era preciso correr o risco de um disparo acidental. Sharpe esperou até a última vareta de carregamento ter sido usada e o último fecho ter sido escorvado.

— Calar baionetas!

Lâminas tilintaram e em seguida clicaram ao serem encaixadas nas bocas das armas. Sharpe pendurou a bandoleira de seu fuzil no ombro e desembainhou sua espada longa e desajeitada.

— Em fileiras, sargento. Diga aos homens para não produzirem qualquer som! — Ele olhou para Vivar. — Não quero que você pense que não tínhamos coragem.

Vivar sorriu.

— Jamais pensaria isso. Tome.

Vivar levou a mão à cabeça, retirou de seu chapéu a folhinha seca de alecrim e enfiou-a numa dobra folgada da casaca de Sharpe.

— Isso faz de mim um membro da sua elite? — perguntou Sharpe.

Vivar balançou a cabeça e explicou:

— É uma erva que repele o mal, tenente.

Por um segundo Sharpe sentiu-se tentado a rejeitar o amuleto, mas então, lembrando de como desafiara os *xanes*, permitiu que a folhinha de alecrim ficasse onde estava. A missão daquela manhã tornara-se tão desesperada que ele estava disposto a acreditar até que uma erva morta pudesse conceder-lhe proteção.

— Em frente!

Entrou na água é para se molhar, pensou Sharpe. A culpa era toda dele, que aprovara a loucura de Vivar na capela do forte, quando o mistério do gonfalão entorpecera-o como um vinho forte e aquecido. Agora não era o momento de permitir que seus medos contivessem a insanidade.

Então, avançaram. Atravessaram as árvores, passaram por uma muralha de pedra, e subitamente as botas de Sharpe resvalaram em cascalho e ele viu que haviam alcançado uma estrada. À direita avultava-se a sombra negra de um prédio, enquanto à frente ele finalmente conseguia ver a fogueira do posto de guarda. Suas chamas estavam fracas, esmaecidas pela névoa, mas foram acesas diante da igreja e, assim, iluminavam a estrada. A qualquer segundo o desafio iria soar.

— Cerrar fileiras — sussurrou Sharpe a Harper. — E dedos fora dos gatilhos!

— Cerrar fileiras! — sibilou Harper. — E ai de quem atirar!

Sharpe propôs que passassem correndo pelo posto de guarda. O barulho então iria começar, mas não havia como evitar isso. Começaria com disparos de mosquetes e fuzis, e terminaria numa cacofonia de gritos agonizantes. Mas por enquanto ouviam-se apenas botas roçando em cascalho, equipamentos pesados golpeando os corpos dos soldados e a respiração rouca de homens cansados por horas e mais horas de marcha.

Harper se benzeu. O outro irlandês na companhia fez o mesmo. Eles sorriram, não de prazer, mas de medo. Os fuzileiros tremiam, e suas tripas queriam se esvair. *Ave Maria, cheia de graça,* dizia Harper, repetidamente, para si mesmo. Ele supunha que deveria fazer uma prece a São James, mas não conhecia nenhuma, e assim repetia tensa e ininterruptamente a oração com a qual estava mais acostumado. *Rogai por nós, pecadores, agora e na hora de nossa morte. Amém.*

Sharpe liderava o avanço. Caminhava devagar; sempre olhando para a luz manchada da fogueira de vigília. As chamas agora reluziam na lâmina da espada que ele empunhava baixo. Para além desse primeiro fulgor, Sharpe agora podia ver manchas de outras fogueiras que deviam estar ardendo na margem da defesa principal francesa. A névoa estava ficando mais prateada e mais clara, e até julgou ver o emaranhado de telhados e domos que compunham o limbo superior da cidade. Era uma cidade pequena, dissera Vivar; um mero punhado de casas ao redor da abadia, mais estalagens, a catedral e a praça, mas uma cidade dominada pelos franceses que agora um exército pequeno e desigual tentava tomar.

Um exército pequeno, desigual, vestido de marrom e mal treinado, que era inspirado pela crença de um homem. Vivar, pensou Sharpe, devia estar embriagado por Deus se acreditava que aquele trapo de seda comido por traças poderia realizar seu milagre. Era loucura. Se o Exército britânico soubesse que um ex-sargento estava liderando fuzileiros numa missão como essa, iria levá-lo à corte marcial. Sharpe supôs que era tão louco quanto Vivar; a única diferença era que Vivar era incitado por Deus, e Sharpe pelo orgulho teimoso e estúpido de um soldado que não admitia derrota.

Ainda assim, lembrou Sharpe a si mesmo, outros homens tinham conquistado a glória com sonhos igualmente impraticáveis. Aqueles poucos cavaleiros, forçados mil anos antes pelos Exércitos gigantescos de Maomé a subir as montanhas até suas fortalezas elevadas, deviam ter sentido este mesmo desespero. Quando esses cavaleiros vestiram suas cotas de malha e levantaram suas lanças para enfrentar o Exército da lua crescente, que trazia sangue do deserto, eles deviam saber que esta era a hora de sua morte. Ainda assim, eles baixaram os visores de seus capacetes, esporearam suas montarias e atacaram.

Ao chutar inadvertidamente uma pedra, o barulho trouxe os pensamentos de Sharpe de volta para o presente. Eles estavam agora numa rua, o campo deixado para trás. As janelas das casas silenciosas tinham barras de ferro. A estrada subia, não escarpada, mas o suficiente para dificultar uma corrida. Uma sombra passou diante da fogueira, e então Sharpe viu que havia na rua uma barreira improvisada que deteria esta corrida louca até as defesas principais da cidade. A barreira era composta apenas por dois carrinhos de mão e algumas cadeiras; não obstante, era uma barreira.

A sombra em movimento diante da fogueira das sentinelas metamorfoseou-se numa silhueta humana; um francês que se curvou para acender um cachimbo com uma fagulha tirada das chamas. O homem não suspeitou de nada, nem olhou para norte onde teria visto o reflexo das chamas em baionetas fixadas.

Um cão latiu numa casa à direita de Sharpe. Ele estava tão tenso que pulou para o lado. O cão ficou frenético. Outro cão respondeu ao alarme, e um galo desafiou a manhã. Os fuzileiros instintivamente apertaram o passo.

Os franceses ao lado do fogo empertigaram-se e viraram-se. Sharpe viu a forma distinta da barretina de um homem; soldado de infantaria. Não um cavaleiro desmontado, mas um maldito soldado francês de infantaria que empunhou o mosquete e apontou-o para os fuzileiros.

— *Qui vive?*

O desafio iniciou a luta do dia. Sharpe respirou fundo e correu.

CAPÍTULO XIV

Foi extraordinário como, uma vez que a espera havia acabado, os temores se dissiparam como neve ao sol.
    Sharpe correu. Era colina acima. A sola de sua bota, tão cuidadosamente costurada no dia anterior, soltou-se. Embora corresse na superfície cascalhenta da estrada, tinha a impressão de chafurdar num lamaçal grosso. Ainda assim, seus temores haviam sumido porque os dados tinham sido lançados e o jogo começado.
    — *Qui vive?*
    — *Ami! Ami! Ami!* — Vivar ensinara a Sharpe uma frase inteira em francês que poderia confundir uma sentinela inimiga alerta, mas não tendo conseguido recordar as palavras estranhas, ateve-se a pronunciar a palavra em francês que significava "amigo". Gritou-a alto, ao mesmo tempo apontando para trás como se estivesse fugindo de algum inimigo oculto na neblina.
    A sentinela hesitou. Mais quatro franceses tinham vindo do portão da igreja. Um tinha divisas de sargento na manga azul, mas evidentemente não queria a responsabilidade de atirar em seu próprio lado porque gritou para a igreja, chamando por um oficial.
    — *Capitaine! Capitaine!* — E então, cabeça desnuda da barretina e ainda abotoando a jaqueta azul, o sargento virou-se para os fuzileiros que se aproximavam. — *Halte là!*
    Sharpe levantou a mão esquerda como se estivesse ordenando seus homens a parar. Ele reduziu a velocidade, voltando a pronunciar entre arfados:

— *Ami! Ami!* — Sharpe pareceu tropeçar para a frente, exausto, e o subterfúgio desajeitado levou-o até a dois passos do sargento inimigo. Então fitou o francês e viu seus olhos se encherem com terror súbito.

Era tarde demais. Todos os temores de Sharpe, e todo o alívio desses temores, reuniram-se em seu primeiro golpe de espada. Um passo para a frente, uma estocada, e o sargento estava dobrado sobre a lâmina da espada. A primeira sentinela estava abrindo a boca para gritar quando a baioneta de Harper penetrou sua barriga. O dedo do francês fechou num espasmo sobre o gatilho de seu mosquete. Sharpe estava tão perto do homem que não viu a chama sair da boca da arma; apenas a explosão na caçoleta. Uma fagulha de pólvora queimada efervesceu sobre sua cabeça, fumaça coleou ao seu redor, e em seguida ele estava torcendo sua espada para livrá-la da carne do francês. O sargento caiu para trás na fogueira de vigília e seu cabelo, que servira como toalha para suas mãos oleadas, inflamou-se por um instante numa labareda brilhante e alta.

Os três franceses remanescentes estavam recuando para o portão, mas os fuzileiros foram mais rápidos. Outro disparo de mosquete abalou a alvorada, e então as espadas-baionetas fizeram seu trabalho. Um francês soltou um grito horrível.

— Silenciem o maldito! — ordenou Harper. Uma lâmina rasgou carne, houve um som sufocado, e então nada.

Um disparo de pistola soou da porta da igreja. Um casaca verde arfou, rodopiou, caiu na fogueira. Dois fuzis dispararam, arremessando uma silhueta negra de volta para o interior sombrio da igreja. O fuzileiro em chamas gritou enquanto se arrastava para fora da fogueira. Os cães latiam como guardiões do inferno.

O elemento surpresa acabara, e ainda havia 300 metros de estrada a percorrer. Sharpe estava empurrando o carrinho de mão para o lado, abrindo a estrada para a cavalaria que deveria seguir.

— Deixem os sodomitas! — Havia ainda franceses dentro da igreja, mas eles precisavam ignorá-los para que o assalto tivesse qualquer chance de sucesso. Até os feridos de Sharpe deviam ser abandonados para que a cidade fosse tomada. — Deixem-nos! Vamos em frente!

Os fuzileiros obedeceram. Um ou dois ficaram para trás, procurando segurança nas sombras, mas Harper perguntou se eles preferiam lutar contra os franceses ou contra ele, e o retardatários encontraram sua coragem. Seguiram Sharpe para a névoa escura que não estava mais tão escura assim. Clarins soavam na cidade, mas ainda não em alarme, apenas anunciando a alvorada, mas os chamados serviram para instilar urgência nos casacas verdes. A pressa fez com que perdessem toda a disciplina militar; eles avançaram não em fila nem em linha, mas como uma massa de homens que corriam ladeira acima em direção à cidade que se avultava sobre eles.

Onde as defesas seriam alertadas. O medo tivera tempo de retornar, e estava ainda pior porque agora Sharpe sabia que os franceses haviam derrubado as casas perto da velha muralha para que os guardas atrás das barricadas dispusessem de um campo de tiro livre.

Os franceses na igreja dispararam da retaguarda. Uma bala sobrevoou as cabeças dos fuzileiros, outra passou entre eles para acertar uma parede vazia à frente. Sharpe imaginou os mosquetes e as carabinas deslizando sobre as barricadas da cidade. Imaginou um oficial francês ordenando aos soldados que esperassem até que o inimigo estivesse próximo. Agora era o momento da morte. Agora, se houvesse canhões nas defesas, seus grandes canos cuspiriam granadas. Os fuzileiros seriam estripados vivos, suas barrigas rasgadas, suas tripas espalhadas ao longo da rua fria.

Mas esses tiros não vieram, e Sharpe compreendeu que os defensores da cidade deviam ter ficado confusos com os disparos da igreja. Para um homem na linha principal de defesa, devia ter parecido que os fuzileiros em aproximação eram os remanescentes da guarnição do posto de guarda sendo perseguidos pela fuzilaria de um inimigo distante. Sharpe gritou a palavra mágica o mais alto que pôde, torcendo para que ela reforçasse o equívoco sobre sua identidade:

—*Ami! Ami!*

Sharpe podia ver agora as defesas principais. Uma carroça de fazenda bem alta fora posicionada através da entrada da rua mais próxima para compor uma barricada temporária que, de dia, podia ser puxada ou empurrada para deixar as patrulhas de cavalaria entrarem e saírem da cidade. Estava iluminada por uma fogueira que revelou as silhuetas de homens subindo para a plataforma da carroça. Sharpe podia vê-los calando suas baionetas. Também podia ver uma brecha estreita à esquerda da carroça, onde a trave dos arreios formava o único obstáculo.

Alguém na carroça gritou uma pergunta, e Sharpe não tinha resposta além da única palavra em francês que conhecia.

— *Ami!* — A corrida ladeira acima deixara-o arfante, mas ainda assim conseguiu rosnar uma ordem para seus homens. — Não se aglomerem! Espalhem-se!

E então, da igreja às suas costas, um clarim soou. Devia ser um sinal combinado, mas um que fora postergado pela morte do oficial e da sentinela avançada. Era o alarme; agudo e desesperado, e provocou uma salva de tiros instantânea da carroça.

Os mosquetes soaram, mas os defensores haviam atirado cedo demais e, à semelhança de muitas tropas que atiram colina abaixo, as balas passaram por cima de suas cabeças. Compreender isso encheu o coração de Sharpe com esperança. Ele agora estava entoando um grito de guerra, nada coerente, apenas um grito de fúria assassina que iria levá-lo até o limite da posição do inimigo. Harper estava ao lado dele, correndo como louco, e os fuzileiros espalhavam-se pela estrada de modo a não formar um alvo concentrado para os soldados franceses que treparam na carroça para assumir as posições dos homens que haviam disparado.

— *Tirez!* — A espada de um oficial inimigo desceu violentamente.

Os disparos projetavam quase um metro de chamas das bocas dos mosquetes franceses, e fumaça levantava-se para esconder a carroça. Um fuzileiro foi empurrado para trás como se uma corda o tivesse puxado pelo pescoço.

Sharpe fora para a esquerda da estrada, onde tropeçou nas ruínas das casas desmanteladas. Viu um fuzileiro parar para fazer mira e gritou para ele continuar correndo. Agora não deveria haver pausas, porque se este ataque perdesse seu ímpeto, o inimigo iria abatê-los como patos. Sharpe preparou-se para o momento terrível em que deveria confrontar a brecha.

BERNARD CORNWELL

Saltou para a abertura, gritando seu desafio com o qual esperava instilar medo em quem o esperasse. Três franceses estavam lá, avançando com baionetas, e a espada de Sharpe chocou-se com uma das lâminas para atingir a coronha do mosquete. Tropeçou na trave da carroça, e então foi empurrado para o lado quando o sargento Harper atravessou a brecha estreita. Outros fuzileiros estavam tentando escalar a lateral do veículo. Um francês desfechou sua baioneta para baixo, mas foi arremessado para trás por uma bala de fuzil. Mais fuzis foram disparados. Um francês mirou em Sharpe, mas, em seu nervosismo, esquecera de escorvar o mosquete. A pederneira fagulhou numa caçoleta vazia, o homem gritou, e então Sharpe recobrou seu equilíbrio e investiu à frente com a espada. Harper estava contorcendo sua espada-baioneta para desalojá-la das costelas de um inimigo. Mais fuzileiros espremiam-se através da brecha, talhando e furando, enquanto outros vinham por cima da carroça para tocar os franceses para trás. Os defensores tinham sido poucos, e haviam esperado tempo demais antes do clarim transformar sua incerteza em ação. Agora eles morriam ou fugiam.

— A carroça! A carroça! — Sharpe soltou sua espada do corpo do homem que esquecera de escorvar o mosquete. Harper desfechou um golpe com a coronha de seu fuzil para atordoar o último francês, e então gritou para os fuzileiros puxarem a carroça para fora do caminho. — Puxem, seus bastardos! Puxem!

Os casacas verdes lentamente arrastaram a carroça na direção da brecha que os franceses tinham aberto para usar como campo da matança.

A maior parte das sentinelas fugira pela rua à frente. Era uma rua estreita, calçada com pedras redondas com um canal central. Outras ruas conduziam para a esquerda e para a direita, seguindo a linha onde antes havia muralhas. Em todas as ruas, franceses afloravam das casas e alguns paravam para disparar nos fuzileiros. Uma bala de pistola ricocheteou da grade da janela ao lado da cabeça de Sharpe.

— Carregar! Carregar! — Sharpe estava chutando a fogueira de vigília para o lado, tentando abrir uma passagem para os cavaleiros de Vivar. Chutou destroços flamejantes para um beco, chamuscando botas e calças. Os fuzileiros abrigaram-se em vãos de portas, cuspindo balas dentro em canos e socando-as com suas varetas de ferro. Gritos soaram na rua e os primeiros fuzileiros que terminaram de recarregar atiraram no inimigo. Sharpe virou-se para ver os três campanários da catedral a meros 200 metros de distância. A estrada estreita era em aclive e depois de cinquenta passos virava levemente para a direita. A luz enevoada estava aumentando, embora a alvorada propriamente dita ainda não houvesse chegado. Alguns franceses em mangas de camisa ainda saíam correndo das casas segurando armas e capacetes. Um *cuirassier* inimigo, ao entrar em pânico, correu em direção aos casacas verdes e foi acertado na cabeça por uma coronha de fuzil. Outros abrigaram-se em pórticos para disparar contra os invasores.

— Fogo! — ordenou Sharpe. Outros fuzis dispararam para tocar o inimigo desorganizado mais para o interior da cidade. O fuzil de Sharpe escoiceou seu ombro como uma mula e a pólvora que inflamou da caçoleta queimou-lhe a bochecha. Harper estava arrastando cadáveres franceses para os lados, puxando os corpos através da terra enregelada na vala central.

Fez-se um silêncio curioso. Os fuzileiros tinham conseguido surpreender o inimigo, e o silêncio marcou os momentos preciosos e precários em que os franceses tentavam entender o que gerara o alarme súbito. Sharpe sabia que ocorreria um contra-ataque, mas agora havia apenas o silêncio estranho, inesperado, assustador. Quebrou o silêncio gritando para seus homens ocuparem as posições. Sharpe posicionou um esquadrão para cobrir a rua oeste, e um segundo para vigiar a direção leste, enquanto mantinha consigo a maior parte dos soldados para guardar o caminho estreito que conduzia até o centro da cidade. Sua voz ecoava de volta das paredes de pedra. Neste cenário gélido do alvorecer, Sharpe se deu conta da impertinência do que fizera, da impertinência do que Blas Vivar ousara ordenar. Um clarim francês soou o toque da alvorada, e então, revelando o clima de urgência no ar, emendou com um toque de alarme. Um sino badalou freneticamente e mil pombos alçaram voo das torres da catedral para encher o ar com asas assustadas. Sharpe virou-se para olhar ao norte e se perguntou quando chegaria a força principal de Vivar.

— Senhor!

Harper chutara a porta da casa mais próxima, onde meia dúzia de franceses, acovardados, estavam acocorados no posto de guarda. Fogo ardia na lareira, e suas roupas de cama jaziam amarfanhadas no soalho de madeira nua. Eles tinham dormido ali, e seus mosquetes ainda estavam guardados na estante ao lado da porta.

— Tire as armas de lá! — ordenou Sharpe. — Sims! Tongue! Cameron!

Os três correram até ele.

— Corte os cintos, correias, cadarços das botas e botões. Depois deixe os bastardos onde estão. Tomem suas baionetas. Peguem tudo que quiserem, mas depressa!

— Sim, senhor.

Harper acocorou-se ao lado de Sharpe na rua diante do posto de guarda.

— Foi mais fácil do que pensei.

Sharpe pensara que o irlandês grandalhão não sentia medo, mas suas palavras transpareciam alívio. E também eram realistas. Enquanto correra da igreja colina acima, Sharpe esperara que uma defesa poderosíssima emergisse da linha de prédios; em vez disso, uma linha piquete meio atordoada disparara duas salvas, e então desmoronara.

— Eles não estavam esperando por nós — explicou Sharpe.

Outra corneta inimiga emitiu seu toque de reunir urgente para rivalizar com os latidos dos cães e o clangor dos sinos. As ruas mais próximas agora estavam vazias exceto pela névoa afinando e pelas silhuetas tombadas dos dois franceses mortos enquanto saíam de seus alojamentos. Sharpe sabia que este era o momento para que o inimigo contra-atacasse. Se um oficial francês fosse sagaz e conseguisse encontrar duas companhias de soldados, ele derrotaria os fuzileiros. Sharpe olhou para sua direita, mas ainda não havia nenhum sinal dos *cazadores*.

— Carregar! E então aguentem o fogo!

Sharpe carregou seu fuzil. Ao morder a bala para fora do cartucho, o salitre pareceu mais amargo e fedorento que de costume. Sabia que depois de mais alguns tiros começaria a sentir uma sede insuportável devido ao paladar salgado da pólvora. Cuspiu a bala para a boca do rifle e socou-a para baixo contra a estopa. Guardou a vareta de carregamento e escorvou a caçoleta.

— Senhor! Senhor! — Era Dodd, um dos homens que vigiavam a rua que conduzia para oeste. Ele disparou. — Senhor!

— Firmes! Firmes! — Sharpe correu até o canto e viu um único oficial francês a cavalo. A bala de Dodd errara o homem que estava a setenta passos. — Firmes agora! — gritou Sharpe. — Agüentar o fogo!

O oficial francês, um *cuirassier*, empurrou para trás as bordas de seu manto num gesto tão desdenhoso quanto bravo. A couraça metálica que lhe protegia o peito reluzia suavemente à luz matinal. O homem desembainhou sua espada comprida. Sharpe engatilhou o fuzil.

— Harvey! Jenkins!

— Senhor? — responderam os dois em uníssono.

— Acertem aquele bastardo quando ele vier.

Sharpe virou-se, perguntando-se onde estavam os *cazadores* de Vivar. Um tropel de cascos fê-lo virar de volta, e viu que o oficial conduzia seu cavalo num trote em sua direção. Outros *cuirassiers* emergiram dos becos laterais e se juntaram a eles. Sharpe contou dez cavaleiros, depois mais dez. Era tudo que o inimigo podia reunir. Os outros soldados de cavalaria da cidade deviam ainda estar selando seus cavalos ou aguardando ordens.

O francês, definitivamente um dos homens mais bravos que Sharpe já vira, emitiu um comando.

— *Casques em tête!* — Os *cuirassiers* colocaram os capacetes emplumados. A largura da rua permitia que apenas três cavaleiros cavalgassem lado a lado. As espadas dos *cuirassiers* foram desembainhadas.

— Bastardo estúpido — disse Harper numa condenação selvagem ao oficial que, em sua sede por fama, conduzia seus homens à destruição.

— Apontar! — Sharpe quase odiou o momento. Havia meia dúzia de fuzileiros para cada cavaleiro francês na linha de frente que, quando tivessem morrido, bloqueariam a rua para os da retaguarda. — Firmes, rapazes! Vamos pegar todos esses bastardos! Mirem baixo!

Os fuzis foram nivelados; seus cães puxados para trás. Hagman apoiou-se sobre o joelho direito, e então recuou para ficar de cócoras sobre o calcanhar para que sua mão esquerda, apoiada por seu joelho esquerdo, pudesse suportar melhor o peso do fuzil e da baioneta. Alguns dos fuzileiros assumiram poses similares, enquanto outros apoiavam suas armas contra as vergas das portas. Restos da fogueira de vigília esfumaçavam na rua, embaçando sua visão dos cavaleiros que agora esporearam para um meio galope.

O oficial francês levantou a espada.

— *Vive l'Empereur!* — gritou, abaixando a espada para o bote.

— Fogo!

Os fuzis despejaram a carga letal. Sharpe ouviu o impacto das balas nas couraças de metal. Soaram como pedrinhas arremessadas com força contra uma placa de latão. Um cavalo relinchou, derrubando seu cavaleiro enquanto tombava. Espadas tilintaram nas pedras do solo. O oficial estava no chão, contorcendo-se em espasmos, vomitando sangue. Um cavalo sem cavaleiro entrou num beco. Um *cuirassier* deu as costas para os fuzileiros e fugiu. Outro, desmontado, capengou até uma porta aberta. Os soldados de cavalaria na retaguarda não tentaram forçar sua passagem, mas voltaram-se e fugiram.

— Recarregar!

Fumaça jorrou das janelas no fundo da rua. Uma bala atingiu com força impressionante a pedra ao lado de Sharpe, enquanto outra ricocheteou nas pedras do chão para se fincar na perna de um fuzileiro. O homem chiou de dor, caiu e apertou o ferimento sem conseguir evitar que sangue se espalhasse pelas calças pretas. Era difícil divisar os franceses atrás das janelas de grades pretas, e ainda mais difícil tirá-los de lá. Mais franceses apareceram como sombras no fundo da rua, e dessas sombras, chamas de mosquetes lancetaram em direção aos fuzileiros. Agora a luz era suficiente para que Sharpe visse uma bandeira francesa adejando da torre mais alta da catedral, e ele percebeu que aquele seria um dia de tempo limpo e frio, um dia para uma chacina, e a não ser que Vivar investisse muito em breve com sua força, os chacinados seriam os fuzileiros.

E então o clarim soou às costas de Sharpe.

Os *cazadores* não lutavam apenas por orgulho, nem apenas pela pátria, embora em nome de ambas as causas pudessem passar pelos portões do inferno. Os *cazadores* lutavam por São Tiago, o santo padroeiro da Espanha. Esta era a cidade cujo nome o homenageava, Santiago de Compostela. Aqui os anjos tinham mandado uma nuvem de estrelas alumiarem uma tumba esquecida, e aqui a cavalaria espanhola atacava por Deus e por São Tiago, pela Espanha e por São Tiago, por Blas Vivar e por São Tiago.

Eles chegaram como um dilúvio terrível. Cascos arrancavam fagulhas da estrada enquanto seus cavalos passavam por Sharpe. Suas espadas refletiam a parca luz da alvorada cinzenta. Investiram contra o coração da cidade, liderados por Blas Vivar, que gritou um agradecimento incompreensível enquanto passava galopando pelos fuzileiros.

E atrás dos *cazadores*, emergindo da ravina na qual Sharpe deveria ter estado ao raiar do dia, vinha a infantaria voluntária. Também entoavam como grito de guerra o nome do santo padroeiro. A despeito de seus uniformes improvisados compostos de túnicas marrons e faixas brancas, pareciam mais uma turba vingativa armada com mosquetes, picaretas, facas, lanças e foices.

Enquanto passavam correndo, Sharpe empurrava os mosquetes capturados para os homens que estavam sem armas de fogo, mas a intenção principal dos voluntários era alcançar o centro da cidade. Pela primeira vez, Sharpe acreditava que eles poderiam vencer, não mediante táticas militares, mas canalizando o ódio de uma nação.

— O que faremos, senhor? — perguntou Harper, vindo do posto de guarda com um punhado de baionetas capturadas.

— Vamos segui-los! Em frente! Vigiem seus flancos! Mantenham-se atentos para as janelas superiores!

Não que agora eles fossem seguir algum conselho. Os fuzileiros estavam possuídos pela loucura da manhã, e tudo que importava era tomar a cidade. Os temores da noite longa e fria haviam se dissipado. Em seu lugar havia agora uma confiança extraordinária.

Eles avançaram para o caos. Franceses, acordando para o massacre, correram para becos onde espanhóis vingativos os caçavam e matavam. Habitantes da cidade juntaram-se à caçada, auxiliando os homens de Vivar que estavam se espalhando pelas ruas medievais arqueadas que compunham um labirinto em torno dos prédios centrais. Gritos e tiros soavam por toda parte. *Cazadores*, divididos em esquadrões, cavalgavam de rua em rua. Alguns franceses ainda atiravam das janelas superiores de seus alojamentos, mas foram mortos um a um. Sharpe viu seu guia anterior, o ferreiro, esmagar o crânio de um lanceiro com um martelo. Sangue corria nas sarjetas. Um padre se ajoelhou diante de um voluntário moribundo.

— Permaneçam juntos! — ordenou Sharpe.

Ele temia que, em meio ao horror do momento, um fuzileiro em uniforme escuro fosse confundido com um francês. Chegou a uma pracinha, escolheu aleatoriamente uma rua e conduziu seus homens por ela, passando por três franceses que jaziam mortos em poças de sangue. Uma mulher vasculhava o uniforme de um homem nos degraus de uma igreja. Um quarto francês morria enquanto duas crianças — nenhuma com mais de dez anos — apunhalavam-no com facas de cozinha. Um aleijado sem pernas, sequioso por espólios, moveu-se sobre seus tocos calejados até alcançar um cadáver.

Sharpe guinou para a esquerda, entrando em outra rua. Encostou-se contra uma parede enquanto dois cavaleiros espanhóis passavam a meio galope. Um francês saiu correndo de uma casa direto para o caminho dos cavaleiros, gritou, e então uma espada cortou seu rosto enquanto era pisoteado por cascos de ferro. Em algum lugar na cidade, uma salva de mosquetes ribombou como uma trovoada. Um soldado de infantaria francês veio de um beco, viu Sharpe e se ajoelhou, literalmente implorando que fosse tomado como prisioneiro. Sharpe empurrou-o para trás, para a guarda dos fuzileiros, enquanto mais franceses vinham do beco. Eles largaram seus mosquetes, querendo apenas colocar-se sob proteção.

Agora havia luz e espaço adiante, um contraste com a penumbra fedorenta das ruelas. Sharpe conduziu seus homens até a praça ampla que cercava a catedral. Ali sentiu o aroma incongruente de pão vindo de uma padaria, mas logo esse cheiro acolhedor foi sobrepujado por uma fetidez de fumaça de pólvora. Os fuzileiros avançaram cautelosamente para a praça onde mais uma grande salva de tiros estremeceu a manhã. Sharpe viu corpos estirados na relva que crescia entre os ladrilhos da praça. Havia ali vários cavalos e homens mortos, em sua maioria espanhóis. A fumaça de mosquete estava mais densa que a névoa.

— Os malditos estão resistindo! — anunciou Sharpe a Harper.

Ele caminhou até a esquina da rua. À sua esquerda estava a catedral. Três homens em túnicas marrons jaziam nos degraus da catedral com sangue escorrendo dos corpos. À direita de Sharpe, e diretamente oposto à catedral, havia um prédio ricamente decorado. Uma bandeira francesa pendia de cima de sua porta central, enquanto cada janela estava amortalhada em fumaça de pólvora. Os franceses tinham transformado o prédio imenso numa fortaleza que dominava a praça.

Este não era o momento de lutar contra um grupo encurralado de franceses desesperados, mas de determinar que o resto da cidade fora tomado. Os fuzileiros usaram becos dos fundos para circundar a praça. Os prisioneiros ficaram com eles, aterrorizados com a vingança que os habitantes da cidade estavam exercendo sobre outros franceses capturados. A cidade havia desovado uma turba vingativa, e os soldados de Sharpe precisaram usar as coronhas de seus fuzis para garantir a segurança dos prisioneiros.

Sharpe conduziu seus homens para o sul. Passaram por um cavalo moribundo que Harper abateu com um tiro. Duas mulheres imediatamente atacaram o cadáver com facas, cortando grandes nacos de carne fresca. Um corcunda com um escalpo ensanguentado sorria enquanto cortava o rabo de cavalo de um dragão morto. Ocorreu a Sharpe que o morto era o primeiro dragão que ele via em Santiago de Compostela. Perguntou-se se o truque de Louisa realmente funcionara, e se a maior parte da cavalaria de casacas verdes franceses teria rumado para o sul.

— Lá dentro! — Sharpe viu um pátio à esquerda e empurrou os prisioneiros através do arco. Deixou meia dúzia de casacas verdes para cuidar deles, e então seguiu para o labirinto medieval que era uma confusão de combates. Alguns becos estavam pacíficos, enquanto em outros havia algumas trocas de tiros breves e furiosos com franceses encurralados. Um *cuirassier*, encurralado num beco, avançou com sua espada e colocou seis voluntários para correr antes de uma saraivada de balas de mosquete esmagar seu desafio. A maior parte dos franceses havia se entocado em seus alojamentos. Mosquetes espanhóis arrombaram portas e soldados morreram enquanto subiam escadarias estreitas. Os franceses estavam em desvantagem numérica. Duas casas pegaram fogo, e homens gritaram em horror enquanto eram queimados vivos.

A maior parte dos inimigos sobreviventes, exceto por aqueles que protegiam o grande edifício na praça, estava ao sul da cidade onde, numa sucessão de casas, seus oficiais incitavam-nos a uma defesa vigorosa. Os homens de Sharpe tomaram dois telhados e dispararam seus fuzis para expulsar os franceses das janelas e pátios. Vivar conduziu um ataque desmontado de *cazadores* e Sharpe observou a cavalaria de casacas vermelhas e azuis afluir para os prédios tomados pelo inimigo.

O plano cuidadoso de Vivar, que teria sido enviar homens a cada uma das saídas da cidade, desmoronara no calor da vitória, de modo que os homens que deviam estar tocando o inimigo para leste estavam matando e saqueando onde podiam. Contudo, era esta própria selvageria que conduzia os atacantes através da cidade, e fazia os franceses fugirem, ou para o campo, ou para o quartel-general francês na praça.

O sol nascente revelou que a bandeira francesa sumira da torre mais alta da catedral. Em seu lugar, reluzente como uma joia, um estandarte espanhol colhia a brisa. Ele portava o brasão da realeza espanhola; uma bandeira para a manhã, mas não a bandeira de São Tiago que seria desfraldada na catedral. Sharpe pensou no quanto o contorno da cidade estava bonito neste alvorecer. Era um emaranhado de obeliscos, domos, pináculos, cúpulas e torres, todos enevoados pela fumaça e pela luz do sol. Sobressaindo-se no cenário aparecia a grande catedral. Um grupo de franceses em casacas azuis apareceu na sacada de um dos campanários. Eles dispararam para baixo até uma salva de tiros espanhóis rechaçá-los de volta para dentro. Uma das balas espanholas tiniu num sino. Os outros sinos de igrejas das cidade entoaram badaladas de vitória, embora o gaguejar de tiros de mosquete ainda testemunhasse os últimos vestígios da resistência francesa.

Um fuzileiro ao lado de Sharpe rastreou dois franceses engatinhando num telhado distante 50 metros. O fuzil Baker escoiceou contra seu ombro e um dos inimigos escorregou ensanguentado pelas telhas até cair na rua. O outro, em desespero, atirou-se da beira do telhado para desaparecer. Os homens de Vivar tinham avançado empunhando sabres e carabinas, e Sharpe viu soldados franceses correndo para os campos do sul. Ordenou a seus homens que cessassem fogo e conduziu-os de volta para a rua onde a beleza do horizonte da cidade fora substituída pelo fedor de sangue coagulado. Um dos fuzileiros soltou uma gargalhada ao ver uma criança carregando uma cabeça humana. Um cão lambia o sangue numa sarjeta e rosnou quando o fuzileiro se aproximou demais dele.

Sharpe voltou para o limite da praça onde disparos de mosquete ainda acertavam os azulejos. O espaço amplo estava vazio com exceção dos mortos e moribundos. Os franceses permaneciam entocados dentro do prédio vasto e elegante a partir do qual, sempre que um espanhol ousava mostrar-se na praça, soava uma trovoada de mosquetes.

Sharpe manteve seus homens fora de vista. Caminhou de lado até o canto da rua de onde viu a riqueza que um santo morto trouxera para o centro da cidade. A praça ampla estava cercada de prédios de beleza espetacular. Ouviu um grito e, ao olhar nessa direção, viu um francês sendo empurrado de um dos campanários da catedral. O corpo se contorceu enquanto caía, e então foi misericordiosamente oculto por um terraço baixo. A catedral era um milagre de pedra lapidada delicadamente e desenhos intrincados, mas neste dia, no labirinto de seus telhados cinzelados, homens morriam. Outro estandarte espanhol foi hasteado do campanário depois que o último francês foi morto lá. Os sinos grandes iniciaram sua balada vitoriosa, mesmo quando uma salva de mosquetes do lado da praça tomado pelos franceses tentou vingar-se dos espanhóis que tinham içado a bandeira ao amanhecer.

Um espanhol irrompeu das portas do lado oeste da catedral para brandir uma bandeira francesa capturada. Prontamente, uma fuzilada explodiu do oeste da praça, suas balas zuniram e estalaram em torno do homem. Ele sobreviveu por milagre e, claramente sabendo que neste dia era invencível e imortal, pôs-se a pavonear para cima e para baixo pelos degraus da catedral e entre os cadáveres espalhados na praça. A cada passo dado, a bandeira inimiga capturada era esburacada por balas sibilantes, mas de algum modo o homem sobreviveu e os fuzileiros aplaudiram quando, finalmente, ele dobrou a esquina com seu troféu esfarrapado e em segurança.

Parado nas sombras, Sharpe observara o prédio dominado pelos franceses e tentara avaliar quantos mosquetes ou carabinas tinham disparado de sua fachada. Calculou pelo menos uma centena de tiros, e soube que, se os franceses tivessem o mesmo número de homens a cada lado do prédio grande, então este seria um lugar muito difícil de tomar.

Sharpe virou-se quando cascos soaram às suas costas. Era Blas Vivar, que devia saber que ameaça esperava na praça, porque apeou de sua sela bem antes do final da rua.

— Você viu a Srta. Louisa?

— Não!

— Nem eu. — Vivar ouviu a mosquetaria na praça. — Eles ainda estão no palácio?

— Em grande número — disse Sharpe.

Vivar espiou pela esquina para olhar o prédio. Estava sob fogo de homens no telhado da catedral. Vidros das janelas estilhaçaram. Mosquetes franceses responderam ao fogo, vomitando fumaça para o sol nascente. Ele praguejou e então disse:

— Não posso deixá-los no palácio.

— Será muito difícil tirá-los de lá. — Sharpe estava enxugando sangue da lâmina da espada. — Encontrou alguma artilharia?

— Nenhuma que eu tenha visto. — Vivar estremeceu quando uma bala de mosquete estalou na parede perto de sua cabeça. Sorriu, como se estivesse se desculpando por uma fraqueza. — Talvez eles se rendam.

— Não se acharem que serão chacinados. — Sharpe gesticulou para a rua às suas costas, onde um cadáver estripado francês prestava testemunho da sina que aguardava qualquer inimigo que fosse capturado pelos moradores da cidade.

Vivar recuou um passo da esquina e disse:

— Talvez se rendam a você.

— A mim!

— Você é inglês. Eles confiam nos ingleses.

— Tenho de prometer a eles que irão viver.

Um espanhol deve ter se revelado em algum lugar na borda da praça, porque houve uma saraivada súbita de tiros de mosquete que provou o tamanho do efetivo que os franceses haviam enfiado dentro do palácio. Vivar esperou até as salvas de tiros terminarem.

— Diga a eles que, se não se renderem, vou incendiar o palácio.

Sharpe duvidava que fosse possível atear fogo ao prédio de pedras, mas essa não era a ameaça que os franceses mais temiam. Eles temiam tortura e morte horrível.

— Os oficiais podem ficar com suas espadas? — perguntou ele.

Vivar hesitou, e então fez que sim com a cabeça.

— E você garante que cada francês estará seguro?

— É claro.

Sharpe não queria negociar a rendição; achava que esse tipo de diplomacia seria melhor executada por Blas Vivar, mas o espanhol parecia convencido de que os espanhóis confiariam mais num oficial inglês. Um clarim *cazador* anunciou o cessar-fogo.

Um lençol foi achado, amarrado a um cabo de vassoura, e brandido na esquina. O corneteiro repetiu o toque de cessar-fogo, mas levou quinze minutos apenas para convencer os espanhóis vingativos nas cercanias da praça de que o chamado era genuíno. Depois transcorreram mais dez minutos até uma voz francesa se levantar desconfiada do palácio. Vivar traduziu.

— Eles receberão apenas um homem. Espero que não seja um truque, tenente.

— Eu também. — Sharpe embainhou a espada.

— E pergunte a eles sobre Louisa!

— Eu já ia fazer isso — disse Sharpe e saiu para a luz do dia.

CAPÍTULO XV

Sharpe não foi saudado por nenhuma saraivada de balas; apenas silêncio. O sol ascendente projetou a sombra intrincada dos pináculos da catedral na pedra marcada por balas do palácio, através da neblina da alvorada que fora adensada por fumaça de mosquete. O som de passos ecoou dos prédios. Um homem ferido gemeu e se virou sobre seu sangue.

Sharpe podia deduzir alguns dos eventos daquela manhã a partir da forma com que os feridos e mortos jaziam na praça. Franceses, fugindo para a segurança do palácio, tinham sido abatidos por espanhóis que, por sua vez, foram repelidos por salvas dos franceses que já estavam seguros dentro do edifício. Esses franceses agora observavam-no recortar seu caminho entre medonhos resíduos da batalha.

Havia corpos caídos com punhos cerrados. Um cavalo morto desnudava dentes amarelos para a alvorada. A couraça meio polida de um *cuirassier* jazia ao lado de uma única baqueta de tambor. Pedaços de papel de cartucho jaziam enegrecidos e contorcidos no solo pedregoso. Um cachimbo de barro fora reduzido a pó. Uma espora espanhola que desenroscara do soquete de sua bota reluzia ao lado de uma vareta de carregamento torta. Havia uma bainha de sabre vazia, uma cobertura de capacete, cartuchos e barretinas francesas abandonadas em meio ao mato que crescia através das rachaduras no pavimento. Um gato mostrou os dentes para Sharpe e correu para longe.

Sharpe caminhou entre os detritos, consciente de estar sendo observado do palácio. Também estava mal paramentado para a tarefa diplomática que o aguardava. A sola de sua bota batia e arranhava nas pedras. Estava sem chapéu, as costuras das calças tinham aberto de novo, enquanto seu rosto e lábios estavam enegrecidos com pólvora. O fuzil estava dependurado de seu ombro direito, e ele supunha que deveria ter descartado a arma, como imprópria para esta missão.

Sharpe notou o *rejas* de ferro preto que barrava as janelas do pavimento inferior do palácio; barras que forçariam um assalto na direção das portas duplas. À medida que se aproximou, uma dessas portas foi aberta cuidadosamente alguns centímetros. Fendas tinham sido talhadas em suas tábuas. Cacos de vidro, produzidos quando os franceses arrebentaram as janelas com as coronhas dos mosquetes, jaziam no pavimento entre balas deformadas. Nuvens de fumaça de pólvora, fedendo como ovos podres, pairavam diante da fachada do palácio.

Sharpe tomou cuidado para não pisar no vidro. Uma voz vinda do vão da porta exigiu-lhe alguma coisa em espanhol tosco.

— Inglês! — retrucou em resposta. — Inglês. — Houve uma pausa, e então a porta foi aberta completamente.

Sharpe entrou, descobrindo-se num salão alto, munido de pilares, onde um grupo de soldados de infantaria franceses o encarava com baionetas. Os homens estavam posicionados atrás de uma trincheira improvisada com sacas; prova de que tinham previsto que as portas poderiam ser arrombadas. Decerto os franceses não teriam permitido que visse esses preparativos cuidadosos se já não tivessem decidido se render, deduziu Sharpe. Esse pensamento deu-lhe confiança.

— Você é inglês? — perguntou um oficial das sombras à esquerda de Sharpe.

— Sou inglês. Meu nome é Sharpe, e comando um destacamento do 95º Regimento de Fuzileiros de Sua Majestade, presente nesta cidade. — Neste momento parecia melhor não revelar sua patente baixa, que não impressionaria muito homens em perigo tão iminente quanto esses franceses.

Mas o pequeno blefe não funcionou, porque outra voz soou da escuridão da escadaria grande à frente dele.

— Tenente Sharpe! — Era o irmão de Vivar, o conde de Mouromorto. — Você foi o melhor emissário que eles puderam achar, tenente?

Sharpe não disse nada. Enxugou o rosto em sua manga, manchando as bochechas com a pólvora. Em algum lugar nos arrabaldes da cidade uma salva de mosquetaria soou. E então, mais perto da praça, brados de alegria. O oficial francês ajeitou o cinto de sua espada.

— Venha comigo, tenente. — Ele o conduziu escadaria acima, passando pelo conde que, como sempre vestido com seu casaco de equitação preto e suas estranhas botas brancas de cano comprido, pôs-se a segui-los. Sharpe queria saber se Louisa estava no palácio. Ficou tentado a perguntar ao oficial, mas supôs que seria melhor formular a questão ao coronel de l'Eclin ou a quem estivesse esperando para negociar a rendição no andar de cima.

— Devo congratulá-lo, tenente. — O oficial francês, como Sharpe, tinha uma voz enrouquecida pelo esforço de gritar ordens em batalha. — Presumo que tenham sido seus fuzileiros que fizeram o primeiro assalto.

— Foram, sim. — Sharpe sempre considerava a cortesia desses pactos incongruente. Homens que haviam tentado eviscerar um ao outro ao nascer do dia, uma hora depois falavam em cumprimentos floreados.

— O tenente é tão estúpido que sacrificou seus homens pela loucura de meu irmão. — O conde de Mouromorto claramente não estava com disposição para cumprimentos, floreados ou não. — Pensei que vocês britânicos fossem mais sensatos.

Tanto Sharpe quanto o oficial francês ignoraram o comentário. Pela presença do conde, Sharpe deduziu que o coronel de l'Eclin deveria estar esperando no topo da escadaria, e se flagrou odiando o encontro. Achava que não seria capaz de convencer de l'Eclin a aceitar a rendição; o oficial dos *chasseurs* era competente demais, e Sharpe sabia que sua confiança frágil minguaria diante do olhar experiente e cínico do coronel.

— Por aqui, tenente.

O oficial francês conduziu-o através de outra barricada no patamar médio da escadaria, e então subiu até portas que davam para uma sala de pé-direito alto que já fora graciosa e que servia de passagem para outros quartos similares. À direita deles ficavam as janelas do palácio, onde havia soldados de infantaria agachados com armas carregadas em meio a cacos de vidro. Barretinas emborcadas e cheias de cartuchos jaziam ao lado dos homens nas posições de tiro. A parte superior da sala dos fundos foi perfurada por balas de mosquete, assim como o teto de gesso ornado com relevos. Um espelho enorme acima da cornija da lareira fora estilhaçado em perigosas estacas de vidro que pendiam perigosamente da moldura dourada. O retrato de um homem severo, vestido num rufo antigo, fora esburacado por balas. Os soldados viraram-se para observar Sharpe com curiosidade silenciosa e hostil.

No quarto seguinte também havia uma multidão de soldados tocaiados nas janelas. Assim como os homens no primeiro quarto, eles eram quase todos soldados de infantaria, com uns poucos *cuirassiers* ou lanceiros desmontados. Nenhum dragão, notou Sharpe. Os homens estavam protegidos por almofadas e mobília emborcada, ou por sacas que, atingidas por balas de mosquete, tinham vazado farinha ou cereais no soalho de parquete. A confiança de Sharpe de que os franceses iriam se render começava a erodir. Ele podia ver que este quartel-general francês tinha homens e munição suficientes para suportar um sítio. Seus pés esmagaram cacos de um candelabro estilhaçado enquanto era conduzido até um terceiro cômodo onde um grupo de oficiais aguardava sua chegada.

Para alívio de Sharpe, de l'Eclin não estava entre os franceses que se empertigaram quando ele apareceu no vão da porta. Em vez dele havia um coronel de infantaria de casaca azul, que deu um passo à frente e o cumprimentou com uma leve reverência.

— Senhor — disse Sharpe, agradecendo a cortesia, embora sua voz tenha sido pouco mais que um grasnido devido à rouquidão.

O braço esquerdo do coronel estava numa tipoia, enquanto sua face exibia um ferimento que sangrara o bastante para empapar a gargalheira de seda branca em seu pescoço. A ponta esquerda de seu bigode também estava manchada com sangue.

— Coursot — disse, sucinto. — Coronel Coursot. Tenho a honra de comandar a guarda do quartel-general desta cidade.

— Sharpe. Tenente Sharpe. Nonagésimo-quinto Regimento de Fuzileiros, senhor.

O conde de Mouromorto, tendo acompanhado Sharpe em silêncio da escadaria, seguiu até uma das janelas das quais podia olhar para a fachada sombreada da catedral. Ele parecia desdenhar dos procedimentos, como se o destino da Espanha estivesse acima dessas negociações triviais.

Contudo, a frase de abertura do discurso do coronel Coursot foi tudo, menos trivial. O francês tirou um relógio do bolso e tocou o botão que abria sua tampa.

— Vocês têm uma hora para sair da cidade, tenente.

Sharpe estava confuso. Esperara entregar o ultimato, mas em vez disso era este francês alto e grisalho quem estava ditando com confiança os termos. Coursot fechou o relógio.

— Tenente, devo informá-lo que uma unidade militar está vindo do norte para esta cidade. Estará aqui numa questão de horas.

Sharpe hesitou, sem saber o que dizer. Estando com a boca seca, para ganhar tempo desarrolhou seu cantil, lavou o gosto de pólvora da língua e cuspiu as cinzas pela grade da janela.

— Não acredito em você. — Era uma resposta fraca e Sharpe sabia disso, mas provavelmente era uma resposta honesta. Se o marechal Soult ou o marechal Ney tivessem partido de La Coruña, a esta altura a notícia já teria chegado a Vivar.

— Descrença é seu privilégio, tenente, mas eu lhe asseguro que a unidade militar está chegando — disse Coursot.

— E lhe asseguro que derrotaremos vocês antes que ela chegue.

— Essa presunção também é seu privilégio — disse o coronel no mesmo tom. — Mas ela não fará com que nos rendamos a vocês. Presumo que você veio até buscar minha rendição?

— Sim, senhor.

Houve um silêncio nervoso. Sharpe queria saber se algum dos oficiais nesta sala sugerira a rendição a Coursot; esses franceses estavam em imensa desvantagem numérica, cercados, e a cada momento de luta eles sofriam mais baixas para se juntar aos feridos que jaziam nos cantos da sala.

— Se vocês não se renderem agora, não iremos lhes dar outra oportunidade — prosseguiu Sharpe desajeitadamente. — O senhor quer que este palácio seja queimado à sua volta?

Coursot soltou uma risadinha.

— Tenente, eu lhe asseguro que um prédio de pedra não incendeia com facilidade. Vocês carecem de artilharia, não é verdade? Então o que estão esperando? Que São James faça descer fogo do céu?

Sharpe enrubesceu. O conde de Mouromorto traduziu a piada e a tensão na sala relaxou quando os oficiais riram.

— Sim, sei tudo a respeito do seu milagre — zombou Coursot. — O que me espanta é encontrar um oficial inglês envolvido em tamanho absurdo. Ah, o café! — Ele se virou quando um ordenança entrou na sala com uma bandeja de xícaras. — Tem tempo para um café? — perguntou a Sharpe. — Ou está com pressa de sair e rezar para Deus enviar um raio?

— Vou lhe dizer o que farei. — Sharpe, desistindo de tentar ser diplomático, falou com selvageria. — Vou colocar meus melhores atiradores naqueles campanários. — Apontou por uma janela para a catedral. — Os seus mosquetes não são precisos a esta distância, mas meus homens podem arrancar os olhos dos seus crânios franceses ao dobro dessa distância. Eles terão o dia inteiro para fazer isso, coronel, e transformarão estas salas num açougue. Francamente, para mim não fará a menor diferença. Eu prefiro atirar em franceses a conversar com eles.

— Acredito em você. — Caso tenha se sentido abalado pela ameaça de Sharpe, o coronel não demonstrou, mas também não insistiu com sua ameaça de uma unidade militar, que Sharpe acreditara ter sido feita meramente como uma formalidade. Em vez disso, pousou uma xícara de café na mesa diante do fuzileiro. — Você pode matar muitos de meus homens, tenente, e posso me tornar um empecilho ao seu milagre. — Coursot aceitou uma xícara do ordenança, e então olhou para Sharpe, sorriso nos lábios. — Como é mesmo que se chama? O gonfalão de São Tiago? Vocês não acham que estão desesperados demais para se apegar a numa esperança absurda como essa?

Sharpe não confirmou nem negou.

O coronel bebericou café.

— É claro que não sou especialista, tenente, mas imagino que milagres são realizados com mais facilidade numa atmosfera de paz reverente, concorda? — Ele esperou por uma resposta, mas Sharpe continuou em silêncio. Coursot sorriu. — Estou sugerindo uma trégua, tenente.

— Uma trégua? — Sharpe não conseguiu esconder o estarrecimento em sua voz.

— Uma trégua! — Coursot repetiu a palavra como se a estivesse explicando a uma criança. — Creio que você não acredita que sua ocupação de Santiago de Compostela será para sempre. Acho que não. Vocês vieram aqui fazer seu pequeno milagre, para partir em seguida. Muito bem. Prometo não atirar em seus homens, nem em qualquer outra pessoa da cidade, nem mesmo no próprio São James se ele aparecer, desde que vocês prometam não atirar em meus homens, nem fazer um ataque a este prédio.

O conde de Mouromorto levantou um protesto repentino e fervoroso contra a sugestão, e então, quando Coursot o ignorou, deu-lhe as costas, revoltado. Enquanto bebia seu café, Sharpe pensou que podia entender o descontentamento do conde. Ele tentara vezes sem conta capturar o gonfalão, e agora devia cruzar os braços enquanto ele era desfraldado na catedral. Mas será que esses franceses ficariam de braços cruzados?

Coursot percebeu a hesitação de Sharpe.

— Tenente, tenho 230 homens neste edifício, alguns feridos. Que dano posso causar a vocês? Deseja inspecionar o palácio? Você pode, ou melhor, deve fazer isso.

— Posso revistar o lugar? — perguntou Sharpe, desconfiado.

— De cabo a rabo! E verá que falo a verdade. Duzentos e trinta homens. Também temos alguns espanhóis que, como o conde de Mouromorto, são amigos da França. Tenente, realmente acha que entregarei esses homens para a vingança dos habitantes? Venha! — Quase zangado, Coursot abriu uma porta. — Reviste o palácio, tenente! Veja o punhadinho de soldados que está assustando vocês!

Sharpe não se moveu.

— Não estou em posição de aceitar sua sugestão, senhor.

— Mas o major Vivar está? — O coronel pareceu irritado por Sharpe não ter recebido sua oferta de trégua com entusiasmo imediato. — Presumo que o major Vivar esteja no comando — persistiu.

— Sim, senhor.

— Então diga a ele! — Coursot meneou a mão, como se o negociador fosse desprezível. — Tome seu café e vá dizer a ele! Nesse ínterim, quero uma garantia sua. Presumo que vocês fizeram alguns prisioneiros franceses hoje. Ou simplesmente chacinaram todos?

Sharpe ignorou a amargura na voz do francês.

— Tenho prisioneiros, senhor.

— Quero sua palavra, como oficial britânico, de que eles serão bem-tratados.

— Eles serão, senhor. — Sharpe fez uma pausa. — E o senhor, creio que tem uma família inglesa sob sua proteção.

— Temos uma jovem inglesa no palácio. — Coursot ainda parecia indignado com a desconfiança que Sharpe depositara na trégua. — Uma Srta. Parker, creio eu. A família dela foi enviada para La Coruña na semana passada, mas lhe garanto que a Srta. Parker está inteiramente segura. Posso presumir que ela foi enviada para cá para nos confundir?

A calma da pergunta não indicou se o logro havia funcionado ou fracassado, embora Sharpe, nesse instante, estivesse apenas preocupado com o destino de Louisa. Ela estava viva e na cidade, e portanto suas esperanças também estavam vivas.

— Não sei se ela foi enviada para cá para confundi-los, senhor — disse Sharpe.

— Bem, ela foi! — retrucou Coursot. O conde de Mouromorto olhou com raiva para Sharpe como se o fuzileiro tivesse sido pessoalmente responsável.

— A Srta. Parker enganou vocês? — Sharpe tentou obter mais informações sem trair nenhuma ansiedade.

Coursot hesitou, e então deu de ombros.

— Tenente, o coronel de l'Eclin partiu às três horas da manhã com mil homens. Ele acredita que vocês foram para sul, e que o major Vivar está em Padron. Eu os congratulo por uma *ruse de guerre* bem-sucedida.

O coração de Sharpe deu um pulo. Havia funcionado! Tentou manter seu rosto inexpressivo, mas teve certeza de que deixou transparecer seu deleite.

— Mas tenha certeza de uma coisa, tenente — disse Coursot. — O coronel de l'Eclin retornará esta tarde. Eu lhe aconselho a terminar seu milagre antes que ele retorne. Agora, levará minha proposta para a consideração do major Vivar?

— Sim, senhor. — Sharpe não se moveu. — E posso deduzir que o senhor colocará a Srta. Parker sob minha proteção?

— Se ela assim o desejar, irei entregá-la a você quando retornar com a resposta do major Vivar. Lembre-se, tenente! Não atiraremos em vocês, contanto que não atirem em nós! — Com impaciência maldisfarçada, o coronel francês conduziu Sharpe até a porta. — Eu lhe dou meia hora para retornar com sua resposta, do contrário assumiremos que vocês recusaram nossa oferta generosa. *Au revoir*, tenente.

Depois que Sharpe saiu da sala, Coursot parou diante de uma das janelas amplas. Abriu novamente seu relógio e olhou com aparente incompreensão para seus ponteiros filigranados. Apenas olhou para cima ao ouvir o som dos passos de Sharpe no piso de pedra da praça. Coursot observou o fuzileiro se afastar.

— Morda, peixinho, morda — disse Coursot bem baixo.

— Ele é burro o bastante para morder a isca. — O conde de Mouromorto ouvira as palavras sussurradas. — E meu irmão também.

— Quer dizer que eles têm um senso de honra? — perguntou Coursot com uma malevolência surpreendente, e então, sentindo que falara num tom severo demais, sorriu. — Acho que precisamos de mais café, cavalheiros. Mais café para nossos nervos.

Blas Vivar ficou menos espantado com a sugestão de Coursot do que Sharpe esperara.

— Não é incomum — disse ele. — Não posso dizer que estou feliz, mas não é uma ideia tão ruim assim. — O espanhol aproveitou-se do cessar-fogo para caminhar até a praça e olhar para a fachada do palácio. — Você acha que podemos capturar o prédio?

— Sim, acho — disse Sharpe. — Mas para isso cinquenta de nossos homens serão mortos, e provavelmente o dobro sofrerá ferimentos graves. Não pode mandar voluntários parcialmente treinados contra aqueles bastardos.

Vivar concordou com a cabeça.

— O coronel de l'Eclin seguiu para o sul?

— Foi isso que Coursot disse.

Vivar virou-se e gritou para os civis que enchiam as ruas que saíam da praça. Um coro de vozes respondeu, todas confirmando que sim, a cavalaria francesa deixara a cidade no meio da noite e rumara para o sul. Quantos soldados de cavalaria?, perguntou, e disseram-lhe que centenas e mais centenas de homens a cavalo haviam desfilado pela cidade.

Vivar virou-se para olhar para o palácio, não vendo sua beleza severa, mas avaliando a espessura das paredes de pedra. Ele meneou a cabeça.

— Eles terão de arriar aquela bandeira. — Gesticulou para a bandeira francesa que pendia sobre a porta. — E eles terão de concordar em fechar todas as janelas. Eles podem manter observadores numa única janela a cada lado do prédio, porém não mais.

— Por que não coloca uma barricada diante das portas? — sugeriu Sharpe.

— Sim, por que não? — Vivar olhou as horas. — E por que não lhes conto nossos termos? Se eu não retornar em quinze minutos, ataque!

Sharpe queria ser aquele que iria saudar Louisa e retirá-la em segurança do quartel-general francês.

— Eu não deveria voltar?

— Acho que estarei seguro — disse Vivar. — Além disso, quero revistar pessoalmente o palácio. Não é que eu não confie em você, tenente, mas creio que essa responsabilidade é minha.

Sharpe assentiu. Fora a disposição dos franceses em permitir a revista do palácio que convencera a Sharpe de sua boa-fé. Contudo, se ele fosse Vivar, insistiria em conduzir pessoalmente a busca. Sua reunião com Louisa teria de esperar, e não seria menos ardente por ter sido postergada.

Vivar não partiu prontamente; em vez disso, bateu palmas com deleite e dançou dois passos de alegria desajeitada.

— Conseguimos, meu amigo! Nós realmente conseguimos!

Eles eram vitoriosos.

A vitória trouxe trabalho. Mosquetes capturados e carabinas foram empilhados na praça ao sul da catedral, e os prisioneiros franceses trancafiados na prisão da cidade, vigiados por casacas verdes. As mochilas e sobretudos dos fuzileiros foram retirados dos olmos ao norte de Santiago de Compostela. Cadáveres foram arrastados até a vala da cidade, e defesas estabelecidas apropriadamente. Sharpe percorreu os postos de guarda. Ainda viam-se fugitivos franceses ao sul da cidade, mas uma descarga de fuzis bastou para afugentá-los. Sharpe viu que a estrada sul estava pontuada com bosta de cavalo e seu terreno fortemente marcado por cascos; prova da partida do coronel de l'Eclin. Vigias nos campanários da catedral e sentinelas *cazadores* nas estradas remotas dariam alarme do retorno dos dragões, contra qual eventualidade Sharpe ordenou a seus homens que limpassem seus fuzis e afiassem as baionetas.

Uma vitória fora obtida, e agora os despojos podiam ser tomados. Havia uniformes nos alojamentos franceses, e cavalos em seus estábulos.

Cada casa desapropriada pelos franceses para seus alojamentos continha uma pequena provisão de alimentos. Havia pacotes de pão duplamente cozido, sacos de farinha, salsichas assadas, presuntos defumados, carne de porco salgada, cavala seca, odres de vinho, e queijos de casca dupla. Grande parte da comida fora roubada do povo da cidade, mas os *cazadores* de Vivar recuperaram o bastante para encher vários paneiros de mulas.

Sharpe procurou pelo saque maior: a forragem que fora coletada nas últimas semanas e estocada para suprir o avanço para o sul do marechal Soult. Em duas das igrejas da cidade encontrou feno, farinha e vinho, mas as quantidades não eram suficientes para alimentar os homens e os cavalos de Soult. Numa terceira, que tivera seus tesouros saqueados como todas as outras igrejas em Santiago de Compostela, Sharpe encontrou mais restos de suprimentos. As pedras do soalho da igreja estavam cobertas de aveia e manchados com os resíduos deixados pelos sacos que tinham sido arrastados dali. O pároco, em inglês claudicante, explicou que os franceses haviam esvaziado a igreja de seus suprimentos na tarde anterior e levado os sacos para o Palácio Raxoy.

— Palácio Raxoy? Na praça?

— *Sí, señor.*

Sharpe praguejou em voz baixa. Os franceses tinham começado a coletar os suprimentos para um ponto de distribuição central, e a captura da cidade por Vivar interrompera esse processo tarde demais. A maior parte da forragem preciosa estava nos sacos que Sharpe vira dentro do palácio; sacos que agora serviam de trincheiras para os franceses aprisionados no interior do prédio. A conclusão deixou-o furioso. Houvera apenas três justificativas para a tomada da cidade. A primeira, desfraldar o gonfalão, era uma loucura supersticiosa. A segunda, resgatar Louisa, era um capricho de Sharpe e irrelevante para a guerra. A terceira, destruir os suprimentos de Soult, era a única justificativa de valor verdadeiro, e fracassara completamente.

Ainda assim, se a maioria dos suprimentos estava em segurança dentro do palácio, Sharpe ainda podia negar o que restara ao marechal Soult. As redes de feno foram confiscadas para os cavalos de Vivar, enquanto a farinha foi distribuída aos habitantes da cidade. Ele ordenou que o vinho fosse jogado fora.

— Jogar fora? — Harper estava chocado.

— Você quer os nossos homens bêbados se de l'Eclin contra-atacar?

— É um desperdício pecaminoso, senhor.

— Jogue o vinho fora! — Sharpe juntou ação às palavras espetando com a espada uma pilha de odres de vinho. O líquido vermelho esguichou no piso da igreja e escorreu pelas ranhuras para a cripta abaixo. — E se algum homem se embebedar — levantou a voz —, responderá a mim, pessoalmente!

— Muito bem, senhor! — Harper esperou até Sharpe se retirar, e então convocou Gataker.

— Encontre um estalajadeiro, traga-o até aqui, e veja quanto ele paga por isto. Rápido!

Sharpe levou um esquadrão de fuzileiros para procurar por qualquer outro esconderijo francês de cereais ou feno. Não acharam nenhum. Descobriram um estoque de mochilas de infantaria francesas, de fabricação bem superior às britânicas. As mochilas foram arrestadas, assim como três dúzias de pares de botas de equitação, embora, para a profunda decepção de Sharpe, nenhuma grande o bastante para ele. Os fuzileiros encontraram cartuchos franceses para seu estoque; as balas de mosquetes francesas, um pouco menores que seu equivalente britânico, poderiam ser usadas em fuzis Baker, embora a munição inimiga fosse usada apenas como último recurso, porque a pólvora francesa, menos refinada, entupia os canos dos fuzis. Eles encontraram sobretudos, meias, camisas e luvas, porém nenhum grão ou feno.

Os habitantes da cidade também procuravam por espólios. Os cidadãos de Santiago de Compostela não se importavam se a maior parte da forragem francesa estava segura dentro do palácio; tudo que importava era que, pelo menos por um dia, estavam livres. Eles transformaram o dia de inverno num carnaval, usando como fantasias as roupas saqueadas; dessa forma, parecia que a cidade era habitada por uma multidão alegre de soldados inimigos parcialmente paramentados. Até as mulheres estavam usando casacas e barretinas francesas.

Ao meio-dia um comboio de mulas carregou a maior parte da forragem, juntamente com as mochilas dos fuzileiros, até um lugar seguro nas colinas a leste. Vivar não queria seus homens sobrecarregados com pertences pessoais caso a cidade tivesse de ser defendida. E assim o estoque de mochilas e prêmios teria de esperar para ser coletado depois da retirada. Depois da partida do comboio de mulas, Sharpe ordenou que a maioria de seus fuzileiros ficasse descansando enquanto ele, lutando contra um cansaço imenso, foi procurar por Blas Vivar. Primeiro caminhou até a praça grande que encontrou quase deserta; havia ali apenas um piquete de *cazadores* que vigiavam cautelosamente as janelas fechadas do palácio. Havia também um punhado de civis construindo uma barreira rudimentar de móveis, barris de vinho vazios e carroças que acabariam por cercar o prédio inteiro que, convenientemente, tinha seus outros três lados delimitados por ruas.

Uma única janela estava aberta na fachada do palácio, embora não houvesse nenhum observador visível ali. A bandeira sumira de cima da porta dupla que fora barricada com tábuas sustentadas por esteios de madeira. Desta maneira, os franceses estavam engaiolados dentro de seu prédio imenso.

Também estavam sendo escarnecidos pela multidão que, impedida pelos *cazadores* de encher a praça grande, gritavam dos espaços abertos menores ao norte e ao sul da catedral. Vibraram ao ver Sharpe, e então recomeçaram a gritar insultos para os franceses escondidos. Gaitas de fole somaram seu lamento à barulhada. Alguns meninos dançavam para zombar do inimigo, enquanto os sinos da cidade ainda evolavam sua cacofonia de vitória. Sharpe, expressando num sorriso sua felicidade cansada pelas celebrações da cidade, galgou os degraus que levavam à entrada ornada a oeste da catedral. Parou na metade do caminho, não devido à exaustão, mas porque ficou subitamente apalermado pela beleza da fachada. Pilares e arcos, estátuas e balaustradas, escudos e pergaminhos: todos soberbamente cinzelados para a glória de São Tiago que jazia sepultado lá dentro. Depois de semanas de provações e frio, de batalha e ódio, a catedral parecia amesquinhar as ambições dos homens que lutavam através da Espanha. Ocorreu a Sharpe que esta catedral era como a ambição de Vivar. O espanhol lutava por uma coisa na qual acreditava, enquanto Sharpe lutava apenas como um pirata; por teimosia e orgulho.

— Será que percebo admiração nos olhos de um soldado? — A pergunta, formulada numa voz gentilmente provocadora, veio de uma figura caminhando no patamar de pedra no topo da escadaria.

Sharpe instantaneamente esqueceu as glórias da catedral.

— Srta. Parker? — Ele sabia que estava rindo como um idiota, mas não tinha como evitar. Não era um orgulho que o fazia lutar, mas sua lembrança desta jovem que, em sua saia azul e capa cor de ferrugem, sorriu de volta para ele. Sharpe virou-se e gesticulou para o palácio silencioso mantido pelos franceses. — Não é perigoso estar aqui?

— Meu caro tenente, passei o dia inteiro no covil do ogro! Você acha que corro mais perigo agora que você obteve tamanha vitória?

Sharpe sorriu ao elogio, mas então, enquanto subia até o topo da escadaria, retribuiu-o.

— Uma vitória para a qual a senhorita contribuiu imensamente. — Fez uma mesura para ela. — Minhas mais humildes congratulações. Eu estava errado, você estava certa.

Louisa, encantada com o elogio, riu.

— O coronel de l'Eclin acredita que irá emboscar vocês no vale de Ulla, a leste de Padron. Eu o observei partir às três da manhã. — Ela caminhou até o centro do patamar da catedral, que compunha uma espécie de palco dominando a praça ampla. — Ele parou exatamente aqui, tenente, e fez um discurso para seus homens. Eles enchiam a praça! Fileiras e mais fileiras de capacetes reluzindo às tochas, e todos bradando vivas para seu coronel. Nunca achei que veria uma coisa como essa! Então eles partiram para sua grande vitória.

Sharpe pensou no quanto fora tênue a margem de vitória deste dia. Mais mil homens, sob o comando implacável de l'Eclin, teriam esmagado o ataque de Vivar. Mesmo assim, o coronel dos *chasseurs*, enganado por Louisa, fora atraído para o sul.

— Como você o convenceu?

— Com lágrimas copiosas e uma relutância evidente em lhe dizer qualquer coisa. Mas, no fim das contas, é claro, ele arrancou a verdade fatal de mim. — Louisa pareceu zombar da própria esperteza. — No fim ele me deu uma escolha. Eu poderia permanecer na cidade ou me reunir com minha tia em La Coruña. Acho que acreditou que se eu escolhesse ficar aqui, estaria com esperanças de ser resgatada, e exprimir tal esperança revelaria que menti para ele. Assim, escolhi me reunir a minha família, e o coronel partiu em sua busca. — Ela fez uma pirueta de alegria. — Eu iria partir para La Coruña hoje ao meio-dia. Vê de que destino você me salvou?

— Não sentiu medo de ficar aqui?

— É claro, mas você não estava com medo de vir?

Ele sorriu.

— Sou pago para ficar apavorado.

— E para apavorar. Você está com uma aparência sinistra, tenente. — Louisa caminhou até alguns caixotes que estavam abertos ao lado da porta da catedral, sentou-se num deles e afastou um cacho errante de seus olhos. — Esses caixotes estavam cheios com espólios da catedral. Os franceses levaram quase tudo na semana passada, mas *don* Blas salvou alguns.

— Ele vai ficar feliz com isso.

— Não muito — retrucou Louisa. — Os franceses profanaram a catedral. Eles saquearam o tesouro e arrancaram a maioria dos vitrais. *Don* Blas não está feliz. Mas o gonfalão chegou em segurança e está guardado, de modo que o milagre poderá ser realizado.

— Bom. — Sharpe desembainhou a espada e, com a lâmina sobre os joelhos, esfregou o sangue, que se não fosse removido enferrujaria o aço.

— *Don* Blas está lá dentro. Está preparando o altar para fazer sua coisa absurda. — Louisa amenizou a palavra com um sorriso. — Você certamente espera que ele acabe rápido para que possam se retirar da cidade, não é?

— Sim.

— Mas ele não será rápido — disse Louisa com firmeza. — Os padres estão insistindo que o absurdo seja executado adequadamente e com

a devida cerimônia. Tenente, esse é um milagre que deve ser observado por testemunhas que depois espalharão a notícia por toda a Espanha. Nós vamos esperar pela chegada de alguns monges e freis. — Ela riu, deliciada.
— É como uma coisa vinda da Idade Média, não é?
— De fato.
— Mas para *don* Blas essa é uma questão muito séria, de modo que ambos devemos tratá-la com o maior respeito. Que tal entrarmos para vê-lo? — perguntou Louisa com entusiasmo súbito. — Você também deveria ver o Portão da Glória, tenente. É realmente uma peça de alvenaria notável. Muito mais impressionante que as portas de uma casa de reuniões metodista, embora dizer isso seja monstruosamente desleal da minha parte.

Sharpe ficou calado por alguns segundos. Ele não queria ver o Portão da Glória, fosse lá o que fosse, nem compartilhar esta garota com os espanhóis que estavam preparando a catedral para a lenga-lenga daquela noite. Ele queria apenas ficar sentado ali com ela, desfrutando do momento da vitória.

— Acho que estes têm sido os dias mais felizes de minha vida — disse Louisa. — Eu o invejo.
— Você me inveja?
— É a falta de limites, tenente. De repente não existem mais regras, não é mesmo? Você quer mentir? Você mente! Deseja aniquilar uma cidade? Você aniquila! Deseja acender uma fogueira? Então raspe a pederneira! Talvez eu devesse me tornar um de seus fuzileiros!

Sharpe riu.
— Eu a aceito.

Louisa cruzou os braços e fez cara de emburrada.
— Mas em vez disso devo viajar para sul até Lisboa, e pegar um navio para a Inglaterra.
— Você deve? — disse Sharpe, sem pensar.

Louisa ficou calada por um segundo. O cheiro de fumaça de uma das casas incendiadas vagou para a praça, para então ser dispersado por um pé de vento.
— Não é isso o que você vai fazer? — perguntou Louisa.

O coração de Sharpe se encheu de esperança.

— Depende de se mantivermos uma guarnição em Lisboa. Tenho certeza de que manteremos — acrescentou, sem muita convicção.

— Parece improvável, depois de nossas derrotas.

Louisa virou-se para observar um grupo de jovens espanhóis que conseguira passar pelos *cazadores* que guardavam a praça. Os rapazes seguravam uma bandeira francesa capturada que eles incendiaram e então brandiram para o inimigo encurralado. Se esperavam provocar os franceses no palácio com seu desafio, fracassaram.

— Então estou condenada a voltar para casa. — Enquanto falava, Louisa observou os meninos darem cambalhotas. — E para quê, tenente? Na Inglaterra voltarei a tricotar e passarei horas pintando minhas aquarelas. Com toda certeza serei uma curiosidade durante algum tempo; a nobreza rural vai querer ouvir minhas estranhas aventuras. O Sr. Bufford reiniciará sua corte e me assegurará de que nunca mais, enquanto houver vida em seu corpo, serei exposta a tamanho perigo! E tocarei piano, e passarei semanas decidindo se devo comprar vestidos azuis ou cor-de-rosa para o ano que vem. Farei caridade para os pobres e oferecerei chás para as damas da cidade. Será tudo muito pouco emocionante, tenente Sharpe.

Sharpe sentiu-se à deriva numa ironia que ele não era arguto o suficiente para entender.

— Então você decidiu se casar com o Sr. Bufford? — perguntou, temendo que a resposta fizesse desmoronar todas as suas frágeis esperanças.

— Não sou herdeira suficiente para atrair qualquer pessoa mais louvável — disse Louisa fingindo autopiedade. Limpou um pouco de cinza da saia. — Mas decerto é a atitude mais sensata a tomar, concorda, tenente? Casar-me com o Sr. Bufford e viver em sua casa deveras agradável? Plantarei rosas contra o muro sul e, de vez em quanto, muito de vez em quando, lerei no jornal um parágrafo sobre uma batalha distante, e lembrarei do quanto a pólvora fede, e como um soldado parece triste quando está raspando sangue de sua espada.

Suas últimas palavras, que pareceram muito íntimas, restauraram o otimismo de Sharpe. Ele olhou para ela.

— Como vê, tenente, há um momento na vida de qualquer pessoa em que uma escolha se apresenta. Não é verdade?

Sharpe sentiu a esperança, tão mal fundamentada, tão pouco prática, tão irresistível, crescer ainda mais em seu peito.

— Sim — respondeu. Ele não sabia exatamente como ela poderia permanecer com o Exército, ou como ele obteria recursos, que eram a ruína da maioria dos romances impossíveis, mas se as esposas de outros oficiais tinham casas em Lisboa, por que não Louisa?

— Não estou convencida de que quero rosas e bordados. — Louisa pareceu subitamente nervosa e febril, como um cavalo não treinado hesitando diante da linha de escaramuça. — Sei que deveria querer essas coisas, e sei que sou uma estúpida por menosprezá-las, mas gosto da Espanha! Gosto das coisas excitantes que acontecem aqui. Não há muita excitação na Inglaterra.

— Não. — Sharpe mal ousava mover-se por medo de desanimar Louisa a aceitá-lo.

— Você acha que estou errada em ansiar por excitação? — Louisa não esperou por uma resposta, em vez disso fez outra pergunta. — Você realmente acha que um Exército britânico permanecerá para lutar em Portugal?

— É claro!

— Não acho que permanecerá. — Louisa virou-se para observar os jovens que estavam pisoteando as cinzas da bandeira francesa. — *Sir* John Moore está morto, seu Exército partiu, e nem sabemos se a guarnição lisboeta continua lá. E, se ainda estiver, tenente, como uma guarnição tão pequena pode querer resistir aos Exércitos da França?

Sharpe apegou-se teimosamente à sua crença de que o Exército britânico não havia desistido.

— As últimas notícias que recebemos de Lisboa foram de que a guarnição estava posicionada. Ela pode ser reforçada! Vencemos duas batalhas em Portugal ano passado, por que não mais este ano?

Louisa balançou a cabeça.

— Acho que nós britânicos fomos derrotados, tenente, e suspeito que abandonaremos a Espanha ao seu destino. Faz cem anos desde que um Exército britânico foi bem-sucedido na Europa. Portanto, por que devemos pensar que seremos bem-sucedidos agora?

Sharpe finalmente sentiu que as ambições de Louisa e as esperanças dele próprio não eram, afinal de contas, afins. O nervosismo de Louisa não era o de uma garota tímida aceitando um pedido de casamento, mas de uma garota ansiosa para não causar mágoa com sua rejeição. Fitando-a, perguntou:

— Acredita nisso, Srta. Parker? Ou essa é a opinião do major Vivar?

Louisa fez uma pausa, e então falou tão baixo que sua voz quase não pôde ser ouvida acima das badaladas.

— *Don* Blas me convidou a permanecer na Espanha, tenente.

— Oh! — exprimiu Sharpe. Ele fechou os olhos como se o sol na praça o ferisse. Não sabia o que dizer. Não havia nada mais embaraçoso para um homem do que a rejeição.

— Posso instruir-me na fé — disse Louisa. — E posso me tornar parte deste país. Não quero fugir da Espanha. Não quero voltar para a Inglaterra e pensar em toda a excitação que deixei para trás. E não posso... — Ela se calou, constrangida.

Louisa não precisava terminar. Ela não podia entregar-se a um soldado comum, um tenente velho demais para a patente, um pobretão num uniforme rasgado cuja única perspectiva de vida era apodrecer em algum quartel.

— Entendo — disse Sharpe por falta de outra coisa.

— Não posso ignorar o momento — disse ela, dramática.

— Sua família... — começou Sharpe.

— Vai odiar! — Louisa forçou uma gargalhada. — Estou tentando me convencer de que esse não é o meu único motivo para aceitar a oferta de *don* Blas.

Sharpe obrigou-se a olhar para ela.

— Vocês irão se casar?

Ela fitou-o muito séria.

— Sim, Sr. Sharpe, irei me casar com *don* Blas. — Havia alívio em sua voz, agora que exprimira a verdade. — Foi uma decisão súbita, eu sei, mas preciso ter a bravura para aproveitar esta oportunidade.

— Sim. — Ele não conseguia pensar em mais nada para dizer.

Louisa observou-o em silêncio. Havia lágrimas em seus olhos, mas Sharpe não as viu.

— Sinto muito — começou ela.

— Não. — Sharpe levantou-se. — Eu não acalentava expectativas. Nenhuma.

— Fico feliz em ouvir isso — disse muito formalmente Louisa. Ela recuou um passo enquanto Sharpe caminhava até a borda da plataforma. E então, enquanto o observava descer os degraus da catedral, ela franziu a testa de preocupação. — Você não precisava ver *don* Blas?

— Não. — Sharpe não se importava mais. Embainhou a espada e se afastou. Sentia que lutara por nada. Não havia mais nada pelo que valesse a pena lutar, e suas esperanças eram como as cinzas da bandeira queimada na praça vazia. Tudo fora em vão.

CAPÍTULO XVI

A aspiração do tenente Richard Sharpe à Srta. Louisa Parker tinha sido, de certa forma, tão ousada quanto o plano de Vivar de capturar uma cidade tomada pelo inimigo. Ela vinha de uma família respeitável que, embora às vezes flertasse com a pobreza, ficava muito acima da posição ignóbil de Sharpe. Era camponês por nascimento, oficial por acidente e pobre por profissão.

E o que, perguntou Sharpe aos seus botões, esperara da garota? Será que imaginara que Louisa iria seguir animadamente o Exército em campanha, ou encontrar alguma casa esquálida perto do quartel e gastar o soldo ínfimo do marido comprando nacos de carne e pão dormido? Que ela trocaria vestidos de seda por casacos de lã? Ou esperara que ela o acompanhasse até a guarnição das Índias Ocidentais onde a febre amarela dizimava regimentos inteiros? Sharpe disse a si mesmo que suas esperanças quanto à garota tinham sido tão estúpidas quanto irreais, mas isso não curou a mágoa repentina. Disse a si mesmo que o simples fato de estar se sentindo magoado era infantil, mas isso não diminuiu nem um pouco o sofrimento.

Deixando o sol invernal da praça, mergulhou num beco escuro, fétido e úmido onde, abaixo de uma arcada, encontrou uma taberna. Sharpe não tinha dinheiro para pagar pelo vinho, mas seu comportamento e a batida que deu no balcão persuadiram o taberneiro a encher uma garrafa grande com vinho tirado de um barril. Sharpe levou a garrafa e uma caneca de latão para uma alcova no fundo da loja. Os poucos frequentadores, aquecendo-se perto da lareira, viram sua expressão amarga e o ignoraram; todos menos uma prostituta que, atendendo a uma ordem do taberneiro, sentou-se no banco ao lado do soldado estrangeiro. Por um segundo Sharpe sentiu-se tentado a empurrá-la dali, mas, em vez disso, pediu uma segunda caneca.

O taberneiro enxugou a caneca no avental e pousou-a na mesa. Havia uma cortina de aniagem sobre o arco da alcova. O taberneiro segurou a cortina e levantou uma sobrancelha interrogativa.

— Sim — disse Sharpe em voz rouca. — *Sí*.

A cortina caiu, mergulhando Sharpe e a garota na escuridão total. Ela riu, envolveu o pescoço dele com os braços e sussurrou alguma frase carinhosa em espanhol até Sharpe silenciá-la com um beijo.

A cortina foi aberta abruptamente, fazendo a garota gritar de alarme. Blas Vivar estava de pé na arcada.

— É muito fácil seguir um estrangeiro por ruas espanholas. Esperava esconder-se de mim, tenente?

Sharpe colocou o braço esquerdo em torno da prostituta e puxou-a de modo a fazer com que ela apoiasse a cabeça em seu ombro. Ele moveu a mão para cima do seio dela.

— Estou ocupado, senhor.

Ignorando a provocação, Vivar sentou-se diante de Sharpe. Rolou um charuto sobre a mesa.

— Será que a esta altura o coronel de l'Eclin já não adivinhou que a Srta. Parker mentiu para ele?

— Tenho certeza — disse Sharpe sem papas na língua.

— Ele vai voltar. Em breve encontrará um fugitivo da cidade e compreenderá o tamanho de seu erro.

— Sim. — Sharpe puxou os laços do vestido da prostituta. A garota fingiu resistir a isso, mas Sharpe insistiu e conseguiu abrir o vestido.

A voz de Vivar era muito paciente.

— Então eu esperaria que de l'Eclin nos ataque, e você?

— Suponho que atacará. — Sharpe enfiou a mão por baixo do vestido aberto da garota e desafiou Blas Vivar a levantar um protesto.

Bernard Cornwell

296

— A defesa está preparada? — Vivar perguntou num tom de racionalismo gentil. Considerando a atenção que ele dispensava à prostituta da taberna, ela poderia muito bem não existir.

Sharpe não respondeu prontamente. Ele se serviu de vinho com a mão livre, bebeu a caneca cheia, e serviu-se de mais.

— Por que, em nome de Deus, você simplesmente não acaba logo a sua cerimônia idiota, Vivar? Estamos nos atrasando nesta ratoeira apenas para você fazer um truque de conjuração na catedral. Bem, faça rápido e vamos cair fora!

Vivar assentiu como se reconhecesse a sensatez nas palavras de Sharpe.

— Deixe-me pensar. Enviei *cazadores* em patrulha para norte e sul. Levarei duas horas para reconvocá-los, talvez mais. Precisamos encontrar cada homem na cidade que cooperou com os franceses, mas as buscas continuam e podem levar mais uma hora. Todos os suprimentos foram destruídos?

— Não há suprimentos. Os franceses levaram todos eles para dentro do palácio ontem.

Vivar estremeceu ao ouvir a notícia.

— Eu temia isso. Vi muitas pilhas de grãos e feno quando vistoriei as adegas do palácio. É uma pena.

— Então faça seu milagre e fuja.

Vivar encolheu os ombros.

— Estou aguardando a chegada de alguns padres, e enviei homens para destruírem as pontes mais próximas sobre Ulla, o que não poderá ser completado até o final da tarde de hoje. Realmente não acho que seja possível agir com tanta pressa. Devemos estar preparados na catedral ao pôr do sol, e certamente poderíamos partir esta noite em vez de amanhã, mas acho que deveremos estar preparados para defender a cidade contra de l'Eclin, não acha?

Sharpe virou o rosto da prostituta para o seu e a beijou. Sabia que estava se comportando abominavelmente, mas a mágoa e o ciúme ardiam nele como uma febre.

Vivar suspirou.

— Se o coronel de l'Eclin fracassar em retomar a cidade até o cair da noite, então ele ficará cego pela escuridão, e poderemos simplesmente sair caminhando. É por isso que considero que é melhor esperarmos até o cair da noite antes de partirmos.

— Ou será que é para que você desfralde a sua bandeira mágica na escuridão? Milagres acontecem melhor na escuridão, não é verdade? Para que ninguém possa ver o truque.

Vivar sorriu.

— Tenente, sei que minha bandeira mágica não é importante para você como é para mim, mas é por causa disso que estou aqui. E quando ela tiver sido desfraldada, quero que haja o maior número de testemunhas possível. A notícia precisa viajar para fora desta cidade. Precisa seguir para cada cidade e aldeia em toda a Espanha. Até mesmo o povo distante ao sul precisa saber que São Tiago se mexeu em sua tumba e que mais uma vez desembainhou a espada.

Sharpe, a despeito de seu ceticismo, sentiu um arrepio.

Se viu a emoção de Sharpe, Vivar fingiu não notá-la.

— Calculo que o coronel de l'Eclin estará aqui nas próximas duas horas. Ele virá do sul da cidade, mas desconfio que atacará do oeste na esperança de que o sol poente nos ofusque. Você assumirá a defesa?

— De repente você precisa dos malditos ingleses, não precisa? — O ciúme de Sharpe se inflamou vívido. — Acha que os britânicos estão fugindo, não acha? Acha que abandonaremos Lisboa. Que a sua preciosa Espanha terá de derrotar os franceses sem a nossa ajuda. Então se arranje sem mim!

Durante um segundo a imobilidade de Vivar sugeriu uma fúria orgulhosa que poderia explodir como o temperamento de Sharpe. A prostituta recuou, esperando um rompante de violência, mas quando Vivar se moveu foi apenas para estender a mão sobre a mesa para pegar a garrafa de vinho de Sharpe. Sua voz saiu muito controlada, muito plácida.

— Tenente, certa vez você me disse que ninguém esperava que oficiais que tenham ascendido das fileiras do Exército britânico sejam bem-sucedidos. O que foi que você disse? Que a bebida os destruía? — Fez uma pausa, mas Sharpe não respondeu. — Acho que pode se tornar um soldado de grande reputação, tenente. Você entende de batalhas. Você permanece calmo quando outros ficam assustados. Seus homens, mesmo não gostando de você, o seguiram porque sabiam que lhes daria a vitória. Você é competente. Mas talvez não seja competente o bastante. Talvez esteja tão cheio de autopiedade que irá se destruir com a bebida. — Vivar finalmente se dignou a notar a jovem de cabelos desgrenhados que estava encostada em Sharpe. — Ou com a varíola.

Durante todo o sermão, Sharpe fitara o espanhol como se quisesse sacar sua espada e golpeá-la na mesa.

Vivar se levantou e virou a garrafa de vinho para derramar o que restava de seu conteúdo no chão. E então deixou-a cair com uma expressão de desprezo.

— Bastardo — disse Sharpe.

— Isso faz de mim tão bom quanto você? — Vivar mais uma vez fez uma pausa para permitir que Sharpe respondesse, e mais uma vez Sharpe manteve silêncio. O espanhol deu de ombros. — Está sentindo pena de si mesmo, tenente, porque não nasceu para a classe dos oficiais. Mas já pensou que aqueles de nós que tiveram essa felicidade às vezes a lamentam? Acha que não sentimos medo dos homens rudes e amargos que nasceram em barracos e se criaram nas ruas? Não acha que olhamos para homens como você e sentimos inveja?

— Bastardo moralista.

Vivar ignorou o insulto.

— Quando minha esposa e filhos morreram, tenente, decidi que não havia nada pelo que viver. Passei a beber. Agora agradeço a Deus por um homem ter se importado o bastante comigo para ter me dado um conselho moralista. — Ele pegou seu chapéu franjado. — Se lhe dei motivo para me odiar, tenente, lamento. Não foi feito de propósito. Na verdade, você deu a entender que eu não causaria nenhuma amargura entre nós. — Isso foi o mais perto que Vivar chegou de uma referência a Louisa. — Agora tudo que lhe peço é que me ajude a terminar este trabalho. Há uma colina a oeste da cidade que deve ser ocupada. Coloquei Davila sob o seu comando com uma centena de *cazadores*. Reforcei as sentinelas avançadas ao sul e a oeste. E lhe agradeço por tudo que fez até aqui. Se você não tivesse tomado aquela primeira barricada, estaríamos agora fugindo nas colinas, com lanceiros espetando nossos traseiros. — Vivar levantou-se do banco. — Comunique-me quando suas defesas estiverem posicionadas para que eu faça uma inspeção. — Sem esperar qualquer resposta, Vivar simplesmente saiu da taberna.

Sharpe pegou sua caneca, que ainda estava cheia. Fitou-a. Ele ameaçara seus homens com punição se algum deles bebesse, mas agora tudo que queria era mergulhar suas mágoas num torpor alcoólico. Em vez disso, largou a caneca e se levantou. A garota, vendo que não ganharia nada, choramingou.

— Danem-se todos eles — disse Sharpe, rasgando os dois últimos botões de prata de suas calças, abrindo um rombo no tecido. Jogou os botões no colo da garota. — Danem-se todos eles. — Recolheu suas armas e saiu.

O taberneiro olhou para a garota que estava amarrando seu vestido. Ele deu de ombros e comentou:

— Inglês, hein? São loucos. Todos loucos. Hereges. Loucos. — Ele fez o sinal da cruz para se defender do mal. — Como todos os soldados, são loucos — acrescentou.

Sharpe caminhou com o sargento Harper para oeste da cidade e se forçou a esquecer tanto Louisa quanto a vergonha de seu comportamento na taberna. Em vez disso, tentou julgar que rota de aproximação os franceses escolheriam se atacassem Santiago de Compostela.

Os dragões tinham ido para Padron, e a estrada que saía dessa cidadezinha aproximava-se de Santiago pelo sudoeste. Isso tornava um ataque do sul ou do oeste o mais provável. De l'Eclin poderia imitar Vivar e empreender um assalto do norte, mas Sharpe duvidava que o *chasseur* fosse escolher essa aproximação porque exigia surpresa. O solo para leste da cidade era acidentado, o que facilitava a defesa. A terra ao sul era coberta de mato e cortada por valas, enquanto o terreno a oeste, de onde Vivar acreditava que o ataque viria, era aberto e convidativo como um campo inglês comum.

O campo aberto a oeste era flanqueado ao sul pela colina baixa que Vivar quisera que fosse guarnecida e na qual os fuzileiros de Sharpe agora aguardavam por ordens. Os franceses, cientes do valor da colina, tinham cortado a maioria das árvores que cobriam o campo elevado e feito uma fortificação rude de gravetos entre os troncos caídos. Mais a oeste havia um terreno árido, de onde os dragões de l'Eclin poderiam se reunir sem ser vistos. Sharpe parou na borda desse terreno mais baixo e olhou para a cidade.

— Talvez precisemos defender o maldito lugar até depois do anoitecer.

Harper instantaneamente olhou para encontrar a posição do sol.

— Vai levar mais seis horas para escurecer por completo — disse, pessimista. — E vai ser um anoitecer lento, senhor. Nenhuma nuvem para nos esconder.

Sharpe recitou uma das piadas mais comuns do regimento:

— Se Deus estivesse do nosso lado, teria colocado peitinhos no fuzil Baker.

Harper tomou a piadinha infame como um indício de que o mau humor de Sharpe estava passando.

— É verdade o que ouvimos sobre a senhorita Louisa, senhor? — perguntou Harper. A pergunta foi formulada com muito cuidado e sem constrangimento evidente, fazendo Sharpe pensar que nenhum de seus comandados suspeitava de seu afeto pela garota.

— É verdade. — Sharpe tentou soar como se tivesse pouco interesse pela questão. — Ela terá de se tornar católica, é claro.

— Sempre há espaço para mais uma. — Harper olhou para o terreno árido enquanto falava. — Nunca achei que fosse uma boa coisa para um soldado se casar.

— Por que não?

— Você não pode dançar se estiver pregado no chão, pode? Mas o major não é um soldado como nós, senhor. Não tendo nascido naquele castelo enorme! — Harper ficara claramente impressionado com a riqueza da família de Vivar. — O major é um grande sujeito, é sim.

— E o que somos nós? Os malditos?

— Somos sim, com certeza, mas também somos fuzileiros, senhor. Você e eu, senhor, somos os melhores soldados neste mundo de Deus.

Sharpe soltou uma gargalhada. Há poucas semanas, era odiado pelos seus soldados, e agora eles estavam do seu lado. Não sabendo como responder ao elogio de Harper, recorreu a um clichê vago e desprovido de sentido:

— É um mundo muito estranho.

— É difícil fazer um bom trabalho em seis dias, senhor — disse secamente Harper. — Tenho certeza de que Deus fez o melhor que podia, mas onde ele estava com a cabeça quando colocou a Irlanda do lado da Inglaterra?

— Ele devia saber que vocês precisavam de umas boas sovas. — Sharpe virou-se para olhar para o sul. — Mas como diabos vamos dar uma sova nesse bastardo francês?

— Se ele atacar.

— Ele vai atacar. Pensa que é melhor que nós, e está furioso por ter sido enganado de novo. — Sharpe caminhou até o limite sul do terreno, girou nos calcanhares e olhou para a cidade. Tentava pensar como de l'Eclin, vendo o que o francês veria, tentando antecipar seus planos.

Vivar tinha certeza de que de l'Eclin viria do oeste, que o *chasseur* esperaria até que o pôr do sol pusesse uma luz ofuscante atrás de sua tropa, e então lançaria seus dragões através do campo aberto.

Ainda assim, uma investida de cavalaria era de valor duvidoso para os franceses, avaliou Sharpe. Faria com que os dragões deslizassem em toda sua glória até a margem da cidade, mas ali os cavalos seriam obstruídos por muralhas e barricadas, e a glória seria dilacerada em sangue e horror pelos mosquetes e fuzis que os aguardavam. O ataque de de l'Eclin, assim como o de Vivar, seria mais eficaz se fosse realizado por uma infantaria que pudesse abrir a cidade para um ataque feroz da cavalaria; e a melhor rota para uma infantaria era a sul.

Sharpe apontou para o canto sul da cidade.

— É dali que ele conduzirá seu ataque.

— Depois do anoitecer?

— Ao pôr do sol. — Sharpe pareceu pensativo. — Talvez antes.

Harper seguiu-o até uma vala e um terrapleno. Os dois fuzileiros estavam caminhando até uma linha de prédios que se estendia como um membro a partir da borda sudoeste da cidade e que poderia oferecer cobertura aos homens de de l'Eclin enquanto se aproximassem. — Teremos de colocar homens nas casas — sentenciou Harper.

Sharpe pareceu não ouvi-lo.

— Não gosto disso.

— Mil dragões? Quem gostaria?

— De l'Eclin é um desgraçado astuto — Sharpe estava meio falando para si mesmo. — Um desgraçado muito esperto. E é particularmente astuto quando está atacando.

Sharpe virou-se e olhou para as ruas barricadas da cidade. Os obstáculos estavam guarnecidos por *cazadores* e pelos voluntários de túnicas marrons, que empilhavam gravetos para fazer fogueiras que iluminariam um ataque noturno. Como faziam precisamente o que os franceses tinham feito na noite anterior, não era de esperar que o coronel de l'Eclin preveria todos esses preparativos? Portanto, o que os franceses fariam?

— Ele vai ser astuto, sargento — enfatizou Sharpe. — E não sei o quanto.

— Ele não pode voar — disse Harper, estoico. — E não tem tempo para cavar um túnel. Então terá de vir por uma das ruas, não é?

O bom senso de Harper fez Sharpe supor que estava vendo perigo onde não havia nenhum. Era melhor confiar em seus primeiros instintos.

— Ele vai mandar sua cavalaria num ataque simulado ali — apontou para o terreno oeste plano —, e quando achar que estamos todos olhando nessa direção, enviará homens desmontados do sul. Eles receberão ordens de romper aquela barricada — apontou para a rua que conduzia da cidade até a igreja — e sua cavalaria entrará atrás deles.

Harper virou-se para julgar por si mesmo, e pareceu considerar as palavras de Sharpe convincentes. — E enquanto estivermos na colina ou naquelas casas — apontou com a cabeça para a sucessão de prédios que jaziam fora das defesas —, aniquilaremos os desgraçados. — O irlandês grandão pegou um ramo de louro e torceu a madeira flexível com os dedos. — Mas o que realmente me preocupa, senhor, não é manter o bastardo fora da cidade, mas o que acontecerá quando fizermos nossa retirada. Eles vão inundar essas ruas como uma horda de demônios selvagens.

Sharpe também estava preocupado com o momento da retirada. Depois que o negócio de Vivar na catedral estivesse terminado, seria dado o sinal e uma grande massa de pessoas fugiria para leste. Seriam voluntários, fuzileiros, *cazadores*, padres, e os cidadãos da cidade que não quisessem mais ficar sob ocupação francesa; todos tropeçando e correndo para a escuridão. Vivar planejara posicionar sua cavalaria para proteger a retirada, mas Sharpe sabia o caos selvagem que engolfaria seus homens nas ruas quando os dragões franceses compreendessem que as barricadas tinham sido abandonadas. Deu de ombros.

— Teremos simplesmente de correr como se o diabo estivesse nos nossos calcanhares.

— E essa é a mais pura verdade — disse Harper, desanimado. Ele jogou longe o ramo amassado.

Sharpe olhou para o ramo de louro.

— Meu Deus!

— O que fiz agora?

— Com mil diabos! — Sharpe estalou os dedos. — Quero metade dos homens naquelas casas — apontou para a linha de prédios que seguia da barricada sudoeste e flanqueava a estrada sul para a cidade — e o resto na colina. Ele começou a correr para a cidade. — Eu vou voltar, sargento!

— O que deu nele? — perguntou Hagman quando o sargento retornou ao topo da colina.

— A donzela recusou o pedido dele — disse Harper com satisfação evidente. — Portanto você me deve um xelim, Dan. Ela vai casar com o major, vai sim.

— Pensei que ela arrastasse a asa para o Sr. Sharpe! — lamentou Hagman.

— Ela tem juízo demais para não casar com ele. E ele não está pronto para se amarrar. Ela precisa de alguém mais estável.

— Mas ele estava enrabichado por ela.

— Estava mesmo, não estava? Ele deve se apaixonar por qualquer coisa de anágua. Já vi esse tipo antes. É um retardado no que diz respeito a mulheres. — Harper cuspiu. — Tem sorte de agora me ter por perto para cuidar dele.

— Você!

— Posso lidar com ele, Dan. Assim como posso lidar com vocês. Muito bem, escória protestante! Os franceses estão vindo jantar, então vamos nos preparar para aqueles bastardos!

Fuzis recém-limpos apontaram para sul e oeste. Os casacas verdes estavam esperando pelo anoitecer e pela chegada de um *chasseur*.

A ideia zumbia na cabeça de Sharpe enquanto ele corria colina acima para o centro da cidade. O coronel de l'Eclin podia ser astuto, mas os defensores também podiam. Parou na praça principal e perguntou a um *cazador* onde o major Vivar estava. O soldado de cavalaria apontou para a praça norte, que era menor e ficava depois da ponte que unia o palácio do bispo à catedral. Essa praça continuava apinhada de pessoas, que em vez de bradar desafios para os franceses encurralados, mantinham agora um silêncio lúgubre. Até os sinos tinham se calado.

Sharpe abriu caminho a cotoveladas através da multidão e viu Vivar parado numa escadaria que conduzia ao transepto norte da catedral. Louisa estava com ele. Sharpe queria que ela não estivesse ali. Estava envergonhado por seu comportamento grosseiro na presença do espanhol e sabia que lhe devia desculpas, mas a presença da garota inibiria qualquer arrependimento público. Em vez disso, berrou sua ideia enquanto abria caminho pelos degraus cheios de gente.

— Estrepes.

— Estrepes? — perguntou Vivar a Louisa. Incapaz de traduzir a palavra que não conhecia, ela deu de ombros.

Sharpe pegara dois fios de palha enquanto corria através da cidade e agora, assim como Harper torcera involuntariamente o ramo de louros, Sharpe torceu propositalmente a palha, formando uma espécie de espinho de quatro pontas.

— Estrepes! Estrepes de ferro! Mas não temos muito tempo! Podemos colocar os ferreiros trabalhando nisso?

Vivar olhou a palha torcida, e então xingou por não ter ele mesmo tido aquela ideia.

— Elas vão funcionar! — Desceu, correndo, as escadas.

Louisa, deixada com Sharpe, fitou a palha torcida que não significava nada para ela.

— Estrepes?

Sharpe catou um pouco de lama úmida de cima de sua bota esquerda e enrolou-a numa bola. Partiu a palha em quatro palitos, cada um com cerca de sete centímetros de comprimento, e enfiou três deles na bola de lama para formar uma estrela de três pontas. Pousou a estrela na palma da mão e empurrou o quarto palito na bola de lama, de modo que ele ficasse vertical.

— Um estrepe — anunciou Sharpe.

Louisa balançou a cabeça.

— Ainda não entendo.

— Uma arma medieval feita de ferro. O brilhantismo dela é que, não importa de que forma ela caia, sempre terá um ferrão apontado para cima. — Ele demonstrou isso virando o estrepe, e Louisa viu como um dos ferrões, que inicialmente fizera parte da estrela de três pontas, agora apontava para cima.

Ela finalmente compreendeu.

— Oh, não!

— Oh, sim!

— Pobres cavalos!

— Pobres de nós, se os cavalos nos pegarem. — Sharpe esmagou a palha e lama numa bola que arremessou longe. Estrepes adequados, feitos com pregos de ferro que seriam fundidos e martelados no fogo, seriam espalhados pelas estradas atrás dos fuzileiros em retirada. Os pregos perfurariam com facilidade o tecido macio dentro das paredes do casco de um cavalo, e os animais iriam empinar, contorcer-se, entrar em pânico. — Mas os cavalos irão se recuperar — assegurou a Louisa, que parecia perturbada pela crueldade simples da arma.

— Como você conhecia essas armas? — perguntou.

— Foram usadas contra nós na Índia... — A voz de Sharpe morreu na garganta, pois, pela primeira vez desde que subira os degraus da catedral, viu por que a multidão estava reunida tão silenciosamente na praça.

Uma plataforma rudimentar tinha sido construída em seu centro; uma plataforma de tábuas de madeira deitada sobre tonéis de vinho. Sobre ela havia uma cadeira de encosto alto que Sharpe a princípio julgou ser um trono.

A impressão de cerimônia real foi realçada pela procissão estranha que, flanqueada pelos *cazadores* uniformizados em vermelho, aproximou-se da plataforma. Os homens na procissão estavam vestidos num amarelo sulfuroso e usando chapéus vermelhos cônicos. Cada um carregava um pedaço de papel na mão crispada.

— O papel é uma confissão de fé — disse Louisa em voz baixa. — Eles foram perdoados, mas ainda precisam morrer.

Sharpe então compreendeu. A cadeira alta, longe de ser um trono, era um garrote. Em suas costas altas havia um implemento de metal, uma coleira apertada por um parafuso, que era a forma preferida de execução na Espanha. Era a primeira dessas máquinas que ele via no país.

Padres acompanharam os condenados.

— São todos *afrancesados* — explicou Louisa. — Alguns serviram como guias para a cavalaria francesa, outros traíram patriotas — explicou Louisa.

— Você pretende assistir? — perguntou Sharpe, chocado. Se Louisa empalidecia ao pensar num prego perfurando o casco de um cavalo, como suportaria ver o pescoço de um homem ser quebrado?

— Nunca assisti a uma execução.

— E quer assistir?

— Desconfio de que serei forçada a ver muitas coisas com as quais não estou familiarizada nos próximos anos, não é mesmo?

O primeiro homem foi obrigado a subir a plataforma, onde teve de sentar na cadeira. A coleira de ferro foi aberta em torno de seu pescoço. O sacristão, padre Alzaga, posicionou-se de pé atrás do carrasco.

— *Pax et misericordia et tranquillitas!* — Ele gritou as palavras no ouvido da vítima enquanto o carrasco punha-se atrás da cadeira. Gritou-as novamente enquanto a alavanca que girava o parafuso foi puxada com força. O parafuso constringiu a coleira com uma velocidade impressionante. Assim, quase antes da segunda injunção em latim ser terminada, o corpo na cadeira deu um pulo e então tombou para trás. A multidão pareceu suspirar.

Louisa virou o rosto.

— Eu queria... — começou, mas não terminou.

— Foi muito rápido — disse Sharpe, pasmo.

Ouviu-se um baque quando o corpo morto foi empurrado da cadeira, e então um roçar enquanto era puxado da plataforma. Louisa, não mais assistindo, não falou até o próximo grito do padre Alzaga comunicar que mais um traidor encontrara seu fim.

— Decepcionado comigo, tenente?

— Por assistir a uma execução? — Sharpe esperou até o segundo corpo ser libertado da coleira. — Por que haveria de ficar decepcionado? Em geral há mais mulheres num enforcamento público do que homens.

— Não quis dizer isso.

Ele baixou os olhos para ela e ficou instantaneamente embaraçado.

— Eu jamais ficaria decepcionado com você.

— Foi aquela noite na fortaleza. — Havia um apelo na voz de Louisa, como se ela desesperadamente precisasse que Sharpe compreendesse o que acontecera. — Lembra? Quando *don* Blas nos mostrou o gonfalão e nos contou a história daquela última batalha? Acho que fui aprisionada naquele momento.

— Aprisionada?

— Gosto dos absurdos que ele fala. Fui criada para odiar católicos, para desprezá-los por sua ignorância e temê-los por sua malevolência, mas ninguém jamais me contou sobre sua glória!

— Glória?

— Estou entediada com capelas simples. — Louisa observou as execuções enquanto falava, embora Sharpe duvidasse de que ela estivesse ciente de que homens morriam naquele cadafalso improvisado. — Estou entediada em ouvir que sou uma pecadora e que minha salvação depende de meu arrependimento. Quero, apenas uma vez, ver a mão de Deus aparecer em toda sua glória para nos tocar. Quero um milagre, tenente. Quero sentir-me pequena diante desse milagre. Isso não faz o menor sentido para você, faz?

Sharpe observou um homem morrer.

— Você quer o gonfalão.

— Não! — disse Louisa num tom quase desdenhoso. — Não acredito, tenente, nem por um segundo, que São Tiago trouxe aquela bandeira do paraíso. Acredito que o gonfalão é apenas uma bandeira velha que um dos ancestrais de *don* Blas carregou para a batalha. O milagre reside no que o gonfalão faz, e não no que ele é! Se sobrevivermos hoje, tenente, conquistaremos um milagre. Mas não teríamos feito isso, nem mesmo tentado, sem o gonfalão! — Louisa fez uma pausa, querendo um pouco de confirmação de Sharpe, mas ele não disse nada. Ela deu de ombros. — Você ainda acha que é tudo uma grande bobagem, não acha?

Sharpe continuou calado. Para ele, o gonfalão, bobagem ou não, era irrelevante. Ele não viera a Santiago de Compostela pelo gonfalão. Ele pensara ter ido pela garota, mas esse sonho estava morto. Contudo, havia outra coisa que o atraíra a esta cidade. Sharpe viera para provar que um sargento filho de prostituta, que fora tocado pela bondade do Exército e se tornado intendente, podia ser tão competente quanto qualquer oficial de berço. E isso não poderia ser provado sem a ajuda dos homens em casacas verdes que esperavam pelo inimigo, e Sharpe viu-se subitamente varrido por um afeto profundo por esses fuzileiros. Um afeto que não sentia desde que era sargento e detivera o poder de vida e morte sobre uma companhia de casacas vermelhas.

Um grito chamou sua atenção de volta para a praça, onde um prisioneiro recalcitrante lutava contra as mãos que o empurravam para a plataforma. A luta do homem foi inútil. Ele foi forçado ao garrote e amarrado na cadeira. O ferro foi entortado em torno de seu pescoço e a língua da coleira inserida na ranhura onde o parafuso iria apertá-la fortemente. Alzaga fez o sinal da cruz.

— *Pax et misericordia et tranquillitas!*

O corpo vestido em amarelo do prisioneiro estremeceu num espasmo quando a coleira apertou seu pescoço para quebrar a espinha e expurgar-lhe toda respiração. Suas mãos finas arranharam os braços da cadeira, e então o corpo tombou. Sharpe supôs que a morte rápida teria sido o destino do conde de Mouromorto se ele não tivesse permanecido a salvo dentro do palácio dominado pelos franceses.

— Por que o conde permaneceu na cidade? — Sharpe perguntou subitamente a Louisa.

— Não sei. Isso importa?

Sharpe deu de ombros.

— Nunca o vi separado de de l'Eclin antes. E aquele coronel é um homem muito astuto.

— Você também é — disse calorosamente Louisa. — Quantos soldados conhecem estrepes?

Vivar abriu caminho na multidão e galgou os degraus.

— As forjas estão sendo aquecidas. Até as seis da tarde você terá algumas centenas daquelas coisas. Onde quer que sejam postas?

— Apenas mande-as para mim — disse Sharpe.

— Quando ouvir a próxima badalada dos sinos, saberá que o gonfalão foi desfraldado. Nesse momento, poderá fazer sua retirada.

— Que seja o mais rápido possível!

— Logo depois das seis — disse Vivar. — Não pode ser mais cedo. Já viu o que os franceses fizeram com a catedral?

— Não. — Mas ele também não se importava. Sharpe importava-se apenas com um coronel francês astuto e um *chasseur* da Guarda Imperial. Então um disparo solitário de fuzil soou a sudoeste, e Sharpe correu.

CAPÍTULO XVII

O tiro serviu de alerta, não sobre a chegada de de l'Eclin, mas sobre a aproximação de uma patrulha de *cazadores*. Seus cavalos estavam em carne viva de tão chicoteados. Vivar, que retornara com Sharpe para descobrir o motivo do tiro, traduziu a mensagem da sentinela.

— Eles viram dragões franceses.

— Onde?

— A cerca de dez quilômetros a sudoeste.

— Quantos?

— Centenas. — Vivar interpretou o relato ansioso de sua patrulha. — Os franceses os perseguiram e eles tiveram sorte em escapar. — Ele ouviu palavras mais empolgadas. — E eles viram o *chasseur*. — Vivar sorriu. — Então! Nós sabemos onde eles estão agora. Tudo que precisamos fazer é mantê-los fora da cidade.

— Sim — concordou Sharpe.

De algum modo, as notícias de que o inimigo finalmente estava se aproximando serviram para acalmar a apreensão de Sharpe. A maior parte desse nervosismo fora concentrado na argúcia do coronel de l'Eclin, mas o conhecimento prosaico da estrada em que o inimigo se encontrava, e da distância em que suas tropas estavam fez com que ele parecesse um oponente menos assustador.

Vivar seguiu os cavaleiros cansados através da fenda na barricada.

— Está ouvindo os martelos? — perguntou ele.

— Martelos? — Sharpe calou-se para prestar atenção, e ouviu batidas de martelos em bigornas. — Estrepes?

— Vou mandá-los para vocês, tenente. — Vivar começou a subir a colina. — Divirtam-se!

Sharpe observou o major se afastar e então, num impulso, contornou a barricada e o seguiu até a rua pedregosa.

— Senhor?

Sharpe tinha certeza de que agora estava longe do alcance dos ouvidos de seus homens.

— Quero me desculpar pelo que aconteceu na taberna, senhor. Eu...

— Que taberna? Não estive em nenhuma taberna hoje. Talvez amanhã, depois que tivermos repelido esses bastardos, possamos procurar uma taberna. Mas hoje? — A expressão de Vivar era de seriedade absoluta. — Não sei do que está falando, tenente.

— Sim, senhor. Obrigado, senhor.

— Não gosto quando você me chama de "senhor". — Vivar sorriu. — Significa que não está sendo beligerante. Preciso de você beligerante, tenente, preciso saber que franceses irão morrer.

— Eles vão morrer, senhor.

— Colocou homens nas casas? — Vivar referia-se às casas que jaziam ao longo da estrada fora do perímetro da cidade.

— Sim, senhor.

— Eles não serão capazes de resistir a um ataque vindo do oeste naquela posição, podem?

— Não será de oeste, senhor. Primeiro iremos vê-los a oeste, mas eles atacarão do sul.

Estava claro que Vivar estava insatisfeito com a estratégia de Sharpe, mas ele também tinha fé nas habilidades do inglês, e essa fé o fez engolir seu protesto. Em vez disso, comentou:

— Você é um soldado britânico típico, falando de tabernas quando temos trabalho a fazer. — Soltou uma gargalhada, deu as costas para Sharpe e se afastou.

Sentindo-se absolvido, Sharpe voltou para o cume fortificado da colina onde, por trás de uma paliçada amarrada entre tocos de árvores, aguardavam duas dúzias de fuzileiros. Eles gozavam de uma excelente visão do cume da colina, mas Sharpe não tinha dúvida de que, uma vez que o inimigo se houvesse comprometido com o ataque, este piquete poderoso iria se dissolver e migrar para as casas onde o resto de seus homens aguardaria. O ataque seria realizado do sul, não do oeste.

— Vocês ouviram o major! — alertou a seus fuzileiros. — Os bastardos estão vindo! Eles estarão aqui dentro de uma hora!

Na verdade, levou quase três horas. Três horas de preocupação crescente com a fúria dos dragões que se aproximavam e três horas durante as quais os primeiros sacos barulhentos de estrepes foram entregues no cume da colina. Apenas então o piquete de dois *cazadores* que fora postado na beira do campo árido tocaram seus cavalos de volta para a cidade.

— Dragões! Dragões! — Eles fizeram gestos de cabeça para imitar os capacetes franceses e apontaram para oeste, para o campo árido.

— *Sí!* — gritou Sharpe. — *Gracias!*

Os fuzileiros, alguns dos quais até pouco tempo divertiam-se com os preguinhos dos estrepes, voltaram para suas barricadas. A paisagem continuou vazia. Sharpe olhou para o sul, esperando ver o outro piquete próximo recuando, mas não havia sinal dos *cazadores* que haviam sido postados para guardar o caminho para o sul até a cidade.

— Maldição! — Hagman cuspiu, repugnado com o cheiro repentino que chegou sobre o pasto. Era o fedor rançoso de ferimentos abertos por selas no couro de cavalos, trazido do campo árido pelo vento ocidental frio. Os fuzileiros franziram os narizes em reação ao odor.

Sharpe observou a paisagem inocente e vazia que ocultava os atacantes. Indubitavelmente os oficiais franceses, ocultos pelos arbustos na orla do vale, estavam observando a cidade. Atrás desses oficiais, os dragões estariam se preparando para a batalha. Sharpe imaginou capacetes sendo colocados sobre cabeças ornadas com rabos de cavalo, e espadas compridas arranhando ao sair de bainhas de metal. Os cavalos, cientes do que estava por vir, estariam pisoteando o solo. Homens nervosos estariam reduzindo as correias dos estribos ou enxugando suor das rédeas. Sharpe perguntou-se se estaria errado; se, em vez de fingir atacar do oeste e atacar do sul, os franceses iriam simplesmente investir contra as barricadas e então simplesmente dilacerar as defesas.

— Meu Deus! — Hagman proferiu o nome do Senhor em vão quando o vale oculto subitamente verteu uma linha de cavalaria; uma grande linha de dragões que trotava com espadas desembainhadas e capas adejando ao vento. Eles haviam tirado a cobertura de tecido de seus capacetes para que o metal pintado de dourado reluzisse à luz da tarde. — São milhares de bastardos! — Hagman apontou seu fuzil.

— Não atirem! — ordenou Sharpe. Ele não queria que os fuzileiros disparassem por medo de que isso acionasse os dedos dos *cazadores* atrás das barricadas. Os mosquetes e carabinas espanhóis, munidos de canos com alma lisa, eram muito menos precisos que os fuzis, e uma salva disparada a esta distância era uma salva desperdiçada.

Sharpe podia ter poupado sua saliva porque, segundos depois da aparição da cavalaria, os primeiros mosquetes dispararam. Ele praguejou, virou-se, e viu que os telhados da cidade estavam apinhados de civis que queriam matar os franceses. Imediatamente os primeiros tiros soaram, de modo que todos os homens atrás das barricadas começaram a atirar. Uma salva imensa estrepitou, cuspiu chamas e arrotou fumaça que ocultou o flanco da cidade, mas quase nenhum francês tombou. O alcance — mais de 300 metros — era demasiadamente longo. Mesmo uma bala que atingisse o alvo quicaria sem causar danos da casaca grossa de um uniforme ou da sela de inverno de um cavalo.

Os cavaleiros refrearam seu avanço lento. Sharpe procurou pela peliça vermelha de de l'Eclin e não conseguiu achá-la. Dividiu mentalmente a linha em quartos, fez uma conta rápida de um quarto e, em seguida, multiplicou o resultado por quatro para alcançar um total de trezentos. Isto não era o ataque. Era uma demonstração de força, espalhada numa linha impressionante, que visava apenas atrair olhos para oeste.

— Vigiem o sul! — gritou Sharpe para seus homens. — Vigiem o sul!

Os disparos da cidade tinham atraído o sargento Harper do prédio que guardava a rota sul. Ele fitou a linha de dragões e assobiou, admirado.

— É um bom número de safados, senhor.

— Apenas trezentos homens — disse Sharpe com calma.

— É só isso, agora?

Um oficial francês sacou sua espada e iniciou um meio galope. Algum tempo depois, esporeou o cavalo para um galope e desviou de modo a passar a 100 metros das defesas da cidade. Mosquetes dispararam das barricadas, mas ele galopou em segurança através dos tiros sem direção. Outro oficial começou a avançar e Sharpe presumiu que os franceses continuariam provocando os defensores até a deflagração do ataque verdadeiro.

Hagman puxou o cão de seu fuzil enquanto o segundo francês esporeava para velocidade máxima.

— Posso ensinar uma lição àquele sodomita, senhor?

— Não. Deixe eles. Isto é apenas para despistar. Eles pensam que está funcionando, então deixe que brinquem.

Minutos se passaram. Um esquadrão inteiro de dragões desceu trotando pela frente da linha, e então reverteu sua rota para galopar desdenhosamente para trás. Sua audácia instigou outra grande salva de tiros proveniente dos prédios ocidentais da cidade. Ao ver o chão salpicado pelos impactos das balas, Sharpe percebeu que os tiros dos espanhóis estavam caindo curtos em relação aos alvos. Um segundo esquadrão, empunhando uma flâmula para o alto, trotou para norte. Alguns dos franceses estacionários embainharam suas espadas e dispararam carabinas das selas, e cada disparo francês provocou uma salva inútil da cidade.

Outro oficial demonstrou sua bravura galopando o mais próximo que conseguiu das defesas da cidade. Este teve menos sorte. Seu cavalo caiu num jorro de sangue e lama, um grito de júbilo se elevou das barricadas, mas o francês cortou sua sela e correu em segurança de volta para seus camaradas. Sharpe admirou o homem, mas censurou a si mesmo por ter se distraído e desviado os olhos do sul.

Sul! Era de lá que o ataque viria, não daqui! A ausência de de l'Eclin do oeste significava que o *chasseur* estaria com os homens que avançariam sorrateiros pelo flanco sul da cidade. Sharpe agora tinha certeza disso. Os franceses estavam esperando que o sol se pusesse para que então as sombras ficassem alongadas no terreno acidentado sul. Nesse ínterim esta distração tática a oeste era calculada para mexer com os nervos dos defensores e fazê-los desperdiçar a pólvora da cidade, mas o ataque viria do sul; Sharpe sabia disso e olhava obsessivamente para onde nada se movia em meio ao terreno acidentado. Em algum lugar para além desse terreno estava o piquete sul de *cazadores* montados, e Sharpe ficou obcecado com a ideia de que os espanhóis teriam sido esmagados pelo ataque francês. Podia haver setecentos dragões escondidos ao sul. Sharpe pensou que talvez devesse enviar uma patrulha de fuzileiros para explorar as sombras.

— Senhor? — Harper permanecera no topo da colina e agora chamava-o, tenso. — Senhor?

Sharpe virou-se novamente para oeste e praguejou.

Outro esquadrão de dragões viera do terreno árido, e este era conduzido por um cavaleiro usando uma peliça vermelha e um gorro de pele preta. Um homem montado num cavalo grande e negro. De l'Eclin. Não ao sul, onde a maior parte dos fuzileiros de Sharpe se posicionava, mas a oeste, onde o francês poderia esperar até que o sol poente fosse uma bola de fogo cegante nos olhos dos defensores.

— Retiro os rapazes dos prédios? — perguntou Harper, nervoso.

— Espere. — Sharpe estava tentado pelo pensamento de que de l'Eclin era suficientemente astuto para fazer de si próprio parte do despistamento.

Os franceses aguardaram. Por quê, perguntou-se Sharpe, se este era o ataque principal, eles deixariam isso tão óbvio? Sharpe olhou novamente para a sul, vendo como as sombras escureciam e se alongavam. Alguma coisa moveu-se numa sombra; moveu-se de novo, e Sharpe esfregou as mãos, triunfante.

— Ali!

Os fuzileiros viraram-se para olhar.

— *Cazadores*, senhor. — Harper, sabendo que desapontara as expectativas de Sharpe, pareceu abatido.

Sharpe abriu sua luneta. Os homens em aproximação estavam usando uniformes espanhóis, sugerindo que ou eram os piquetes ao sul trazendo notícias ou eram um dos grupos que haviam ido para sudeste derrubar as pontes sobre o rio. Ou seriam os franceses disfarçados? Sharpe olhou de volta para o *chasseur*, mas de l'Eclin não estava se movendo. Havia algo deveras ameaçador na sua imobilidade absoluta; alguma coisa que testemunhava uma confiança desenfreada.

Sharpe aferrou-se obstinadamente à sua certeza. Sabia que seus homens não acreditavam mais nele, estando preparados para lutar com o inimigo que desfilava com tanta confiança a oeste, mas ele não desistia de sua obsessão com o sul. Também não conseguia livrar-se da convicção de que de l'Eclin era um soldado sutil demais para colocar todas as suas esperanças num ataque direto e nada sutil.

Sharpe abriu a luneta para inspecionar os cavaleiros que se aproximavam lentamente do sul. Xingou baixo. Eram espanhóis. Reconheceu um dos sargentos de Vivar que tinha costeletas brancas. A lama nas pernas dos cavalos e as picaretas amarradas nas selas dos *cazadores* testemunhavam que eles eram um grupo retornando de uma missão de demolir pontes.

— Merda, merda, merda! — Sharpe havia se equivocado. Havia se equivocado redondamente! Os espanhóis que se aproximavam do sul tinham acabado de passar por uma área que devia estar apinhada com os setecentos soldados desaparecidos de de l'Eclin. Sharpe tinha sido esperto demais e errara em suas previsões.

— Sargento, retire os homens das casas.

Harper, aliviado com a ordem, desceu correndo a ladeira e Sharpe moveu sua luneta de volta para oeste. No instante em que apoiava o tubo comprido e ajudava o foco da imagem, o coronel de l'Eclin sacou seu sabre e Sharpe ficou momentaneamente ofuscado pelo reflexo do sol na espada curva.

Ele piscou para afugentar o brilho, recordando do momento em que de l'Eclin quase matara-o na ponte. Aquilo parecia ter ocorrido há muito tempo; antes dele conhecer Vivar e Louisa. Sharpe lembrou de como ficara impressionado com a perícia com que o cavalo negro investira, e de como a besta soberbamente treinada desviara para a direita a fim de permitir que o coronel desfechasse para baixo um golpe com a mão esquerda. Um homem não esperava enfrentar um espadachim que lutasse com a mão esquerda, e talvez isso explicasse por que tantos soldados nutriam superstições acerca de enfrentar oponentes canhotos.

Sharpe novamente espiou pela luneta. O coronel de l'Eclin estava repousando sua lâmina curvada no cabeçote da sela, esperando. Os cavalos atrás dele moviam-se implacavelmente. O sol estava afundando e avermelhando. Em breve uma bandeira seria desfraldada na catedral de Santiago, e os fiéis iriam rogar a um santo morto que viesse ajudar seu país. Enquanto isso, um soldado da elite favorita do imperador esperava pelo ataque que romperia as defesas da cidade. O ataque falso e o ataque verdadeiro, compreendeu Sharpe, viriam ambos do oeste. Esses trezentos cavaleiros atrairiam o fogo dos defensores enquanto o resto dos dragões, escondidos no terreno árido, preparavam um assalto súbito que irromperia da neblina de fumaça de pólvora como um raio.

Harper urgia os fuzileiros a subir a ladeira da colina.

— Onde os quer, senhor?

Mas Sharpe não respondeu. Ele estava observando o coronel de l'Eclin que manejava o sabre em cutiladas de treinamento, como se estivesse entediado. O reflexo do sol na lâmina reluzente provocou nos defensores da cidade uma salva irregular e imprecisa. De l'Eclin ignorou-a. Ele estava esperando que o sol se tornasse uma arma de poder extraordinário, ofuscando os defensores, e esse momento estava muito próximo.

— Senhor? — insistiu Harper.

Mas Sharpe ainda não tinha uma resposta, porque nesse exato momento ele nutria mais uma incerteza. Sharpe finalmente sabia o que os franceses haviam planejado. Ele estivera errado sobre o ataque sul, mas se estivesse errado agora, o gonfalão, a cidade e todos os seus homens, estariam perdidos. Tudo estaria perdido. Ele sentiu a tentação de ignorar a nova percepção, mas hesitar seria fatal e a decisão precisava ser tomada. Sharpe fechou a luneta e enfiou-a no bolso. Ele chutou os sacos de estrepes e ordenou:

— Tragam os sacos e me sigam. Todos vocês!
— De pé! — berrou Harper para os fuzileiros.
Sharpe começou a correr.
— Sigam-me! Depressa! Vamos! — Sharpe xingou a si próprio por não ter enxergado a verdade antes. Era tão simples! Por que os franceses tinham levado os suprimentos para o palácio? E por que o coronel Coursot estocara grãos e feno nas adegas? Só se estocava feno numa adega quando se esperava distribuí-lo em um ou dois dias! E havia a questão dos mil cavaleiros. Até mesmo um soldado experiente como Harper vira os dragões e ficara impressionado com seu número. Homens frequentemente viam uma horda onde havia apenas uma pequena força, e como seria fácil para um civil cometer esse erro no meio da noite. Sharpe correu ainda mais rápido.
— Vamos! Depressa!
Porque a cidade estava praticamente perdida.

A nave da catedral era mais simples que o exterior do prédio sugeria, mas a simplicidade não reduzia a magnificência de seus pilares altíssimos. Para além da nave comprida, dos transeptos abobadados e da cortina, havia um santuário suntuosíssimo, que ainda impressionava mesmo depois que os franceses tivessem arrancado a prataria, derrubado as imagens e rasgado os trípticos em suas molduras. Atrás do altar havia um espaço vazio, o espaço de Deus, cuja escuridão era suavizada pelos raios escarlates do sol poente que desciam pelo interior poeirento e esfumaçado da catedral.

Abaixo do altar e acima da cripta onde o santo jazia sepultado, o cofre aberto pousava diante do altar.

Do topo do domo que cobria o encontro dos transeptos e do corredor, uma grande bacia de prata pendia de cordas. Ela exalava fumaça de incenso que enchia a igreja imensa com um cheiro adocicado. Mil velas somavam suas fumaças para fazer do santuário um lugar de mistério, aromas, sombras e esperança; um lugar de milagre.

Duzentas pessoas se ajoelharam nos transeptos. Eram padres e soldados, monges e mercadores, eruditos e freis; os homens que podiam levar por toda a Espanha a mensagem de que Santiago Matamoros vivia. Eles diriam a um povo invadido que o ritual adequado fora realizado, as palavras certas proferidas, e que o grande gonfalão, que um dia adejara sobre o massacre de pagãos, fora desfraldado novamente.

Era como se o Tambor de Drake finalmente tivesse sido tocado, ou o solo de Avalon tivesse explodido em escuridão violenta para libertar um bando de cavaleiros despertados, ou ainda como se Carlos Magno ressuscitasse de seu sono secular e brandisse sua espada para eliminar os inimigos de Cristo. Todas as nações tinham sua lenda, e esta noite, no interior da grande catedral, a lenda da Espanha seria despertada de mil anos de silêncio. As velas bruxulearam ao vento frio enquanto padres curvavam-se diante do altar.

Enquanto eles se curvavam, uma das portas oeste da catedral foi aberta como se um vento violento tivesse golpeado sua madeira contra a pedra da parede. Passos soaram no soalho. Os soldados que estavam ajoelhados diante do altar viraram-se em direção ao som e levaram as mãos às espadas. Louisa, usando um véu e ajoelhada ao lado de Blas Vivar, arfou de susto. Os padres calaram-se para ver quem ousara interromper as invocações.

Vivar se levantou. Sharpe irrompera na catedral e agora apareceu abaixo do Portão da Glória. O espanhol correu pela nave comprida em direção ao oficial.

— Por que você está aqui? — inquiriu, a voz carregada de indignação.

Sharpe, olhos arregalados, não respondeu. Olhou à sua volta pela catedral como se esperasse encontrar inimigos. Não viu nenhum e tornou a se virar para as portas a oeste.

Vivar estendeu uma das mãos para conter o avanço do fuzileiro.

— Por que você não está nas barricadas?

— Ele estava empunhando o sabre na mão direita! — disse Sharpe. — Não entende? Ele é destro! O coronel de l'Eclin é canhoto!

Vivar fitou-o, desorientado.

— Do que está falando?

— Há trezentos dos bastardos lá fora! — A voz de Sharpe se alteou para ecoar da pedra alta da nave. — Apenas trezentos! E nenhum ao sul. Então, onde estão os outros? Você olhou atrás dos sacos nas adegas?

Vivar nada disse. Não precisava.

— Você revistou as adegas? — insistiu Sharpe.

— Não.

— É por causa disso que o seu irmão está lá! É por causa disso que quiseram uma trégua! É por causa disso que recolheram os suprimentos! É por causa disso que prepararam o lugar! Não vê? De l'Eclin está dentro do palácio! Ele esteve lá o dia inteiro, rindo de nós! E ele está vindo para cá!

— Não! — O tom de Vivar não implicou discórdia, apenas horror.

— Sim! — Sharpe desvencilhou-se da mão de Vivar. Correu de volta através do Portão da Glória, alheio à sua majestade, e abriu as portas externas da catedral.

Um grito de triunfo e um toque vitorioso de clarim fizeram-no virar-se. Sharpe viu, difusa através da fumaça e do incenso, uma bandeira desfraldada. Não uma bandeira velha, puída e comida por traças que se teria dissolvido no ar, mas um estandarte novo e glorioso de seda branca e reluzente, com uma cruz escarlate: o gonfalão de São Tiago e, para acompanhá-lo, os sinos começaram a repicar.

E, no mesmo instante, martelos golpearam as tábuas que trancavam os franceses no palácio. Os sinos tocaram por um milagre, e os franceses, como sempre tencionaram, quebraram a trégua.

Dragões franceses atacaram de cada lado do palácio. Deviam ter vindo dos portões traseiros do prédio, onde ficavam os estábulos, e enquanto a infantaria desembocava da porta central, os cavaleiros irromperam para a praça oeste. O único obstáculo à sua investida era a barricada baixa onde um punhado de *cazadores* desmontados dispararam uma salva de tiros irregular, e então fugiram.

— Sargento! Estrepes! — Sharpe empurrou Harper para o flanco sul da catedral e, pegando ele próprio dois dos sacos, gritou para que seus homens o seguissem até a praça norte.

A cavalaria não podia escalar os intrincados lances de degraus da fachada oeste da catedral. Em vez disso os dragões planejavam cercar o santuário, de modo a impedir que quem estivesse em seu interior escapasse.

— Fuzileiros! Suspendam fogo! Suspendam fogo! — Sharpe sabia que não havia sentido em desperdiçar uma salva. Em vez disso, os estrepes deveriam impedir o primeiro ataque francês.

Da plataforma na fachada da catedral até a praça era uma queda vertiginosa, mas Sharpe não tinha tempo de usar os degraus. Saltou, aterrissando tão pesadamente que uma pontada de dor subiu de seu calcanhar esquerdo. A dor precisava ser ignorada porque a derrota estava tão próxima quanto o alcance da espada de um dragão. Sharpe ordenou que seus homens o imitassem, e cada um deles gemeu de dor ao pousar no chão de pedras.

Sharpe arrastou os sacos para o norte. Ele via os cavaleiros à sua esquerda e soube que tinha apenas alguns segundos para espalhar os estrepes com suas pontas afiadas pela lacuna sob a ponte que conduzia até o palácio do bispo.

— Naquela direção! Esperem por mim! — gritou para seus fuzileiros, e então arremessou o primeiro saco de modo a fazer os estrepes tilintarem e pularem pelo espaço estreito. — Junte-se a mim, sargento! — Sharpe gritou para Harper, mas sua voz foi afogada pelos gritos dos franceses e o berro de seus clarins de guerra. Sharpe pegou o segundo saco e despejou seu conteúdo. Os estrepes rolaram e caíram bloqueando a passagem apertada.

Harper desaparecera. Sharpe virou-se e correu atrás de seus soldados. Os sinos repicavam alto. Uma corneta berrava seu desafio ao céu. Ele não sabia se o sargento estava seguro, ou se ele bloqueara a entrada para a praça no flanco sul da catedral.

— Formar linha! Duas fileiras! — gritou Sharpe para seus comandados. Adiante deles, numa baderna de pânico, homens fugiam do transepto oeste da catedral.

O primeiro cavalo ficou estropiado; o prego de ferro atravessou a carne de seu casco. Então mais cavalos vieram. Eles empinaram, relincharam e caíram ao chão de dor. Homens foram derrubados das selas. Um cavalo, frenético de agonia, disparou de volta através da praça. Outro empinou tão alto que caiu de costas e seu cavaleiro berrou enquanto era esmagado pelo corpo do animal.

— Suspendam o fogo! — Os fuzileiros tinham formado uma linha a treze metros dos estrepes. Agora era uma corrida. A infantaria francesa subiria os degraus oeste para encher a catedral. Levaria ao menos um minuto para que alcançassem a porta do transepto e emergissem às costas de Sharpe. Alguns deles, vendo a agonia dos cavalos, tinham vindo chutar os estrepes para longe. Eram liderados por um sargento.

— Hagman, mate aquele bastardo! — ordenou Sharpe.

— Sim, senhor. — Hagman se ajoelhou, mirou, atirou. O sargento cambaleou para trás, sangue esguichando do peito. Os soldados de infantaria notaram os fuzileiros pela primeira vez.

— Fogo! — ordenou Sharpe.

A salva foi curta, mas causou mais caos e dor no espaço estreito.

— Recarregar! — Não havia sentido em ordenar aos casacas verdes que se apressassem. Eles sabiam tão bem quanto Sharpe quão frágil era o equilíbrio entre sobrevivência e morte nesta cidade que anoitecia, e ordenar que se apressassem apenas aumentaria seu nervosismo.

Sharpe virou-se. O último do grupo de Vivar descia correndo os degraus. Um oficial espanhol portava o gonfalão que fora apressadamente retirado de suas argolas reluzentes. Dois padres levantaram as abas de suas saias e correram para leste. Louisa apareceu nos degraus e Sharpe viu dois *cazadores* trazerem um cavalo para ela. Vivar subiu para a sela de seu cavalo e desembainhou a espada.

— Eles estão na catedral! — gritou para Sharpe.

— Firmes, rapazes. Calar baionetas! — Enquanto as baionetas eram desembainhadas, Sharpe olhou em torno à procura de Harper, mas o irlandês ainda não podia ser visto. Gritos chegavam do interior da cidade. Clarins uivavam no ar noturno. Faria muito frio esta noite. Uma camada de gelo cobriria o solo pedregoso onde os franceses se vingariam pelos insultos do dia.

— Firmes agora, rapazes! — Os estrepes haviam retardado o inimigo e as armas de seus homens estavam recarregadas, mas uma massa de franceses montados ainda aguardava do outro lado das estrelas de ferro pontiagudas, que estavam sendo varridas freneticamente pela infantaria. Balas estalaram acima dos fuzileiros, mas os dragões estavam disparando de suas selas e mirando com pressa excessiva. Sharpe sabia que dispunha de poucos segundos. Pôs as mãos em concha.

— Sargento! Sargento Harper!

— Recuar, tenente! — gritou Vivar para Sharpe.

— Sargento Harper!

— Bastardo! — O xingamento veio do topo da escadaria que conduzia para o transepto sul. Sharpe girou nos calcanhares. Depois de distribuir os estrepes, Harper devia ter percebido que não poderia alcançar Sharpe correndo através da fachada oeste da catedral. Em vez disso, tomara o atalho através da catedral e agora apareceu com um oficial francês em sua mão esquerda. — Bastardo! — O irlandês estava furioso. — Ele tentou me matar, o bastardo! — Harper jogou o francês no chão, chutou-o, e então empurrou o homem para a escuridão da catedral. Vivar, vendo mais sombras além das portas, disparou uma pistola no transepto.

— Senhor! — Hagman alertou que os últimos estrepes tinham sido varridos.

— Apresente-se! — berrou Sharpe. — Pensei que tinha perdido você! — gritou para Harper.

— O bastardo tentou enfiar uma espada em mim! Dentro de uma igreja, imagine só! Uma catedral!

— Meu Deus, pensei que tinha perdido você! — As palavras de alívio de Sharpe eram sinceras.

BERNARD CORNWELL

— Senhor! — tornou a avisar Hagman.

Dragões e soldados de infantaria misturaram-se no ataque que se afunilou no espaço estreito abaixo da ponte. Espadas eram levantadas, homens entoavam seu grito de guerra, e os franceses esporeavam suas montarias para a vingança.

— Fogo! — gritou Sharpe.

A salva fustigou o espaço exíguo, derrubando cavalos em sangue e dor. Uma espada caiu, retinindo nas pedras. Os cavaleiros que vieram em seguida brandiram as espadas para abrir uma passagem através dos feridos e moribundos. Soldados de infantaria apareceram no topo das escadarias no sul da catedral.

— Corram! — berrou Sharpe.

Então se fez o caos da fuga. Os fuzileiros correram através da praça até o refúgio duvidoso de uma rua estreita. Louisa foi na frente e Vivar, cercado por um nó de sua elite em casacas escarlates, gritou para que Sharpe a seguisse. Os *cazadores* permaneceriam para responder ao ataque francês.

Os fuzileiros correram. A retirada da cidade tornara-se uma corrida louca na escuridão, um mergulho colina abaixo através de ruas medievais estreitas. Sharpe conduziu seus homens até uma pracinha decorada com um poço e uma cruz de pedra. A pracinha estava apinhada com refugiados. Sharpe ordenou que seus homens parassem e formou-os em fileiras. Em seguida, permitiu à fileira da retaguarda que carregasse os fuzis. Os homens verteram pólvora e cuspiram balas nos canos e finalmente martelaram as coronhas dos fuzis no solo na esperança de que o impacto empurrasse a bala para baixo.

— Apresentar armas!

Os fuzis, canos pesados com espadas-baionetas, foram levantados. Eles ainda não podiam disparar, porque sua mira era bloqueada pelo punhado de *cazadores* que tentavam retardar os dragões franceses. Espadas colidiam na rua com um som que imitava o repicar de sinos. Um espanhol, sangue vertendo do rosto, esporeou o cavalo para longe da luta. Um dragão gritou enquanto sua barriga era rasgada por uma espada.

— Major! — Sharpe gritou para Vivar que os fuzis estavam preparados.

Vivar acutilou um francês e esquivou-se do contragolpe.

— Vá! Tenente! Vá!

— Major!

Um *cazador* caiu sob uma lâmina francesa. Vivar mergulhou para ferir o francês. Sharpe teve a impressão de que o espanhol seria dominado por detrás quando subitamente uma multidão de voluntários em túnicas marrons surgiu dos dragões, atacando-os com facas, martelos, mosquetes e espadas. Vivar desviou seu cavalo e gritou para que seus homens recuassem.

Sharpe recuara seus fuzileiros para a orla leste da pracinha e agora dividiu-os para permitir que os espanhóis passassem. Os voluntários não queriam recuar, mas Vivar os ameaçou com a ponta do sabre para que continuassem voltando. Sharpe esperou até a praça ficar limpa e o primeiro inimigo apareceu no outro lado.

— Fileira de retaguarda! Fogo!

A salva foi fraca, mas conteve o avanço dos franceses.

— Recuar! — Sharpe desembainhou a espada, sabendo que estava bem afiada.

Os fuzileiros seguiram Vivar para a rua seguinte. Agora estava escuro enquanto o dia afundava em uma noite de inverno. Mosquetes dispararam das janelas acima de Sharpe, mas a pequena salva não impediu que os franceses desaguassem na rua estreita.

— Atrás de você! — berrou Harper.

Sharpe virou-se. Ele gritou seu desafio e brandiu a lâmina pesada contra a face de um cavalo. O animal esquivou-se e o dragão desfechou uma espadada, mas Sharpe aparou depressa e as duas lâminas colidiram. Harper arremeteu sua baioneta contra o peito do cavalo e o animal empinou, bloqueando a rua. Sharpe acutilou um de seus machinhos. Sua espada deve ter atingido o alvo, porque o cavalo tombou para a frente. Enquanto caía, o dragão tentou golpear Sharpe, mas a espada do inglês estava sibilando para cima, impulsionada por toda sua força, e o aço fatiou o pescoço do soldado de cavalaria. Sangue saiu num jorro súbito elevando-se a cerca de três metros para manchar a parede caiada do beco. Relinchando de dor, o cavalo de pata quebrada bloqueava a rua.

— Corram! — gritou Sharpe.

Eles correram até a esquina seguinte, onde Vivar os aguardava.

— Por ali! — Vivar apontou para a esquerda e esporeou seu cavalo na outra direção, sendo seguido por seu punhado de *cazadores*.

Os fuzileiros passaram correndo por uma igreja, contornaram uma esquina, e se descobriram no topo de uma escada íngreme que conduzia a uma rua que corria atrás de uma parede medieval. Vivar devia saber que os degraus ofereceriam segurança contra a perseguição dos dragões, e enviara-os para encontrar refúgio enquanto ele permanecia atrás para conter a fúria francesa.

Sharpe desceu correndo os degraus, e então conduziu seus homens ao longo da rua. Ele não tinha a menor ideia se Vivar estava seguro, se Louisa escapara, ou se o gonfalão sobrevivera ao tumulto nas ruas estreitas. Tudo que podia fazer era aceitar a salvação que Vivar oferecera.

— Aquele bastardo é mesmo astuto! — disse Sharpe a Harper. — Estava dentro da cidade o tempo todo! Meu Deus, ele deve estar morrendo de rir de nós!

Decerto, depois que Louisa vira a parada dos franceses na praça, de l'Eclin e a maioria de seus homens simplesmente retornaram para o fundo do palácio enquanto algumas centenas de dragões cavalgavam para o sul. Embora tivesse sido um golpe inteligente, não fora nem um pouco honrado, porque os franceses haviam violado a trégua. Em todo caso, Sharpe não acreditava que houvesse mesmo muita honra nesta guerrinha amarga entre Espanha e França.

— Lutando numa catedral! — Harper ainda estava indignado.

— Pelo menos você deu cabo dele.

— Dele? Dei cabo de três dos bastardos. Três bastardos que nunca mais lutarão numa catedral.

Sharpe não conseguiu segurar o riso. Ele alcançara uma brecha na muralha da cidade que dava para o campo. O solo descia escarpado ali, conduzindo a um córrego que era um rasgo de prata em meio à escuridão. Refugiados corriam através do córrego, e então subiam rumo às colinas e à segurança. Não havia franceses à vista. Sharpe presumiu que o inimigo ainda estivesse nas ruas onde Vivar executava sua desesperada ação de retardamento.

— Carregar! — ordenou Sharpe.

Os homens começaram a carregar seus fuzis. Harper, evidentemente recuperado de sua indignação com a heresia francesa, interrompeu seu movimento quando a vareta de carregamento estava na metade do cano. Ele começou a rir.

— Pode contar a piada para nós, sargento? — disse Sharpe.

— Já olhou para si mesmo, senhor?

Os homens também começaram a rir. Sharpe olhou para baixo e percebeu que suas calças tinham se rasgado ainda mais, de modo que a perna direita estava nua da coxa para baixo.

— Qual é o problema? — retrucou Sharpe. — Não acham que podemos derrotar os desgraçados mesmo seminus?

— Eles fugirão apavorados se virem o senhor — disse Gataker.

— Tudo bem, rapazes. — Sharpe sentiu, pelos risos deles, que os homens sabiam que estavam em segurança. Eles haviam escapado dos franceses, a batalha estava acabada, e tudo que precisavam fazer era cruzar o valezinho e escalar as colinas. Sharpe olhou para trás uma vez, esperando ver Vivar, mas a rua estava vazia. Gritos, tiros, e um clangor de metal reproduziam as batalhas que ainda ocorriam no interior da cidade, mas os fuzileiros tinham escapulido através do caos até este local seguro. Não havia qualquer mérito em retornar para a luta; o dever de cada homem agora era escapar.

— Direto através do vale, garotos! Só vamos parar na cumeeira oposta!

Os casacas verdes deixaram a cobertura do muro e caminharam pelo pasto íngreme que conduzia até o córrego pantanoso, onde, nesta mesma manhã, Sharpe recusara-se a aplacar os espíritos da água. À frente deles, e espalhados pelo vale, havia uma massa de refugiados. Alguns eram civis, outros trajavam a túnica dos voluntários de Vivar, e alguns eram *cazadores* que haviam sido separados de seus esquadrões. Ainda não havia qualquer sinal de Vivar, ou de Louisa, ou do gonfalão. Dois monges chafurdavam o córrego segurando as pontas dos mantos.

— Devemos aguardar, senhor? — Harper, ansioso por constatar que o major estava em segurança, quis ficar perto do córrego.

— Na margem oposta — disse Sharpe. — De lá poderemos dar fogo de cobertura a ele.

Um clarim soou ao sul. Sharpe virou-se para descobrir que tudo estava acabado. A aventura, as esperanças, todos os sonhos impossíveis que tinham levado até tão perto do triunfo, estavam acabados.

Porque, como ouro aquecido até a incandescência, os capacetes dos inimigos reluziam ao sol moribundo. Porque trezentos franceses tinham cavalgado em torno da cidade, e agora Sharpe estava encurralado. O dia dos milagres chegara ao fim.

CAPÍTULO XVIII

Os dragões, que haviam ameaçado o oeste da cidade, tinham cavalgado em torno de sua margem sul para bloquear a rota de fuga leste. Agora eles encheram o vale ao sul onde seus elmos reluziam ao último brilho do sol. Eram liderados pelo cavaleiro que usava a peliça vermelha de de l'Eclin, mas que carregava um sabre na mão direita.

Os refugiados começaram a correr, mas o solo pantanoso tornou lenta e desajeitada a sua fuga desesperada. A maioria tentou cruzar o córrego, alguns seguiram para o norte, enquanto outros correram para a segurança duvidosa dos fuzileiros de Sharpe.

— Senhor? — perguntou Harper.

Mas não havia nada útil que Sharpe pudesse dizer em resposta. Estava terminado. Não restava qualquer segurança no tumulto que ainda ecoava dentro da cidade, nem havia tempo de cruzar o córrego ou recuar para o norte. Os fuzileiros estavam em campo aberto, encurralados pela cavalaria, e Sharpe precisava concentrar a tropa numa formação em quadrado e lutar contra eles até o fim. Um soldado podia ser derrotado, porém jamais humilhar-se. Sharpe levaria consigo tantos homens vitoriosos quantos conseguisse e, nos anos futuros, quando soldados franceses se acocorassem diante de fogueiras em alguma terra remota, alguns tremeriam ao lembrar de um combate num vale no norte da Espanha.

— Reunir! Três fileiras! — Sharpe dispararia uma salva, e então retrairia para dentro do quadrado. Os cascos passariam trovejando, espadas reluzentes acutilariam, e pouco a pouco seus homens seriam abatidos.

Sharpe cortou um pedaço de matagal com a espada.

— Não vou me render, sargento.

— Nunca pensei que iria, senhor.

— Mas depois que nossa formação tiver sido dissolvida, os homens poderão se entregar.

— Não se eu estiver de olho neles, senhor.

Sharpe sorriu para o irlandês grandão e disse:

— Obrigado por tudo.

— Ainda digo que nunca conheci um homem com um soco melhor que o do senhor.

— Já tinha esquecido disso! — Sharpe riu. Ele viu que alguns dos *cazadores* desmontados e voluntários tinham corrido para formar extensões improvisadas em suas três fileiras. Sharpe preferiria que não tivessem vindo, porque sua falta de treinamento apenas aumentaria a vulnerabilidade desta resistência final, mas não tinha como mandá-los embora. Sharpe brandiu sua espada para a esquerda e para a direita como se praticasse para os momentos finais. Os dragões franceses tinham contido seu avanço lento e ameaçador. Sua fileira frontal permanecia imóvel a 400 metros. Parecia uma longa distância, mas Sharpe sabia com qual velocidade cruel a cavalaria podia cobrir o terreno quando o corneteiro os incitasse para vante.

Sharpe deu as costas para o inimigo e olhou para seus comandados.

— Rapazes, deveríamos mesmo era ter ido para o norte.

Houve um momento de silêncio, e então os casacas verdes lembraram da discussão que levara Harper a tentar assassinar Sharpe. Eles riram.

— Mas esta noite vocês têm minha permissão para encher a cara. E caso eu não tenha outra oportunidade de lhes dizer isto, vocês são a melhor tropa com a qual já combati.

Os homens reconheceram o pedido de desculpas nas palavras de Sharpe e o aplaudiram. Sharpe pensou no longo tempo que levara para ouvir aqueles aplausos, e então deu as costas para os fuzileiros para que eles não pudessem ver sua alegria e constrangimento.

BERNARD CORNWELL

Virou-se a tempo de ver um nó de cavaleiros emergir da cidade. Um deles era o conde de Mouromorto, claramente reconhecível em seu casaco preto e botas de equitação brancas e de cano longo. Outro, numa peliça vermelha e com cabelos tão dourados quanto os capacetes dos dragões, cavalgava um cavalo negro. Os dragões franceses que aguardavam aplaudiram quando o coronel de l'Eclin tirou sua peliça e gorro do homem que os usara. O conde cavalgou até o esquadrão de retaguarda, a reserva francesa, enquanto o *chasseur* assumia seu lugar de direito na linha de frente do ataque. Sharpe observou enquanto ele ajustava a peliça escarlate em seu ombro, enquanto ajustava o grande gorro de couro preto na cabeça, e enquanto desembainhava o sabre com a mão esquerda. Sharpe orou para ver de l'Eclin morto antes dele próprio tombar sob os cascos e espadas do inimigo.

— Tenente!

Sharpe virou-se para ver Louisa cavalgar até a retaguarda de seus fuzileiros.

— Vá embora! — Apontou para leste até onde poderia haver segurança. Seu cavalo lhe daria a velocidade que era negada aos refugiados a pé. — Cavalgue!

— Onde está *don* Blas?

— Não sei! Agora vá embora!

— Vou ficar!

— Senhor! — Harper gritou o aviso.

Sharpe virou-se. O sabre do coronel de L'Eclin foi levantado para iniciar o avanço francês. Havia solo molhado à direita dos dragões, e uma ladeira escarpada à sua esquerda, de modo que o ataque ficaria restrito a um canal de terreno firme com aproximadamente cem passos de largura. Alguns mosquetes flamejaram do outro lado do córrego, mas o alcance era longo demais, e os dragões no flanco ignoraram os disparos.

O sabre do coronel de l'Eclin baixou, e o corneteiro soou o avanço. O esquadrão líder caminhou à frente. Sharpe sabia que quando houvessem avançado 50 metros, a segunda linha francesa iniciaria seu avanço lento. A terceira linha permaneceria outros 50 metros atrás. Este era o ataque de cavalaria clássico, deixando espaço suficiente entre as linhas para que um cavalo caído na fileira frontal não tropeçasse e derrubasse os animais que estivessem atrás. Inicialmente era lento, mas letal.

— Fileira da testa, ajoelhar! — ordenou calmamente Sharpe.

Os dragões puseram os cavalos a passo ordinário, porque queriam manter suas posições. Eles acelerariam em breve, mas Sharpe sabia que não recorreriam a um galope até poucos segundos antes de alcançarem seus alvos. Tiros de mosquete e gritos soavam da cidade, evidências de que espanhóis ainda lutavam com franceses nas ruas cada vez mais escuras, mas essa batalha não era mais da conta de Sharpe.

O coronel de l'Eclin levantou o sabre na mão esquerda e o primeiro esquadrão tocou os cavalos para um trote. A corneta confirmou a ordem. Sharpe agora podia ouvir a cavalaria. Podia ouvir o tilintar dos estribos, o farfalhar das selas, o martelar dos cascos. Uma flâmula elevou-se acima da fileira de vante.

— Firmes, rapazes, firmes. — Não havia mais nada que Sharpe pudesse dizer. Ele comandava uma linha irregular de homens que resistiria por um instante, e então seria atropelada pelos cavalos grandes. — Ainda está aí, Srta. Louisa?

— Estou! — A voz nervosa de Louisa veio de trás das fileiras de fuzileiros.

— Então, com seu perdão... suma daqui, mulher!

Os fuzileiros riram. Sharpe podia ver os rabos de cavalo dos dragões balançando debaixo de seus capacetes, agora já não tão reluzentes.

— Ainda está aí, Srta. Louisa?

— Estou! — Desta vez havia desafio em sua voz.

— Não queira ser gentil, Srta. Louisa! Eles vão nos cortar como açougueiros! Eles podem nem notar que você é uma garota antes de terem cortado fora metade do seu rosto. Agora suma daqui! Você é bonita demais para ser morta por esses bastardos!

— Vou ficar!

O coronel de l'Eclin levantou novamente o sabre. Sharpe agora podia ouvir estalidos de selas.

— Hagman? Aquele maldito trapaceiro é seu.

— Sim, senhor!

Sharpe esqueceu Louisa. Apertou-se entre dois de seus comandados na fileira da frente e levantou alto a espada.

— Esperem pela minha ordem! Não vou atirar até sentirmos o bafo desses desgraçados! Mas quando chegarem vamos fazer esses filhos da puta se arrependerem do dia em que nasceram! — Os cavalos, cada vez mais próximos, balançavam nervosos as cabeças. Eles sabiam o que estava por vir, e Sharpe permitiu-se por um momento sentir pena dos animais pela carnificina que precisava infligir. — Mirem nos cavalos! — lembrou aos homens. — Esqueçam os cavaleiros. Matem os cavalos!

— Pelo que estamos para receber... — disse Harper.

Fuzileiros lamberam lábios emporcalhados com pólvora. Confeririam com nervosismo que as caçoletas dos fuzis já estavam escorvadas e que as pederneiras já estavam assentadas nos cães das armas, embrulhados em couro. Suas bocas estavam secas, os estômagos enjoados. A vibração do trote dos cavalos era palpável no solo, como se canhões pesadíssimos estivessem passando numa estrada próxima. Ou como, pensou Sharpe, o tremor de um trovão num dia quente e úmido pressagiando a punhalada de um raio.

O coronel de l'Eclin baixou a lâmina curva em sinal para seus homens tocarem suas montarias a meio galope. Sharpe sabia que numa questão de segundos, o clarim comandaria o galope e os cavalos grandes avançariam. Sharpe respirou fundo, ciente de que deveria julgar com precisão absoluta o momento para esta salva de tiros.

Então o raio caiu.

Havia apenas pouco mais de cinquenta homens, mas eles eram a companhia de elite de Vivar, os *cazadores* de casacos escarlates, que irromperam da cidade para investir colina abaixo. Era um esquadrão cansado, exaurido por um dia e uma noite de combate, mas acima deles, como uma onda de glória no céu escuro, adejava o gonfalão de Santiago Matamoros. A cruz escarlate era vívida como sangue.

— São Tiago! — Vivar liderava-os. Ordenou que os homens esporeassem seus cavalos e, mais uma vez, levantou o grito de guerra que poderia transformar a derrota num milagre. — São Tiago!

A ladeira concedeu aos *cazadores* velocidade de investida, enquanto o estandarte concedia-lhe a coragem dos mártires. Alcançaram a orla da primeira linha francesa como um raio e as espadas causaram ruína nos dragões. De l'Eclin estava gritando, virando, tentando realinhar seus homens, mas a bandeira do santo conduzia-os direto contra o esquadrão francês. A cauda comprida do gonfalão já estava salpicada com sangue inimigo.

— Atacar! — Sharpe estava correndo. — Atacar!

O segundo esquadrão francês esporeou para vante, mas Vivar previra isso e desviou para a direita, a fim de conduzir seus homens para o centro. Atrás dele havia um caos de cavalos. Cavalaria atacava cavalaria.

— Alto! — Sharpe abriu os braços para barrar o avanço enlouquecido de seus homens. — Firmes, rapazes! Uma salva. Apontar à esquerda. Mirem nos cavalos. Fogo!

Os fuzileiros dispararam nos cavaleiros ainda intactos à direita do ataque francês. Cavalos caíram na lama relinchando de dor. Dragões tiraram suas botas dos estribos e rolaram para longe das bestas moribundas.

— Agora matem os bastardos! — Sharpe gritava a palavra mágica enquanto corria. — Matem! Matem! Matem!

Uma turba correu até a linha francesa rompida. Eram fuzileiros, *cazadores* e camponeses que tinham deixado suas casas para levar guerra contra um invasor. Dragões desfecharam golpes com suas espadas compridas, mas a turba cercou-os, acutilando cavalos e puxando soldados de suas selas. Não era assim que um exército lutava, mas essa era a forma que um povo desorientado levava terror a um inimigo.

O coronel de l'Eclin girou seu cavalo para conter a turba. Seu sabre sibilou para matar um *cazador*, mergulhou para repelir um espanhol para trás, e se levantou para aparar a espada-baioneta de um fuzileiro. Os dragões estavam sendo conduzidos até o terreno pantanoso onde os cavalos tropeçavam e escorregavam. Um corneteiro foi derrubado de seu cavalo cinzento e perfurado com facas. Grupos de franceses tentaram abrir caminho a espadadas através da turba. Segurando a espada com ambas as mãos, Sharpe desfechou um golpe no pescoço de um cavalo e golpeou novamente para derrubar seu cavaleiro da sela. Uma mulher da cidade usou uma faca para cortar o pescoço de um francês caído. Fugitivos estavam correndo de volta da margem leste do córrego, vindo juntar-se ao massacre.

Uma corneta enviou o terceiro esquadrão para o caos. O campo estava ensanguentado, e o gonfalão branco ainda flutuava alto onde Blas Vivar conduzia sua elite escarlate como uma lâmina contra o inimigo. Um sargento espanhol empunhava a bandeira grande que até há pouco pendera de um mastro. Brandiu-a de modo que a seda serpenteou desafiadora na penumbra.

O conde de Mouromorto viu o desafio com olhos inundados de desprezo. A fita de seda era tudo que ele odiava na Espanha; representava as antigas tradições, o domínio da Igreja sobre as ideias, a tirania de um Deus que ele rejeitara. Assim, o conde afundou as esporas nas ancas de seu cavalo para conduzi-lo até os homens que guardavam o gonfalão.

— Ele é meu! — gritava Vivar, repetidamente. — Meu! Meu!

As espadas dos irmãos colidiram, arranharam uma na outra, repeliram-se. O cavalo de Vivar virou para o inimigo conforme estava treinado para fazer, e Vivar estocou. O conde aparou. Um *cazador* cavalgou para pegá-lo por trás, mas Vivar gritou para o homem se afastar.

— Ele é meu!

O conde desferiu dois golpes rápidos e violentos que teriam derrubado um homem mais fraco da sela. Vivar aparou ambos e, em seguida, respondeu com uma estocada que tirou sangue da coxa do irmão. O sangue gotejou nas botas brancas.

O conde tocou seu cavalo com uma espora; o animal andou de lado, e então, a outro toque, arremeteu contra Vivar. Mouromorto rangeu os dentes, ciente de que esta batalha estaria vencida se conseguisse estocar a espada comprida em seu irmão.

Mas Vivar inclinou-se para trás na sela; a lâmina do irmão passou sibilante por seu corpo e não pôde ser puxada de volta rápido o bastante enquanto o *cazador* se empertigava e lançava sua própria espada à frente.

O aço afundou na barriga de Mouromorto. Os olhos dos dois irmãos se encontraram, e Vivar torceu a lâmina. Vivar sentiu piedade, mas sabia que esse era um sentimento ao qual não podia se render.

— Traidor! — gritou Vivar.

Ele torceu a lâmina de novo e levantou a bota para empurrar o cavalo do irmão e descravar a espada longa. O aço estremeceu ao sair, sangue gorgolejou para o cabeçote da sela, e o grito do conde foi uma agonia que morreu enquanto ele caía na lama.

— São Tiago! — gritou Vivar em triunfo, e o grito soou pelo vale pequeno enquanto os *cazadores* reuniam-se em torno do estandarte do santo morto e levantavam as espadas contra o terceiro esquadrão francês.

Os fuzileiros estavam caçando entre os restos dos primeiros dois esquadrões. Dragões giravam seus cavalos para fugir, cientes de que tinham sido abatidos pela selvageria do ataque. A espada de um *cazador* abriu a garganta do porta-estandarte francês. O espanhol pegou a bandeira inimiga e levantou-a numa celebração de vitória. O coronel de l'Eclin viu a captura do galhardete e soube que estava derrotado; derrotado pelo grande gonfalão branco dos Matamoros.

— Recuar! — O *chasseur* sabia quando não havia mais esperança numa batalha, e sabia quando era melhor ter um punhado de homens que poderiam lutar de novo.

— Não! — Sharpe viu o coronel ordenar a retirada e correu até o francês. — Não! — Seu tornozelo ainda doía devido ao salto do patamar da catedral, e a dor atrapalhou sua corrida no solo lamacento. Sharpe quase caiu algumas vezes, mas forçou-se a prosseguir. Ele ultrapassou seus soldados enquanto gritava de raiva e frustração. — Seu bastardo! Não!

De l'Eclin ouviu o insulto. Ele se virou, viu que Sharpe estava isolado dos homens de casacas verdes e, como qualquer oficial de cavalaria faria, aceitou o desafio. De l'Eclin cavalgou até Sharpe, lembrando que quando lutara com ele antes usara o truque simples de passar o sabre da mão direita para a esquerda. Esse estratagema não poderia ser repetido. Em vez disso, o coronel esporearia seu cavalo no último momento de modo a induzir o corcel negro a uma grande velocidade que criaria um momento assassino na cutilada de seu sabre. Sharpe aguardou com sua espada preparada para golpear a boca do cavalo. Alguém gritou para Sharpe pular para o lado, mas ele não saiu de sua posição enquanto o grande cavalo negro investia em sua direção. De l'Eclin empunhava seu sabre de modo a afundar sua ponta nas costelas de Sharpe, mas no último segundo, no exato instante em que o cavalo esporeado arrojava-se para o impacto, o francês mudou seu golpe. Fez isso com a velocidade do bote de uma cobra, levantando e virando a lâmina de modo a fazê-la talhar a cabeça descoberta de Sharpe. De l'Eclin gritou em triunfo enquanto seu sabre descia e enquanto Sharpe, cuja espada errara o cavalo, dobrou-se sob esse golpe.

Mas Sharpe não estocara o cavalo de l'Eclin. Em vez disso, com uma velocidade que rivalizava com a do próprio *chasseur*, levantara a lâmina forte acima da cabeça e mantivera-a ali como um porrete para acolher o choque do sabre. Esse choque empurrou Sharpe para baixo, pondo-o quase de joelhos, mas não antes de sua mão direita soltar o cabo da espada e agarrar o braço com que o *chasseur* empunhava a arma. A espada de Sharpe caiu contra seu ombro, impulsionada pelo sabre rechaçado, mas seus dedos tinham segurado o fiador do sabre no pulso de de l'Eclin. Sharpe obrigou a mão esquerda do *chasseur* a largar a espada e enganchou os dedos em torno do pulso do francês.

De l'Eclin levou um segundo para compreender o que acontecera. Sharpe o segurava como um cão de caça que afundara os dentes no pescoço de um javali. Sharpe estava sendo arrastado pelo terreno pantanoso. O cavalo contorceu-se e tentou mordê-lo. O *chasseur* golpeou-o com a mão livre, mas Sharpe continuou pendurado, puxando, tentando encontrar um ponto de apoio no solo encharcado. Sua perna direita nua estava manchada com lama e sangue. O cavalo tentou sacudi-lo para livrar-se no exato instante em que Sharpe tentou puxar o francês para fora da sela. O fiador do sabre estava cortando seus dedos como arame.

De l'Eclin tentou sacar uma pistola com a mão direita. Harper e um grupo de casacas verdes correram para ajudar seu tenente.

— Deixem ele! — gritou Sharpe. — Não toquem no cretino!

— Ele que se dane! — Harper arrojou a coronha do rifle contra a boca do cavalo negro. O animal empinou, fazendo de l'Eclin perder o equilíbrio, e, com o peso de Sharpe puxando-o para trás, cair da sela.

Espadas-baionetas levantaram-se para acutilar o francês.

— Não! — gritou desesperadamente Sharpe. — Não! Não!

Sharpe caíra junto com de l'Eclin e, ao bater no chão, largara seu pulso. O francês contorceu-se para longe de Sharpe, levantou-se cambaleante e brandiu seu sabre contra os soldados que o cercavam. Sharpe perdera a espada. De l'Eclin relanceou os olhos para encontrar seu cavalo e então arremeteu contra Sharpe, para matá-lo.

Harper disparou seu fuzil.

— Não! — O protesto de Sharpe foi afogado pelo estampido da arma.

A bala atingiu de l'Eclin em cheio na boca. Sua cabeça moveu-se com brusquidão para trás como se puxada por um barbante invisível. O francês caiu, sangue jorrando para o céu na penumbra; seu corpo tombou na lama, estremeceu mais uma vez como um peixe fora d'água, e ficou imóvel.

— Não? — disse Harper, indignado. — O filho da puta ia fazer picadinho de você!

— Está tudo bem. — Sharpe estava flexionando os dedos da mão direita. — Está tudo bem. Só não queria um buraco no sobretudo dele. — Sharpe olhou para o sobretudo reforçado com couro e as botas bem-feitas e de canos altos. Eram artigos de grande valor e agora lhe pertenciam. — Muito bem, rapazes. Tirem as calças e as botas do bastardo. — Os soldados fitaram Sharpe como se ele tivesse enlouquecido. — Tirem as calças dele! Eu as quero. E as botas! Por que vocês acham que viemos para cá? Depressa!

E mesmo na frente de Louisa e uma dúzia de outras mulheres, Sharpe despiu suas calças e botas velhas e rasgadas. Já quase não havia luminosidade no céu. Os dragões remanescentes haviam fugido. Os feridos gemiam e se contorciam na grama úmida, enquanto os vitoriosos caminhavam entre os mortos em busca de espólios. Um dos fuzileiros ofereceu a Sharpe a peliça gloriosa, mas ele a recusou. Não precisava dessa janotice, mas quisera desesperadamente o sobretudo listrado em vermelho que agora caía-lhe no corpo como se feito sob medida. E junto com o sobretudo veio a coisa mais preciosa que um soldado de infantaria podia ambicionar: um bom par de botas. Botas de canos altos, feitas de couro de qualidade, que podiam marchar através do campo; botas para resistir a chuva, neve e córregos assombrados por espíritos; botas boas que cabiam nos pés de Sharpe como se o sapateiro tivesse adivinhado que um dia ele precisaria de tal luxo. Sharpe arrancou as esporas afiadas, puxou as botas até as panturrilhas e sapateou de satisfação. Abotoou a jaqueta verde e afivelou novamente a espada. Sorriu. Uma bandeira velha, que parecia nova em folha, gabava-se de um milagre de vitória, uma peliça vermelha jazia na lama, e Sharpe conseguira botas e calças.

O velho gonfalão, explicou Louisa a Sharpe, fora costurado no novo. Ela fizera o trabalho em segredo, na fortaleza alta, antes de deixar Santiago de Compostela. Tinha sido ideia do major Vivar, e a tarefa aproximara o espanhol da garota inglesa.

— As divisas do sargento foram feitas da mesma seda — revelou Louisa.

Sharpe olhou para Harper, que caminhava na frente com os fuzileiros.

— Pelo amor de Deus, não conte a Harper, ou ele vai achar que é milagreiro.

— Todos vocês são milagreiros — disse calorosamente Louisa.

— Somos apenas fuzileiros.

Louisa riu da modéstia que traía um orgulho monstruoso.

— Mas o gonfalão operou um milagre — asseverou Louisa. — Não era tão absurdo assim, era?

— Não era absurdo — admitiu Sharpe. Ele caminhava ao lado do cavalo de Louisa, à frente do major Vivar e seus espanhóis. — O que acontecerá ao gonfalão agora?

— Ele irá para Sevilha ou Cádiz; para onde for mais seguro. E um dia será devolvido a um rei espanhol em Madri.

Nas aldeias e cidades pelas quais os fuzileiros marchavam, a história do gonfalão já estava sendo contada. As notícias corriam como fogo em palha. Histórias de uma derrota francesa e uma vitória espanhola, e de um santo que honrou uma promessa antiga de defender seu povo.

— E para onde irá agora? — indagou Sharpe a Louisa.

— Irei para onde *don* Blas for, para onde seja preciso matar franceses.

— Não seria Godalming?

Louisa riu.

— Espero que não!

— E você será uma condessa — disse Sharpe, pasmo.

— Acho que isso será melhor que ser a Sra. Bufford, embora seja uma imensa grosseria da minha parte dizer isso. E minha tia jamais irá me perdoar por ter me tornado católica. Como pode ver, há um lado bom nesta situação.

Sharpe sorriu. Eles tinham rumado para o sul, e agora deviam separar-se. Os franceses foram deixados para trás, a neve derretera, e haviam chegado a um vale raso açoitado pelo vento frio de fevereiro. Estancaram alto na orla do vale. A cumeeira que se via dali já era de Portugal, e nesse horizonte estrangeiro Sharpe viu um grupo de homens em uniformes azuis. Esses homens observaram os estrangeiros que chegavam das colinas espanholas.

Blas Vivar, conde de Mouromorto, apeou de seu cavalo. Ele agradeceu aos fuzileiros um por um, terminando com Sharpe que, para seu embaraço profundo, o abraçou.

— Tem certeza de que não quer ficar, tenente?

— Fico tentado, senhor, mas... — Sharpe deu de ombros.

— Você quer exibir suas novas calças e botas ao Exército britânico. Espero que deixem você ficar com elas.

— Não deixarão se eu for mandado de volta para a Grã-Bretanha.

— O que temo que aconteça — disse Vivar. — E nós, espanhóis, teremos de lutar sozinhos contra os franceses. Mas um dia, tenente, quando o último francês estiver morto, você retornará para a Espanha e celebrará com o conde e a condessa de Mouromorto.

— Farei isso, senhor.

— E duvido que nesse dia ainda será tenente.

— Imagino que ainda serei, senhor. — Sharpe levantou os olhos para Louisa, e viu nela uma felicidade que ele não poderia desprezar. Sorriu e tocou sua algibeira. — Estou com sua carta. — Louisa escrevera para seus tios, contando-lhes que eles a haviam perdido para a Igreja de Roma e para um soldado espanhol. Sharpe tornou a olhar para Vivar. — Muito obrigado, senhor.

Vivar sorriu.

— Você é um bastardo insubordinado, um pagão, um inglês. Mas também é meu amigo. Jamais se esqueça disso.

— Sim, senhor.

Então não havia mais nada a dizer, e os fuzileiros desceram em fila a colina até o rio que fazia divisa com Portugal. Blas Vivar observou os casacas verdes chapinharem na água e começarem a subir a ladeira oposta.

Um dos homens esperando na cumeeira portuguesa estava impaciente para descobrir quem eram os estranhos. Ele desceu a ladeira em direção aos fuzileiros, e Sharpe viu que era um oficial britânico; um capitão de meia-idade envergando a casaca azul dos Engenheiros do Rei. O coração de Sharpe afundou. Ele estava voltando para a hierarquia rígida de um Exército que não acreditava que ex-sargentos, alçados a oficiais, deveriam liderar soldados em combate. Sentiu-se tentado a dar meia-volta, fugir pelo rio e retomar sua liberdade com Blas Vivar, mas o capitão britânico gritou uma pergunta colina abaixo e o condicionamento disciplinar de Sharpe fez com que respondesse prontamente.

— Sharpe, senhor. Fuzileiros.

— Hogan, Engenheiros, da guarnição lisboeta. — Hogan desceu atabalhoadamente os últimos metros. — De onde vocês vieram?

— Fomos separados do Exército de Moore, senhor.

— E conseguiram sobreviver! — A admiração de Hogan era genuína e foi proferida num sotaque irlandês. — Algum francês atrás de vocês?

— Não vimos nenhum em uma semana, senhor. Eles estão comendo o pão que o diabo amassou com o povo espanhol.

— Bom! Esplêndido! Bem, homem, vamos andando! Temos uma guerra para lutar.

Sharpe não se moveu.

— Quer dizer que não iremos fugir, senhor?

— Fugir? — Hogan pareceu chocado com a pergunta. — Claro que não vamos fugir. A ideia é fazer os franceses fugirem. Estão mandando Wellesley de volta para cá. Ele é um bastardo pomposo, mas sabe lutar. É claro que não vamos fugir!

— Ficaremos aqui?

— É claro que ficaremos aqui! O que acha que estou fazendo? Mapeando um país que iremos abandonar? Por Deus, vamos ficar e lutar! — Hogan era dotado de uma energia ebuliente que o fez lembrar de Blas Vivar. — Se os malditos políticos de Londres não perderem a paciência, vamos escorraçar os franceses de volta para Paris!

Sharpe virou-se para olhar Louisa. Por um momento, sentiu-se tentado a gritar as boas novas, mas desistiu com um jogo de ombros. Ela ficaria sabendo em breve, e isso não mudaria nada. Ele riu.

Hogan conduziu os fuzileiros colina acima.

— Suponho que o seu batalhão voltou para a Inglaterra.

— Não sei, senhor.

— Se ele foi para La Coruña ou Vigo, voltou sim. Mas não imagino que irá se juntar a eles.

— Não, senhor?

— Precisamos de todos os fuzileiros que pudermos conseguir. Se conheço bem Wellesley, ele vai querer que vocês continuem aqui. Será oficioso, é claro, mas encontraremos algum lugar onde encaixá-los. Você se importaria com isso?

— Não, senhor. — Sharpe sentiu o coração inflar com a esperança de que, permanecendo aqui para lutar, não seria condenado novamente à rotina tediosa de um intendente. — Quero ficar, senhor.

— Bom homem! — Hogan parou no cume da colina e observou os espanhóis cavalgarem para longe. — Eles o ajudaram a escapar, foi isso?

— Sim, senhor. E tomaram uma cidade dos franceses. Não por muito tempo, mas por tempo suficiente.

Hogan o fitou detidamente

— Santiago?

— Sim, senhor. — Sharpe soou defensivo. — Eu não tinha certeza de que deveríamos ajudá-los, senhor, mas... — Ele deu de ombros, cansado demais para explicar qualquer coisa.

— Por Deus, homem! Ouvimos falar disso! Foi você? — Estava patente que este capitão dos Engenheiros do Rei não levantaria qualquer protesto contra a aventura de Sharpe. Pelo contrário, Hogan estava claramente maravilhado. — Quero que me conte tudo. Gosto de uma boa história. Agora! Suponho que seus rapazes gostarão de uma refeição.

— Eles prefeririam um pouco de rum, senhor.

Hogan riu.

— Isso também. — O capitão olhou os fuzileiros que passavam por ele. Os casacas verdes estavam rasgados e sujos, mas sorriram para os dois oficiais à medida que passavam por eles, e Hogan notou que embora esses homens carecessem de sapatos do uniforme, embora alguns tivessem sobretudos franceses enrolados em mochilas francesas, e embora estivessem de barba por fazer, sujos e desmazelados, todos eles tinham armas, e essas armas estavam em condições perfeitas. — Poucos escaparam — disse Hogan.

— Como, senhor?

— Dos homens que foram separados da retirada de Moore — explicou Hogan. — A maioria deles se entregou.

— Estava frio — disse Sharpe. — Muito frio. Mas tive sorte com meu sargento. O grandalhão ali. Ele é irlandês.

— Os melhores são — comentou alegremente Hogan. — Mas todos os seus subordinados parecem bons rapazes.

— Eles são, senhor — disse Sharpe, levantando a voz para que cada homem pudesse escutar o elogio extravagante. — São todos uns sodomitas bêbados, senhor, mas os melhores soldados do mundo. Os melhores, mesmo.

Sharpe falava de coração. Eram a elite, os malditos, os fuzileiros. Eram os soldados de verde.

Eles eram os fuzileiros de Sharpe.

COMENTÁRIO HISTÓRICO

A retirada para La Coruña foi uma das ações mais torturantes já forçadas a um Exército britânico. O milagre da retirada foi que um número suficiente de soldados sobreviveu para retornar e repelir um ataque francês nas cercanias do porto. Sir John Moore morreu na batalha, mas sua vitória significou um ganho de tempo suficiente para permitir que os sobreviventes embarcassem nos navios enviados para salvá-los.

Os franceses tinham conseguido expulsar da península o Exército britânico, todo ele com exceção da pequena guarnição lisboeta. Em Paris isso foi alardeado como uma vitória, que de fato foi, embora ninguém tenha parecido notar que a campanha desviara os soldados franceses de sua tarefa principal, que era completar a invasão de Espanha e Portugal. Essa invasão jamais foi completada. Mesmo assim, em fevereiro de 1809, poucas pessoas poderiam prever esse fracasso, e apenas um punhado acreditava que a Grã-Bretanha, depois da derrota da campanha de Moore, deveria manter uma presença militar na península.

Na primavera de 1809, *sir* Arthur Wellesley — que um dia viria a ser conhecido como duque de Wellington — assumiu o comando da guarnição lisboeta que foi lenta e dolorosamente expandida até formar o Exército que obteria uma série de vitórias notáveis que culminariam com a invasão da própria França. Essas vitórias constituem a moldura dos livros de Richard Sharpe.

Este livro, então, narrou uma aventura anterior às empreitadas de Sharpe e Harper no sul da França. Aqui o cenário foi a brutal ocupação francesa da Galícia. Essa parte da história é precisa. Os franceses realmente capturaram Santiago de Compostela, realmente saquearam sua catedral, realmente travaram batalhas violentas contra a crescente resistência nas colinas galegas. Contudo, todo o resto é ficção. Os eruditos até mesmo nos contam agora que a derivação romântica de Compostela do latim *campus stellae*, "campo de estrelas", também é ficção. Afirmam que o nome na verdade é derivado da palavra latina para um cemitério. Muitas vezes vale a pena ignorar os eruditos.

O marechal Soult deveria conquistar Portugal antes do final de fevereiro de 1809. Prejudicado por problemas com suprimentos e atormentado por guerrilheiros, Soult só conseguiu chegar até o Porto na margem norte do rio Douro, no norte de Portugal, de cuja linha de defesa ele seria expelido por *sir* Arthur Wellesley em maio. E então, tendo expulsado os franceses de Portugal, Wellesley rumou para leste, até a Espanha, para alcançar a primeira de suas vitórias espanholas, Talavera. A essas sucederiam outras vitórias britânicas, algumas impressionantes em seu brilhantismo. Contudo, esses triunfos obscureceram (pelo menos para os britânicos) o fato de que um número bem maior de franceses morreu nas mãos do povo espanhol do que em batalha com a Inglaterra. Os espanhóis foram patriotas fervorosos que lutaram a *guerrilla*, a "pequena guerra". Esses *guerrilleros* lutaram La guerra de la independencia, como os espanhóis chamam a Guerra Peninsular, e alguns de seus inimigos eram, de fato, afrancesados.

Sharpe e Harper agora seguem para Talavera. Haverá muito chão a percorrer de Talavera até a França, mas essa elite do Exército britânico, os fuzileiros de casacas verdes, marcharão cada passo do caminho e, quando necessário, farão a árdua travessia de Waterloo até Paris. Como ainda precisam completar essa jornada, Sharpe e Harper marcharão novamente.

Este livro foi composto na tipologia
New Baskerville BT, em corpo 10,5/16, e impresso
em papel off-white no Sistema Cameron da
Divisão Gráfica da Distribuidora Record.